에버그린

EVERGREEN

by Delia Parr

Copyright ⓒ 1995 by Mary Lechleidner
All rights reserved.

Korean Translation Copyright ⓒ 1997 by Big Tree Publishing Co.
This edition published by arrangement with St. Martin's Press
through Imprima Korea Agency.

에버그린

델리아 파 / 나채성 옮김

나 채 성

이화여대 사회사업학과 졸업
역서로 『사로잡힌 신부』, 『불꽃 같은 사랑』,
『배반의 향기』, 『오랜 기다림 후에』,
『사랑의 텍사스』, 『연인들의 텍사스』,
『침대에서 아침을』 외 다수

에버그린

지은이 / 델리아 파
옮긴이 / 나채성

펴낸곳 / 도서출판 큰나무
펴낸이 / 한익수

초판 인쇄 / 1997년 11월 25일
초판 발행 / 1997년 12월 1일

등록 / 1993년 11월 30일(제5-396호)
주소 / 120-090 서울시 서대문구 홍제동 215
전화 / 736-9653 · 736-6960 팩스 / 732-8694

ISBN 89-7891-051-3

▶ 잘못 만들어진 책은 바꾸어 드립니다.

값 7,000원

통렬하고 아름다운 러브 스토리,
화려한 기교, 마음과 영혼을 기쁨으로 넘치게 할
열정의 로맨스이다.

— *Romantic Times* —

> "
> 난 당신을 믿을 만큼도
> 사랑하지 못했어요.
> "

여주인공이 통곡하며 뱉어 내는 울부짖음이다. 그녀는 사랑하는 남자를 믿지 못한 자신을 결코 용서할 수가 없다. 그 남자가 그녀의 모든 것을 이해하며 용서하고 받아들이는데도 자기 자신을 용서할 수가 없다.

사랑에는 믿음이 필요하다. 믿음이 없는 사랑은 사랑이 될 수 없고, 믿음이 없는 결혼 또한 결혼이 되지 못한다.

지금 당신의 곁에 있는 사람을 믿을 수 있는가? 극한 상황이 닥치더라도 그녀 혹은 그이를 믿고 이해해 줄 수 있는가? 그렇다면 당신은 사랑을 말할 자격이 있다.

사랑이란 받는 것보다 얻는 것보다, 어쩌면 잃는 것과 줄 것이 더 많은 건지도 모르겠다. 세상에서 사랑이란 것보다 더 힘들고 어려운 일은 없을 것 같기도 하다. 많은 사람들이 너도나도 쉽게 사랑이라고 말하지만 그 참의미를 깨닫고 실천할 수 있는 용기 있는 이가 과연 몇이나 될까?

사랑 때문에 목숨을 바치고, 사랑 때문에 온 청춘과 정열을 바치고, 사랑 때문에 끝까지 견디어 내는 사람. 그런 사람이 아직까지 우리 곁에는 남아 있다. 가끔 들려 오는 소식들 속에서 아직도 우리에게 감동을 주는 사랑이 있다는 사실에 한편으로 놀랍기도 하고 한편으로 대견하기도 하고 감탄스럽기까지 하다. 비록 나는 그렇게 못하더라도 그들이 있기에 세상에 사랑이란 게 있다는 걸 알 수 있고, 새삼 자신을 되돌아보며 조금이라도 노력할 수 있기 때문일 것이다.

곁에 있는 사람에게 의심 없는 무한한 신뢰를 줄 수만 있다면, 싸움이나 상처나 고통도 아마 99.9퍼센트는 사라질 것이라고 확신한다.

하지만 알면서도 행동하지 못하는 게 인간, 그건 어찌할 수 없는 숙명일까?

나 채 성

프롤로그

1824년 8월
펜실베이니아 서부

완고한 얼굴의 중년쯤 되어 보이는 남자가 드디어 긴 한숨을 내쉬었다. 30분 가량 이어졌던 지루한 설교가 이제야 끝날 모양이었다.

"이곳 규칙은 아주 간단하다. 항상 침묵할 것. 일주일에 6일은 해 뜰 때부터 해 질 때까지 일을 한다. 일요일에는 목사가 방문한다. 그는 일주일 동안 읽을 분량의 성경을 할당해 줄 것이다. 질문 있나?"

모리아의 아랫입술이 바들거렸다.

"루스, 루스 언니를 만날 수 있나요?"

그의 눈이 명백한 짜증으로 가늘어지자 그녀는 몸을 움찔했다.

"지금까지 뭘 들은 거야? 비첨 목사 말고 4년 동안 넌 아무도 만날 수 없어. 누구와 얘기할 수도 없고 편지도 쓸 수 없어. 네 언니한테는 특히나 불가능하지."

머리에 둘러쓴 헐렁한 두건은 눈 주위에 2개의 구멍만을 남겨 놓고 두 조각의 가죽을 꿰맨 것이었다. 그것이 모리아의 얼굴을 볼 수 없도록 덮었을 뿐만 아니라, 조용하고 짭짤한 눈물까지 가려 주었다. 코를 훌쩍이자 곰팡내나는 가죽 내음이 콧속으로 들어왔다. 제드 아저씨의 편안하고 따스했던 구두 수선방에 대한 기억이 되살아났다.

"하…… 하지만 여기 있긴 한 거죠, 그렇죠?"

"그건 알려 줄 수 없어."

그는 일어서서 책상을 돌아 그녀 앞에 바싹 다가섰다.

"여기서는 여자나 아이들이라고 특별 취급해 주지 않아. 넌 13살, 네 언니는 너보다 한 살 많지. 하지만 아무리 어린 녀석들이라고 해도 예외가 될 수는 없어. 넌 여기서 회개하며 주님의 자비와 용서를 구하는 일에나 신경 쓰는 거야."

남자의 거대한 체격에 두려워진 모리아는 저절로 몸이 움츠러들어 딱딱한 나무 의자에 등이 닿았다. 그녀는 온몸이 떨렸다. 루스도 지금 이렇게 두려워하고 있을까?

우악한 손이 그녀의 팔뚝을 잡아 일으켜 세웠다. 그리고 방향을 틀었다.

"존스 간수와 같이 가."

먼젓번 남자보다 덜 위협적이라고 할 수도 없는 읽은 얼굴의 사내가 문가에 나타났다.

"눈은 내리깔고, 혀는 움직이지 말 것. 걸음걸이는 조용하게."

그가 퉁명스레 명령했다.

부들부들 떨리는 무릎으로 모리아는 그를 따라 커다란 원형의 홀로 들어갔다. 대담하게 몇 번인가 몰래 시선을 옆으로 돌려 보았다. 간수에게 인도되어 가는 동안 6개나 7개의 아치가 눈에 들어왔다. 벽에는 창문 하나 나 있지 않았지만, 머리 위 채광창의 모자이크를 통해 새어들어오는 은빛의 음울한 작은 불빛들이 돌바닥에 빛의 구멍을 만들었다.

대기 속에는 무시무시한 침묵이 둔탁한 안개처럼 매달려 있었다. 육중하게 울리는 간수의 발자국 소리와, 그의 어깨 위에 매달려 있는 열쇠 꾸러미의 짤랑거리는 소리만이 그 침묵을 깰 뿐이었다. 첫번째 문 앞에서 그가 돌연 멈춰 섰다. 아래쪽에 작은 뚜껑 달린 문 하나가 있는, 깊게 흠집이 간 단단한 참나무 문이었다.

그가 열쇠를 고르고 태평스레 문을 여는 동안 그녀는 얌전히 기다렸다. 이윽고 그가 문을 홱 열어 젖히고, 그곳에 또다른 문이 하나 더 나타나자 그녀는 숨이 막힐 뻔했다. 그녀는 다른 사람이 방안을 완전히 들여다볼 수 있게 돼 있는 굵은 쇠창살로 된 두 번째 문을 노려보았다.

간수가 두 번째 문을 열고 옆으로 비켜 섰다. 팔을 저어 안으로 들어가라는 시늉을 하며 그는 고개를 숙이고 조롱기어린 미소를 지었다. 지저분한 이가 드러났다.

그녀는 불안하게 그를 지나쳐 들어갔다. 시선이 방의 사방 구석으로 쏟아졌다. 작은 간이 침대, 의자 하나, 작업대 하나와 괴상하게 나무로 막은 구역 하나, 그리고 반대편 벽에 1미터 남짓밖에 되지 않을 낮은 문이 또 하나 있었다.

철커덩 소리가 크게 들리자 그녀는 몸을 돌렸다. 간수가 철문을 잠그고 있었다.

"너한테는 너무 과분할 거야."

그녀의 말없는 절망의 중얼거림을 들었던 것일까, 그가 탁자 위에 놓인 성경을 손가락으로 가리켰다.

"내일부터는 일을 한다. 오늘 남은 시간 동안은 기도를 할 것. 첫번째 들리는 벨소리가 저녁 식사 시간이다. 다음 벨이 울릴 때까지는 잠자지 말 것."

그녀는 고개를 끄덕였다. 무시무시한 그들과 분리시켜 준 문이 오히려 고마웠다.

"운동 마당은 마음대로 사용해도 좋아, 내일까지는."

그녀는 머리를 곧추세우고 어깨를 둥글게 말았다.

"뒷문으로 나가면 돼."

그가 낄낄거렸다.

그녀는 그에게 등을 보이며 돌아섰다. 경멸과 그녀의 상황에 대한 병적인 쾌감이 담긴 그 눈에서 도망치고 싶어서였다. 그녀는 난쟁이나 드나들 듯한 낮은 문을 노려보다가 아주 작지만 희망의 불길이 번지는 걸 느꼈다.

바깥문이 닫히자마자 머리 위로 가죽 두건을 잡아당겨 벗었다. 그걸 한 옆으로 놓고 얼굴의 땀을 닦고 머리도 매만졌다. 그녀는 뒷문으로 다가가 조심스럽게 열어 보았다. 그리고 몸을 굽혀 밖으로 한 발을 내딛었다. 겨우 몇 포기의 앙상한 잔디와 잡초들이 적어도 3미터는 될 듯한 돌벽에 둘러싸인 지저분한 뜰에 여기저기 박혀 있었다. 그녀는 신발을 걷어차 내고 조잡한 치마를 들어 올려 가장 가까운 둔덕으로 올라서며 하늘을 향해 고개를 들었다. 뜨거운 여름의 태양 덕에 몸이 더워지며 가슴속의 공허함이 사라지는 것만 같았다.

그녀는 무릎을 꿇고 두 손을 모아 쥐었다.

"우린 다시 만날 거야, 언니. 잠깐 동안인걸. 강해져야 해. 용감해야 해. 다른 사람들이 어떻게 생각하는지는 상관없어. 우리 둘다 제드 아저씨를 도와준 이유를 알고 있잖아. 하나님께서도 알고 계실 거야."

벨소리가 울려 퍼질 때까지 그녀는 그 자리에 서 있었다.

감방 안으로 들어와 문 바로 안쪽에 놓여진 식사 쟁반이 눈에 들어오자, 그녀의 심장은 거의 정지할 정도로 크게 뛰었다. 그들이 그녀의 자유를 앗아 가 버렸다. 언니와 떨어뜨려 놓았다. 그리고 이젠 이것이로구나. 떨리는 손가락으로 쟁반에 조잡하게 새겨진 숫자를 만져 보았다.

지금부터 4년 동안, 그녀는 더이상 모리아 레인이 될 수 없다. 그저 애플 놀 시의 교도소에 수감된 79번 죄수일 뿐이었다.

조용하게, 온화하게.

마음속의 싸늘한 고요 속에서 애정어린 목소리가 들려 왔다. 잠시 눈을 감아 보았다. 연약하게 죽어 가던 제드 아저씨의 성경 읽는 모습이 떠올랐다.

'내 딸아, 내가 너의 이름을 불렀도다. 내가 너를 잊지 않으리라. 내 영혼은 온유하고 겸손하니 내 멍에를 받아 지라. 그리 하면 휴식을 찾을 것이리라.'

그녀의 입술에 미소가 떠올랐다.

그들은 그녀의 기억들이나 믿음마저 빼앗을 수는 없었다.

하지만 과연 이걸로 충분한 것일까?

1

1828

"지금은 안 돼, 밴디트."

모리아는 침대 속으로 더 깊이 파고 들며 한밤중에 마구 축축하고 차가운 코를 비벼대는 너구리를 피하려고 베개를 머리에 덮었다.

하지만 너구리는 그녀의 척추에 냉기를 전하며 등에서 밑으로 움직여 갔다. 침대 끝에 다다르자, 이불을 긁어 그녀의 발을 찾아내고는 발가락의 부드러운 안쪽을 핥아댔다.

모리아는 어쩔 수 없이 신음하며 그 동물을 안아 이불 밑으로 끌어 당겼다.

"친구가 필요하니?"

가슴에 올라앉아 아직도 만족하지 못하는 녀석과 같이 다시 잠들기를 시도하며, 그녀가 그의 귀를 습관적으로 쓰다듬었다.

그 녀석이 손가락을 깨물었다.

"아야, 이 나쁜 녀석."

그녀는 잠자기를 포기하며 담요를 걷어찼다. 일어나 벽에 기대 앉으며, 그 성가신 짐승을 무릎으로 떨어뜨렸다. 하루 종일 발이 묶인 채 일을 한 데다가 복도를 닦는 추가 노동까지 한 그녀의 근육은 어느 곳 하나 아우성치지 않는 곳이 없었다.

그녀는 어둠 속을 응시했다. 주위를 보기 위해 굳이 불빛이 필요친 않았다. 작은 독방의 모든 구석과 갈라진 틈까지 마음속에 새겨져 있기 때문이었다. 사방 벽의 금 간 부분들, 가끔씩 깨진 돌 틈에 발이 끼곤 했던 바닥의 정확한 지점과 방안으로 여름의 산들 바람과 겨울의 냉혹한 바람을 들이치게 하는 바깥문의 뒤틀린 판자까지 죄다 알고 있었다.

근 4년 전, 그녀는 이곳이 제공한 고요와 고독한 고립감을 오히려 반가워했었다. 비록 루스 언니가 미칠 듯이 그립긴 했지만, 제드 아저씨를 애도하기 위해, 가혹한 비난과 폭언의 메아리를 지우고 자신의 믿음에서 위로를 찾기 위해, 그녀는 혼자 있을 시간이 필요했다.

매일매일의 고된 노동을 기꺼이 받아들였고 운동 마당을 정원으로 바꾸기 위해 녹초가 될 만큼 공을 들였으며, 눈이 가물가물해질 때까지 성경을 읽었다. 하지만 신발을 만들고, 신선한 야채를 재배하고 성경 구절에서 기쁨을 찾는다 해도 다른 사람과 나눌 수 없다면 다 무슨 소용이란 말인가?

끔찍한 벨소리로 이어지는 감옥의 엄격한 스케줄, 새로운 일로부터 권태로운 일까지 빨리빨리 움직이라는 거칠게 윽박지르는 간수들의 강요가 단조로움을 압도하고 결국은 또 하나의 견딜 수 없는 처벌의 형태가 되었다.

완벽한 질서와 조용하게 회개하는 모습을 방문객들에게 보일 것. 수감자들에게 위엄이란 존재치 않으며 자유는 없다는 것을 끊임없이 일깨워 주는 그들.

그녀는 한숨을 내쉬며 들어 줄 수 있는 유일한 존재에게 자신의 비참함들을 털어놓았다.

"우리를 보려고 25센트나 내는 잘나신 분들에게 교도소는 병적인 호기심의 대상이란다. 그 사실 하나만으로도 충분히 수치스럽지 않니? 그래, 이제 의회에서 펜실베이니아 시스템의 타당성을 직접 보기 위해 조사단을 보낼 거야. 거기에는 한 가지 의미밖에 없단다, 밴디트. 더 열심히 일하라는 거지."

머리 위 채광창에서 달빛이 똑똑 떨어져 내렸다. 그녀는 벌겋게 노동으로 거칠어진 두 손을 내려다보았다. 최근엔 매주 복도와 감방과 변기를 닦는 일까지 추가되었다. 규칙을 강요하는 간수들의 감시가 불합리할 정도로까지 증가되었다.

모리아는 이러한 상황에 단 한 가지 긍정적인 면도 있다고 마지못해 인정했다. 음식이 먹을 만하게 되었다는 점이다. 또한 마음 한구석에서 조사단의 방문이 뜻밖의 기회일지도 모른다는 점을 일깨워 주었다. 석방 때까지 기다렸다가 애플 놀의 여죄수에 대한 극악한 대우를 폭로하는 쪽이 더 마음에 들었지만 말이다.

그녀는 기도하는 마음으로 조사단이 그녀의 일기를 읽고 재빠르게 행동해 주리라 믿어 왔다. 조사단원 중 올바른 사람에게 그녀를 안내하는 것은 전적으로 하나님의 인도에 달려 있었다. 하지만 지금 이 순간, 그녀의 지친 육신은 그런 믿음이 덧없다는 느낌을 전달했다.

밴디트가 그녀의 가슴 앞자락으로 긁어 올라와 목 아래 부드러운 살갗을 만졌다. 모리아는 그 녀석을 껴안아 머리에 볼을 부볐다.

"네가 없었다면 어쩔 뻔했니?"

한 마리의 짐승이라도 곁에 있다는 점에 감사했다. 하지만 언니와의 친밀감, 그 목소리와 손길을 잃어버렸다는 것이 여전히 슬픔으로 남아 있었다.

교도소에 도착한 지 얼마 지나지 않아, 간수 한 명이 그녀의 감방에 부모 잃은 너구리를 던져 넣었다. 그것은 매일매일의 조롱과 비웃음, 모욕에서 한 단계 나아가 또다른 괴이한 고문의 일종으로서, 그 야생의 짐승은 그녀가 원했던 얌전한 고양이 새끼와는 거리가 멀었다. 하지만 절망과 외로움 속에서, 그녀는 어린 너구리를 살려 내기 위해 극진히 보살폈다. 그녀처럼 이 너구리도 평균치보다 작고 가냘픈 몸집이었다. 그런 반면 지치지 않는 영혼의 소유자였다. 그 짐승이 그녀에게 단 하나의 친구요, 동료였으며, 지난 세월 동안 그녀의 공모자이기도 했다.

뒤늦게 생각이 떠오르자, 그녀는 밴디트를 떼어 내고 목끈을 풀었다. 매일매일 조금씩 모아 둔 가죽 조각으로 만든 그 끈은 가끔 다른 수감자들과의 메시지 전달 수단이 되곤 했다. 그녀의 입에 미소가 흘렀다.

운명의 장난이라고 할까. 간수들은 절대 믿을 수 없겠지만 밴디트가 그녀의 완벽한 애완동물로 변한 것이다. 날카로운 발톱, 벽을 기어넘는 타고난 능력, 그리고 야행성의 습성으로 그 녀석은 밤에 정원 벽을 기어올라 쉽게 한쪽 감방의 마당에서 다른 쪽 감방으로 넘나들었다. 밴디트의 야간 활동으로 인해, 그녀에게 그 너구리를 던져 주었던 간수들의 악행이 드러나는 것은 딱 어울리는 결과인 것 같았다. 끈을 풀자, 나뭇잎 한 개가 떨어져 나왔다.

소피.

암호로 된 신호를 무시할 수가 없어, 모리아는 매트리스 짚더미 속에 손을 넣었다. 그곳에 숨겨 두었던 가죽 조각들을 꿰매 만든 바지와 딱 맞는 셔츠를 갈아입고 장갑도 꺼내 들었다. 침대 아래에서 괴상하게 생긴 가죽 신발을 꺼내 신고 발목 근처에 단단하게 끈을 맸다. 벽에 걸려 있는 두건을 빼내, 긴 금발 머리를 틀어 올려 두건 속으로 집어 넣고 가슴 위로 삼베 가방을 묶었다. 간혹 들여다보는 간수의 시선에 대비하여 담요로 사람 모양새를 만들고 나서 이제는 잠들어 버린 너구리의 머리를 살짝 토닥여 주었다.

맥박이 빠르게 고동쳤다가 쇠창살 문 옆 바닥에 쭈그려 앉으면서 신중하게 잦아들었다. 귀를 기울이며 기다렸다. 경비원들이 밤근무를 도는 육중한 부츠 소리를. 일단 그들이 그녀의 감방 옆에 왔다가 긴 복도를 걸어가면, 다시 돌아올 때까지 30분의 시간이 있다는 사실을 경험으로 알고 있었다.

흐르는 1초 1초가 몇 분이나 되는 듯이, 그녀의 숨결이 기대감으로 얕아졌다. 땀이 밴 손을 꼭 쥐어 보았다가 꽉 죄는 장갑 안으로 펴 넣었다. 그녀의 감방 이중문 옆으로 스치는 발소리를 듣자마자 그녀는 행동을 개시하여 재빨리 뒷문을 통과해 나갔다.

7월 말의 하늘에 초승달이 흐느적하게 걸려 있었지만, 운동 마당의 벽을 오르는 발걸음을 비출 정도의 빛은 되었다. 바깥벽에서 가장 가까운 감시탑의 불빛이 그녀의 감방 바로 옆에서 멈췄다. 그곳이 중앙 건물과 가장 가까운 곳이었기 때문에 원형 건물 위로 배회하는 중앙 경비대의 불빛들은 오히려 도움이 되었다.

삼베 가방을 열어 2개의 긴 가죽끈을 꺼낸 다음 돌벽에 삐져 나온 두 개의 고리에 올가미를 걸었다. 안전한지 잡아당겨 본 후에, 손으로 만든 가죽 사다리를 고정시켰다. 한 걸음의 보폭에 맞게끔 만들어진 것이었다.

그녀는 발목에 마지막 계단의 끈을 묶은 다음 깊이 심호흡을 했다. 장갑 낀 손바닥을 허벅지에 문대고 나서, 벽을 따라 늘어져 있는 야생의 인동 덩굴 향기를 맡으며 기어오르기 시작했다. 가벼운 몸무게와 신체적인 민첩성이 솜씨를 발휘했다. 그녀는 재빨리 가죽 사다리의 끝에 다달아 잠시 멈춰 몇 번쯤 심호흡을 한 다음, 불평해대는 근육에 힘을 주어 한 번에 한 다리씩 몸을 위로 밀어 올렸다. 손바닥이 돌벽 위를 움켜 쥘 수 있을 때까지.

울퉁불퉁한 돌에 뺨을 대고 숨결이 조금 가라앉을 때까지 기다렸다. 남아 있을지 확신할 수 없는 모든 기력을 끌어 모아, 몸을 위로 감아 올렸다. 배를 먼저 대고 벽에 양다리를 걸쳤다.

바람에 몸이 넘어갈 뻔했다. 그녀는 완전히 벽에 길게 누울 때까지 옆으로 몸을 비틀었다. 이런 탈선 행위에 요구되는 육체적인 어려움으로 인한 헐떡임이 새어 나오지 않도록 입을 질끈 다물었다. 귀중한 시간을 낭비하지 않고, 그녀는 발목 끈을 풀고 사다리를 끌어올려 가방에 도로 넣었다.

어둠 속에 숨어 사방을 곁눈질하며 탑에 있는 경비원에게 주의를 기울였다. 그가 등을 돌리는 찰나, 그녀는 벽 위를 기어 소피의 마당으로 넘어갔다. 무릎과 손바닥을 찔러대는 날카로운 돌조각을 저주하면서, 그녀는 만들 경비대의 밝은 불빛을 간신히 피했다.

밴디트의 몸놀림을 흉내내어 몸을 굽힌 자세로 벽 위에서 아래로 뛰어내렸다. 둔탁한 쿵 소리와 함께 소피의 운동 마당 안으로 착지했다. 그녀는 몸을 굳히고 달려오는 발소리가 있는지 기다렸다. 하지만 고요만이 감돌 뿐이었다. 경비원이나 간수 누구도 그 소리를 듣지 못했음이 분명하다. 그녀는 벽을 따라 은밀히 움직여 소피의 감방 뒷문을 가볍게 두드렸다. 그 문이 열리자, 안으로 기어 들어가 변기가 있는 곳까지 진행해 나갔다.

소피가 모리아의 입술에 손가락을 대고 사슬을 잡아당겨 삐걱 소리와 물 내리는 소리를 만들었다. 그것이 그들의 금지된 대화를 덮는 데 도움을 줄 것이다. 커다란 여자가 몸을 굽혀 친구를 힘껏 껴안아 맞아들였다.

"미안해. 3주밖에 남지 않아서, 안전을 위해 네가 이런 일 그만둔 것 알아. 하지만 널 꼭 만나야 했어."

그녀가 다급하게 속삭였다.

모리아는 고개를 끄덕였다.

"루스 소식이에요? 소식 들었어요?"

“그건 아니야. 미안해. 그녀는 반대편 건물 쪽에 있나 봐. 걱정하지 마. 네 언니가 너처럼 단단하고 수완이 있다면 괜찮을 거라고 난 확신 해. 곧 만나게 될 거야.”

모리아는 목에서 올라오는 실망의 덩어리를 애써 삼켰다. 그녀는 동편 감옥의 여자들 감방을 지난 일년 동안 모조리 찾아 다녔다. 하지 만 헛수고였다. 여자 한 명이 낮 동안 끝마친 작업량을 서편 건물로 운반하는 일을 맡아하는데, 소피가 그 일을 맡게 되자 그녀는 루스의 흔적을 알아보겠다고 약속해 주었다. 하지만 그것 또한 허사였던 모양 이다.

“그럼 무슨 일이에요?”

“조사단이 내일 도착한대. 교도소장이 존스 간수에게 떠들어대는 소리를 들었어. 그건 완전 사기야. 윌리엄스 상원의원은 그 보고서가 자기 친구들에게 통과된다는 걸 확인하기 위해 자신의 대리인을 보내 는 거야. 조심해, 모리아. 네 일기에 대해서 누구도 믿어선 안 돼. 특 히 그 남자는. 네가 여기서 나갈 때까지 기다려야만 해.”

모리아는 당황하며 머리를 내저었다.

“그 사람은 ‘교도소 개혁을 위한 펜실베이니아 협회’를 대표하는 사 람이잖아요? 그가 조사단을 수행한다고 말했었잖아요?”

“의원의 대리인이 온대. 그자가 보고서에 손해될 만한 내용을 담고 싶어할 거라고 생각해? 절대 아니지. 필라델피아 동부 주 교도소 건설 이 거의 완비되어 있어. 펜실베이니아 시스템을 옹호하는 사람들은 애 플 놀을 논쟁으로 올릴 만한 여유가 없다구. 여긴 또 펜실베이니아 시 스템을 필라델피아 동부 주 교도소에 적용시키도록 입법부를 설득시 키는 데 사용하는 모델의 하나라구. 그 협회가 계획 세우는 집단은 아 니잖아?”

“그렇겠군요. 그런데 그런 걸 다 어떻게 알아냈어요?”

소피가 모리아의 귀에 더 가까이 입을 갖다 댔다.

"간수들은 입이 헤퍼, 특히나 실컷 즐긴 후에는 말이야. 기밀 정보를 간직할 수 없는 족속들이라는 건 확실하니까."

뜨거운 홍조가 모리아의 목에서 시작되어 얼굴을 뒤덮었다. 소피는 추락한 천사였다. 그녀는 모리아를 위한 정보를 얻기 위해 몸을 사용하는 것에 아무 거리낌도 없었다. 평생을 창녀로 보낸 그녀가 간수들의 욕망을 만족시켜 주지 않는다면, 그들은 지금보다 더 자주 자신들의 욕구를 충족시키기 위해 잘 복종하지 않는 수감자들을 괴롭힐 뿐일 테니까. 그것은 소피가 자청한 희생이었고, 그녀에게 어떤 잘못된 점이 있는지 모리아는 알 수 없었다.

모리아는 끔찍한 생각들을 지워 버리려는 듯 손목을 비볐다.

"문제는 시스템이 아니에요. 픽스 교도소장이라구요. 그 작자는 악마예요. 그자를 중지시켜야만 해요. 비첨 목사는 어떨까요?"

"아, 목사도 조사단과 같이 행동할 거야. 하지만 목사가 너에게 도움을 줄 수는 없을 거야."

"하지만 목사는……."

"목사는 너와 열띤 성경 논쟁하는 걸 좋아하지. 너는 그에게 하나의 도전이나 마찬가지니까. 아무리 해도, 네가 신께 죄를 지었다는 걸 확신시킬 수 없었으니까. 유죄 판결에도 불구하고 말이야. 너의 신념이 목사를 당혹스럽게 만드는 거야."

그녀가 모리아에게 팔을 둘렀다.

"넌 여기 왔을 때 너무나 어렸어. 목사가 음란한 성도착자들의 손에서 고통받지 않도록 널 보호했지. 너도 그건 알 거야. 하지만 목사가 너 때문에 자신의 위치를 포기하지는 않아."

모리아는 잠시 말을 잃었다. 지금까지보다 더 혼란스러웠다.

"당신 말이 옳아요. 목사는 날 도울 수 없어요. 그가 애플 놀의 문제를 들먹인다면, 그들이 해고시키면 그만이겠죠. 그는 또 너무 늙었고……."

그녀는 한숨을 쉬었다. 그 사건이 일어났을 때 커밍스 글렌 대신에 비첨 목사가 그들의 보호자가 되었더라면 루스와 그녀에게 어떤 일이 일어났을까? 비첨 목사는 그녀와 언니가 한 짓을 이해할 수 있었을까? 아니면 글렌이 사회의 처벌을 받아들이도록 그들에게 강요한 것처럼 엄격한 교리로 무장을 하고 그들을 비난했을까? 그녀는 과거에 대한 생각들을 쫓아내고 당장의 현실에 정신을 집중했다.

"난 올바른 길로 인도해 달라고 기도하고 또 기도했어요. 하나님께서 우리를 도우시려고 조사단을 보내신 거라고 확신했어요."

그녀가 소피의 손을 부여잡았다.

"어쩌면 그분은 더 기다리길 원하시는지 몰라요. 난 더 열심히 기도할래요. 그분께 내 마음을 더욱 온전히 열 거예요. 하지만 당신이나 다른 사람들을 잊지 않겠다고 약속할 게요."

"네가 걱정할 사람은 없어."

소피가 대답했다.

"나에게 있어 이곳은 그다지 나쁘지 않아. 하지만 어린 아이들에게는…… 의원이란 작자들은 이곳 여자들이 누구도 상상할 수 없는 경멸과 학대로 고통받고 있다는 걸 알아야 해."

모리아는 아니었지만 지난 일 년 동안 그녀가 만나 보았던 여자들에게서 상처받은 영혼과 짓밟힌 육체들과 말로 표현할 수 없는 공포를 보았었다.

"그 사람들은 알게 될 거예요. 나에게는 일기가 있어요. 그런 짓을 한 사람의 이름과 날짜, 모든 못된 행동들을 상세하게 적어 두었어요. 그걸 해리스버그로 가져 갈 거예요. 루스가 날 도울 거구요."

"분명히 그럴 거야, 달링. 일기가 안전하다는 건 확실한 거야?"

"잘 숨겨 두었어요."

모리아는 일할 때 사용하는 송곳으로 정성껏 한 글자 한 글자를 가죽 조각에 써 두었다. 그것을 보관한 장소를 다른 사람에게 말해야 할지 잠시 머뭇거렸다. 종이와 펜을 절대 허용하지 않는다고 해서 알아낸 사실을 적는 걸 막을 수는 없었다. 오히려 그녀를 더욱 창조적으로 만들었을 뿐이었다.

"이제 서두르는 게 좋겠어. 그렇지 않으면 경비원들한테 잡힐 거야."

그들은 함께 운동 마당으로 발끝을 들고 나갔고, 소피가 벽 위까지 모리아를 쉽게 밀어 올렸다. 앞으로 얼마쯤 기어 가다가 모리아가 멈춰 고개를 돌렸다.

"그 사람 이름이 뭐죠? 그 상원의원의 대리인?"

소피의 속삭임이 재빨리 전해졌다.

"캄든, 로이드 캄든."

2

다른 사람들 앞으로 한 걸음 나서서, 로이드 캄든은 애플 놀 교도소를 휘 둘러보았다. 중세식의 작은 탑들이 바깥 돌벽들 구석구석에 세워져 있었다. 사실 태양빛에 갑옷을 입은 경비원들의 모습이 번쩍일 거라고 반쯤 기대했었지만 그 대신 권총과 쌍안경을 갖춘 푸른 제복의 남자들이 종이 높이 달린 탑들 위에서 조용히 감시하는 모습이었다.

외로운 직업이군.

'네 직업은 더 나을까?'

픽스 교도소장이 무리 앞으로 재빨리 걸어 나와 숨을 가다듬었다.

"단 한 명도 도망 가지 못합니다. 저 벽들 위로는 절대 불가능하지요."

그는 활짝 미소를 지으며 이마에 난 땀방울을 닦아 냈다.

4명으로 구성된 조사단에서 유일하게 주의원인 조지 애트우드가 씨익 웃었다.

"화강암과 슬레이트라. 올라가기엔 너무 미끄럽겠군요."

그가 한 손을 들어 그들 뒤의 어깨 너머로 손짓을 했다.

"입구는 저것들뿐인가요?"

"안전을 위해서 그게 더 낫습니다."

픽스 소장이 고개를 끄덕인 다음 계속 돌아보자는 신호를 보냈다.

건물 중앙까지 연결된 자갈길만 제외하고 빽빽한 초록 잔디가 양쪽으로 펼쳐진 건물 앞뜰을 전부 덮고 있었다. 보도 양쪽을 따라 중간중간 심어진 10그루 남짓의 어린 나무들이 푹푹 찌는 열기에서 약간이나마 휴식을 제공했다.

로이드의 셔츠는 땀으로 젖어 등에 착 달라붙어 있었다. 상식적으로 동료들과 같이 편안한 차림을 하고 싶었지만 그런 충동을 억누르고 신사로서의 정장을 완벽하게 갖춰 입었다. 그는 조끼 단추를 다시 잘 잠그고 느슨해진 넥타이를 똑바로 매만졌다. 한여름의 열기가 그의 의지를 조롱하지 못하게 할 참이었다.

해리스 상원의원의 젊은 보좌관인 프리스콧 달로우가 로이드의 팔꿈치를 찔렀다.

"기대되지 않아요? 우리가 실제로 감방 안으로 들어갈 거라고 생각하세요? 난 악당이나 난봉꾼, 창녀들을 이렇게 가까이서 본 적이 한 번도 없답니다."

입 속에 역겨움이 불쾌하게 배어나자, 로이드는 턱을 앙다물었다. 그의 시선이 잠시 번득였다가 그 풋내기에 대한 비난을 쫓아 버렸다.

"교도소장이 그렇게 해주겠지요."

"그랬으면 좋겠군요. 해리스 의원님께서는 우리가 원하는 곳은 어디든 들어가 볼 수 있다고 하셨거든요."

로이드는 우월감과 괴이한 호기심이 담긴 개암나무빛 눈동자를 노려보았다.

"다 끝나고 나면 당신 보고서를 1부 주십시오. 전 윌리엄스 의원님을 위해 공식적인 의견서를 준비할 테니까요."

막 터져 나오려는 차가운 질책을 간신히 참으며 로이드는 건방진 풋내기를 떠나 다른 사람들을 따라 건물 안으로 들어갔다.

양잿물 비누의 독특한 냄새가 섞여 나는 시원한 홀로 들어서는 순간, 그는 자신의 몸에 냉기가 휘도는 걸 느꼈다. 수감자들에게로 안내되는 복도에서 시선을 돌리며 그는 몸서리를 쳤다. 너무 가까이 와 있다. 자신의 불편함을 억누르며 그는 그의 앞에 내밀어진 손을 잡아 쥐었다.

"전 말리 영입니다. 교도소 개혁을 위한 펜실베이니아 협회 소속입니다. 윌리엄스 의원님을 통해 몇 개월 전에 서로 소개받은 적이 있지요. 알렉산드리아와 당신의 약혼이 발표되었을 때 말입니다. 알렉산드리아 양은 어떠신가요?"

"잘 있습니다."

로이드는 대답을 하면서도 전에 이 남자를 만났었는지 도무지 기억나지 않았다. 이 남자는 로이드의 기억을 불러일으킬 만한 특징을 갖고 있지 않았다. 보통 체격에 특징 없는 혈색의 이 남자는 쉽게 모든 이의 관심 밖으로 밀려날 것이다. 하지만 로이드는 기억 속을 뒤집어 이름과 얼굴을 떠올리려고 그를 열심히 살펴보았다.

"당신은 행운아십니다, 제가 이렇게 말해도 불쾌하지 않으시다면요. 알렉산드리아 양은 아주 특별한 여성이거든요."

"사실이오."

잘 모르는 사람과 약혼녀에 대해 이러쿵저러쿵 이야기할 생각은 없었기에 그는 방향을 틀었다.

영이 그의 팔을 잡아 가까이 몸을 기대 왔다.

"윌리엄스 의원님께서는 협회의 아주 좋은 친구셨습니다. 그분이 당신과 우리 서로의 관심사를 알려 주셨겠지요."

"협회의? 아니면 당신의 관심사 말인가요?"

영의 얼굴이 빨개졌고 로이드는 자신이 뱉은 말을 즉시 후회했다. 자신의 자제력이 이다지도 부족하다는 점이 당혹스러웠다. 의심할 여지없이, 그 협회는 지원할 만한 가치가 있었고 로이드도 익명으로 기부를 한 적이 있었다. 하지만 유력한 소식통들을 통하여 영이 악독하거나 광기 있는 교도소장, 간수들, 경비원들과 그들로부터 죄수들을 보호할 방법을 열심히 찾는 사람들 사이를 왔다갔다하는 인물이라는 걸 알았다. 그는 몇 년 전 힘있는 윌리엄스 의원에게 미래를 붙들어 맨 기회주의자였다.

'너는 다르다는 거냐?'

로이드는 얼른 정신을 차리고 그 멍해 있는 남자의 등을 툭 쳤다.

"윌리엄스 의원님께서는 당신을 믿고 계시오. 나도 똑같지 않겠소?"

영의 얼굴에서 긴장감이 빠져 나갔다.

"제가 여기 마지막으로 왔을 때 교도소의 문제는 아주 사소한 걸로 판명이 났었습니다. 의회에서 관심 갖을 만한 것도 전혀 아니었지요. 이곳 교도소장은 협조적인데다가 평판도 아주 모범적입니다."

낮게 속삭이는 영의 확언에 로이드를 괴롭히던 양심이 잠잠해졌다. 그는 애플 놀에 대해 긍정적인 보고서를 전달하기로 되어 있었다. 여죄수들을 착취하고 비정상적인 일을 시킨다는 소문을 반박해야 했다. 윌리엄스 의원의 명백한 지시들을 떠올리자 서둘러 먹은 아침이 뱃속에서 부글거렸다. 자신이 마주한 딜레마로 인해 로이드는 자신의 개인적인 과거 기억들, 양심 그리고 그가 미래를 위해 신중하게 그려 놓았던 계획들 사이에서 철저한 전쟁을 치르고 있었다.

교도소장의 벽을 울리는 목소리가 생각을 가로막자, 로이드는 다른 사람들과 합류하여 벽에 붙어 있는 설계도 앞으로 다가갔다.

"애플 놀의 디자인은 아주 독특해서 주의 다른 교도소에서도 받아들이고 있습니다."

교도소장이 설계도의 중앙을 자랑스레 지적했다.

"우리는 원형홀 안에 있습니다. 여기 이곳은 수레의 중심과 마찬가지입니다. 바퀴 살처럼 펼쳐진 6개의 건물, 각각 20개의 개인 독방들과 개인용 운동 마당이 있습니다. 안에서는 각 방의 이중문으로 접근이 통제됩니다. 밖으로는 견고한 철문들이 마당을 보호합니다."

동편 마당을 마주 보는 복도를 훑어 가며, 픽스 소장이 말을 이었다.

"이쪽 건물은 경영 사무실, 의사의 진찰실과 병실, 세탁실, 부엌들로 구성되어 있습니다. 다른 건물들은 엄격히 죄수들만 수감하고 있지요. 현재로는 126개의 감방이 있습니다."

달로우가 앞으로 나섰다.

"여자 죄수들은 몇 명이나 됩니까?"

"35명. 물론 남자들과 분리되어 2개의 건물에 수감되었죠. 동쪽은 사무실 바로 뒤에 있고, 서쪽은 앞마당과 마주 보게 되어 있습니다. 이 점을 주목해 주십시오, 여자들의 감방은 모두 사무실과 가장 가까운 곳이라는 점입니다. 윌리엄스 의원님의 말에 따르면, 이것이 가장 관심을 끄는 부분이라고 하더군요."

이 교도소의 설계에서 잘못된 점은 찾을 수 없었다. 나머지 견학이 쉽게 끝난다면, 로이드의 딜레마는 문제 없이 사라질 것이다.

교도소장이 단조롭게 계속했다.

"고립된 수감자들은 말리 영 씨께서 여러분께 일깨워 주셨던 교도소 개혁 운동의 직접적인 결과입니다. 전에는 수감자들이 커다란 방에서 공동 생활을 했지요. 나이나 성별이나 범죄의 질에 상관없이 말이죠. 우리의 시스템은 어린 범죄인들, 특히나 처음 죄를 짓고 들어온 초범자들의 민감함을 보호합니다."

영이 동의하듯 고개를 끄덕였다.

"독방에 수감하는 목적은 처벌이 아니라 각각의 죄수들에게 사생활을 허락하고 사회로 돌아가기 전에 기도하며 회개할 시간을 주는 데 있습니다."

조지 애트우드가 설계도를 자세히 보기 위해 앞으로 나왔다.

"어번 시스템은 집단 노동자들을 고용합니다. 그런데 여기에는 작업실이 보이지 않는군요."

입술 양끝만 살짝 휘어지는 미소로 보건대, 분명 여기 오기 전에 연구한 것을 나타내 보인 점이 만족스러운 모양이었다.

"노동은 죄수들간의 교제를 금지하기 위해 개인적으로 실시됩니다. 어린 범죄자들을 오염시키는 것이 어번 시스템의 약점이었지요. 거기에 요구되는 많은 경비원들 또한 이 시스템에서는 사실상 더 적어집니다. 사업가들이 일을 계약합니다, 주로 신발을 만드는 일이지요. 그들은 재료를 제공하고 죄수들은 노동을 제공합니다. 그래서 사업가들에게 이익을 주고, 교도소의 비용도 절감하며, 수감자들에게 기술 훈련도 시키게 됩니다. 손해날 건 아무것도 없는 거죠."

로이드는 그의 설명 이상의 것을 알고 있었지만 침묵을 지켰다. 노동을 강제로 착취당할 때는 이 시스템이 더 유리했다. 돈이 거의 교도소 조직을 위해 쓰여질 때는 특히나 그랬다.

교도소장이 설계도에서 한 걸음 물러섰다.

"여러분, 절 따라오시면 비첨 목사의 집에서 저녁 식사를 하기 전에 건물을 얼른 돌아보시도록 안내하겠습니다."

모리아는 신발 위쪽을 만들기 위해 미리 잘라 놓은 가죽 더미 옆에 송곳과 바늘을 내려놓았다. 한쪽 허벅지에 균형이 잡힐 때까지 신발 꺾쇠를 이동시키면서, 등을 휘어 뭉쳐진 근육을 쭉 폈다. 그리고 두건을 올려 얼굴을 닦고 충혈된 눈을 부볐다. 가슴 계곡에 땀방울이 뚝뚝 떨어졌다.

귀찮은 방문객들! 빌어먹을 두건!

어떤 게 더 짜증스러운지는 결정 내릴 수 없었다. 비록 언제나 전자 때문에 후자의 조건이 오는 것이었지만. 적어도 바깥의 나무문은 열려 있었고, 가끔씩 시원한 바람이 부드럽게 감방 안으로 날아 들었다.

내용은 모르지만 멀리서 들리는 목소리들이 영원히 이어질 듯하던 고요를 깨뜨렸다. 그녀는 얼른 두건을 뒤집어썼다. 잠시 머뭇거리며 깊은 숨을 들이쉰 다음, 갑자기 벌떡 일어섰다.

조사단이 도착했다.

신발 꺾쇠가 바닥으로 떨어졌지만 지금 이 순간은 쇠창살이 달린 문을 마주 보게 의자를 돌리느라 신경 쓸 여유가 없었다. 대화를 알아들을 수 있을 때쯤, 그녀는 무릎 사이에 꺾쇠를 부둥켜안고 치마는 적당히 펼친 채 일을 시작했다. 머리를 숙이고 열심히 부드러운 가죽을 바느질하면서, 평상시의 자세를 바꾸어 벽 대신 문을 마주 보는 것으로 다른 사람들에게 메시지를 전달할 수 있기 바랐다.

로이드 캄든이 거짓 조사를 할 의도라면―그는 여기서 고통받는 여자들을 우습게 여기겠지―적어도 등 대신에 여인들의 눈을 마주 보아야 할 것이다. 하나하나가 그의 얼굴을 기억하며 그들이 가진 유일한 무기…… 영혼으로서 그를 말없이 비난한다는 사실을 알게 될 것이다.

심장이 두근거리는 가운데 그녀는 그 자세를 유지했다.

자기 혼자만의 행동이 될까 두렵지는 않았다.

목소리들이 중얼거림으로 잦아들었다. 발소리가 그녀의 감방 앞에서 정지했다.

그녀는 교도소장의 얼굴에 충격이 떠오르길 기대하며 고개를 들었다. 그의 표정을 무시한 채 자신을 쳐다보는 4명의 남자를 하나하나 노려보았다. 놀라움에 찬 덩어리가 목을 틀어막았고 가슴이 죄어들었다. 이 방문객들을 마주 보는 것, 그들의 표정에 드러난 경멸과 야릇한 호기심을 보는 것은 생각했던 것보다 훨씬 더 아픈 경험이었다.

그녀는 교도소를 돌아다니며 말하는 방문객들의 대화에 익숙해 있었다. 가끔은 부모가 낑낑대는 아이들을 그녀의 문으로 끌어당겨, 못된 행동을 계속하면 이와 똑같은 벌을 받을 거라고 위협하기도 했다. 어떤 이들은 불안하게 낄낄거렸다. 금욕적인 열정에 휩싸인 다른 이들은 무릎을 꿇고 그녀의 시커먼 영혼을 위해 기도를 올렸다.

얼굴과 얼굴을 마주 대한다는 것이 그녀에겐 힘겨운 도전이었는데, 그녀의 시선을 받는 남자들은 오히려 즐기는 것 같았다.

아니, 그들 모두는 아니었다. 다른 사람보다 키가 큰 한 남자는 달라 보였다. 그의 표정은 읽기가 어려웠다. 공포일까? 그녀는 몸을 앞으로 기울여 더 자세히 쳐다보았다. 아니야, 흥미를 숨긴 가면이야. 그런 다음 연민이 재빨리 초연함으로 덮여 버렸다.

로이드 캄든.

그녀의 시선이 그에게로 쏟아지며 마음속에 그의 모습을 지울 수 없이 그려 놓았다. 강인하게 각진 얼굴 주위에 아무렇게나 구부러진 푸른 빛 까만 갈기가 겨울 같은 초록의 눈동자를 감싸고 있었다. 그의 이미지는 결단력을 생각나게 했다. 강인한 의지, 도전이라고 할 수 있을까?

대단히 잘생긴 그 남자의 시선이 그녀와 고정된 듯이 얽혔다. 그녀는 도전적으로 머리를 들고 어깨를 쭉 폈다. 그에게 던진 도전장을 되돌려 물러나기엔 그녀의 고집이 너무 셌다.

'배신자 유다.'

그의 시선이 떨어지며 시야에서 물러나고 교도소장은 사람들을 다시 안내해 갔다. 천천히 그녀의 혈관을 통해 수치심이 기어들었다.

'판단하지 마.'

어찌할 수 없이 그녀는 판단할 수밖에 없었다. 그 사람이 캄든이라고 어떻게 확신할 수 있었을까?

그녀는 확신할 수 있었다.

소피의 정보가 그녀의 끔찍한 실수를 막아 낸 것을 아는 것만큼이나 확실하게.

그녀는 조사단의 어느 누구도, 캄든도 믿을 수 없었다. 너무나 많은 여자들의 운명이 그녀의 손바닥에 무겁게 쥐어져 있었다. 기다려야 한다…… 조금만 더 기다리면 돼.

부르르 몸을 떨며, 로이드는 그 연한 푸른 색 눈동자 속에서 번득이던 비난의 불길을 지우려고 애썼다. 그 눈동자가 그의 모든 방어막에 구멍을 내고 연약한 감정을 드러내 버렸다.

'그만해.'

다른 감방들을 지나는 동안 그는 조용히 항의했다. 그녀가 알 리 없어.

교도소장이 평소의 모습이라고 주장한다고 해도, 이 교도소는 보기 드물게 말끔하게 정돈되어 있었다. 식단이 신중하게 개선되었다는 건 의심의 여지가 없었다. 로이드는 바보가 아니었다. 픽스 소장도 그렇고.

마지막 감방에 도착했을 때 그의 기분은 더 나아졌다. 아련한 눈동자의 여자는 그저 조사단의 침입에 분개한 것일지도 모른다. 어쩌면 그게 당연하겠지. 추가된 노동에 지친 데다가 불평을 토로할 수도 없기에 그들에게 화를 돌린 것일 게다. 그녀가 그를 움찔하게 할 만한 방법을 찾아낸 게 놀라울 뿐이지. 다른 죄수들 중에는 조사단에게 노골적으로 대항할 용기를 가진 인물이 없는 모양이었다. 바깥문을 마주 본 수감자는 단 한 명도 없었다. 두건을 쓴 여자들의 흐릿한 이미지, 주황과 갈색과 빨강으로 차려 입은 색색의 몸뚱이들―그런 것들이 색색의 정돈된 무리, 엄격한 노동과 순종을 창조해 냈다.

새벽녘 봄하늘 같은 눈동자의 조그마한 여자만 빼고 말이다.

달로우의 생기 있는 목소리가 로이드의 상념을 뒤흔들며 임무를 일깨워 주었다.

"왜 여자들이 다른 색 옷을 입고 있지요? 그게 무슨…… 범죄에 대한 암호인가요?"

픽스 소장이 고개를 저었다.

"초범자는 주황색, 재범자는 갈색. 죄의 성격과는 상관없습니다."

"그럼 빨간 색은요?"

"2번 이상 죄지은 자들이지요. 다행히도 애플 놀에는 한 명뿐입니다. 하지만 그녀도 여기서 선고를 받은 건 처음입니다. 2번, 필라델피아의 월넛 교도소에서 매춘 행위로 복역했었습니다. 그녀는 우리가 중죄인을 교화시킬 수 있는지 지켜 볼 수 있는 도전적인 시험 대상이랍니다."

아련한 눈동자의 여인은 주황색이었다. 로이드는 그 생각을 하고 나서 질문을 던졌다.

"어차피 다른 죄수들과 분리되어 있다면, 굳이 옷을 색깔별로 나눌 필요가 있을까요? 기록상으로 그들의 범죄사가 드러날 텐데요."

당황한 픽스 소장은 사무실 쪽 복도로 사람들을 이끌면서 재빨리 대답했다.

"일주일에 한 번씩, 여자들이 짝을 지어 복도를 닦습니다. 경비원들이 엄격하게 침묵시키긴 해도, 우리는 초범자가 다른 자들에게 나쁜 영향을 받지 않도록 애쓰고 있습니다."

"그럼 두건은?"

"다른 사람들이나 방문객들로부터 그들의 신분을 보호하기 위해서죠. 일단 이곳을 떠나면, 그들은 하나님과 사회로부터 평화로울 수 있습니다. 과거가 알려질까 봐 걱정하지 않고 새롭게 시작할 수 있겠지요."

애트우드가 그 의견에 전적으로 동감을 표하며 고개를 끄덕거렸다.

"그것은 또한 풀려 난 후에 범죄자들이 서로 뭉치는 것을 방지할 수도 있을 겁니다. 좋은 생각이군요. 난 의회가 이런 규칙에 동의할 거라고 확신합니다. 당신은 어떻게 생각하십니까, 캄든 씨?"

"만족스럽습니다."

로이드는 얼굴에 두건을 쓰는 것이 수감자들에게 예기치 않은 이익을 가져 올 수도 있다고 생각했다. 얼굴을 가렸으니, 악마의 자식으로 낙인 찍히거나 서커스의 우리에 갇힌 짐승처럼 보이는 자신들의 모습에 좌절하지 않을 것이다. 두건이란 괴상한 물건이, 완전을 추구하면서도 음란한 강박 관념을 갖을 수밖에 없는 실패한 이미지를 찾아내는 인간의 본성에 대항하여 명백한 방어막을 제공할 수도 있었다.

그 자신도 두건을 쓸 수만 있다면, 그는 그걸 거의 소망할 뻔했다. 이곳에서의 작업이 더 쉬울 수도 있을 테니까. 그러나 영혼 깊숙한 곳에서는 아무리 육중한 강철로 만들어진 두건을 썼다 할지라도 그 꿰뚫을 듯하던 아련한 눈동자에 담겼던 비난의 불길로부터 보호받을 수 없다는 걸 그는 알았다.

13년이었다. 반평생. 그는 기억했다. 너무나 자세하게.

그녀의 감방을 지나면서 그는 눈을 감아 버렸다. 그의 장소였을 수도 있었던 감방. 그의 소년 시절을 들여다보는 듯하던 차가운 그녀의 시선.

몸이 떨리는 것 같았다.

어쩌면 기억이 너무 조금밖에 남지 않은 것일지도 몰랐다.

3

남은 오후 시간 내내 모리아는 일을 계속하여 2개의 신발 윗창을 끝마치고 그 다음엔 묵상의 기도로 한 시간을 보냈다. 그녀는 이제 닫혀진 나무문을 쳐다보며 조사단이 떠나고 그들에게 다시 평화가 찾아왔다는 점에 감사했다.

성경책을 덮고 가슴에 끌어안았다. 얌전히 지내다가 갑작스레 괴팍하고 반항적인 죄수가 되어 버렸던 자신이 수치스러웠다. 그녀의 마음이 방황을 시작하며 루스에 대한 생각으로 귀착되었다. 사랑이 많으며 언제나 충실했던 루스.

"난 언니를 닮으려고 평생을 노력했어."

낮게 중얼거리며, 그녀는 언니의 침착한 신념과 이성적 행동을 배우는 일에 또다시 실패했다는 걸 알았다.

그녀는 언니의 얼굴과 모습을 그려 보며 인상을 찌푸렸다. 잘 떠오르지 않자 두 뺨에 죄스러운 붉은 기운이 올라왔다. 처음엔 흐릿했던 루스의 미소짓는 모습이 점점 선명해지며, 루스의 그런 모습이 얼마나 많이 변했을지 궁금해졌다. 거의 4년이 지난 지금, 언니는 자신처럼 많이 변했을까?

모리아는 아이 때 감옥에 들어왔지만 여인이 되어 나갈 것이다. 자신의 몸을 훑어보았다. 몸무게는 그리 늘지 않았지만, 어린 시절의 각진 선들이 부드러운 곡선으로 바뀌었고 작고 단단한 젖가슴이 헐렁하고 촌스러운 겉옷 안의 허름한 속옷 안에 숨겨져 있었다. 금발의 머리는 너무 길게 자라서 땋은 머리가 허리까지 닿아 있었다. 그녀는 언니와 자신의 외모가 얼마나 많이 달라졌을지 생각하며 머리채를 잡아당겼다.

팽팽한 갈색의 고수머리였던 루스의 머리는 항상 제대로 정돈해 보려는 루스의 시도에 대항하여 부드러운 잔털들이 삐져 나왔었다. 건장한 독일 출신의 아버지를 닮아, 루스는 단단한 골격과 그에 어울리는 강인한 성격의 소유자였다. 지금쯤 그 머리카락이 더 둥글고 풍성한 곡선을 그리고 있겠지. 창백한 얼굴색이 먼 북유럽계임을 나타냈던 아일랜드계 어머니. 작고 여윈 모리아는 언니인 루스와 달리 그런 어머니의 복사판이었다.

모리아가 항상 언니와의 격차를 줄여야 한다는 강박 관념을 갖고 있긴 했어도, 두 소녀는 성격상 아주 흡사했다. 루스는 자연적이고 거의 선천적이라고 할 만한 신앙심을 갖고 있었다. 한편 모리아는 루스를 인간적인 이상형으로 삼아 성경의 가르침을 따르려고 애를 썼다.

모리아는 루스와의 친밀감이 무척이나 그리우면서도 사회와 분리된 이곳에서 자신만의 믿음을 형성하는 것이 더 쉽다는 게 이상했다.

비슷한 또래의 두 자매는 부모님이 마차에 치어 돌아가신 후 더욱 가까워졌다. 마음에 상처를 입긴 했지만, 제드 삼촌의 애정과 관심 덕분에 두 소녀는 회복될 수 있었다.

무척이나 다정했던 삼촌.

눈물이 넘쳐 뺨으로 흘러 내렸다. 삼촌에게 그건 쉬운 일이 아니었다. 슬픈 미소로 잡아당겨진 입술이 떨렸다. 혼자 사는 남자로서 아버지가 된다는 것이 쉬운 일은 아니었지만, 구두 수선집 위에 있던 2개의 방은 사랑과 인내로 가득 차 있었다.

4년 전, 삼촌이 조카들에게 도움을 부탁했을 때 언니와 그녀는 조금도 주저하지 않았다. 두 소녀에게 있어 법을 어긴다는 것은 별 문제가 아니었다. 하나님의 교리를 위반하는 것이 마음에 걸렸지만, 결국에는 그들의 결정이 조용한 내부의 평화로 축복받았다는 걸 알 수 있었다.

뱃속 깊은 곳에서 울려대는 꼬르륵 소리에 모리아의 회상이 끝을 맺었다. 배가 고파진 모리아는 성경을 한쪽으로 놓고, 침대를 정돈한 다음 얼굴과 손을 씻었다.

벨소리와 함께 음식 쟁반들이 가득 담긴 수레의 바퀴 소리가 들려왔다. 음식 쟁반이 나무 뚜껑문으로 밀려 들어오자 모리아는 무릎을 꿇고 들어 올렸다. 음식 냄새를 맡자 다시 배에서 소리가 났다. 그녀는 입 안 가득 침이 고인 채 저녁 식사를 작업대로 가지고 갔다.

스튜다! 그 맛이 입 속에서 느껴지는 것 같았다. 그녀는 감히 고깃덩이 하나라도 떠 있기를 기대하며 나무 그릇의 덮개를 들어 올렸다.

갑자기 목에서 비명이 터져 나올 것 같아 얼른 한 손으로 입을 틀어막았다. 반사적으로 다른 손은 그릇을 멀리 떠밀어 버렸다. 바닥에 그릇이 떨어지는 거칠은 파찰음에 놀란 밴디트가 미친 듯이 뒷문으로 돌진해 나갔다. 하지만 지금 모리아에게는 그것이 문제가 아니었다. 바닥에 질퍽하게 엎질러져 점점 그 영역을 넓혀 가는 스튜를 공포의 눈으로 노려보았다. 그 속에 번들번들하고 윤기나는 갈색 덩어리들이 떠 있었다.

바퀴벌레! 짙은 갈색의 긴 다리를 가진 비열한 눈의 바퀴벌레들! 역겨운 벌레들이 그녀의 저녁 식사 속에 무기력하게 떠 있었다.

담즙의 쓴 맛이 목을 찌르며 온몸이 부들거렸다. 작업대에서 물러서는 그녀의 윗입술에 식은땀이 점점이 매달렸다. 간신히 살아 남은 듯한 벌레 하나가 치맛자락에 달라붙자 그녀는 얼른 떨리는 손으로 털어 냈다.

징벌이다. 빠르고 조용한 징벌.

오늘의 작은 시위가 그냥 넘어가리라 생각했나? 조사단의 존재도 그녀의 건방진 반항에 대한 교도소장의 처벌을 막지 못했다. 그녀는 그가 미묘하면서도 강력한 처벌을 내릴 것이라고 예측했어야 했다. 조사단 사람들이 발견하지 못할 만한 처벌—그들이 신경이나 쓴다면 말이지만.

조사단에 대한 생각이 눈앞의 끔찍한 벌레에게서 신경을 분산시키며, 로이드 캄든의 모습이 다시 떠올랐다. 승리감으로 번득이는 그 짙은 초록색 눈동자. 그녀는 신음하며 두 눈을 질끈 감았다. 그 눈을 잊게 해 달라고 열심히, 열심히 기도했다. 그는 왜 그녀를 내버려 두지 않는 걸까? 바로 전에 주님의 용서를 받기 위해 길고 힘든 기도를 올리지 않았던가?

배에서 또다시 아우성을 쳐대자, 그녀는 당장의 직면한 문제로 관심을 되돌렸다. 역겹고 끔찍한 처벌을 어쩔 수 없이 당연한 것으로 받아들일 수밖에 없었다. 이 처벌은 교도소장의 명령에 따른 존스 간수의 취향이겠지. 그녀는 먹을 수 없는 스튜를 발끝으로 건넜다. 적어도 배고픔을 면할 만한 몇 개의 조잡한 야채가 마당에 재배되어 있다. 날 것으로 먹어야 하겠지만 아무것도 없는 것보다는 나을 것이다. 그녀가 뒷문에 거의 다달았을 때쯤 발소리가 들리더니 문이 쾅소리를 내며 닫혔다. 문에 걸쇠 채워지는 소리가 들려 오자, 그녀의 목에서 비명이 터지려 했다.

내 정원마저, 안 돼!

그녀의 비참함을 더하려는 듯, 감방으로 날아 들던 신선한 공기마저 갑자기 멈추어졌다. 점점 숨이 가빠지는 것 같았다. 굶주린 몸을 떨며, 그녀는 마침내 패배를 인정했다. 물통에 걸레를 축이고 감방을 닦기 위해 무릎을 꿇었다. 추가된 참회의 시간으로 기꺼이 받아들이자. 벌레를 치우면서 피부가 근질근질해지긴 했지만 마침내 일을 마친 그녀는 옷을 벗고 침대에 누워 채광창을 올려다보았다.

파란 공단 같은 하늘이 그녀의 팽팽해진 신경을 달래 주었다. 졸음이 부드럽게 기어 들어와 의식을 앗아 갔다. 하지만 이미 그 악마 같은 초록의 눈동자가 그녀에게 심술궂게 윙크를 하며 그녀의 잠을 최대한으로 방해한 후였다.

가벼운 저녁 식사를 마친 후, 비첨 목사는 조사단 일행을 현관 앞의 야외 테이블로 안내했다. 하얀 색, 분홍색, 파란 색 꽃잎의 수국들이 회벽칠한 난간을 무성하게 감싸고 있었다. 그가 손님들에게 앉으라는 시늉을 했다.

"캄든 씨, 조사단장이신 당신을 더 일찍 뵙고 싶었지만, 주님의 뜻은 달랐던 모양입니다. 영원한 안식의 땅으로 한 영혼을 인도케 하는 게 그분의 계획이셨지요. 다행히도 그 불쌍한 영혼은 마지막 숨을 거두기 전에 하나님의 평화를 받아들였답니다."

로이드는 나이 든 남자의 말에 담긴 성실성을 알아채며 고개를 끄덕였다.

"이해합니다, 충분히."

서 있는 쪽을 선택한 로이드는 다른 사람들이 칠해 놓은 색이 벗겨진 버들가지 의자에 앉는 모습을 지켜 보며 목사의 말이 이어지길 기다렸다.

"픽스 소장에게 듣기로는 앞으로 이틀 동안 여기 계실 거라더군요."

눈 끝으로 달로우의 실망스런 표정이 잡혔다. 로이드 자신의 솔직한 감정이기도 했다. 로이드는 앞으로의 이틀이 끔찍했고 그가 벌거벗은 채 눈보라 속에 서 있는 기분인 만큼 그들도 그러길 바랐다.

"윌리엄스 의원님께서는 그 정도 시간이면 충분하리라 생각하셨습니다. 당신도 동의하십니까?"

"충분하겠지요."

덩굴제비콩처럼 가냘픈 초로의 목사가 허벅지 사이에 두 손을 모았다.

"제가 어떻게 도와 드릴까요?"

애트우드가 작은 서판과 손가락 크기의 펜슬을 재킷 주머니에서 꺼내며 자리에서 약간 몸을 움직였다.

"우리 모두 분담해야 할 겁니다. 몽고메리 의원님께서 조사단에 합류하라고 부탁하셨을 때, 특별히 조사할 부분을 언급하셨습니다. 아마 그것이 최선의……."

"윌리엄스 의원님이 조사단의 실질적인 단장이십니다. 그리고 그분이 원하는 것을 전 알고 있지요."

로이드가 목기침을 한 다음 단호한 표정을 지었다.

"여러분께 이 일이 얼마나 중요한지 굳이 다시 말할 필요는 없을 겁니다. 해리스버그에 퍼진 소문들은 픽스 소장이나 교도소의 평판보다 더 큰 손실을 초래합니다. 펜실베이니아 시스템을 체리 힐과 다른 지역에도 적용시키도록 입법부에서 찬성했습니다. 그러므로 이에 대한 어떤 나쁜 소문도 거짓이라는 걸 확실히 하는 것이 중요합니다."

필라델피아 동부 주 교도소의 일반 이름이 언급되었을 때 얼굴색이 변한 사람은 아무도 없었다. 하지만 목사의 얼굴에 순간적인 당혹감이 떠올랐다가 사라졌다.

"당연히 여성 수감자들이 가장 큰 관심사입니다. 그들은 상처받기 쉽고 그들을 학대하는 것은 커다란 반발을 일으킬 수 있습니다."

달로우가 얼굴을 붉혔다. 하지만 로이드는 그의 눈 속에 담긴 흥미의 번득임을 놓치지 않았다.

"교도소 담당 위원회의 회장이신 윌리엄스 의원님은 수감자들에 대해 책임감을 느끼고 계십니다. 그것이 그분의 어깨를 무겁게 내리누르고 있지요. 그분의 대리인으로서, 솔직하고 철저한 조사 없이는 의원님께서 만족하지 않으실 것임을 알려 드립니다."

로이드의 말은 부드럽게 흘러 나왔지만, 그는 거의 숨이 막힐 지경으로 가슴이 뒤틀리는 것을 느꼈다. 윌리엄스는 위선자였다. 애플 놀을 후원하는 사람들에게는 충성스런 위선의 가면을 쓰고 수감자들에게는 그들의 노동으로 생기는 이익을 챙기는 정치적인 속임수의 대가였다. 여성 죄수들에 대한 부당한 대우가 진실이든 증거 없는 헛소문이든 그에겐 중요치 않았다.

로이드가 윌리엄스의 음흉한 면을 알아챘을 때는 이미 너무 늦어 있었다. …… 알렉산드리아와 약혼한 후였으니까. 윌리엄스 딸과의 결혼은 그의 위치를 지체 높은 계급으로 연결하는 사다리였다. 하지만 그 반대 급부로, 그는 정치적인 음모에 빠져 도덕적인 딜레마에 도달해 있었다. 만약…….

조지 애트우드가 직접적으로 물어 왔다.

"어떻게 시작합니까?"

"임무를 분담하는 것부터 시작하지요. 비첨 목사님, 당신은 애플 놀에 대해 잘 알고 계실 테니, 내가 중요한 부분을 그냥 넘어가면 보충해 주십시오."

비첨 목사는 알겠다는 듯 고개를 끄덕였다.

"우린 여성 수감자들에 대한 과거와 현재의 건강 기록과 죽음, 그런 여러 가지 서류가 필요합니다. 가능한 한 빠른 시일 내에 이곳 담당 의사와의 면담 약속을 정해 주십시오."

애트우드가 글씨를 휘갈기는 동안, 로이드는 목소리에 신중한 냉기를 첨가시켰다.

"달로우, 당신은 부엌과 세탁실을 살펴보십시오. 식단, 식사 준비하는 방법, 세탁 능력 등등."

"신체적인 학대에 대한 소문과 그것이 무슨 관계가 있습니까?"

"상한 음식을 강요당하는 것은 죽을 정도는 아니라 해도 건강에 좋지 않습니다. 때리는 것만큼이나 명백한 학대의 일종입니다."

호된 꾸지람을 받은 그의 입이 샐쭉해졌다. 목사가 달로우의 어깨에 한 손을 올려놓았다.

"수감자의 생활은 모든 것이 중요하답니다. 당신의 조사로 중요한 단서를 알아낼 수도 있지요."

목사가 로이드를 올려다보았다.

"제 활동에 대한 설명도 듣고 싶으신가요?"

"그렇습니다. 당신만 괜찮으시다면 간수와 경비원들도 만나고 싶습니다. 면담할 몇몇 여자 죄수들의 이름도 알려 주십시오."

달로우의 경멸적인 시선이 로이드에게 쏟아졌다. 그걸 되돌려 주고 싶었지만, 그는 관대하게 미소지었다. 그러나 목사의 얼굴이 찡그려졌다.

"이름은 알려 드릴 수 없습니다. 번호만 드릴 뿐이지요."

"번호라구요?"

"도착하자마자 죄수들은 모두 번호를 받습니다. 그건…… 그건 보통 보이지 않도록 왼팔 위에 문신으로 찍힙니다. 개인 소지품들—옷과 작업 도구, 식사 쟁반에도 그 번호가 새겨집니다. 남자들은 6번으로 시작되고 여자들은 7번으로 시작되는 번호를 받습니다."

목사가 의자 앞으로 몸을 내밀었다.

"인간성을 빼앗는 말로 들릴지 모르지만, 사실 그것의 동기는 아주 선의에 의한 것입니다. 두건과 마찬가지로 수감자의 사적인 권리를 보호하는 것이지요. 익명성만이 유일하게 개인의 권위를 유지시킵니다."

목사의 눈동자가 혼란에 빠진 듯이 짙어졌다.

"때때로 그것이 실패할 수도 있습니다. 수감자들이 항상 회개하거나 개심하는 건 아니지요. 사회로 돌아가서 실수를 되풀이하기도 합니다. 문신이 전에 어디서 복역했든 상관없이 범죄자로서 죄인을 알게 해주기도 하지요.”

얼음장 같은 냉기가 척추를 타고 내리자 로이드는 몸서리를 쳤다. 자신의 왼쪽 윗팔뚝의 살갗이 따끔거리며, 그곳을 긁고 싶은 충동을 겨우 억눌러야 했다.

“그럼 번호를 주시오.”

그가 악문 잇사이로 조용히 내뱉었다.

“면담에 대해 교도소장이 반대하실까요?”

“전혀 아닙니다. 당신이 요구할 걸 대비해서 제가 지난 주에 리스트를 작성해서 보여 드렸습니다. 나중에 숙소로 가져다 드리겠습니다.”

로이드는 깊은 숨을 들이마셨다.

“이제 당신이 남았군요, 영 씨. 당신은 재정적인 서류를 준비하는 것이 좋겠습니다. 교도소장에게 도움이 될 만한 기록이 있겠지요. 사업 거래자들의 이름, 죄수들이 작업한 생산량, 교도소를 유지하는 데 필요한 순수 비용, 그런 것들을 챙겨 주십시오.”

“작년 방문 때 작성한 데이터를 갖고 있습니다.”

“새로 만드십시오.”

너무 단호하게 말했나 보다. 그 남자의 일그러진 표정으로 그걸 알 수 있었다.

애트우드가 일어서며 소매에 묻은 페인트 부스러기를 떼어 냈다.

“더이상 논의할 게 없으면, 전 물러나겠습니다.”

“난 더이상 없소. 목사님은요?”

“당신이 다 말씀하신 것 같군요, 캄든 씨. 빼놓은 부분이 있다고 생각되면, 숙소에 전언을 남기겠습니다. 제가…… 사과를 해야겠군요. 밀드레드와 전 여러분 모두에게 침실을 제공할 수 없어서 아주 죄송하게 생각한답니다.”

"당신 여동생은 아주 친절하셨습니다. 저녁 식사에 대해 다시 한 번 감사 드립니다. 맛있게 먹었습니다. 두 분이서 조사단 모두를 만족시킨다는 걸 기대한다는 자체가 무리지요."

"그래도……."

로이드의 얼굴에 진정한 미소가 번졌다.

"달로우와 전 여인숙에서 편안하게 지낼 겁니다. 여기서 조금만 걸어가면 되는 걸요. 내일 아침 여기 목사님의 집에 모여 교도소로 출발합시다. 교도소장께서 8시에 마차를 보내겠다고 하셨습니다."

"그럼 두 분은 7시에 오십시오. 밀드레드가 여기서 식사를 하시랍니다. 그애 말로는 여인숙 요리사가 요리에 서툴고 아주 말도 못할 정도로 불결하다는군요. 밀드레드의 눈이 밝지 않기 때문에 어떻게 알았는지는 확실치 않지만요."

로이드가 반대 의견을 말하려 하자 목사는 큰 소리로 웃었다. 그의 미소가 눈가에 잡힌 주름을 부드럽게 해주었다.

"제 말대로 하십시오. 밀드레드가 벌써 다 준비해 두었답니다."

로이드와 달로우를 배웅하면서 그가 덧붙였다.

"게다가 밀드레드의 사과 튀김을 먹어 보면, 천국의 맛을 아시게 될 겁니다."

더이상 반대할 수가 없어 승낙한 다음, 로이드는 달로우의 뚱한 표정을 무시한 채 여인숙으로 향했다.

교도소로부터 6킬로미터 정도 이내에 작은 마을이 펼쳐져 있었다. 목사관과 비슷한, 비바람으로 변색된 판자 오두막들이 옹기종기 모여 있었다. 동쪽으로는 애플 놀로 연결된 지저분한 길이 하나 나 있고 서쪽으로 몇 킬로미터쯤 가면 오하이오와의 경계선이었다.

두 사람은 아무 말도 하지 않은 채 상업 구역에 도착했다. 로이드는 재빨리 그곳을 훑어보았다. 쓰러져 가는 2개의 술집, 곡물 창고 하나와 다른 건물보다는 거리에서 멀리 떨어진 곳에 마차를 빌려 주고 말도 보관하는 집이 하나 있었다.

로이드는 멀리 있는 건물로 다가갔다. 마구간 문에 도착했을 때 2명의 금빛 머리를 한 소년들에 걸려 하마터면 넘어질 뻔했다. 키가 크고 탄탄한 가슴을 한 주인, 아마도 소년들의 아버지인 듯한 남자가 쫓아 나오자 그는 한쪽으로 껑충 뛰어 비켰다.

"이 녀석들! 돌아오지 못해. 당신 말은 뒷잔디에 있어요. 먹이를 주고 잘 빗겨 주슈."

그가 돌아보며 소리 질렀다.

그 남자가 먼지 구름 속으로 사라지자 로이드는 킥킥 웃음을 터뜨렸다. 그는 뒤쪽으로 돌아갔다. 자신의 말이 입구로 돌격했다가 되돌아가고는 다시 돌격을 감행하는 모습이 보였다. 말이 달릴 때마다 땅이 쿵쿵 울렸다.

그는 휘파람을 불고, 말의 귀가 앞으로 솟는 것을 보며 씨익 웃었다. 말이 부드럽게 소리를 내며 로이드에게 달려왔다. 설탕 덩어리를 찾으려고 평상시에 로이드가 숨겨 놓던 곳인 조끼 주머니 부분을 깨물었다. 호박색 말의 몸체가 땀으로 번들거렸다. 로이드가 말의 얼굴에 그려져 있는 하얀 다이아몬드 부분을 긁어 주자 말은 조용해졌다.

"진정해, 브랜디. 며칠뿐이라구."

말이 네 다리를 쾅쾅 굴려댔다.

로이드가 두 눈을 감았다.

"나도 떠나고 싶어. 빌어먹을, 오고 싶지도 않았다구. 하지만 해야만 하는 일이야."

말은 로이드가 눈을 뜰 때까지 그의 뺨에 코를 비볐다.

그는 야성적인 충동으로 그답지 않게 웃어 젖혔다. 우리 안으로 들어가, 재킷과 셔츠를 벗은 다음 브랜디의 고삐를 쥐었다. 말 등에 안장을 걸치는 시간도 아까워, 짐승의 맨등에 올라 시골길을 질주했다.

로이드는 말의 고삐를 놓아 준 채, 한낮의 열기를 식혀 주는 이른 저녁의 시원한 바람을 마음껏 즐겼다. 자신의 육체와 허벅지 아래에서 모든 근육을 팽팽하게 긴장시키고 있는 강인한 말의 느낌에 온 정신을 집중시키며, 다른 것에 대해서는 마음의 문을 닫아 버렸다. 언덕의 정상에 오르자, 그는 고삐를 잡아당겼다. 브랜디가 앞발을 차고 일어나 콧김을 내뿜으며 네 다리로 먼지를 일으켰다. 로이드는 말을 진정시키고, 계곡 아래가 잘 보이는 곳까지 천천히 걷게 했다.

언덕 위에서 내려다보이는 애플 놀은 다른 시간과 장소의 유적 같아 보였다. 야생 난으로 둘러싸여 있는 마을은 왕들이 법정을 지배하고, 13세기의 서정 시인들이 용맹한 이들의 서사시를 읊으며 우아한 사랑의 노래를 부르고, 숙녀들을 위해 번쩍이는 갑옷을 입은 기사들이 창시합을 벌이는 시대 같아 보였던 것이다.

쓸쓸한 웃음이 목으로 치솟았다.

'완전히는 아니야.'

그 벽 뒤의 어느 곳에는 왼쪽 팔뚝에 번호 문신을 찍히고 아련한 푸른 눈동자를 한 이름 없는 여자가 존재하고 있었다. 그녀는 교도소의 죄수, 유죄 판결을 받은 자였다. 그녀가 무슨 짓을 저질렀는지는 문제가 아니었다. 사회에서 탈락한 자, 그 아련한 눈동자가 숙녀가 아니라는 것만은 확실했다.

그는 알렉산드리아를 떠올렸다. 좋은 가문의 예의 바르고 세련된 그녀, 비록 그녀가 다른 사람들에게 질투심 많고 이기적인 성격을 능숙하게 숨기고 있다는 사실에 실망스럽긴 했지만 그럼에도 불구하고 그녀는 사회적으로 확실한 미래를 만들기에 완벽한 동반자였다. 그가 해야 하는 일은 그녀를 옆에 두기 위해 영혼을 파는 일이었다.

그는 말머리를 돌려 힘껏 말을 달렸다. 감옥이 보이는 곳에서 멀리 떨어져 달려나갔다. 빨리 달릴수록, 그가 입고 있는 보이지 않는 갑옷은 점점 더 뚜렷해졌다. 감정적인 초연함, 야망과 충동이 가슴을 감싸 그의 비밀을 보호했다.

수치심과 당혹감이 그의 몸 전체에서 미쳐 날뛰었다.
아련한 눈동자가 숙녀라면, 그는 기사다.
그래, 오염된 갑옷을 입은 기사.

4

모리아는 동이 트기 전에 일어나 하루의 일과를 시작했다. 뱃속의 둔한 통증이 시간을 고통스럽게 끌고 나갔다. 그녀는 바퀴벌레들을 생각하며 몸서리를 쳤다. 식사 쟁반이 도착하지 않은 채 아침 식사 시간이 지났을 때, 안심을 해야 하는 건지 화를 내야 하는 건지 알 수가 없었다.

늦은 아침 시간, 철문의 자물쇠가 돌려지자 그녀는 화들짝 놀랐다. 손가락이 공중에서 그대로 멈췄다. 존스 간수나 교도소장이 조롱하려고 온 것일까?

"전 여기 있겠습니다, 선생님. 소장님 지시입니다."

이상할 정도로 높은 톤의 간수 목소리가 약간 긴장된 듯했다. 그녀는 호기심으로 고개를 돌리며, 반쯤은 비첨 목사의 온화한 얼굴이 보이길 기대하였다. 약간 흐트러진 까만 머리가 눈에 띄자마자 그녀의 심장이 빠르게 뛰기 시작했다. 자신의 일감으로 얼른 몸을 돌렸지만 손가락의 떨림은 여전히 멈추지 않았다. 그녀는 송곳을 떨어뜨렸고 서툴게 움직이던 바늘은 집게 손가락을 찔렀다. 입으로 손가락 끝을 빨면서 눈을 감고 가슴의 고동이 멈춰지기를 기도했다.

"일을 멈춰, 79번. 손님이 오셨다. 예의를 지키도록. 소장님은 캄든 씨의 질문에 최선을 다해 대답하길 바라신다."

그녀는 마당 벽의 느슨한 돌 뒤에 숨겨 둔 자신의 일기를 떠올렸다.

'그런 짓을 하면, 남은 3주 동안 아무것도 먹지 못할 거야.'

자신에게 조용히 타이르듯 말하며, 그녀는 억지로 긴장을 풀어 보려 했다. 이곳의 어느 누구도 그녀가 폭로의 글을 작성해 놓은 것을 믿지 못할 것이다. 여기 온 후 잠깐 규칙을 위반한 것만 빼면, 그녀는 모범적인 죄수였으니까. 어제까지는 말이다. 하지만 그녀는 자신의 감방을 떠나 눈치 채지 못하게 다른 죄수들을 방문할 수 있는 능력에 여전히 자부심을 느꼈다. 그녀가 한탄하는 단 한 가지는 루스를 찾지 못한 점이었다.

그럼에도 불구하고 그녀는 오늘 목사가 아닌 다른 사람과 대화할 수 있는 극히 드문 특권을 부여받았다. 다른 인간의 목소리를 듣는다는 것에 너무나 흥분되고 걱정되어 방문객이 로이드 캄든이라는 사실마저도 전혀 문제가 되지 않았다.

거의.

그녀는 자신이 캄든의 속임수를 제시간에 알아낼 수 있었던 축복을 받았다는 걸 알고 있었다. 아무도 그의 작업을 쉽지 않게 만들려는 그녀를 막을 수는 없었다.

"들어오세요."

그녀는 일어서며 부드럽게 말했다. 바닥에 구두 꺾쇠를 놓고 몸을 돌렸다. 목소리가 갈라져 나오자 당황하며 잔기침을 해 보았다.

그녀의 방문객은 뒤로 물러나 약간 몸을 펴 모리아가 그 이외의 다른 사람과 눈을 맞추는 것을 막아내며, 존스 간수 앞에 섰다. 그녀는

앞을 똑바로 노려보았지만, 눈에 들어오는 것은 그의 가슴 한가운데였
다. 어제 그를 정확히 알아보았다는 점에 자못 자랑스러움을 느끼며,
그녀는 그를 쳐다보았다.

그는 아주 멀리 그녀의 위에 우뚝 솟아 있었다. 몸에 딱 맞는 정장
을 흠 하나 없이 차려 입은 것이 돈 많은 사업가의 모습이었다. 가슴
과 어깨는 넓었지만, 근육이 보기 싫게 많은 것은 아니었다.

사업가로군.

그녀는 결론지었다. 윌리엄스 의원의 대리인이 될 정도로 충분히
강력하며 가문 좋은 인물. 그녀는 그에게 또다시 위축되거나 질책받는
느낌을 받기 싫어 그의 얼굴을 쳐다보는 건 피했다.

"의자가 필요하겠군."

그의 목소리는 깊고 강했으며, 다른 사람에게 명령하는 것이 익숙
한 사람의 말처럼 들렸다. 존스 간수가 의자를 하나 끌어 온 다음, 양
다리를 벌리고 두 손을 뒷짐 진 채 문틀에 보초병처럼 섰다. 캄든은
그녀의 작업대 맞은편에 의자를 놓고 그녀의 의자를 향해 손짓했다.

"앉으시오."

그녀는 의자에 앉아 너무 긴 옷소매로 거의 가려진 채 무릎에 깍지
낀 두 손을 내려다보았다. 그가 뒤로 몸을 기대자 의자에서 삐걱거리
는 소리가 났다. 그의 눈이 그녀를 세심히 살피는 걸 느낄 수 있었다.
그는 한 마디도 하지 않았다.

모리아는 자신이 그의 세상에 속한 여자들과 비교하여 하층민처럼
보인다는 걸 알았지만 그저 치마의 구겨진 부분을 만지작거릴 뿐이었
다. 바깥 세상에 이렇게 괴상한 색깔의 옷을 입는 사람이 있을까?

박제된 오렌지 같은 느낌이었다. 7가지 무서운 죄악 중의 하나, 허
영심이 너무도 자연스럽게 표면으로 튀어 올랐다. 모리아는 몸서리를
쳤다.

"추운 건 아니겠지?"

그녀의 머리가 홱 들려졌다.

"이런 더위 속에서 그럴 리가 없지요."

"아마도 두려움이겠지. 그럴 필요는 없소."

그녀의 뺨이 한쪽으로 기울어졌다.

"아닙니다. 호기심이죠."

그가 미소를 지었다.

"나와 똑같군. 이름을 말해 주겠소?"

그녀는 아랫입술을 깨물며 고개를 저었다.

"꼭 필요하지 않다면, 싫습니다."

그의 얼굴에 실망의 번득임이 스치고 지나갔다.

"상관없소."

그는 주머니에서 종이 한 뭉치를 꺼내, 그녀의 일감을 한쪽으로 밀치고 작업대 위에 펼쳤다. 셔츠 목 부분이 너무 죄이는 듯 한 손가락을 집어 넣은 다음 고개를 끄덕였다.

"두건은 벗어도 좋소."

본능적으로 손이 두 뺨으로 올라갔다. 커다랗게 뜬 눈이 몇 번쯤 깜박거려졌다. 재판소에서 교도소까지 그녀를 데려왔던 경비원을 빼면, 아무도—교도소장조차도—두건을 벗은 그녀의 모습을 보지 못했다. 낮 동안 그녀에 대한 책임을 맡은 존스 간수, 그가 때때로 순찰 시간 후에 그녀를 놀라게 했다고는 해도 그에게 그런 기회가 있었을지는 의심스러웠다.

"안 된다고 생각합니다."

첫번째 방어막을 제거하는 것이 주저되어 그녀는 중얼거렸다.

"얼굴 표정을 볼 수도 없는 여인과 대화하는 건 어렵소. 그건 또한 당신에게도 유리하지 못할 것이오."

그녀는 씨익 웃었다. 하지만 부드러운 가죽이 약간이나마 미소를 형성하는 걸 느끼자, 얼른 입술을 완고하게 고정시켰다.

"아마 그것이 제가 가지고 있는 유일하게 유리한 점일 겁니다."

그는 고개를 치켜들고 그녀가 불안하게 몸을 움직일 때까지 그녀의 눈을 깊숙이 들여다보았다. 그녀는 그에게서 복종할 수밖에 없는 명령이 터져 나오길 기다렸다. 그의 눈이 에메랄드 빛을 발했고, 모리아는 그의 시선을 되돌려 주었다. 조사단이나 그 목적에 대해 모든 걸 알고 있다는 사실을 숨겨야만 한다.

"당신은 누구죠? 왜 여기 온 거죠?"

"난 애플 놀의 상황을 살피기 위해 의회가 소집한 조사단을 이끌고 있소. 당신은, 어디 보자……."

그가 고개를 숙여 종이를 내려다보았다.

"여기 온 지 거의 4년이 되었군."

그의 길고 가는 손을 흘깃 쳐다보며 그녀가 고개를 끄덕였다.

"이곳을 떠나면 갈 곳이 있나?"

미래에 대한 질문이! 그녀를 놀라게 했다. 그러나 해리스버그까지 가서 일기를 만천하에 폭로하려는 계획을 말해 줄 생각은 전혀 없었다. 배신자 유다에게는 안 되지.

"조사단은 교도소에 대해서만 알고 싶어하실 거라고 생각했습니다. 제가 풀려 난 후에 무얼 하든, 어디를 가든 제 일이고…… 당신의 조사에는 포함되지 않는 부분일 겁니다."

"당신이 갈 곳 없이 길거리에서 헤매다 몹쓸 짓을 한다면 그건 다르오. 당신은 다시 여기로 잡혀 올 거요. 우리는 죄수들이 복역을 끝낸 후 자리잡기 위한 구조적 프로그램의 결핍에도 관심을 갖고 있소."

모리아가 숨을 들이쉬었다.

"3달러와 옷 한 벌이면 충분합니다."

"하루 정도는 괜찮을지 모르지. 그 다음에는 어떻소? 집에 어떻게 돌아갈 건가?"

그가 어두운 빛이 서려 있는 그녀의 두 눈을 응시하며 말하자, 그녀는 이성 위로 넘쳐 나는 원망에 분통이 터졌다.

"당신은 나에게 돌아갈 집이 있다고 생각하시는군요. 죄송하지만, 미스터…… 미스터……."

"캄든이오."

그의 이름을 말하는 것조차 힘에 겨워 그녀는 숨을 삼켰다.

"캄든 씨, 저에게는 숙련된 기술이 있고 또한 건강합니다. 무엇보다도 주님에 대한 믿음이 있습니다. 주님께서 길을 인도하시며 절 보호하실 겁니다. 나를 위해 예비하실 겁니다. 항상 그러셨지요."

'그 점을 토론하도록 해.'

그녀는 이렇게 생각하며 자기가 좋아하는 논쟁을 제시했다. 그의 눈 속에 진지한 근심의 빛이 떠올랐지만, 그녀는 질문에 완전하게 대답하도록 강제할 수 없는 실망으로 치부해 버렸다.

로이드는 자신이 어찌 그리 잘못 생각할 수 있었는지 이해할 수가 없었다. 아련한 눈동자 양은 온순했고…… 그리고 그 뭐랄까? 그녀가 질문을 피하며 자신의 위치를 영리하게 지키고 있음에도 불구하고, 평화라는 단어가 그의 마음에 떠올랐다. 누군가 지금까지의 그들의 대화 기록을 읽는다면, 그녀의 대답은 약삭빠르거나 건방진 것으로 간주될 수도 있을 것이다. 그렇지 않게 느껴지는 건 억양 때문일까, 아니면 투명하고 깨끗한 눈동자 속의 침착하고 고요한 갈망 때문일까?

제기랄! 그는 그녀에게 화가 났고, 그 때문에 머리 속이 지끈거렸다. 그녀로 인해 불편해지리리 예상했었다. 하지만 비점 목사의 면담 리스트에서 삭제된 79번의 수감자에 대하여 소장과 논쟁을 벌였을 때, 그것이 이 여자라고는 생각지도 못했었다. 그가 제정신이었다면, 간수가 그녀의 감방 밖에서 멈추어 섰을 때 뒤돌아섰어야 했다. 그런데 무엇인가가…… 자존심이랄까, 호기심이랄까? 아니면 고집을 부린 것일까? 무언가가 그를 강요하여 감방 안까지 들어오게 했으며 계획대로 면담을 하게끔 유도했다.

"내가 졌소."

그는 중얼거렸다. 그녀의 어깨에서 아주 약간 힘이 빠지고 치마를 만지작거리던 두 손의 동작이 멈췄다.

"다른 얘기를 하지."

그는 다 만들어진 구두 윗창을 들어 자세히 살폈다.

"기술이 놀랄 만하군. 여기서 배운 건가?"

"아뇨. 삼촌이 구두 수선공이셨습니다. 언니와 전 삼촌의 가게 일을 도왔습니다."

그 목소리의 떨림이 이전에 들으려고 애썼던 질문의 대답만큼이나 그의 흥미를 잡아당겼다.

"그럼 다시 삼촌에게 돌아가서 그 일을 도울 생각인가?"

한숨을 쉬며 대답하는 목소리는 거의 아련했다.

"그럴 수 없습니다."

"왜? 그분이 당신을 거절하던가, 그 후에…… 그……."

"그러지 않으실 거예요. 그냥 돌아갈 수가 없습니다."

그녀는 변명하듯 대답했다.

"도움을 청하는 게 너무 자존심이 상해서인가 아니면 수치스러워서 인가?"

자신을 사랑하는 사람을 실망시키는 것이 어떤 느낌인지를 기억하며 그가 나지막이 속삭였다. 그녀 또한 고아일 것이라는 가능성이 둘 사이의 평범치 않은 연결 고리였다.

"그분은 돌아가셨습니다."

로이드는 당혹감으로 얼굴을 붉혔다.

"미안하군. 슬픈 기억을 되살리려는 의도는 없었소."

그녀의 푸른 눈동자가 흐릿해지며 거의 투명하게 변했다. 그 눈에 서 새어 나오는 이해와 용서가 그를 더욱 불편하게 만들었다. 전날 그 녀가 퍼부었던 조롱과 불 같은 시선이 더 마음 편했다.

그는 손에 든 구두 윗창을 돌려 작업대에 등이 닿도록 내려놓았다.

"일자리를 찾는 데는 문제가 없겠군. 당신은 행운아요."

그녀는 대답하지 않았다. 하지만 그녀의 배에서 꼬르륵 소리가 들렸을 때, 그는 직관적으로 반응했다.

"배가 고픈 것 같군. 식사가 충분치 않은가?"

"네…… 네, 제 말은, 괜찮다는 뜻이에요. 식사가 간단하긴 해도 양은 충분해요."

그녀는 거짓말을 하고 있다. 틀릴 리가 없다. 그녀의 눈동자가 좌우로 흔들렸고, 그는 간수가 고리에서 열쇠를 딸랑거리는 미묘한 움직임을 잡아냈다. 그녀가 어깨 너머를 쳐다보려고 애쓰는 것도.

"충분하다. 그것이 당신이 말할 수 있는 최선인가?"

그녀가 고개를 끄덕인 다음, 감방 뒤쪽을 가리켰다.

"저에겐 정원이 있어요. 내 취향에 맞는 야채나 과일을 마음대로 기를 수 있지요. 보고 싶으신가요?"

그는 그녀를 따라 밖으로 나갔다. 그 문을 지나기 위해서는 반쯤 고개를 숙여야 했고, 그와 동시에 간수가 그들을 감시하려 감방 안으로 한 걸음 들어왔다. 일단 밖으로 나서자, 로이드는 자기가 본 것이 상상이 아님을 확인하려는 듯이 밝은 태양 속에서 몇 번쯤 눈을 깜박거렸다. 그는 에덴 동산에 서 있는 아담이었다. 이브와 같이? 핏빛 사과 나무가 있으리라고 반쯤 기대하는 마음이었지만 나무는 한 그루도 없었다.

돌벽을 거의 감싸고 도는 덩굴들, 짙은 초록 잎사귀 속에 안긴 황금색 인동 덩굴이 눈에 들어왔다. 상큼한 민트향이 왼쪽 정원에서 풍겨 왔다. 마당 끝에 있는 철문까지 자갈들이 S자 곡선으로 연결되어 있었다. 오른쪽으로는 덩굴이 빽빽이 들어찬 공간에서 살아 남으려고 경쟁하는 토마토 줄기들이 있었다.

그는 놀라움을 감출 수 없었다.

"당신이 한 거요?"

"비첨 목사님이 도와주었어요. 그분의 여동생이 씨를 좀 보내 주었지요. 잡초에서 꽃이 피는 게 마치 땅에서 불쑥 튀어나오는 것 같더군요."

그녀는 몸을 숙여 발끝을 간지럽히는 자줏빛 작은 팬지를 가리켰다.

"보통 정원에서는 볼 수 없지요. 하지만 난 이것들을 사랑해요. 이게 무슨 꽃인지 아세요?"

그는 입을 열 수가 없어 그저 고개만 저었다.

그녀가 어깨를 으쓱거렸다.

"저도 몰라요."

"여긴 거의 목가적인 느낌이군. 수감자의 숙소가 지하 감옥이 아니라 오히려 시골 영지와 비슷하리라고는 상상도 못했소."

그녀가 그를 응시했다.

"시골 영지라고요?"

그녀의 웃음이 공허하게 울렸다.

"겉으로 보이는 모습에 속을 수도 있지요. 다른 인간의 목소리를 듣지 못한 채 며칠을, 몇 주를 보내는 게 어떨지 상상해 보세요. 사람의 손길을 느끼지도 못하고…… 포악하거나 악마 같지 않은 누군가의 손길을요."

고통스러운 표정으로 그녀는 고개를 흔들었다.

"모든 순간순간의 삶이 다른 사람에 의해 규정되어지는 걸요. 사생활과 인간의 위엄을 잃는 것도, 가족과의 접촉을 잃는 것도요. 여기에 파라다이스와 비슷한 점이라곤 전혀 없어요."

그녀가 속삭였다.

"지옥의 목가적인 모방일 뿐이지요."

그녀의 말에 대꾸하기도 전에, 어떤 번득이는 움직임이 로이드의 반사 신경을 자극했다. 그는 뒤로 껑충 뛰어 물러섰다. 방금 전까지는 씁쓸했던 그녀의 웃음이 순수하고 달콤하게 대기를 채웠다. 그녀가 달려가는 짐승을 붙잡았다.

"오, 안 돼. 그러면 안 된다구. 얌전하게 굴어, 밴디트."

로이드의 눈이 커지며 손바닥은 땀으로 축축해졌다. 그녀가 완전히 자란 너구리를 잡고 있었던 것이다.

그녀가 또다시 웃음을 터뜨렸다.

"평소에는 밤이 될 때까지 일어나지도 않잖아, 이 녀석. 우리가 방해한 모양이구나."

지저분한 짐승이 그녀의 팔 속에서 몸을 말았다.

"그게…… 애완동물인가?"

"친구예요. 비첨 목사님은 수감자 중 몇 명이 고양이를 갖고 있다고 했어요. 토끼를 한 마리나 두 마리 갖은 사람도 있대요. 저에겐 그 대신 밴디트가 있어요. 웃음거리가 될 거였지만, 완전히 그 반대가 되었지요. 이 녀석은 완벽하게 온순해요, 간수와 경비원들에게만 예외구요."

로이드가 조금 더 가까이 다가갔다.

"그걸 내려놓으시오."

"당신을 물 거예요."

"내려놓으시오."

까만 얼굴의 짐승이 땅에 닿는 순간, 그놈은 로이드를 향해 똑바로 모습을 드러냈다. 이를 드러내고 로이드의 발끝을 뱅뱅 돌며 바지 냄새를 킁킁거려 맡았다. 여자가 불안하게 다가왔지만, 로이드는 꼼짝 않고 서 있었다. 결국 그 너구리는 배를 드러낸 채 네 다리를 바둥거렸다. 로이드가 그 짐승의 초대를 받아들여 녀석의 배를 긁어 주려고 몸을 숙였다. 하지만 여자에게서 눈을 떼지는 않았다.

"어…… 어떻게 그렇게 하셨죠?"

그녀가 중얼거렸다.

로이드는 어깨를 으쓱했다. 손가락에 이상한 촉감이 느껴지자 그는 짐승에게 관심을 돌리고 너구리의 목에 감겨 있는 가죽끈을 살폈다.

갑자기 여자가 몸을 경직시키고 두 눈은 똑바로 앞을 향한 채 감방 안으로 쿵쿵거리며 되돌아갔다.

"도대체……? 미안하다, 밴디트. 우리 둘다 실수한 것 같구나. 내 실수는 여기 온 이유를 잊어버렸다는 거지."

달아나는 너구리를 보며 그가 중얼거렸다. 로이드가 여자를 따라 안으로 들어서자, 즉시 간수가 원래의 위치로 돌아갔다. 여자는 벽을 바라보며 침대 옆에 서 있었다. 그녀의 갑작스런 변화에 로이드는 정신을 차렸다. 그는 죄수를 심문하는 게 아니라 여자에게 구애하는 사람처럼 행동했다! 다시 자리에 앉아 감정적으로, 육체적으로 자신을 초연하게 했다.

"당신의 형량은 과한 것 같군. 죄목이 무엇이오?"

그녀가 그에게 몸을 돌리지는 않았지만, 속삭임이 들린 것 같았다. 그는 탁자를 주먹으로 내려치며 이쪽을 보도록 강요하고 싶은 충동을 억지로 자제하며, 그 대신 질문을 되풀이했다.

간수가 낄낄거리며 그녀를 대신하여 대답했다.

"살인입니다, 선생님. 피도 눈물도 없는 살인!"

5

깜짝 놀라 몸을 돌리던 모리아의 균형이 흔들렸다. 그녀의 몸이 비틀거리더니 앞으로 쓰러져 무릎이 바닥에 부딪혔다. 허벅지에서 느껴지는 고통에 그녀는 터져 나오려는 비명을 억지로 삼켰다.

존스가 앞으로 천천히 걸어나와, 배의 접힌 부분 위에 매달려 있는 열쇠 고리를 튕기며 말했다.

"삼촌을 죽였어요, 두 년들이!"

모리아를 무시하고, 그는 캄든에게 직접 말했다.

"구더기들이 남자의 몸에서 향연을 벌이고 있는데도 일말의 후회라곤 없었지요! 목사조차도 이 잔인한 암캐를 굴복시키지 못했어요!"

로이드 캄든이 갑자기 일어서자 앉았던 의자가 바닥으로 뒹굴었다. 모리아는 다시 숨을 죽이며 온몸의 근육을 팽팽하게 긴장시켰다. 본능적으로 두 눈을 질끈 감았지만 위축되지는 않았다. 제대로 숨을 쉬라고 자신을 다그치며, 그녀가 눈을 떴다.

로이드 캄든은 그녀의 앞에 서 있었지만, 얼굴은 간수를 향해 있었다.

"그만하시오!"

명령이었다. 날카롭고 차가우며 강제하는 명령.

존스는 뒤로 물러나면서도 분노로 얼굴을 벌겋게 물들였다.

"악마의 자식이라구요, 그 년은. 하나님의 말씀을 읽고는 그걸 불경스러운 것으로 왜곡시킨다구요."

"그만하라고 했소!"

로이드의 몸이 뻣뻣해졌다. 그의 얼굴이 달아 오른 것은 흥분 때문일까, 분노 때문일까? 그것이 분노라면 간수를 향한 것일까, 그녀를 향한 것일까? 모리아는 감히 확신할 수 없었다.

"일어나시오."

로이드가 뻗은 손을 잡으며 그녀는 몸을 떨었다. 그의 손가락이 얼굴에 깃든 표정만큼이나 차가웠다. 일어서기 위해 그에게 몸을 의지했을 때, 소맷단이 팔꿈치까지 말려 올라갔다. 그녀는 열심히 팔을 흔들어 팔목을 가리려 애썼다.

너무 늦었다.

로이드가 그녀의 손목을 잡아 소맷자락을 밀어냈다. 그의 눈이 가늘어지고, 뺨의 보조개가 깊어졌다가 얼어 붙었다. 그 얼굴에 나타난 엄하고 차가운 표정에 소름이 돋을 지경이었다.

정원에 있을 동안 이 남자의 부드러움과 연민을 보지 않았던가? 불가능한 일이야. 지금 그녀의 앞에 선 남자는 화강암처럼 딱딱해 보였다. 어쩌면 남자를 정확히 읽어 내기엔 그녀에게 너무 경험이 없는지도 모른다. 간수들과 경비원, 교도소장조차도 알기가 쉬웠었는데.

로이드 캄튼은 달랐다. 마당에 그녀와 같이 있었을 때는 부드럽고 온화했었다. 그런데 지금은 냉혹하고 비난하는 듯했다. 세련되고 잘생긴 그는 어떤 여자라도 돌아보게 할 수 있었다. 아니면 그녀를 이용할 수도 있겠지?

모리아는 자신을 수습해야만 했다. 성격이 어떻든간에, 로이드 캄든은 도덕성을 주장하며 그녀를 비난하지는 않았다. 그에게는 양심이 있는 것 같다. 충실한 믿음을 가지고 있으면서도 교도소의 비리를 은폐하려는 계획으로 조사단장의 자리를 받아들일 수 있었다니 그는 대체 어떤 종류의 남자일까?

모리아가 손을 팩 낚아챘을 때 그는 한 마디도 없이 놓아 주었다. 그녀는 불안정하게 의자로 돌아가 앉았다. 어떤 질문이 먼저 닥칠 것인지 알 수 없이 기다리는 동안 귓속에서 맥박이 쿵쿵거렸다.

"살인이란 보통 중대한 범죄지."

의자를 일으켜 세워 아무렇지도 않은 듯 앉으며 그가 말했다.

안도감이 온몸을 통과하면서 그녀의 근심을 진정시켰다. 그리고 이성이 회복되었다. 그녀는 그의 시선을 마주 보며 천천히 입을 열었다.

"고소 내용은 임의의 과실치사였죠."

"어쨌든, 삼촌은 돌아가셨군."

"그래요."

그렇게 속삭이며, 제드 삼촌이 더이상 살아 있지 않은 것을 그녀에게 얼마나 고마워할지 완전히 이해할 수 있는 사람이 루스 말고 누가 있을까 하는 의심이 들었다. 만약 그런 사람이 있다면……

로이드는 그의 얼굴이 그녀 얼굴 몇 센티미터 가까이에 닿을 때까지 앞으로 몸을 숙였다.

"당신 손으로?"

그의 눈이 가늘어졌다.

"아니면 공범이 있었나? 연인이라든가? 유산 받을 날을 더이상 기다릴 수 없겠던가?"

그녀는 미소를 지었다.

"전 13살이었어요. 삼촌은 가난한 구두 수선공이었고요. 부자는 아니었죠."

그의 눈이 휘둥그래졌다.

"그럼 그의 죽은 모습을 볼 정도로…… 사랑했던 건가?"

그녀의 시선이 부드러워졌다. 그에게 어떻게 이해시킬 수 있을까? 그리고 그의 생각에 왜 신경이 쓰이는 걸까?

"네 몸과 같이 네 이웃을 사랑하라."

로이드의 입술이 냉소적으로 뒤틀렸다.

"당신 말이 맞군, 존스. 이 여자는 뱀의 혀를 가졌어. 아주 조금의 가책도 없어."

그가 너무 가까이 있어 그녀는 그의 숨결까지 느낄 수 있었다.

"당신이 무죄일 수 있을까?"

그가 간수를 쳐다보며 말했다.

"여기 수감자들 중에 얼마나 많은 죄수들이 판결에 항의하며 결백하다고 부르짖는가, 존스?"

간수의 껄끄러운 웃음 소리에 그녀의 척추에서 소름이 쫙 흘렀다.

"거의 모두죠, 선생님."

"모두라, 흠……."

로이드가 잠시 멈추었다가 한쪽 눈썹을 들어 올렸다.

"그럼 당신은 결백한가?"

그녀는 고개를 저었다.

"아니라고? 인정을 하는군. 당신은 자기 보호자를 살해했어. 자신의 혈육을."

"인간의 법에 따르자면…… 그렇죠."

로이드는 의자의 등에 기대며 가슴 위로 팔짱을 꼈다.

"당신은 제대로 판결받았어. 어쩌면 너무 관대할지도 모르지."

그녀가 한숨을 쉬었다.

"난 법정의 판결에 항의하지 않아요. 그 선고문이 나에겐 별로 중요하지 않지만요."

"왜지? 재판정이 당신을 이리로 보냈는걸."

"난 오직 주님의 판단에만 신경을 씁니다."

베개 위에 놓여진 성경을 그녀가 흘깃 쳐다보았다.

"난 그분에게 평화를 받았어요. 법이 잘못될 때도 있다는 걸 사회에 확신시키기 위해 내 남은 평생을 보내야만 할까요?"

조롱하는 웃음이 그의 가슴에 물결을 만들다가 이윽고 폭발하여 감방 안에 메아리쳤다.

"이 여자는 루시퍼의 제자가 아니군, 존스. 무정부주의자야!"

그녀는 고개를 기울이며 인상을 찌푸렸다.

"반역자, 권위에 반기를 드는 사람."

"아…… 아, 그래. 그런 것 같군."

로이드의 표정이 부드러워지고 눈빛은 흥미로 반짝였다. 그 다음 그런 모습은 사라지고, 온화한 표정이 그의 생각들을 가면처럼 덮었다.

"수고 좀 해주겠나, 친구. 물을 갖다 주게. 목이 말라서 말이야."

"소장님께서 자리를 지키라고 하셨습니다."

로이드가 인상을 찡그리더니 일어서려고 했다.

"별 문제는 없을 것 같군요. 여자를 감시해 주십시오."

진지한 미소와 함께 로이드가 고개를 끄덕였다. 간수가 나가자마자, 로이드는 일어서서 작업대를 돌아 걸어왔다. 그녀의 뒤에 서서 그녀의 두 팔을 쭉 펴게 만들었다. 한 번에 한 쪽씩, 그가 손목이 드리날 때까지 옷감을 말아 올렸다.

앉은 채로 멍하니 얼어 붙은 채, 모리아는 등뒤에서 눌러 오는 육체의 열기를 무시하려고 애썼다. 숨결이 거칠어지는 것 같았다. 어지럽기도 했다. 이 남자가 왜 이런 짓을 하는 거지?

"이건 가끔 반항한 것에 대한 처벌인가?"

그녀가 고개를 저었다.

"단 한 번입니다."

팔찌처럼 양쪽 손목을 감싸며 살갗에 새겨진 두꺼운 상처를 그의 손가락이 훑어 갔다. 그의 손길은 부드럽고, 거의 경건하기조차 했다. 그녀는 두 눈을 감고, 팔뚝 위로 번져 나는 속삭임 같은 감각의 물결을 음미했다.

"당신이 무슨 짓을 저질렀는지 말해 주겠소?"

그녀가 억누를 수 있기도 전에 말들이 터져 나왔다.

"여기 온 지 몇 달 안 돼서, 규칙 한 가지를 잊어버렸어요. 13살밖에 안 된 나이였죠. 그런데 그들이……."

"당신이 무슨 짓을 했는데?"

그녀는 눈을 크게 뜨고 그의 모습이 보일 때까지 고개를 젖혔다.

"노래를 불렀어요."

로이드는 농담의 흔적을 찾아 그녀의 얼굴을 들여다보았다. 하지만 그 눈동자는 맑았고, 순수함과 슬픔으로 반짝일 뿐이었다. 오랫동안 그가 두려워하던 느낌, 증오와 수치심으로도 휘저을 수 없었던 차갑고 투명한 물 속으로 자신이 빠져드는 걸 느꼈다. 아무리 애를 쓴다고 해도 이보다 더 모순되는 역설을 만들어 낼 수는 없을 것이다. 천사의 분위기를 지닌 살인자라니!

다가오는 간수의 발소리가 마법을 깨뜨렸다. 그는 여자에게서 얼른 물러섰다. 재빠른 걸음으로 감방을 나서자, 가슴 아래 물주전자를 쥔 간수가 당혹스런 표정으로 감방 문 앞에 서 있었다. 로이드는 간수를 지나쳐 계속 걸어 나갔다.

그는 이 여자에게서 도망쳐야만 했다. 어서 빨리. 이성이 완전히 사라지기 전에. 빠른 걸음으로 구석을 돌아가다가 조지 애트우드를 거의 넘어뜨릴 뻔했다. 바닥으로 사정없이 서류 뭉치가 날렸다.

애트우드가 서둘러 종이들을 주워댔다.

"캄든! 당신을 만나려고 오는 중이었습니다. 시간 있으세요? 제가 흥미로운 정보를 찾아냈답니다."

로이드의 두 손은 꼭 쥐어져 있었다. 이곳을 떠나고 싶었다. 브랜디에게 안장을 얹어 햄튼에 있는 자신의 사무실로 돌아가서 애플 놀에 대한 것은 모조리 잊어버리는 거야. 결혼할 여자가 알렉산드리아만 있는 건 아니다. 그녀의 아버지란 작자는 마음대로 하라지!

그가 알렉산드리아와 사랑에 빠진 것은 아니었다. 사랑? 그는 그게 어떤 건지 알지도 못했다. 그의 가슴이 죄어들었다. 바로 그랬다. 그는 단지 사랑에 위험을 걸고 싶지 않았다. 이런 방법이 더 쉬웠다. 그러나 로이드는 그 상냥한 상원의원이 어떠리라는 걸 알고 있었다. 협조하지 않는다면, 윌리엄스는 세상의 어떤 여자도 그의 이름을 따르지 않게 할 만큼 철저하게 그의 이름을 짓밟아 버릴 것이며, 고객들 또한 경쟁자에게 빼앗겨 버릴 것이다.

멍청하긴! 지난 세월 동안 공들여 쌓은 모든 것을 던져 버릴 건가? 왜지? 17살 푸른 눈의 살인자가 그에게 죄책감을 느끼도록 만들어서? 목표를 잊어버리게 했기 때문에? 아니면 어린 시절 홀로 있다는 게 어떤 건지 기억나게 만들어서인가?

선택의 여지가 없다.

"미안하오, 조지. 어디 한 번 봅시다."

로이드는 조사단을 위해 마련된 작은 사무실로 애트우드를 데리고 들어갔다. 애트우드가 잠시 종이를 정리한 다음 코트를 벗고 소매를 걷어붙였다.

"이 기록에서, 좀 이상한 부분이 있다는 걸 찾아냈습니다."

그는 두 줄로 배열된 숫자들의 리스트를 로이드에게 건넸다.

"왼쪽에는 애플 놀이 처음 시작되었을 때부터 징계받은 남자 죄수들의 숫자입니다. 여자들은 오른쪽에 썼습니다."

로이드는 재빨리 리스트를 살펴보고, 여성들의 숫자가 남자와 거의 같다는 것을 알아챘다. 다시 한 번 훑어보는 사이, 그의 시선이 79번이라는 번호에 멈췄다. 맥박이 빨라지고 있었다.

"여자들이 남자들보다 더 징계받은 것도 아니군요."

동료를 쳐다보며 그가 말했다.

애트우드의 표정이 딱딱하게 굳었다.

"그럴 수도 있겠죠. 하지만 남자들이 여자보다 4 대 1 정도 수적으로 우세하다는 걸 감안한다면, 징계받은 여자가 딱 네 배라는 건 수학자가 아니라도 알 수 있습니다. 게다가 제가 찾아낸 건 그게 다가 아닙니다."

놀라움을 감추지 못하며 로이드가 고개를 끄덕였다.

"계속하십시오."

"징계 방법이 다릅니다. 보십시오."

그가 로이드에게 다른 서류를 내밀었다.

"'고개처박기'는 여자들에게 더 흔히 사용되는 방법인 것 같습니다. 남자들에게는 매질이구요. 때로는 쇠재갈을 사용합니다. 그 방법이 여자에게 사용된 예는 찾을 수 없었던 걸로 보아 남자에게만 사용했던 게 틀림없습니다."

애트우드는 말을 멈추고 깊은 숨을 들이쉬었다. 로이드의 이마에 혼란스런 주름이 생겨났다.

"이해가 안 되는군요, 조지. '고개처박기'가 뭔지 모른다는 점만 빼면 그 징계 방법에 잘못이 있는 것 같지는 않습니다."

애트우드가 씨익 웃었다.

"전 예전에 다른 조사를 하다가 그걸 알게 되었습니다. 그 방법은 감옥 징계의 형태로 흔하게 사용된다고 알려져 있더군요. 죄수는 벽에 족쇄로 채워지고 간수는 그 위 난간에 서서 물을 뿌립니다. 얼음물이 있다면 더 좋겠죠."

그가 몸서리를 쳤다.

"제 생각에 그 목적은 죄수의 완전한 복종을 얻으려는 것인 듯합니다."

"그렇겠지요."

여자 죄수의 몸에 자극적으로 달라붙는 옷을 보며 간수가 느꼈을 변태적인 기쁨에 대해서는 언급하지 않았다. 그리고 그 간수가 여자에게 추파와 조롱을 던지지 않았을까 하는 점도 마음속으로만 조용히 되뇌였다.

"과도하게 잔인한 건 아니지요."

"죄수의 몸을 완전히 벗기고 땅에 닿지 않도록 들어 올린 채 한 처벌이라면 다른 문제입니다. 그 후에 죄수를 며칠 동안 2개의 갈고리에 매단 채 밖에 내버려 두는 거지요."

로이드는 고개를 홱 쳐들고 애트우드를 노려보았다.

"그게 기록에 나와 있습니까?"

"그런 것 같습니다. 의사의 진찰 기록과 징계받은 날짜를 맞춰 보면요. 거의 모든 경우에, 죄수들은 처벌을 받은 후 의사에게 치료를 받았습니다. 비록 2가지가 전혀 연결되지는 않았지만 말이죠. 사실 의사는 거의 그걸 덮어 버리려고 애쓴 것 같았습니다. 이걸 보십시오."

그는 서류 한 장을 들어 올렸다.

> 1824년 12월 28일
> 79번 죄수
> 병 : 폐질환
> 양쪽 손목에 심각한 상처 있음
> 진단 : 자살 기도

로이드의 목구멍이 불타기 시작했다. 그리고 뱃속에서 푹 꺼져 버릴 듯한 구덩이가 느껴졌다. 에덴 동산과도 같았던 운동 마당의 덩굴이 뒤덮인 벽을 떠올리며, 그가 열심히만 살폈다면 야생의 인동 덩굴 아래 숨겨진 2개의 갈고리를 발견했을 거라는 사실이 끔찍했다. 그의 눈동자가 잠시 흐릿해지고 숨결은 거칠어졌다. 13살짜리 소녀를 노래를 불렀다는 죄목 하나로 얼마나 오래 매달아 두었을까? 크리스마스 계절에.

"더 말할 게 있나요?"

"적어도 4개 정도. 하지만 병상 일지를 살피는 일이 아직 덜 끝났습니다. 계속할까요?"

로이드는 긴 숨을 들이켰다. 여기서 끝내도록 할 수 있다. 지금, 달로우나 목사를 도와주라고 애트우드에게 명령하는 거다. 무시하는 거야. 아무것도 모르는 척해.

아련한 푸른 눈동자가 그의 양심을 잡아 끌었다.

"찾을 수 있는 서류는 무엇이든 살피십시오. 하지만 다른 사람에게는 절대 말하지 마세요. 언제쯤 끝나겠습니까?"

"늦어집니다. 밀드레드 양이 저녁 식사 시간을 미루지는 않겠죠. 아마 내일 아침 일찍이면…… 전 의사와도 면담을 하고 싶습니다. 그가 자기 기록에 대해 더 자세히 설명할 수 있겠죠. 어쩌면…… 어쩌면 우연의 일치일지도 모릅니다."

부패한 갑옷을 입은 기사처럼 말인가?

"능력껏 찾아보세요."

로이드는 자신의 생각 속으로 빠져들었다. 아니, 그건 단순한 우연의 일치가 아니야. 79번 죄수에게는 과도한 잔인성을 입증할 만한 상처가 있었다. 그녀가 살인을 저질렀을지는 모르지만, 생명을 포기하려는 시도는 하지 않았을 것이다. 그녀는 너무나…… 너무나 자신의 양심에 떳떳했으니까. 그리고 자살한 자들에 대한 하나님의 처벌을 지독히도 확실하게 깨닫고 있었으니까.

그것이 삶과 죽음의 갈림길에서 균형을 찾고 내적인 평화를 이루기 위한 교도소 생활에 대한 절망적인 행동이 아니었다면 말이다.

로이드는 일어서서 방을 나섰다. 알아내는 방법은 한 가지뿐이었다.

모리아는 욕구 불만을 일에다 쏟아 부었다. 손가락이 뻣뻣해지고 같은 자세로 너무 오랫동안 숙이고 있는 탓에 등이 아파 올 때까지 구두를 꿰매댔다.

하지만 작업에 집중해 보려고 아무리 노력을 해도 로이드 캄든을 마음에서 몰아낼 수가 없었다. 그를 증오했다가는 다시 자신의 행동을 용서해 달라고 기도했다. 그의 차갑고 초연한 질문에 역겨움을 느꼈다가 다시 이해와 인내를 달라고 기도했다. 그녀에게 가까이 서서 맥박을 뛰게 만든 그에게 화가 났으며 자기의 불결한 생각에 대한 참회로 더 열심히 바느질을 했다.

하지만 무엇보다도, 손목의 상처에 관심 있는 척한 그가 미웠다. 그 초록 눈동자 속에 담겨 있던 거짓 연민이 미웠다.

"그가 미워. 아니, 미워하지 않아."

그녀는 바느질을 하며 되풀이했다.

한 땀 한 땀의 바느질이나 송곳질은 가죽을 뚫는 것이 아니었다.— 그의 반역적인 심장을 꿰뚫는 것이었다!

사기꾼! 거짓말쟁이! 누굴 속이려 했던 걸까? 그는 관심도 없었다. 그녀에 대해서나 교도소 안의 다른 누구에 대해서나. 그녀를 갖고 놀았던 거다. 그게 재미있었을까? 저명하신 사업가와 살인을 저지른 여자…… 진심으로 무슨 생각을 했던 걸까?

로이드 캄든은 그녀의 균형을 무너뜨리려 애쓰면서 너무나 영리했다. 그 이야기를 하며 다른 사람들과 얼마나 즐거워할까.

그녀는 녹초가 될 때까지 자신을 몰아붙였다. 저녁 식사가 도착했어도 건드리지 않았다. 이제는 배고픔을 넘어서 버렸다. 너무나 피곤하고 아프고 혼란스러워서 먹을 수가 없었다. 나무문이 여전히 열려 있으며 존스 간수가 쉽게 규칙을 어긴 것을 보고할 수 있는 상황임에도 불구하고, 그녀는 두건을 벗어 던지고 공처럼 몸을 말아 침대에 나가 떨어졌다.

밴디트가 돌아오길 바라며, 자신의 몸을 두 팔로 감싸 안았다. 그 녀석이 그녀를 버렸다. 버려진 느낌이었다. 누군가 자신을 껴안고 지켜 주며 보듬어 주길 간절히 바랐다. 막 잠으로 빠져들려는 찰나, 경고를 알리는 커다란 벨소리가 일어나라고 그녀를 흔들어 깨웠다. 발소리들이 복도를 달려가고, 존스 간수도 다른 사람과 합류했다는 걸 알았다. 그녀는 침대에서 기어 나와 기도를 위해 무릎을 꿇었다. 그 경보는 한 가지 의미뿐이었다.―탈출 기도.

전에 딱 두 번 들었던 소리. 그 다음 날은 교도소장이 모든 수감자들을 바깥 마당으로 불러 모아 처벌을 지켜 보도록 만들었다.

처벌이라구? 그건 합법화된 살인이었다! 두 남자는 자신의 피가 발 밑에 웅덩이를 만들 때까지 매질을 당했다. 그녀는 몸을 떨며 더 열심히 기도했다. 이번에는 그 죄수가 벽을 타고 올라 멀리 도망 갔을지도 모르잖아.

갑자기 그녀는 자리에서 얼어 붙었다. 숨을 쉴 수가 없었다. 맥박이 불규칙해지고 손바닥은 축축해졌다.

혼자가 아니었던 것이다.

"서둘러. 당신과 이야기를 해야겠소."

머리를 홱 들어 올리며 그녀가 팅기듯 일어섰다. 즉시 그 목소리가 누구인지 알아챘다.

몸을 돌리자, 보고 싶지 않았던 단 한 사람의 얼굴을 마주 보고 있었다.

6

쇠창살 끝이 손바닥으로 파고 들었지만, 로이드는 그것을 더 힘껏 붙잡았다. 문이 뺨에 단단히 닿을 때까지 더 가까이 다가갔다. 79번 죄수가 두건을 쓰지 않은 것을 보았을 때 힘겹게 침을 삼키며 터지려는 욕설을 억눌렀다.

그 푸른 눈동자는 아주 컸다! 가늘고 하트 같은 얼굴에는 너무 크다 싶을 정도였다. 발갛게 달아 오른 두 뺨이 약간 움푹해 보였지만 입술은 풍만하고 관능적이었다. 지금까지 본 중에서 가장 긴 땋은 머리가 어깨 위로 늘어졌다. 연하디 연한 금발, 한여름 밤의 달빛과도 같은 색.

그녀가 다시 몸을 돌려 등을 보일 때까지 그는 입을 열 수가 없었다. 침만 삼킬 뿐이었다.

"뭘 원하시죠?"

"간수들이 돌아오기 전에 당신과 얘길 해야겠소."

그녀는 어깨를 으쓱 올렸다.

"왜 다른 사람과 같이 가지 않았죠? 경비원과 간수들이 죄수를 짐 승처럼 궁지에 모는 건 틀림없이 굉장한 구경거리였을 텐데요. 내일 절망적인 영혼이 죽을 때까지 매질당하는 걸 보면 훨씬 더 즐거우실 거예요."

"빌어먹을! 이리 와서 얘기하자구. 당신과 토론하려고 경보기를 울 린 게 아니란 말이오!"

그럴 수가! 그녀가 다시 그에게로 몸을 돌렸다. 그가 승리감에 찬 미소를 지어 보였다.

그 미소가 눈에 도착하기도 전에 그녀는 다시 뒤로 몸을 돌렸다.

"계속 그러면 어지러울 거요."

자신의 계략이 드러났는지 확인하려 재빨리 복도를 훑어보며 그가 느릿하게 말했다.

"당신에게 말해 줄 만한 것이 더는 없는 것 같은데요."

"난 대답이 필요해, 한 가지만. 그걸 해줄 수 있는 사람은 당신뿐이 오."

그녀는 웃어 버렸다.

"나에게 물을 필요는 없어요. 교도소장이나 존스 간수와 얘기하세 요. 그들이 모든 걸 얘기할 거예요."

그가 문을 내리쳤다.

"당신이 필요하다구!"

그녀의 몸에 전율이 흐르는 걸 그는 유심히 쳐다보았다. 그녀가 천 천히 몸을 돌려 그에게로 걸어왔다.

"왜요?"

그는 창살 틈으로 손을 뻗어 그녀의 손목 위에 손을 놓았다.

"무슨 처벌을 받았는지 말해 주시오."

그녀는 잠시 눈을 감았다가 다시 떴다. 말없는 질문을 띤 그녀의 눈동자는 매혹적인 푸른 음영으로 변했다.

"난 알아야겠소."

"그럼 당신은…… 무얼 하려는 거죠? 당신의 병적인 호기심이 만족될까요? 다음 모임에서 친구들을 즐겁게 해줄 만한 다른 이야기가 있지 않나요? 틀림없이 별다른 게 없나 보군요."

로이드는 침을 꿀꺽 삼켰다. 애트우드가 발견한 증거는 단지 상황적인 것일 뿐, 어떤 기록도 여자 수감자들이 잔인한 처벌을 받았다는 절대적인 증거는 아니었다. 애트우드는 로이드가 창살 문 저쪽에 서 있는 여자에게 직접 들어야 할 계획적인 은닉의 증거 가능성을 말한 것뿐이었다. 만약 그녀가 애트우드의 의심을 확인해 준다면, 로이드는 그의 존재 자체를 뒤흔드는 딜레마에 빠지고 말 것이다. 그게 아니라면…….

따르릉거리던 벨소리가 멈추었다. 간수들이 돌아오기까지 시간이 얼마 없다는 걸 알았다.

"제발, 난 알아야겠소. 당신의 상처가 자해로 인한 것인지 아니면 다른 이유가 있는지……."

그녀는 얼굴을 붉히며 그에게서 손을 빼냈다.

"그들이 그러던가요?"

그녀의 눈동자는 태양빛에 사로잡힌 사파이어처럼 빛나기 시작했다.

"네가 제안 하나 하지요, 캄든 씨. 당신은 사업가지요, 그렇죠?"

"그게 무슨 상관이오?"

그가 으르렁댔다.

"당신은 거래에 익숙할 거예요, 사업적인 거래."

그녀의 말이 딱 맞지는 않았지만, 그는 계속하라고 고갯짓을 했다.

"당신이 나에게 무언가 보상을 해준다면 그…… 그 상처에 대해 애기하겠어요."

교활한 계집이군!

“무엇이든.”

그녀의 눈썹이 찡그려지며 의심이 얼굴 전체에서 춤을 추었다.

“내가 무얼 원하는지 듣지도 않았잖아요.”

“말하시오, 안 그러면 우리 둘다 곤란해질 거요. 간수들이 금방 돌아올 테니까.”

그녀는 그에게 다가가 손이 미치는 곳 바로 앞에서 멈추었다. 그가 진실을 말하는 거라면, 그녀에게는 결정할 시간이 별로 없었다. 이 남자를 믿어야 할까? 불신보다는 루스에 대한 근심이 더 컸다. 그녀는 슬쩍 복도를 내다본 다음, 창살 하나를 움켜 쥐고 그의 귀에 닿을 때까지 발끝을 들었다.

“날 위해 수감자 한 명을 찾아 주세요. 그녀가 괜찮은지 확인해 주세요. 이름은 레인, 루스 레인이에요. 번호는 몰라요.”

로이드가 그녀를 마주 보았다.

“그것뿐이오?”

“음…… 아뇨. 만약에…… 만약에 내가 편지를 쓴다면, 그걸 전해 주시겠어요?”

“그리고?”

“그게 다예요. 나에게 종이나 펜이 없다는 것만 빼면. 그들이 허락하지 않거든요.”

“내가 나중에 갖다 주겠소. 편지를 써서 당신 마당 쪽 철문 아래로 밀어 넣으시오, 오늘밤.”

그녀가 씨익 웃었다.

“그럼 해주시겠다는 건가요?”

“한 가지 조건이 있소.”

그녀가 왜 간단한 편지 한 장과 분명 말하기 고통스러운 듯한 또다른 죄수에 대해 상세히 알고 싶어하는지 호기심이 일었다.

“루스 레인과 연락하는 것이 왜 그렇게 중요한지 말하시오. 그럼 당신 거래에 응하겠소."

망설임이 눈 속에 어렸다가 그녀가 아랫입술을 깨물었다.

"루스 레인은 제 언니예요."

"언니라고!"

"쉬이! 다른 사람들한테 들리겠어요."

다시 한 번 복도를 점검하며 그녀가 경고했다.

당혹감이라는 작은 파편들이 제자리를 찾아 떨어지기 시작하며 떠오르는 장면은 그가 상상했던 것보다 훨씬 더 극악한 것이었다.

"당신의 공모자요?"

"여기 도착한 후로 언니를 한 번도 만날 수 없었어요. 우린 몇 주후면 풀려 나요. 그리고 난…… 우리는 계획을 세워야만 해요."

로이드는 고개를 끄덕였다. 하지만 2명의 살인자들이 풀려 난 후에무얼 하려고 계획을 세우려는지 생각하고 싶지 않았다.

"당신 이름을 말하시오."

그녀가 놀란 숨을 삼켰다.

"왜요?"

"기록을 점검할 때, 내가 바로 당신의 것을 알아볼 수 있다는 걸확실히 해야만 하오. 소장 사무실에서 어슬렁댈 수도 없고 당신이 원하는 정보를 그에게 물어 볼 수도 없잖소?"

"제 번호를 알잖아요. 언니는 다를 거예요."

"이봐요, 아련한 눈의 아기씨. 난 아직 공식적인 감옥 기록을 보지못했소. 이름 옆에 번호가 적혀 있지 않으면 어쩔 거요? 다른 리스트에 써 놓았다면 어쩔 거요? 망을 보면서 이 기록에서 다른 기록을 왔다갔다할 시간은 없소. 당신 이름을 말하지 않으면 거래는 없던 걸로하겠소."

그는 숨을 죽였다. 그녀의 이름을 아는 게 중요한 것 같으면서도왜 그런지는 정확히 알 수 없었다. 생각을 이성적으로 정리하는 듯 그녀의 얼굴이 이상한 표정으로 일그러졌다.

그녀가 바닥으로 시선을 떨구었다.

"내 이름은 모리아예요."

방향을 돌려 침대로 걷기 전 그녀는 중얼거렸다.

그가 가버린 것을 알았다. 정말 이상하지, 떠나는 발소리도 듣지 못했는데. 들을 필요도 없었다.—그가 떠난 순간 직감할 수 있었다.

그녀는 일어나 나무 구역까지 불안하게 걸어갔다. 문을 열고 문틀에 기대어 안으로 손을 넣었다. 벽에 걸린 작은 천을 꺼내고 몸을 숙여 그걸 물통 속으로 집어 넣었다. 거의 기절할 것만 같았다. 몸을 떨며 젖은 천으로 얼굴을 닦은 다음 다시 못에 걸었다.

기분이 나아졌지만 여전히 어찔어찔한 기분으로, 천천히 손대지도 않은 식사 쟁반이 놓인 작업대로 걸어갔다. 그릇에서 천을 벗겨 내며 동시에 뒤로 껑충 물러났다.

'바퀴벌레는 없어. 감사합니다, 하나님.'

배가 고팠다. 그녀는 자리에 앉아 맛을 느낄 새도 없이 한 입 한 입 삼켰다. 다 먹었을 때쯤엔 위 속에 뜨거운 납덩이 같은 음식이 들어앉았다. 너무 빨리 먹었다는 걸 깨달았다. 신음을 하며 그녀는 침대로 가서 벽에 등을 기대며 앉았다.

한 시간 후 밴디트가 뒷문으로 달려 들어와 발치에서 맴을 돌 때까지도 그녀는 그 자세 그대로였다. 모리아는 웃으며 녀석을 잡으려고 무릎을 꿇었다. 녀석이 작업대로 달려가더니 껑충 뛰어올라 뒷발로 일어섰다.

"곤히 잘 수 있는 곳을 따로 찾은 줄 알았단다. 어젯밤에는 어디 있었니, 변덕쟁이 작은 친구야? 네가 그리웠단 말이야."

너구리는 머리를 치켜들고 꼬리를 휘둘렀다.

"네가 말할 수 있다면 좋을 텐데."

그렇게 중얼거리며 일어나서 녀석에게로 다가갔다.

"아니, 아니야. 그럼 우린 곤란한 지경에 처하게 되겠지. '절대 침묵할 것.' 이거 기억하니?"

그녀는 밴디트의 머리를 토닥이며 의자에 앉았다. 그가 무릎으로 뛰어올라 그녀의 얼굴을 핥았다.

"너도 내가 그리웠구나."

그녀가 낄낄거렸다.

그 짐승을 꼭 껴안으며 남자의 팔에 안기는 건 어떤 느낌일까 궁금했다. 제드 삼촌은 언제나 애정을 보여 주었다. 독일말로 사랑하는 사람이라는 뜻의 레이브첸이라는 말로 그녀를 불러 주었다. 노력만 한다면, 삼촌의 양쪽 무릎에 루스와 같이 앉아 어깨 위로 삼촌의 팔이 드리워진 것을 기억할 수 있을 것이다. 루스는 언제나 껴안고 부둥켜안는 것을 좋아했다. 부모님이 돌아가신 후로는 특히나 더. 밤이면 밤마다 루스는 그녀와 같은 침대에 누워 잘 보살펴 주겠노라는 약속을 하며 껴안아 주었다.

남자의 손길은 다를 것이다. 무심결에 로이드 캄든의 영상이 마음 속으로 들어왔다. 그녀를 마주 보던 숨막힐 듯한 그 초록의 눈동자 속에 무언가가 있었다. 다른 사람이 알까 두려운 듯 자신의 일부를 감추어 놓은 듯한. 아, 그는 여자와 기쁨을 나누는 것이 어떤 건지 알았다. ―육체적인 관계가 어떤 것인지 정확히 모르긴 해도 그의 눈 속에서 그걸 읽을 수 있었다. 그러나 그가 진실로 상대를 꼭 부둥켜안지 않는다는 것을 그 눈 속 깊은 곳의 공허가 말하고 있었다.

그녀의 팔이 밴디트를 꼭 죄었다. 그는 자신이 잃어버리고 있는 것을 생각지 않았다.

밴디트가 몸부림을 쳐서 빠져 나가 뒷문으로 사라졌다. 잠시 후 돌아올 때는 작은 삼베 주머니를 끌고 들어왔다. 그리고 그것을 자랑스레 그녀의 무릎에 떨어뜨렸다.

끈을 풀어 뒤집어 보자, 연필 하나가 무릎으로 떨어졌다. 그녀는 주머니를 흔든 다음 안으로 손을 넣었다. 당연히 종이 한 장을 찾을 수 있었다.

그녀는 어안이 벙벙한 채 밴디트에게 엄한 표정을 지어 보였다.

"응? 그가 어떻게 널 연락책으로 확신했을까? 훈련을 잘 받긴 했어도 네 몸엔 아무 흔적도 없는데?"

이 짐승의 얼굴 표정이 미소일까?

"아, 상관없어."

그녀는 중얼거렸다. 연필을 쥐고, 주머니에서 종이를 꺼내어 루스에게 짤막한 메시지를 적었다. 그걸 조심스레 접은 후, 침대에서 빠져나와 자신의 정원으로 나섰다.

철문 앞에 무릎을 꿇었다. 편지를 손에 든 채 문 밑으로 밀어 넣었지만 잘 들어가지 않자 잠시 멈췄다. 주먹으로 편지를 꼭 쥐었다. 루스와 연락이 될 거라는 사실에 너무나 흥분이 되어 자신의 충동적인 거래에 대해서는 이것저것 생각지도 않았었다. 로이드 캄든이 과연 이 편지를 전해 줄까? 적어도 루스가 잘 있으며 해리스버그까지 일기를 가져 가는 것을 도와줄 거라는 걸 알게 되면 훨씬 더 편안할 것이다.

조사단이 도착한 후 처음으로, 루스가 다른 수감자들처럼 어떻게든 괴롭힘을 당했을지도 모른다는 생각이 들자 모리아의 눈에 눈물이 맺혔다. 그녀는 약속을 했고, 로이드 캄든은 무슨 일이 있었는지 진실을 말해 주길 기대할 것이다. 하지만 루스와 함께 자유로운 몸이 되기 전까지는 그에게 말하지 않을 작정이었다. 그녀가 거짓말을 한다거나 거래를 철회한다고 해서 그가 어찌할 순 없을 것이다. 어차피 그의 질문에 대답하지 않을 테니까. 그녀는 말할 생각이 있는 부분만 말할 뿐이다.

'속아도 싸, 비열한 자식!'

또다른 가능성이 뇌리를 스쳤다. 로이드 캄든이 편지를 소장에게 갖다 주며 경비 시스템이 얼마나 쉽게 무너지는가에 대한 증거로 사용하면 어쩌지? 그 처벌은 바퀴벌레가 우글거렸던 음식처럼 가볍지 않을 것이다.

모리아는 이로 아랫입술을 지긋이 물었다. 그건 상관없다. 그녀는 이럴 수밖에 없었다. 슬픈 한숨이 입술에서 새어 나왔다. 왜 그는 이런 일을 하고 있는가? 수감자들을 보호하기 위해? 그렇다고 할 수는 없지. 로이드 캄든은 보고서에 해가 될 만한 내용을 포함시킬 의도가 전혀 없을 테니까.

"주님, 절 용서하세요."

그녀는 종이를 문 밑으로 밀어 넣었다. 이것으로 또 하나의 무거운 참회를 해야 할지도 모른다. 하지만 상황이 더 악화될 수도 있다는 가능성보다도 지금 행동해야 한다는 자신의 결정을 무시하거나 되돌릴 수는 없었다.

그래야만 한다면 소장에게 고자질하라고 해. 그리고 그런 일이 생긴다면? 그럼 그는 의심의 여지없이 항상 의식하게 될 것이다. 그 저주받을 보고서에 그가 쓴 것이 한 마디도 빠짐없는 거짓이라는 것을. 픽스 소장이 그녀에게 내릴 무시무시한 처벌을 상상하라고 해. 로이드 캄든이 밤에 눈을 감고 잠들려 할 때마다, 눈앞에 그녀의 모습이 춤추며 꿈속에서마저 괴롭힐 테니까.

유다는 자신이 한 짓을 깨달은 순간 자살했다. 그녀는 로이드 캄든에게 그 정도까지의 일이 생기길 원치 않았다. 단지 양심의 소리를 들음으로써 충분히 고통스럽기만을 원할 뿐이었다.

그녀는 얼굴을 들어 하늘을 보았다. 간절히, 아주 간절히 기도한다면, 그분이 들어 주실 것이다. 그분께서 양심의 가책을 느낄 수 있도록 로이드 캄든의 마음을 완화시킬 것이다. 또한 감사하게도 그녀가 진실을 남용하는 것을 용서하실 것이다.

한숨을 쉬며 그녀는 감방으로 돌아왔다. 자신이 그다지 자랑스럽지는 않았다. 하지만 그 문제를 갖고 거래를 해야만 할 것이다…… 내일.

로이드는 동쪽 건물의 운동 마당으로 돌려진 바깥벽을 따라 미끄러지듯 움직였다. 대관절 내가 왜 여기 있는 거지? 자신의 모습을 변화시켜 새 삶을 찾기까지 13년이 걸렸다. 24시간도 안 되는 시간 동안, 아련한 눈동자의 여자가 지금의 모습을 보호하고 과거를 묶어 놓았던 그의 갑옷을 여지없이 깨뜨려 버렸다.

꽤 성공적인 인쇄소를 소유하고 있으며, 정치적으로 유리한 약혼을 통해 사회적 명사의 단계까지 올라가는 사다리를 한 걸음 한 걸음 나아가고 있는 남자가 이런 짓을 감행하고 있다.

자신이 그 이유라도 이해할 수 있다면 좋을 것이다.

오랫동안 잠자고 있던 기술들이 2번의 시도만에 금세 되살아났다. 그는 교도소 바깥벽에 숨겨져 있는 비밀문의 자물쇠를 조작해 보았다. 소장 사무실의 자물쇠도 이처럼 간단하겠지. 그가 필요로 하는 기록들이 금고 속에 들어 있다면 이 자물쇠를 연 것처럼 아무 힘들이지 않고 신속하게 딸 수 있다는 것은 의심의 여지가 없었다.

기대감이 혈관을 통하여 소용돌이쳤다. 제기랄, 넌 바보야! 어떤 사회적 체면도 핏줄을 바꿀 순 없어. 그는 필라델피아 출신의 좀도둑과 그와 같은 재능을 가졌던 부인 사이에서 태어난 아들이었다.

분명 피는 강하고 어쩔 수 없는 모양이다.

2살쯤이었던가, 아버지는 로이드가 여자의 손가방 속 물건을 빼낼 수 있다고 자랑하곤 했었다. 6살 때에는, 엄마보다 더 빨리 금고를 딸 수 있었으며 보통의 어른들처럼 효과적으로 망을 볼 수 있었다. 2년 내에, 그는 부모님의 완전한 동업자로 합류하였다. 6달 후, 그는 군중 속에 섞여 부모님이 교수형당하는 모습을 지켜 보았다.

부모님이 사람을 죽일 의도는 아니었다. 하지만 늙은 보석 상인은 부모님이 침실 금고에 숨겨진 재산을 한탕하는 동안 조용히 시키려고 입 속에 쑤셔 넣었던 넝마 조각들에 의해 숨이 막혀 버리고 말았다. 로이드는 너무 어렸고 적극적으로 가담한 게 아니라는 걸 맘 좋은 순경에게 이해시킴으로써 다행히 빠져 나올 수가 있었다.

바꿀 수도 지워 버릴 수도 없는 기억 속에서, 로이드는 현실에만 정신을 집중시키려고 노력했다. 모리아의 감방 끝 철문에 손이 닿자, 그는 어둠 속으로 몸을 웅크렸다. 팔을 뻗어 보자 편지 끄트머리가 잡혔다. 그의 손가락이 그 자리에 그대로 얼어 붙었다.

'아직은 마음을 바꿀 시간이 있어.'

그는 마음속으로 싸우고 있었다. 언젠가는 모든 사람들이 그의 진짜 정체를 알게 될 것이다. 그가 변하려고 노력했던 것은 문제가 안 되었다. 피는 결코 변하지 않는다. 과거가 영원히 침묵하지 않을 것이다. 알렉산드리아나 그녀의 아버지, 또는 저명한 사람들 중 하나라도 그의 진짜 정체를 알게 되었을 때, 그가 자신을 위해 만들었던 세상은 모래 위에 세운 집이 폭풍우에 산산조각나는 것처럼 무너져 버릴 것이다.

로이드는 문 밑에서 편지를 당겨 주머니에 넣었다.

귀를 기울였다. 잠잠했다.

소장의 사무실 쪽으로 향하면서, 그는 자신이 왜 마음을 바꾸지 않았는지 자신도 궁금해 하고 있었다.

7

다음 날 오후, 로이드는 머리 속에서는 망치가 두들겨대고 뱃속에서는 천둥이 쳐대고 있는 것 같았다. 천하에 둘도 없는 바보! 겨우 3시간밖에 자지 못한데다가 아침 식사와 교도소로 태워 가는 마차마저 놓치고 말았다. 다른 일행들이 작업을 시작한 지 한참 후에 도착했기에 그는 점심을 거르면서 나머지 여성 수감자들을 면접하고자 했다. 애트우드가 경비원과 간수들 면접을 돕겠다고 나섰다.

일이 다 끝날 즈음, 그는 맨손으로 모리아의 목을 조를 준비가 되어 있었다. 그녀의 목을 감을 수 있도록 떨림이 멈추기만 한다면! 빌어먹을 멍청이! 유년기와 광기 사이의 어딘가에서 왔다갔다하는 마음 속에서 그 여자를 쫓아낼 수가 없었다.

이건 모두 그 여자 잘못이었다. 로이드는 자신이 진짜 누구인지, 예전의 삶이 어땠는지 잊을 수 없다는 걸 알았다. 나쁜 손버릇과 침입에 성공했을 때 동반되는 짜릿한 전율과 척추를 타고 내리는 소름이 사라지지 않을까 봐 그는 은밀히 두려워했었다. 지긋지긋한 피! 그 여자와의 거래에 동의한 순간 홍분이 밀려드는 걸 느꼈다.

수감자들과의 면접으로 인해 끔찍함이 두 배가 되었다. 로이드는 짧고 퉁명스럽게 끝내려 했으나, 수감자들의 눈을 들여다본 순간, 그 생각은 잊혀지고 말았다. 파랑, 개암나무빛, 갈색과 까만 색의 눈동자 들……. 눈동자 색이 어떤지는 상관없었다. 그 공허하고 표정 없는 눈 속의 장막이 아주 잠깐 열렸을 때, 그는 한때 8살 소년의 가슴을 가득 채웠던 것과 똑같은 방어막과 분노와 씁쓸함을 보고 말았다.

여자들은 잡다하게 섞여 있었다. 도둑, 창녀, 방화범 그리고 폭행죄 로 들어온 여자 2명. 그들 중 누구도 교도소의 대우에 대해 불만스런 말을 하는 사람은 없었고, 석방된 후에 어디로 갈 것인지 신경 쓰는 사람 또한 하나도 없었다.

아련한 눈동자가 그에게 도와 달라고 애원했다.

"안 돼! 나에겐 내 삶이 있어. 정돈되고, 안전하고 존중받는 내 삶 이."

조사단의 방으로 성큼성큼 걸으며 그는 중얼거렸다. 젠장! 언니에 대한 소식을 모리아에게 알려야 할지 결정할 수가 없었다. 모리아의 편지는 아직도 그의 주머니 속에 있었다.

"뭐라고 하셨습니까?"

로이드의 고개가 홱 들렸다. 그는 신음하며 걸음을 더욱 재촉했다.

"달로우, 무슨 일이죠?"

"보고서를 다 끝냈습니다."

짧은 개 목걸이를 찬 강아지처럼 로이드의 뒤를 쫓으며 그가 말했 다. 로이드가 문득 멈춰 돌아섰다. 그러자 생각 없이 그의 뒤를 따르 던 달로우와 쾅 부딪혔다. 달로우가 두 손을 들어 올리며 뒤로 물러섰 다.

"죄송합니다."

그가 더듬거렸다.

"오…… 오늘 아침에 끝내긴 했는데, 오후에는 다른 작업을 하느라고요."

로이드가 그를 노려보았다.

"떠나기 전에 덧붙이고 싶은 말이 있나요? 보고서가 끝났으니 이제 떠나야겠지요?"

달로우는 뒤를 돌아보고 나서 로이드에게 한 눈을 찡긋거렸다.

"당신이 좋아하실 만한 걸 찾아냈습니다. 보고서에는 없죠. 다른 사람에게 알리고 싶지 않으실 겁니다."

로이드는 깊이 한숨을 쉬었다.

"그게 뭡니까?"

"보셔야만 알 수 있습니다."

달로우는 몸을 돌려 로이드를 세탁실로 이끌었다. 방에 아무도 없는 걸로 보아 그날의 작업은 끝난 모양이었다. 그들은 비누 찌꺼기가 남아 있는 물 웅덩이를 돌아 젖은 옷들이 쭉 걸려 있는 빨래줄을 지났다. 방 뒤편에서 달로우가 작은 옷장 크기만한 방문을 열었다.

그 문이 열리는 순간, 로이드는 입을 막고 싶은 충동을 느꼈다. 추악한 섹스의 냄새가 배어 나왔다! 안에 선 달로우가 들어오라는 시늉을 했다. 좁은 문으로 한 걸음 들어서자, 달로우는 얼른 문을 닫았다. 빛줄기들이 불규칙하게 구멍으로 새어 들었다. 로이드는 숨을 죽인 채 구멍의 곡선 가장자리를 손가락으로 쓸어 보았다. 나무에 난 구멍들은 흠집 하나 없었다. 신중하게 드릴로 파낸 것이다.

달로우의 손짓에 따라, 한 구멍에 눈을 대 보았다. 로이드는 치밀어 오르는 분노의 파편을 억지로 삼키며 눈을 깜박였다. 사내들이 은밀한 옷장 속에 숨어 눈요기를 할 수 있도록 만든 것임을 알았다. 그는 달로우의 목덜미를 잡아 거기서 끌어냈다. 문을 쾅 닫고 신선한 공기를 깊이 들이마신 다음 달로우를 벽으로 밀어붙였다.

"설명해 보시오!"

젊은 남자가 인상을 찌푸렸다.

"왜 저한테 화를 내십니까? 간수와 경비원들이 만든 겁니다."

"저기서 오후 내내 여자들이 발가벗고 목욕하는 걸 엿봤겠지요? 정신이 돈 괴물 아닙니까? 이런 여자들은 사생활을 갖을 가치도 없다는 겁니까?"

"죄수들, 창녀들입니다, 여자가 아니고!"

로이드가 비웃었다.

"착한 크리스천 같은 태도로군요."

달로우가 분개한 시선으로 쏘아보았다.

"그들에게는 자유 의지가 있습니다. 그들 자신이 올바른 것 대신 타락한 죄악의 삶을 선택한 겁니다! 당신이 왜 그렇게 화를 내는지 모르겠군요. 해리스 의원님께서 말씀하시길……."

순간 달로우는 입을 틀어막으며 당황스런 표정을 지었다.

"해리스 의원님이 무슨 말을 했지요?"

달로우는 어깨를 쭉 펴며 자신만만한 표정을 지었다.

"해리스 의원님께서는 당신이 작성할 보고서에 대해서 말씀하셨습니다. 걱정하실 필요는 없습니다, 만약……."

로이드는 이 멍청이의 이를 목 뒤까지 처넣고 싶은 충동이 일었다. 자신의 손이 마음대로 움직일까 봐 두려워하며 그는 고개를 끄덕였다.

"당신이 보고서를 처음에 예정되었던 대로 작성만 한다면 말이지요."

달로우는 자신이 유리한 입장에 섰다고 생각하고는 의기양양해 했다.

"미래의 사위가 이…… 이 반사회적인 사람들에 대해 부드러운 마음을 갖고 있다는 걸 아시면 윌리엄스 의원님께서는 아마 넋을 잃으실 겁니다."

그가 로이드를 공격했다.

"절 풋내기로 생각하시겠지요? 당신에게 충고를 하기에는 너무나 하찮다고 말이죠. 홍! 당신은 바보요, 캄든! 조사실에 보고서를 놓긴 하겠지만 난 떠나지 않습니다. 아직은 안 되죠. 해리스 의원님께서는 내가 햄튼까지 당신과 동행해서 당신의 친애하는 윌리엄스 의원님을 방문하는 것이 현명하다고 생각하시거든요."

달로우에게 속은 자신에게 로이드는 실컷 욕을 퍼부었다. 조사단의 누군가가 그를 지켜 보고 있다는 생각은 한 번도 해 보지 못했던 것이다. 풋내기 달로우가 자신의 비밀 임무를 로이드에게 말한 것은 완전히 멍청한 짓이었다. 로이드는 더 나이든 남자였다. 하지만 그도 너무 거만했고 또한 부주의했다. 달로우가 그와 같이 여인숙에 머물겠다고 했을 때 불안한 느낌을 놓쳤다는 걸 기억했다. 이젠 그것이 처음부터 계획된 것이었음을 알았다. 로이드는 식은땀이 흘렀다. 어젯밤 달로우가 그를 따라왔다면 어쩐단 말인가?

로이드는 잠시 멈칫했다. 해리스와 윌리엄스 사이에 관계가 있다는 말은 어째서 한 번도 들어 본 적이 없을까? 윌리엄스는 애플 놀에 관해 긍정적인 보고서를 기대하는 2명의 다른 의원들의 이름을 특별히 거론했었다. 해리스는 세 번째였던 모양이다. 얼마나 많은 사람들이 더 있을까?

"마음대로 하시오."

로이드는 버럭 말하며 세탁실에서 나왔다. 다행히 달로우는 대답하거나 따라오지 않을 정도의 눈치는 있었다.

복도를 다섯 걸음도 채 걷기 전, 서류 뭉치를 휘두르며 걸어오던 말리 영이 로이드를 큰 소리로 불러 세웠다.

"여기 계셨군요! 달로우는 만나셨습니까?"

로이드는 신음을 억누르고 세탁실을 향해 고갯짓했다.

"그는 조사중이오."

영이 흠칫 놀라더니 그의 목에 들뜬 붉은 기운이 흘렀다.

'그래, 엿보기 놀이를 하는 자가 달로우만이 아니었군.'

영은 목기침을 한 다음 로이드에게 서류철을 건넸다.

"당신이 원하시는 것은 보고서에 다 적혀 있습니다. 달로우에게 맡기고 떠날까 했더니, 그럴 필요는 없겠군요."

로이드의 한쪽 눈썹이 올라갔다.

"벌써 떠난다고요?"

"소장님께서 날 비침 목사님의 집까지 태워 주라고 마차를 불러 놓았습니다. 서두르면, 필라델피아로 가는 역마차를 잡을 수 있을 겁니다. 월넛가 감옥에 문제가 있습니다. 그 공청회에 하루 정도 늦겠지만, 그들이 조금은 더 기다려 주겠지요. 수치에 이해 안 가는 부분이 있으면 말씀하십시오. 다음 주 초에는 햄튼에 있을 테니까요."

"모든 게 제대로 됐겠지요."

로이드는 침착하게 대답했다. 월리엄스는 무얼 하고 있을까? 로이드가 공식 보고서를 준비하는 동안 햄튼에서 경비 설 시민군이라도 모으는 건가?

"의원님과 알렉산드리아 양에게 내 안부나 전해 주십시오."

짧게 악수를 교환한 다음, 로이드는 건물을 떠나는 영을 지켜 보았다. 몇 명의 조사단원. 확실한 기회주의자 한 명과 풋내기 감시견 하나. 불쌍하고 점잖은 애트우드. 그는 자신의 의심을 증명할 수 있다고 확신하지만 자신의 의견을 들어 줄 만한 믿음직한 사람을 하나도 갖지 못했다.

사무실로 돌아와 애트우드와 2시간 동안 이야기를 한 후에, 로이드의 딜레마는 상상했던 것보다 더 악화되었다. 신체적인 처벌로 의학적인 치료를 받은 여성 수감자의 리스트는 이제 16명이나 되었다. 원인과 결과를 잇는 선이 보잘 것 없다 해도, 바보만이 그것의 일치성을 부인할 것이다.

아니면 의원들이나?

눈에 보이는 증거는 애트우드의 문제 제기를 더 강하게 할 것이다. 하지만 로이드가 만난 여성들 중 누구도 감히 나설 만한 인물은 없었다. 모두들 몇 개월에서 일년 반 정도의 형량이 남아 있었다. 남은 수감 기간을 생각해서 그들은 절대 증언하지 않을 것이다.

한 명만 빼고.

"따로 할 일이 하나 있소."

로이드는 애트우드의 보고서를 다른 것들과 함께 놓았다. 그리고 신중하게 단어를 선택하기 위해 잠시 멈추었다.

"확실한 증거 없이는, 의회가 당신이 알아낸 일을 얼마나 심각하게 들어 줄지 확신할 수 없습니다. 지금으로서는 상황적인 증거뿐이니까요."

로이드는 말을 하면서 애트우드의 반응을 유심히 살폈다. 하지만 그 남자가 무슨 생각을 하는지 읽어 내기는 어려웠다. 변호사로서 훈련된 특성이겠지.

"당신 말이 맞습니다."

애트우드가 이윽고 반응했다.

"또 미심쩍은 게 있습니다. 리스트의 여자 중 8명이 더이상 여기에 있지 않습니다."

"석방되었나요?"

"이송되었습니다."

로이드의 심장이 두근거리기 시작했다.

"왜 다른 교도소로 보내진 겁니까?"

"그들은 윌로우 계곡으로 보내졌습니다. 그곳은 교도소가 아니라, 정신 병자들의 보호 수용소지요. 너무 오랫동안 고립되어 있으면 정신적인 문제가 생길 수 있다는 소문을 들은 적이 있습니다. 그것이 교도소 개혁에 관해 펜실베이니아 협회가 알고 싶어하지 않는 결과 중 하나지요. 펜실베이니아나 어번 시스템의 어느 누구도 신경 쓰지 않을 겁니다. 내가 더 조사해 보았습니다. 그리로 8명의 여자가 보내졌지만, 남자는 4명뿐이더군요. 4명!"

주머니 속에 있는 편지가 갑자기 무거운 맷돌처럼 느껴졌다.

"그래서 당신의 제안 사항은 뭡니까?"

로이드가 목깃을 늦추며 숨을 내쉬었다.

"모르겠습니다."

애트우드가 피식 웃으며 어깨를 으쓱했다.

"또 하나의 일치라고 할까요? 감히 그걸 바라고 싶은 마음도 있습니다. 여자들의 두뇌는 남자보다 약하고 깨지기는 두 배나 쉽지요. 그들이 단지 고립감에 적응할 수 없었던 것일지도 모릅니다."

"다른 마음은?"

"그렇게 순진하지 않지요. 솔직히, 윌로우 계곡에 가 보고 싶습니다. 그 여자들과 얘기하는 게 소용없을지도 모르지만, 원장과 만나서 모든 걸 정리할 수 있을지도 모르지요. 단지 난 조사단에게 조사의 범위를 그렇게까지 확대할 수 있는 권한이 있는지 확신이 서지 않는군요. 나 혼자서 할 수도 있겠지만요."

안경테 위로 올려다보며 그가 덧붙였다.

"이곳 여자들에게 무언가 끔찍한 일이 벌어지는 거라면, 내가 그걸 멈출 수 있다는 생각을 그만두기 힘들 것 같습니다."

애트우드의 도덕적인 성격은 로이드의 목을 죄는 올가미와 같았다. 공식적 권한으로 윌로우 계곡에 가겠다는 애트우드의 요청을 거절하는 건 그 혼자서 거길 헤매도록 보내는 것일 뿐이다. 더 나은 선택은 분명, 애트우드의 여행을 공식화하는 것으로 적어도 로이드는 다른 사람보다 먼저 그가 발견한 것들을 알 수 있을 것이다.

로이드의 딜레마가 일단락되긴 했지만, 금세 다른 문제가 생길 거라는 느낌이 들었다.

"진행하십시오. 내가 소개장을 준비하겠습니다."

로이드는 자신의 앞에 종이 한 장을 꺼냈다. 딱딱한 황금펜을 집어, 잉크병에 적시고 나서 문득 손을 멈췄다.

"일이 끝나면, 햄튼으로 오십시오. 무얼 찾아냈든지간에, 나 이외의 다른 사람과는 얘기하지 마십시오. 알겠습니까?"

"윌리엄스 의원님과도요?"

"그분이 나에게 보고서를 준비하도록 전적인 권한을 주셨습니다." 로이드가 단호하게 말했다.

"전체 보고서를 위태롭게 하느니, 우리가 먼저 만나 그 얘길 나누는 게 좋겠습니다."

애트우드가 떠난 후 오랫동안, 로이드는 깊은 생각에 잠겨 회의실에 앉아 있었다. 애트우드가 발견한 정황적인 증거와 달로우가 발견한 엿보게 만들어진 옷장 속을 연결하면, 이성적인 남자로서 한 가지 결론밖에 이끌어 낼 수 없었다. 애플 놀의 여성 수감자들이 육체적으로, 정신적으로 학대받는다는 것.

그러나 생각만으로는 충분치 않다. 증거가 필요했다. 아련한 눈동자만이 줄 수 있는 증거가.

오늘밤.

그는 밤늦도록 사무실 안을 서성거렸다. 교도소장의 명에 따라 부엌에서 보내 준 맛도 없는 식사를 사무실에서 끝내고 보고서를 다시 읽어 보기도 했다. 그러나 아직은 더 기다려야만 한다.

마지막 벨이 울리고 모든 죄수들이 잠자리에 들었을 때, 로이드는 방을 빠져 나와 원형 건물의 어둠 속으로 숨어 들었다. 1시간 동안 경비원의 순찰 시간을 계산했다. 그 다음으로 경비원이 그가 숨은 곳을 지나치자, 로이드는 정확히 3분을 기다렸다가 여자 죄수들이 있는 동쪽 복도로 전진했다.

30초 후, 로이드는 소장 사무실에서 빼낸 열쇠를 주머니에 넣고 모리아의 감방 안에 있었다. 온몸이 흥분으로 두근거렸다. 하지만 그는 침대까지 천천히 나아갔다. 그녀는 이불 아래 깊숙이 누워 있었다.

'비명 소리 한 번이면 경비원들이 썩은 나무에 모이는 흰개미들처럼 모여들 것이다!'

낮게 몸을 굽혀, 그는 그녀의 입을 덮은 곳으로 손을 뻗었다. 그가 판단하기로 그럴 것 같은 지점으로. 다른 팔은 공포로 몸부림칠 난폭한 팔을 막기 위해 배 부분 위로 올렸다.

깊은 심호흡을 하면서, 그는 대기를 가르며 재빨리 행동했다. 순간 그는 균형을 잃어버리면서 텅 빈 침대 위로 비스듬히 쓰러졌다.

빌어먹을! 어디 있는 거야? 바보가 되어 버린 느낌으로 그는 이불을 홱 젖혔다.

다음 순간, 그는 가능한 한 최선을 다해 다시 형태를 다듬어 만들고 뒷문을 통과해 나갔다.

고집쟁이 같으니! 자기 생명을 구할 규칙들을 따르면 어디가 덧난다던가!

자갈길로 한 걸음 들어서 마당을 둘러본 순간, 그의 성질은 더 불타 올랐다.

사라졌어!

골치 아픈 그 여자 죄수가 사라져 버렸다!

8

파수대의 불빛이 휙휙 스치며 높은 마당 벽들로 광포하게 춤을 추었다. 현재 위치와 12감방 떨어진 안전한 자신의 마당 사이의 거리를 계산하면서, 모리아는 깊이 심호흡을 했다. 왼쪽 다리의 고통은 무시한 채, 벽의 가로대를 따라 긴 여행을 시작했다. 낮게 몸을 숙이고 경비원들이 있는 땅에 떨어지지 않도록 조심하면서도 최대한 빠르게 앞으로 기었다.

이 순간 잡히는 것은 그다지 큰 문제가 아니었다. 조사단은 지금쯤 떠났을 것이고, 로이드 캄든은 그녀를 만나러 오지 않았다. 모리아는 한 가지 결론에 도달할 수밖에 없었다. 로이드 캄든이 던진 미끼에 그녀가 의심 없는 작은 물고기처럼 쉽게 걸려 들었던 것이다. 교도소장이 할 일은 그녀를 감아 올리는 일뿐이다. 그가 형량을 연장시킬 순 없겠지만, 다른 수감자와 내통하려던 시도에 대한 처벌은 대단히 심각할 것이다.

두려움보다는 공포가 그녀를 더 앞으로 나가도록 다그쳤다. 어떻게 그렇게 무모할 수 있었던가? 그녀는 로이드 캄든이 교도소 내의 문제를 은폐하기 위해 온 것임을 알고 있었다. 바보! 그가 연약한 연결 고리를 찾아낼 수 있다는 걸 생각했어야 했다.—픽스 소장이 숨기고 싶어하는 비밀들을 폭로할 만한 여자들.

안 돼! 그들은 날 막지 못해! 소장은 물론 로이드 캄든도. 오늘밤 이오나를 찾아간 건 시기 적절한 일은 아니었지만, 일기의 중요성을 새삼 인식하게 되었다.

자신의 마당에 거의 다다르자, 모리아는 벽의 가로대에 얼굴을 묻고 거친 숨을 가다듬었다. 가죽 바지와 가죽 장갑을 착용했음에도, 무릎과 손이 매우 아팠다. 게다가 이오나의 마당으로 뛰어내리다가 왼쪽 다리를 삐끗한 것이 커다란 실수였다. 그녀는 머리를 돌려 뺨을 기댄 채 숨결이 정상으로 돌아오길 기다렸다.

갑자기 심장이 멎을 것만 같았다. 루스! 그들이 자기 때문에 언니를 처벌한다면 어쩌지? 두건을 두른 뺨 위로 후회의 눈물이 흘러 내렸다.

"제발, 하나님. 그들이 언니에게는 아무 짓도 못하게 해주세요."

그녀는 얼굴을 들어 뺨의 눈물을 두건으로 서툴게 닦아 냈다.

벽의 가로대 위로 두 발을 휙 내렸다. 오른쪽 다리를 이용하여, 갈고리 2개 중 하나를 무심히 찾았다. 아무것도 없다. 엉덩이로 자리를 옮겨 다시 시도해 보았다. 여기 있어! 그리고 여기! 그녀는 갈고리에 오른발을 놓고, 몸을 틀어 두 손으로 벽의 가로대를 쥐었다. 오른 다리에 온 체중을 실어 왼쪽 무릎과 두 팔을 이용하여 벽에서 떨어졌다.

부드러운 쿵 소리와 함께 몸의 오른쪽이 땅에 닿자, 그녀는 안도의 한숨을 쉬었다. 몸을 벽으로 바짝 붙인 다음 딱딱한 곳에 등을 기댔다. 덩굴로 덮인 잎사귀들이 감싸 주자, 팔과 다리를 쭉 펴면서 눈을 감았다.

일단 숨을 가다듬고 나서, 그녀는 몸을 일으켜 감방으로 천천히 기어들었다. 침대가 떠날 때 그대로라는 걸 짧게 확인한 후, 한 손에는 송곳을 잡고 다른 손에는 남은 가죽 조각 하나를 골라냈다. 바깥 나무 문 사이의 불빛이 연장을 찾을 만한 빛을 뿌려 주었다. 마당으로 돌아오기 전, 가슴에 매었던 삼베 가방을 벗고 옷장의 물탱크 뒤로 숨겼다.

뒷문을 살짝 열어 놓고 다시 밖으로 나간 그녀는 굽어진 자갈길에는 시선도 돌리지 않고, 멀리 왼쪽 구석진 곳으로 곧장 걸어갔다. 몸을 굽혀 인동 덩굴 가지들을 한쪽으로 밀고 땅 바로 위에 있는 벽돌 하나를 꺼내 발밑에 내려놓았다.

작은 구멍 속으로 손을 넣어 능숙하게 일기를 찾아냈다. 그것은 어릴 때 가졌던 일기장과 똑같이 생기지는 않았지만 어쨌든 목적은 같은 것이었다. 고리에 걸린 열쇠처럼 길고 얇은 가죽천 조각들이 가죽 끈처럼 된 더 얇은 부분에 매달려 있었다. 각각의 가죽 조각은 그녀가 어릴 때 작은 일기장에 적었던 그 어떤 것보다도 더 의미 있고 중요한 정보를 담고 있었다. 비밀로 숨겨진 애플 놀 여죄수들에 대한 학대를 바깥 세상에 폭로할 정보들을.

돌을 다시 박아 넣고 은밀한 장소를 덮는 가지들을 챙긴 다음, 모리아는 두건과 장갑을 벗고 앉았다. 송곳으로 새 가죽의 *끄트머리*에 구멍을 뚫었다. 일기장을 묶어 놓았던 끈을 풀고 새 가죽 조각을 끝에 밀어 넣었다. 끈을 다시 묶은 다음 긴 프릴과도 비슷한 일기를 한쪽 허벅다리 위에 올렸다. 다른 다리에는 가장 새것인 가죽 조각을 놓았다. 한 손을 쿠션처럼 사용해, 그녀는 재빨리 힘들이지 않고 작은 구멍을 뚫어 나갔다. 그 마지막에는 날짜를 새겼다.

1828년 7월 27일.

송곳에 익숙한 숙련된 기술과 부드러운 가죽 덕에 일은 그다지 어렵지 않았다.

그녀는 만족스레 송곳을 내려놓았다. 잠시 일을 멈추고 친근한 여름날의 향기와 그녀를 둘러싼 소리들을 음미해 보았다. 축축한 땅에서는 귀뚜라미들이 울어대고 초록의 잎사귀는 물기 있는 대기에 열대의 내음을 뿌렸다. 이따금씩 애플 놀을 둘러싼 난초들 속에서 어여쁘게 자란 사과향이 맡아졌다. 높은 벽에 막혀 있긴 해도 오늘밤의 산들 바람은 그녀에게 향긋한 내음을 실어 주고 있었다.

갑자기 그녀의 감각이 예민해지며 초점을 잡아 갔다. 그리고 정신이 번쩍 들었다. 그 자리에서 몸이 얼어 붙었다. 그녀의 눈동자가 마당의 어떤 움직임을 찾으며 내달았다. 아무것도 없다. 하지만 등줄기에 소름이 돋았다. 그녀는 두 손으로 일기를 꼭 붙잡았다.

그녀 혼자만 있는 게 아니다!

심장이 멎을 뻔하던 순간, 밴디트가 정원으로 뛰어나와 그녀의 옆에 자리를 잡았다. 안도감으로 심장이 다시 정상을 되찾았다.

"너였구나."

그녀는 한숨을 쉬며 머리를 흔들었다. 너구리가 관심을 보여 달라는 듯 팔을 찔러대자, 부드럽게 웃으며 그녀는 그 머리에 장난스레 꿀밤을 먹였다.

"그렇게 개구쟁이처럼 온종일 헤매 다니면, 내가 항상 신경을 써야잖니!"

밴디트가 뒷다리로 일어서 그녀의 얼굴을 핥았다.

"남자들이란."

그녀가 낄낄 웃었다.

"항상 여자를 버린 다음에 달콤한 키스로 달래 주려 한단 말이야. 난 바쁘단다, 애야. 그만해."

모리아가 옆의 땅을 톡톡 치자, 밴디트는 머리를 그녀의 무릎 위로 올렸다. 이오나를 찾아갔던 일이 떠오르자, 슬픔의 장막이 또다시 주위로 내려왔다. 하지만 날짜 옆에 약간의 암호를 적지 못했던 것이 생각나자 얼른 송곳을 집어 들었다.

일기를 숨기고 침대로 돌아가야만 한다. 그녀는 멍청히 가죽 조각을 만지작거리며 생각에 잠겼다. 다시 자유로워진다는 게 과연 어떤 걸까. 석방되면 루스와 다시 만나게 되겠지. 뒤에 남겨진 친구들을 돕기 위해 모은 이 증거를 사용하는 것이 루스와 함께 할 일이었다.

밴디트가 그리울 것이다. 그들은 절대 같이 내보내 주지 않을 것이다. 설사 그들이 허락한다 해도, 루스와 방을 얻을 때는 어쩌겠는가? 여인숙 주인은 밴디트를 본 순간, 그들의 면전에서 문을 닫아 버릴 것이다.

"널 데려가는 길을 찾을 수만 있다면 얼마나 좋겠니. 너도 자유로워져야 해. 짝을 찾아서 가정을 꾸려야지. 어디든 가고 싶은 곳으로 가렴."

밴디트가 일어서서 고개를 들었다.

"너도 그러고 싶지, 그렇지?"

"아마 그럴 거요."

모리아의 머리가 옆으로 홱 돌아갔다. 너무 놀라 숨을 쉴 수도 없었다. 뼈까지 냉기가 파고들며 온몸에 식은땀이 흘렀다. 목소리를 찾아 그녀의 눈이 마당 건너편 길고 딱딱한 것에 초점을 맞추었다. 밴디트는 날쌔게 달아났고, 모리아는 몸을 돌리기도 전에 자신의 일기가 무릎에서 떠오르는 걸 느꼈다.

속삭임이 들렸다.

"어디, 당신이 가진 걸 좀 볼까."

뱃속이 메슥거리더니 즉시 분노와 함께 로이드 캄든의 이름이 떠올랐다. 그녀는 벌떡 일어나 미친 짐승처럼 그를 공격했다. 어깨를 낮추고 으르렁거리며 그에게 돌격했다.

그녀가 공격해 오리라고는 생각지도 못했는지 그는 잠시 방심한 모양이었다. 한순간 뒤로 물러났다가 다시 강한 손으로 그녀의 두 팔을 감아 왔다. 그녀의 두 다리가 공중에서 버둥거리고, 밑으로 떨어지면서 그의 가슴에 머리가 강하게 부딪혔다.

강한 손이 그녀의 팔을 잡아 일으켜 세우고, 다시 힘을 불러 모으기도 전에, 그녀는 멍하니 그의 몸 아래로 눌리고 말았다. 그의 몸무게 때문에 숨쉬는 것도 불가능했다. 그녀는 의식을 잃지 않으려고 열심히 몸부림을 쳤다.

"가만히 있으시오."

그가 낮은 소리로 명령했다.

숨이 막히자 그녀는 옆으로 머리를 비틀어 공기를 들이쉬려 애썼다. 하지만 몸 밑에 깔려 있는 땋은 머리가 그의 손과 마찬가지로 그녀를 놓아 주지 않았다.

"숨…… 숨을 쉴 수가 없어요!"

가슴을 누르던 압력이 숨쉴 만큼 충분히 편해졌다. 하지만 머리는 금방이라도 터질 것 같은 느낌이었다. 그녀의 목에서 작은 비명이 새어 나왔다.

그의 손이 입을 틀어막았고, 귓가에 그의 입술이 느껴졌다.

"경비원들!"

그가 쉿 소리를 냈다.

모리아는 근육 하나 꿈틀하지 않았다. 경비원들이 다가오는 발소리가 들렸다. 한 시간이나 될 듯한 몇 초가 흐른 뒤, 철문이 덜그덕거리고 발자국은 옆 감방으로 이동했다. 아무 생각도 나지 않았다. 그저 로이드 캄든이 왜 경비원들에게 이르지 않는지 알 수가 없었다.

머리 속의 혼란과는 또 다르게 몸에서는 무감각을 깜짝 놀라게 할 만한 메시지를 전달해 왔다. 팔다리에 긴 근육질의 다리가 어우러져 있었고 또한 자신의 가슴에서 그의 빠른 심장 박동을 느낄 수 있었다. 맙소사, 남자는 크기도 하구나!

로이드의 숨결이 귓가를 간지럽히며, 그녀의 혈관으로 이상하면서 혼란스런 감각들을 보냈다. 그녀의 손과 얽힌 그의 손가락 끝에서 맥박이 느껴졌다. 그의 머리카락들이 뺨에 스치듯 닿았고, 남성적인 향기가 등 밑에서 올라오는 향긋한 대지의 내음을 압도했다.

"당신을 해치려는 게 아니오."

그가 속삭였다.

그녀는 고개를 끄덕였고, 그가 그녀의 입에서 손을 떼어 냈다.

입술을 축이며 그녀는 그의 얼굴이 보일 때까지 머리를 돌렸다. 짓궂은 에메랄드 눈동자가 그녀에게 웃음을 보였다.

"놓아 주세요."

그는 씨익 웃으며 몸을 굴렸다. 하지만 손의 압력은 감소되지 않았다. 나란히 누우니 그가 훨씬 더 위협적으로 느껴졌다. 왜 그런지는 잘 모르지만.

"그거 돌려 주세요."

일기를 돌려 받아야 한다.

"아직은 안 돼. 먼저 당신에게 대답을 들을 것이 많소. 그런 다음에 돌려 줄지는 내가 결정하겠소."

"그건 내 거예요!"

"난 싸울 시간이 없소."

그녀가 입을 삐죽 내밀었다.

"좋아요. 싸우지 말고 돌려 주세요."

"왜?"

그가 킥킥거렸다. 분명 이런 놀리는 게임이 즐거운 모양이었다.

하나도 우습지 않아.

"도적질하지 말라."

그에게 굴욕감을 주길 바라며 그녀는 내뱉었다.

"아, 안 돼, 안 돼지. 편리할 때마다 그런 말 뒤에 숨을 수는 없어. 이 상황에서는 내가 유리하니까, 내가 질문하겠소. 그 대답이 만족스러우면, 돌려 줄지 말지 결정할 거요. 이걸 말이오."

그가 그녀의 얼굴 앞에 일기를 달랑달랑 흔들었다. 긴 가죽 조각들이 허공에서 흔들렸다. 한 손으로 빼앗으려는 그녀의 시도에 그가 씨익 웃었다.

가죽 조각이 그의 셔츠 안으로 들어가자 그녀는 좌절감으로 눈물을 글썽였다.

"준비됐나?"

"선택의 여지가 있을까요?"

가능한 한 그에게서 멀리 떨어지며 그녀가 중얼거렸다.

그가 인상을 쓰자 그녀는 다시 중얼거렸다.

"아무것도 아녜요. 그래, 알고 싶은 게 뭐죠?"

"어디 갔었소?"

"말할 수 없어요."

그녀의 턱이 반항적으로 들어 올려졌다.

그는 그녀의 얼굴이 붉어질 때까지 쳐다보며 끈기 있게 대답을 기다렸다.

"제발요, 말할 수 없어요."

그의 눈동자가 점점 짙어졌다.

"벽을 어떻게 타 넘었지?"

그녀가 약하게 미소지었다.

"난…… 난…… 잠깐!"

갑자기 그들의 거래가 기억났다.

"왜 더 일찍 오지 않았죠? 루스는 찾았나요? 내 편지를 언니가 읽었나요? 뭐라고 했죠?"

로이드의 얼굴이 부드러워지긴 했지만, 입술은 굳어졌다.

"질문은 내가 하는 거요, 알겠소?"

실망이 깊었지만, 그의 의지에 굴복하기엔 그녀가 너무나 완고했다.

"난 알아야겠어요. 당신이 말해 주지 않으면, 난…… 난 직접 경비원을 부를 거예요. 한밤중에 여기서 뭘 하고 있었는지 설명하고 싶으신 모양이죠!"

그의 눈이 분노로 번득이며 그녀의 손에 힘을 가했다. 너무 아파서 눈물이 찔끔 흘렀다.

"그런 생각은 하지도 마시오."

"왜요? 두려운가요?"

그의 몸이 경직되었음을 알 수 있었다.

"소장이 설마 당신이 여기 있는 걸 모르는 건 아니겠죠!"

"당연히 모르지!"

"거짓말! 당신은 오늘밤 여기 몰래 들어온 척할 뿐이에요, 그렇죠? 왜요? 진짜로 날 도우려 한다는 걸 확신시키려는 건가요? 난 알아요. 내 말 알아듣겠어요? 난 윌리엄스 의원이 당신을 보낸 이유를 안다구요! 당신이 의회에 보낼 보고서가 개수작이라는 거 다 안다구요!"

그는 그녀를 밀쳐 내고 벌떡 일어섰다. 땅에 누워 올려다보는 그녀 위로 그가 너무나 높이 떠올랐다.

"거래는 끝났소."

그가 걸어가려 하자 그녀가 그의 발목을 붙들었다.

"제발, 아직은 가지 마세요. 루스를 찾아냈는지 아니면 모두 거짓말이었는지 말해 줘요. 언니를 찾겠다고 한 건 거짓말이었나요?"

"난 가겠소."

그녀가 두 손을 떨어뜨렸다.

"당신은 언니를 찾을 생각이 전혀 없었어요, 그렇죠? 내가 숨길 만한 비밀을 알고 있는지 찾아내고 싶었을 뿐이에요. 당신은 나 같은 존재에 약간의 관심이나마 갖을 남자가 아니에요, 그렇죠? 로이드 캄든, 당신에게는 밝은 미래가 있어요. 하지만 사람들에게 거짓말하는 일은 좀더 연습하셔야겠어요. 그럴 땐 사람 눈을 쳐다보는 것도요."

로이드가 빙그르 돌더니 한쪽 무릎을 굽혔다. 그의 얼굴이 분노로 일그러져 있었다.

"진실을 알고 싶은가? 좋아, 내가 말해 주지. 당신 언니는 여기 없어. 그녀는 17개월 전에 떠났어. 떠났다구! 이제 만족스러운가?"

모리아는 무릎을 바둥거렸다.

"여기 없다니 무슨 뜻이에요? 그럼 어디 있다는 거죠? 무슨 일이 생긴 거예요?"

그는 대답해 주지 않았다. 이상한 표정을 띄운 채 그녀를 노려보고 있을 뿐이었다.

"말해 봐요!"

"당신 언니는 윌로우 계곡에 있소."

그의 말에 뺨을 한 대 세차게 얻어맞은 것만 같았다. 그녀가 움찔했다.

"아니야!"

"교도소 기록에서 찾아낸 거요."

"거짓말이에요! 루스는…… 아니야…… 아니라구! 사실일 리가 없어! 당신은 어쩜 그렇게 잔인하죠?"

독방에 갇혀 있었긴 해도, 간수들과 다른 수감자들에게서 윌로우 계곡에 대해 들을 만큼 충분히 들어 왔었다. 그 보호소의 이름만 들어도 등줄기에 싸늘한 소름이 돋았었는데. 그곳은 정신 이상자들로 가득 찬 더럽고 비참한 쓰레기 처리장이었다. 그 이름은 비열하고 어리석은 영혼들에게 지구상의 지옥이나 마찬가지로 통했다.

허리에 두 팔을 감으며, 모리아는 앞뒤로 몸을 흔들기 시작했다. 신께서 기도에 대답하셨다는 사실에도 불구하고 말이다. 루스는 살아 있었다. 하지만 정신 이상? 루스는 그럴 리가 없어! 언니가 얼마나 강하고 용감했는데, 내 보호자이자 안내자였는데. 아니야! 하나님, 안 돼요!

모리아는 로이드를 보며 고개를 저었다.

"당신이 잘못 안 거예요."

"유감이지만 그건 사실이오. 그녀의 이름은 당신의 것 바로 몇 줄 위에 적혀 있었소. 루스 레인. 75번 죄수. 1824년 8월 14일 수감. 갈색 머리와 갈색 눈. 1827년 2월 28일 월로우 계곡으로 이송됨."

그는 주머니에서 그녀의 편지를 꺼내 손에 쥐어 주었다.

"미안하오."

눈물. 뜨겁고 눈앞이 보이지 않을 정도의 눈물이 모리아의 목을 찢는 흐느낌으로 터져 나와 정원에 메아리쳤다. 그녀는 기도문이라도 되는 듯 계속해서 루스의 이름을 되뇌이며 바닥에 주저앉았다.

로이드가 팔 안으로 그녀를 끌어안았고, 그녀는 그의 품속으로 더 깊이 파고 들었다. 가슴의 상처가 너무 커서 이 남자가 어떤 자인지는 신경도 쓰이지 않았다. 그의 팔이 둘러 와 그녀의 등을 쓰다듬고, 그의 목소리는 부드러운 위로의 말을 중얼거렸다. 눈물이 그의 가슴에 하염없이 스며들었다. 그녀는 그에게 꼭 매달렸다. 남자의 손길이 필요했다. 남자의 강인함이.

기억이라는 소중한 앨범 속에 저장되어 있던 과거의 단편들이 마음 속에 스쳐 지나갔다. 모리아가 머리를 매만지려고 애쓰다가 머리 꼭대기 핀이 목까지 떨어지고 말았을 때 웃던 루스. 모리아에게 엄마와 아빠에 대해 얘기해 주던 때의 루스. 제드 삼촌에게 작별의 말을 전할 때 그녀의 손을 잡아 주었던 루스. 그런 루스가, 이제…… 정신 이상이라고! 루스가 미쳤다고?

'오 하나님. 왜 절 버리시는 거예요?'

"쉬이, 아련한 눈의 아가씨."

그는 정원 뒤로 그녀를 이끌고 함께 바닥에 앉았다. 그녀는 맥이 다 빠져 축 늘어진 채 그의 무릎에 앉았다.

모리아는 두 손으로 얼굴을 닦은 다음 그의 셔츠를 붙잡았다.

"그들이 언니를 보게 해줄까요? 내가 방을 구할 수 있으면, 집으로 보내 주겠지요. 내가 언니를 돌보겠어요. 언니는 좋아질 거예요. 틀림없이 그럴 거예요.”

그는 미소지으며 그녀의 팔을 문질렀다.

“난 모르겠소. 기록에는 의사의 진단서가 없었거든. 내 생각에는 그럴 수도 있을…….”

그녀는 코를 훌쩍이며 미소를 지어 보이려 했다.

“난 기도할 거예요, 밤이고 낮이고. 그분이 날 도와줄 거예요. 틀림없어요. 루스는 나아질 거예요. 나한테는 언니뿐이라구요.”

그의 손이 그녀의 손목을 잡아 상처들을 어루만졌다. 그녀는 그의 얼굴을 올려보았다가 그 진지한 표정에 다소 놀랐다.

“이제 당신 애기를 해줄 시간이오.”

그가 속삭였다.

9

로이드는 모리아를 지켜 보았다. 자신의 말이 그녀의 슬픔을 직접 관통시키는 충격으로 전해진 듯 그녀의 몸이 뻣뻣해졌다. 눈동자들도! 그 눈동자가 멜론만큼이나 크게 부풀어오르는 것 같았다. 마치 그의 손길에 더럽혀지기라도 한 듯 팔다리를 문지르며 그녀가 그의 무릎에서 벌떡 일어섰다.

그는 꿈쩍도 하지 않았다. 그 대신 그녀의 멀어져 가는 모습을 쳐다보았다. 감방에서 흘러 나오는 불빛에 비쳐진 뒷모습, 모리아의 가냘픈 모든 선들이 제2의 피부처럼 달라붙은 가죽옷들로 더욱 강조되어 있었다. 양쪽으로 갈라 길게 땋은 머리에서 옥수수 수염처럼 빛나는 머리카락들이 공기 중에 나부꼈다.

그녀를 돌려 다시 품속으로 부여 안고 싶은 갑작스런 충동에 그의 입이 메말라 왔다. 맙소사, 미친 게로군! 이성적으로 그녀가 더이상 자신의 품속에 없다는 사실에 화낼 이유는 단 한 가지도 있을 수 없었다. 이 여자는 유죄 판결을 받은 죄인이었다. 살인자! 양심도 없는 냉혈한. 자신의 삼촌을 죽였다!

하지만 이 여자의 육체는 연약했다. 자신의 무릎에 웅크렸던 그 느낌, 완만한 등의 곡선과 허벅지 사이를 누르던 엉덩이의 감촉이 좋았다. 그는 그녀에 대한 육체적인 반응을 진정시키려 했다. 이 여자가 자신의 못된 성질을 덮고 있는 얇은 막을 깨뜨려 버린 것만으로도 충분히 나빴다. 이 여자의 여성적인 미끼에 먹이가 돼버리는 건 어이없는 일이며 어리석고 불합리하다!

마치 거미줄에 걸려 버린 느낌이었다. 그녀의 자비에 온전히 자신을 내맡길 수밖에 없는 거미줄.

안 돼! 그는 알렉산드리아와 약혼한 몸이다. 그는 아무 경험도 없는 순진한 젊은이가 아니다. 가슴의 모든 거친 고동으로 피를 보고픈 욕망이 생기는 건 모리아 때문이 아닐 거다. 그는 계산적이고 교활한 사업가로 평판이 난 인물이었다. 그는 대답을 원했다. 빌어먹을, 지금 대답을 듣고 싶었다! 그는 일어서서 그녀의 뒤로 다가갔다.

"당신 대답을 기다리고 있소."

그녀의 머리가 약간 위로 들리고 어깨는 곧아졌다. 그 눈 속에 도전이 담긴 것을 알기 위해 굳이 얼굴을 볼 필요도 없었다.

"내가 약속한 거니까 당신은 대답을 들을 자격이 있겠지요."

그녀는 중얼거린 다음 그에게로 홱 돌아섰다.

"난 석방된 후에, 해리스버그로 가서 내 정보를 의회에 알릴 생각이에요."

제기랄, 오래 기다릴 여유는 없다. 그는 당장 대답을 들어야 했다. 그의 눈동자가 가늘어졌다.

"그건 아무래도 좋소. 우린 거래를 했잖소."

"우리 거래에는 내가 언제 당신에게 정보를 줄지 확실히 규명하지 않았지요. 때가 되면 말해 줄 거예요. 약속을 위반하지는 않아요."

"이 사기꾼!"

그의 목소리가 거칠어졌다. 말장난이 그녀의 특기인 모양이지만 받아들일 수는 없지.

"난 지금 알아야겠소. 그러니 대답하시오."

그가 위협적으로 보이길 바라며 한 걸음 앞으로 나섰다. 하지만 그녀는 움찔조차 하지 않았다. 그는 그녀의 숨결이 들릴 정도로 가까이 다가갔다. 완고한 의지의 내음이 맡아지는 것 같았다.

"내가 약속한 것은……."

"당신의 약속은 내뱉는 숨소리보다도 가치가 없어."

그는 평생에 한 번도 여자의 목을 조른 적이 없었지만, 지금 거의 그럴 지경이었다. 손가락에 힘이 들어가며 오므라들었다. 하지만 더 좋은 생각이 떠올랐다. 그는 셔츠에서 아까 뺏은 괴상하게 생긴 가죽끈을 잡아당겼다. 그녀가 이걸 숨기는 일에 열심이라면, 이것이 목적 달성의 수단이 될 수도 있겠지. 이게 무언지 짐작도 가지 않았지만, 그녀의 표정으로 중요한 것이라는 확신이 들었다.

"지금 대답을 원한다고 했소."

그녀가 그걸 빼앗으려 달려들자, 그는 간단히 팔을 올려 그녀의 손이 닿지 못하도록 했다.

"그건 내 거예요. 돌려줘요!"

그녀의 얼굴이 좌절감으로 달아 올랐다.

"더이상의 거래는 없소, 모리아. 결정은 당신이 하시오. 내가 원하는 정보를 주지 않으면 오늘밤 작은 모험을 소장에게 알려야 할 거요."

그가 여자의 피부에 딱 맞는 가죽옷을 쳐다보았다.

"그 뱀가죽 같은 옷은 어디서 났소?"

"피부색을 가리기 위해서예요."

그녀는 머리를 어깨 너머로 넘기며 그를 조심스레 쳐다보았다. 그 동안 그는 그 눈동자를 보물처럼 깊이 들여다보았다.

"얼마나 여성적이람."

이 여자의 경솔한 태도에 짜증이 났다. 여성적인 몸매에 딱 들어맞는 차림새로 인해 그의 사타구니에서 고통이 일었다. 천사라고! 이 여자는 한 입 가지고 두말하는 암여우이다. 그리고 그는 말장난에 놀아날 생각이 전혀 없었다.

놀라웁게도, 그녀의 눈이 커다래지더니 눈물이 가득 찼다. 얼굴 또한 창백해졌다. 말 그대로 그녀의 얼굴에서 핏기가 사라지는 것을 보았다. 그녀는 허를 찔린 듯했다. 그를 쳐다보는 모습이 생명 없는 꼭두각시 인형과도 같아 보였다. 긴장감이 맴돌았다. 그는 자신이 꼭두각시의 끈들을 잘라 버린 듯한 죄의식을 느꼈다.

그녀의 입술이 움직였지만, 잔기침으로 목을 다듬을 때까지는 아무 소리도 나오지 않았다.

"루스에 대해 말해 주어서 고마워요. 여기서 나가게 되면 내가 언니를 보살필 거예요. 나머지에 대해서는, 꼭 그러고 싶다면 소장에게 말하세요. 내…… 내 장신구는 당신이 이곳을 찾은 기념으로 가져 가세요. 가죽 끝에 종을 달면, 목에 걸 수도 있을 거예요. 마음속 깊은 곳에서 바람이 불면 그 딸랑거리는 종소리가 일깨워 주겠죠. 당신이 어떻게 여자를 강압했으며 그녀의 몇 가지 되지도 않는 소지품 중 하나를 가져 갔다는 것을요. 그것으로 당신은 강하고 힘센 남자 같은 느낌이 들겠죠? 스스로 인정하든 그렇지 않든 로이드 캄든, 당신은 항상 우월한 위치에 있었어요."

그녀의 통렬한 공격은 끝이 났고, 모리아는 몸을 돌려 감방으로 돌아가기 시작했다. 여전히 왼발을 조심하면서.

위협을 시도했다가 도리어 비난을 받은 로이드는 마치 자신이 빌어먹을 개자식이 돼버린 느낌이었다. 모리아가 감방을 떠난 사실에 대해 힌트만 주더라도, 픽스 소장은 아주 심각한 처벌을 가하겠지. 이 여자의 물건을 소장에게 갖다 주면, 무척이나 비열한 사내 같은 느낌이 들

것이다. 과거에 그는 법을 무던히도 어겼으며 셀 수도 없을 만큼 많은 사람들의 것을 훔쳤다. 하지만 이 여자에게서는 그럴 수가 없었다. 이유는 모른다. 그냥.

그녀의 영혼에서 힘이나 의지가 모조리 빠져 나간 것 같은 모습을 보아서가 아니었다. 그는 그녀가 천천히 멀어져 가는 모습을 지켜 보았다. 고개를 약간 숙이고 어깨는 그대로. 이 여자는 패배한 사람처럼 보이지 않았다. 그녀는…… 체념한, 거의 무감각한 사람 같았다.

그것은 이 여자의 가장 강한 무기이며, 분노나 눈물보다 훨씬 효과적으로 그를 징계했다.

로이드는 몇 걸음만에 그녀를 따라잡아 붙들었다.

"미안하오. 그런 의도가 아니……."

그녀는 앞으로 흐느적거리며 걸으며 쳐다보지도 않은 채 대답을 했다.

"난 피곤해요."

목소리에 힘이라곤 전혀 없었다.

"당신과 말장난할 기운도 없을 정도로 피곤해요. 당신에겐 할 일이 있어요. 그 일을 하세요. 지금 내가 생각하는 건 루스뿐이에요. 언니가 날 필요로 해요. 언니는 항상 날 돌봐 주었죠. 이젠 내가 언니를 돌볼 차례예요. 당신이 사랑과 충성이란 감정을 이해하길 기대하지는 않아요, 로이드 캄든. 하지만 내 말을 받아들였으면 좋겠군요. 언니와 안정이 되면, 내가 당신에게 연락할 방법을 찾겠어요. 그때 당신이 원하는 정보를 말해 주겠어요. 당신의 양심이 무얼 해야 할지 알려 주겠지요."

로이드는 지독하게 그리고 비참하게 수치스러웠다. 이 여자를 겁주거나 위협할 권리에 대해 한 번도 의문을 던져 본 적이 없었다. 지금 이 순간까지는. 그는 가죽 조각을 그녀의 손에 쥐어 주었다. 하지만 그녀가 뿌리쳤다.

"담보로 갖고 계세요. 당신이 날 별로 믿지 않는 것 같으니, 내가 거래를 지킬 거라는 확신을 드려야지요."

목에 걸린 덩어리 때문에 그에게서 쉰 목소리가 흘러 나왔다.

"난 햄튼에 살고 있소."

그녀가 고개를 끄덕였다.

"그럼 내가 햄튼으로 가겠어요. 내 물건을 안전하게 갖고 계세요."

그녀는 조용히 말한 다음 감방으로 고개를 숙이고 들어갔다.

낮은 고통의 신음 소리를 듣자 그녀를 따라가야 한다는 충동이 일었다. 그가 안으로 들어서는 순간 그녀가 비틀거렸고, 바닥에 쓰러져 나동그라지기 전에 얼른 여자를 붙잡았다.

"발은 어떻게 다쳤소?"

그가 침대에 그녀를 앉혔다.

"뛰어내리다가."

로이드는 그녀의 신발끈을 느슨하게 풀었다. 이미 붓기 시작한 발등 위에 짙은 멍이 뒤덮여 있었다.

"뱀들은 뛰어내리지 않아, 미끄러지지."

발의 상태를 살피며 그가 중얼거렸다.

"부러진 것 같지는 않군. 며칠 동안 발을 사용하지 마시오."

다시 신발끈을 묶은 다음 손바닥으로 발을 감쌌다.

"이걸 계속 신고 있으시오. 붓기를 가라앉히는 데 도움이 될 거요. 계속 아프면, 간수에게 의사를 만나게 해 달라고 말하시오."

모리아가 그의 손아귀에서 발을 잡아 뺐다.

"의사는 만날 필요 없어요."

즉각적인 거절로 그의 걱정은 싸늘하게 가라앉고 말았다.

"좋소! 혼자 알아서 하다가 절름발이가 되든 말든!"

그가 벌떡 일어서자, 밴디트가 달려 들어와 모리아 옆에 앉았다. 그녀가 두 팔을 벌려 녀석의 머리를 안고는 털을 쓰다듬었다.

"언제 떠나시나요?"

짐승에게 시선을 떼지 않은 채 그녀가 물었다.

"아침에. 10시에 소장과의 마지막 면담을 끝내고 햄튼으로 돌아갈 거요."

그녀는 얼굴을 숙여 너구리의 머리에 뺨을 부빈 다음, 로이드를 올려다보았다.

"오늘밤 애를 데려가서 풀어 주시겠어요?"

커다란 눈동자 속에 많은 감정들이 일렁거렸다. 그녀는 대답을 기다렸다.

설마 진담은 아니겠지! 그는 발각되지 않고 여기서 빠져 나가 숙소로 돌아가야만 한다. 어둠 속에서 말을 타고. 그런데 너구리와 같이 가라고?

"녀석이 당신에게 돌아오려 할 거요."

그가 고개를 내저었다.

"아주 멀리 데려가면 안 그럴 거예요. 난초들을 지나 계곡을 나가면."

한밤중에 익숙치도 않은 숲속을 너구리를 데리고 겁 많은 말을 달래 가며 달린다? 그것은 이 여자에게 거래를 종결시킬 기간을 연장시켜 준 것만큼이나 우스꽝스러웠다. 어떻게 그런 생각을 떠올릴 수조차 있단 말인가…….

모리아는 짐승의 목에서 목걸이를 풀고 그에게 들어 올렸다. 그는 너구리를 움켜 들었다가 밴디트가 얼굴을 핥으려 하자 머리 위로 올렸다.

"멍청한 짐승이군."

그녀는 손목에 밴디트의 목걸이를 묶으며 미소지었다. 로이드는 저주의 말을 중얼거리면서 주머니에서 열쇠를 꺼냈다. 그리고 철 창살문으로 걸어갔다.

"캄든 씨?"

그가 퉁명스럽게 쏘아보았다.

"고마워요."

"당신한테 계산서를 보내겠소."

그녀가 눈물을 훔쳐 냈다.

"계산서요?"

"바로 그거요, 아련한 눈의 아가씨, 계산서. 내 말이 싫어할 건 말할 것도 없고, 난 이 일로 인해 내 목을 부러뜨려야 할지도 몰라. 내 건강이 회복될 동안 사업을 맡을 사람을 고용해야 할 거고. 그걸 모두 합산해서 당신은 내게 빚을 진 거요, 아주 많이."

"나한테 지불시킬 만한 담보를 갖고 계시잖아요. 당신은 항상 그 빚을 기억하실 테고요."

그녀의 미소가 찌푸림으로 변했다.

그는 머리를 쳐들고서 문을 열었다.

"당연하지."

밴디트를 데리고 사라지기 전 그의 중얼거림이었다.

모리아는 로이드 캄든의 발소리가 마음속으로만 들리는 부드러운 윙윙거림으로 희미해질 때까지 그대로 있었다. 두 눈을 감고 침대에 앉아, 한 손은 여전히 손목에 감고 있는 밴디트의 목걸이에 놓여 있었다.

그녀는 마음속으로 털북숭이 친구와 같이 여행을 했다. 중앙의 입구를 통과하여, 마을로 이어진 난초들을 지나 지저분한 길을 걸어갔다가 끝도 없이 나무가 펼쳐진 구불구불한 언덕을 올라갔다. 숲속으로 풀려 나는 밴디트, 그리고 숲의 신선하며 유혹적인 냄새와 소리들이 뒤따랐다.

그녀의 인생에서 떠나는 밴디트.

'집.'

남은 몇 주 동안 밴디트 없이 지내는 것은 말할 나위도 없이 커다란 희생이었다. 그녀는 그 녀석에게 쏟았던 사랑을 마음속 깊이 간직했다. 로이드 캄든을 믿고 그의 도움을—마지못한 것이었다 해도—받았다는 사실이 더 그녀를 혼란스럽게 만들었다.

로이드 캄든은 분명 대단한 불한당이었다. 거리낌없이 협박과 공갈을 사용했다. 하지만 그의 가슴에 부드러운 부분도 있었다.—동물에 대하여.

부드럽다고? 그는 차갑고 딱딱하며 무정한, 자기 자신의 이익만을 위해 움직이는 사람이다. 셀 수 없이 많은 여자들이 그 남자 때문에 고통받았으며 지금도 고통받고 있을 것이다. 혐오스러운 남자야. 그녀는 옷을 벗고 침대로 들면서 결론을 내렸다. 아침이 되면 소장이 알게 될까……. 무엇을? 로이드가 그자에게 얼마만큼 말할 것인가? 로이드는 그녀의 일기를 간직하여 그녀가 햄튼에 갈 때까지 기다려 줄까?

어쩌면 그는 윌리엄스 의원과 조사를 맡은 다른 사람들의 이익을 보호하기 위해 소장에게 모든 걸 말할 것이다.

걱정할 필요는 없다. 아니 걱정해서 될 일이 아니다. 그가 무슨 일을 하든 통제하거나 변화시킬 힘이 그녀에게는 없었다. 그것이 침대에 쿵 쓰러지며 내린 결론이었다. 지금 가장 시급한 걱정은 루스에 대한 것이었다. 그녀는 윌로우 계곡에 가서 루스를 데리고 집에 돌아올 수 있도록 의사를 설득하는 방법을 찾아야만 한다.

집이라고? 집이 대체 어디지? 그들은 예전의 구두 수선집으로 돌아갈 수 없다. 자매가 유죄 판결을 받은 후, 가게와 그 위의 방안에 있던 가구는 물론이고 기타 모든 물건들이 팔려 버렸다. 소녀들의 보호자로 임명되었던 커밍스 글렌은 교회의 이런 행동들을 루스와 그녀가 저지른 죄에 대한 피할 수 없는 속죄라고 말했다. 사실, 그는 정부의 대리인으로서 모리아와 그 언니가 아무 상속권도 없이 감옥에 가도록 만들었다.

모리아는 한숨을 쉬며 기도의 자세로 두 손을 모았다. 그녀에게는 직업과 루스를 회복시킬 만한 집이 필요했다. 또한 애플 놀의 여자 죄수들을 도울 방법도 찾아야 했다. 그 일을 하기 위해, 로이드 캄든에게 대항하여 일기를 되찾을 용기가 필요했다. 햄튼과 해리스버그까지 갈 여비가 필요했고, 그 동안 숙식할 만한 돈도 필요했다. 필요한 것은 끝이 없을 것만 같다!

그녀는 조용히 신음했다. 지금 내게 필요한 건 밤새 편안히 잠드는 거야. 내일의 계획은 내일 짜야만 할 거야.— 전적으로 로이드 캄든에게 달려 있는 계획. 그가 미래의 열쇠를 쥐고 있었다. 잠속으로 빠져들면서 한 가지 질문이 계속하여 그녀를 괴롭혔다.

로이드 캄든은 그 열쇠를 갖고 있을까, 아니면 소장에게 줄 것인가?

10

　다음날 아침 픽스 소장과 마지막 면담을 위해 도착했을 때쯤, 로이드의 신경은 팽팽해질 대로 팽팽해져 금방이라도 부서질 지경이었다. 몸 상태는 더욱 나빴다. 수면 부족으로 까칠하고 핏발 선 눈으로는 사물을 제대로 보기도 힘겨웠고, 왼뺨에 깊이 할퀴어진 자국 때문에 얼굴에 불이라도 타는 것 같았다. 이런 비참한 지경에 더하여, 걸음을 옮길 때마다 척추로 심각한 고통들이 줄달음쳤다.

　어느 곳이 더 아픈지는 알 수 없었다.―몸인지 그의 자존심인지. 어젯밤 그는 수치스럽게도 말 등에서 한 번이 아니라 세 번이나 떨어지고 말았다. 빌어먹을 너구리 같으니! 그 멍청한 짐승이 여인숙까지 그를 따라왔던 것이다.

　소장 사무실로 들어섰을 때, 로이드는 놀라움을 드러내지 않으려 애써야 했다. 출발하기 전에 픽스 소장과 개인적으로 만날 약속이었는데, 달로우가 소장과 사이 좋게 이야기하고 있었던 것이다. 그들의 대화가 갑자기 멈추었고, 로이드는 그 대화의 주제가 자신이 아니었나

하는 의심이 들었다.

로이드는 두 남자에게 고개를 끄덕여 보인 다음 달로우 옆에 앉았다. 그 사내의 무례한 낄낄거림에 굳이 신경 쓰지 않으면서.

"밤새 힘드셨나 보죠, 캄든 씨?"

로이드가 경고하듯 인상을 찌푸렸다. 이 작자를 지옥으로 보내 버리고 싶었지만, 루시퍼가 다시 되돌려 보낼까 봐 걱정이었다. 그는 고개를 흔들며 투덜댔다.

"그렇지 않다고 말할 수는 없을 것 같소. 내 말이 넘어지면서 날 가시 덤불 속으로 처넣었소. 내 실수였지요."

상처난 뺨을 신중하게 감싸며 그가 말했다.

"너무 과로했나 봐요. 어젯밤 그렇게 늦게까지 일하는 게 아니었는데."

픽스 소장이 의자에서 둥근 몸뚱이를 앞으로 내밀어 책상에 기댔다.

"상처가 지독해 보이는군요. 웰쉬 박사에게 보이는 게 좋겠습니다."

"나중에요."

로이드는 좀더 편안한 자세를 확보하려고 의자에서 몸을 들썩였다.

"난 가능하면 빨리 우리 애기를 결론짓고 싶소. 집까지 갈 길이 멀잖소."

달로우가 웃었다.

"평소보다 더 오래 걸릴 수도 있겠습니다. 그런 헌신이 더 나은 보상을 받을 수 없을 것 같아 걱정이군요. 어젯밤 노고에 대해 윌리엄스 의원님께서는 고마워하시겠지만, 그 얼굴을 보는 즉시 알렉산드리아 양은 기절할지도 모르겠습니다."

달로우의 말 속에 깔린 조소를 눈치 채지 못할 리 없었다. 소장과 달로우를 쳐다보며 그의 맥박이 빨라졌다. 두 사람 사이의 친밀감에 그의 피가 얼어 붙었다. 그들이 만약 그에 대해 모리아 레인을 한 번

이상 방문했다는 의심을 한다 해도 로이드는 두 사람의 거의 모든 계략을 처리할 수 있었다. 하지만 아련한 눈의 아가씨는 극도로 다치기 쉬웠다. 소장이 그녀의 행동을 눈치 챘다면 그가 보호할 수 있는 방법은 전혀 없었다. 픽스 소장이나 달로우가 어젯밤 로이드의 뒤를 미행했다면, 모리아의 비밀이 드러났을 텐데.

로이드는 어젯밤 모리아의 감방 마당에 있을 때 들킬 만한 무엇이 있었는지 기억해 내려고 열심히 머리를 굴렸다. 누군가 그들의 대화를 엿들었을까? 어젯밤에는 전혀 발각되지 않았다고 확신했지만, 지금은 그렇게 확실할 것 같지 않았다.

소장이 미소지었다.

"당신의 노고에 감사 드립니다, 캄든 씨."

그가 의자에 등을 기대며 두 손을 마주 잡았다.

"공식 보고서는 언제쯤 준비될까요?"

로이드의 한쪽 눈썹이 올라갔다.

"2주 정도면 윌리엄스 의원님에게 전달되겠지만 가을 청문회까지는 공식화되지 않을 겁니다. 당신도 참석하실 건가요?"

"물론이지요."

픽스 소장이 곧게 앉으며 어깨를 폈다. 하지만 그 시도는 계란 모양의 모습에 별 변화를 일으키진 못했다.

"떠나시기 전에 몇 가지 제안하실 게 있으시겠지요."

물을 한 모금 맛보며, 로이드는 신중하게 대꾸했다.

"내 제안 중 하나는 바깥벽에 숨겨진 문을 봉쇄하는 것이오."

소장의 얼굴에 놀라움이 서리는 걸 지켜 보았다. 거짓일까, 진짜일까?

"숨겨진 문이라니요?"

달로우의 째질 듯한 질문에 다소 안심이 되었다. 두 남자는 로이드가 비밀 입구를 찾아내 교도소의 안전성을 깨뜨린 사실을 모르는 게 분명했다.

픽스 소장이 흥분하여 지껄였다.

"그 문은 안전합니다! 내가 소장이 된 이래로 사용된 적이 없었어요."

"당신은 앞쪽에 있는 문이 유일한 입구라고 말씀하셨지요."

로이드가 일깨워 주었다.

"사실이 그렇습니다. 그 문은 아무도 사용하지 않습니다!"

"내가 알아본 것과는 다르오."

로이드가 씨익 웃었다. 소장과 달로우는 마치 딱 벌린 입에 누군가 사과라도 넣어 주길 기다리는 구운 돼지 같은 얼굴들이었다.

"그 문을 영원히 봉쇄해야만 하오. 최근에 그 문이 사용된 적이 있소. 경첩에 기름이 잘 칠해져 있고 자물쇠도 녹 하나 슬지 않았더군요. 여기에 교도소에 대한 소문의 근거가 있다고 생각하긴 싫소. 소장님께서 전혀 눈치 채지 못했을 수도 있지요. 그럼에도 불구하고, 애플놀 모든 죄수들에 대한 책임은 소장님이 지셔야지요."

달로우가 울그락불그락하는 얼굴로 로이드를 노려보았다. 하지만 소장은 책임을 면할 기회를 얼른 낚아챘다. 로이드가 어떻게 그 문을 찾아냈는지 질문하는 것보다 교도소의 안전이 미비하다는 점을 덮는 일이 더 급한 모양이었다.

"즉시 봉쇄하도록 하겠습니다. 하나님께 맹세코, 그 문에 대해선 잊고 있었습니다. 신싸 그 문을 누가 사용했다고……."

"근거 있는 소문으로 애플 놀의 명성이 더럽혀진다면 수치스러운 일이지요. 하지만 그 문이 봉쇄된다면, 굳이 보고서에 언급할 필요는 없겠지요."

"당연히 막아야지요."

"여자들 목욕 구역에 또 문제가 있습니다."

소장에게 말하면서도 그의 시선은 달로우를 향해 있었다.

"달로우 씨에게 감사해야 합니다. 목욕 구역에 호기심어린 방이 있다는 걸 발견해 낸 사람이 달로우 씨거든요."

달로우는 로이드의 온몸에 타르를 발라 깃털로 덮는 형벌을 주고 햄튼으로 돌아가고 싶은 듯한 모습이었다.

로이드가 고갯짓을 했다.

"당신이 발견한 걸 소장에게도 말해 주겠소?"

달로우는 손등으로 로이드의 제안을 물리쳤다.

"당신이 왔을 때 소장님과 그 애기를 하고 있었습니다."

픽스 소장이 그렇다며 고개를 끄덕거렸다.

"맞습니다, 캄든 씨. 내 부하 중 누군가가 그렇게 변태적으로 웅크리고 있었다니 간담이 서늘합니다."

"웅크릴 필요도 없었소. 완전히 서서 즐길 수 있도록 사람 키에 딱 맞는 구멍들이 뚫여 있었거든요. 당신 체격이라도 말입니다."

소장의 눈이 가늘어졌다. 로이드가 그의 단신을 조롱하는 것인지 생각하는 듯했다. 그런 다음 로이드가 씨익 웃음짓자 긴장을 풀었다.

"남자의 잔꾀를 과소 평가하지 마시오. 욕망을 충족시키기 위해 불법적인 방법을 동원하는 자도 있을 거요. 그들은 품위를 유지할 여자들의 권리를 무시했소. 당신은 어떻게 생각하시오, 달로우?"

"이제 떠날 시간인 것 같군요."

그가 벌떡 일어나며 소장에게 손을 내밀었다.

"윌리엄스 의원님께 안부 전해 드리겠습니다."

그가 자신있게 덧붙였다.

"애플 놀을 훌륭한 시설로 만들기 위한 당신의 헌신과 전문적인 식견을 캄든 씨가 틀림없이 전달하실 겁니다. 그렇죠, 캄든 씨?"

"당신 생각보다 훨씬 더."

로이드는 낮게 중얼거린 다음 생각에 잠겨 달로우의 뒤를 따랐다. 햄튼으로 돌아갔을 때쯤이면, 조지 애트우드는 윌로우 계곡에 대한 결

론을 내렸을 것이다. 애트우드가 햄튼에 도착하여 알아낸 사실을 로이
드에게 직접 알리기까지 단 며칠이면 될 것이다.

이미 애트우드가 알아낸 정보만으로도, 애플 놀 여죄수들에게 더
나은 조건을 제시해야 하며 심도 있게 조사해야 한다는 대중의 목소
리를 일으킬 수 있을 것이다. 목욕하는 여자들을 엿보았다는 것도 용
서할 수 없지만, 그들의 죄질과 상관없이 여자들이 정신을 잃을 때까
지 육체적으로 고문당했다는 사실은 어떤 인간도 용납할 수 없는 혐
오스러운 짓이었다.

교도소 문제의 심각성에 대해 윌리엄스 의원이 알지 못할 수도 있
다. 로이드가 윌리엄스 의원에게 말을 하면, 의원이 개인적인 이익보
다 대중에게 접근할 공약으로 재조정할지도 모르지 않는가.

'딜레마를 느낄 건 아무것도 없어.'

윌리엄스 의원은 자신이 작성한 이 보고서를 제출해야 할 것이다.
로이드의 미래는 확실했다. 그는 늦은 가을에 알렉산드리아와 결혼할
것이고 사회의 유력한 엘리트들과 연결된 저명한 사업가로서 삶을 이
어 나갈 것이다. 품위 있는 여자와 남자들에게 둘러싸인 그의 성품은
다시는 시험의 대상이 되지 않을 것이다.

로이드는 발을 멈추고 몸을 돌렸다. 마지막으로 교도소를 쳐다보았
다. 저 벽들 뒤에, 여자들이 괴롭힘을 당하고 학대받고…… 그 이상은
신만이 아실 것이다.

오래는 아니야.

로이드는 다시 몸을 돌려 걸어갔다. 마음에서 특별한 한 사람을 지
울 수 없었다. 그 여자는 유혹이자 이브, 교활한 뱀이자 살인자였다!

말에서 너무 많이 떨어져 머리가 어떻게 돼버린 모양이다. 이유는
알 수 없지만, 다시 아련한 눈의 아가씨를 만난다는 것이 잠깐 근심스
러웠다. 그 여자가 그를 잘못 판단하고 그의 수준을 자기와 똑같이 잡
아 내린다는 사실이 마음에 들지 않았다. 비록 그 여자는 도덕적으로

자기가 더 낫다고 생각할 테지만.

거의 그런 일이 일어날 뻔했다.

윌리엄스 의원과 조사단에 대하여 그 여자 생각이 틀렸다는 걸 하루 빨리 알게 해주고 싶었다. 그에 대해시도. 그는 훌륭한 인격과 도덕심을 가진 사람이다. 그걸 입증하기 위해 그 여자에게 소중한 듯한 그 쓸모도 없는 가죽 조각은 살피지 않을 것이다.

'무모한 판단이야. 순진하고 단순하지.'

그녀에게 그걸 내던졌을 때 그 여자가 무슨 말로 자신을 변호할지 지켜 볼 것이다. 앙큼한 계집! 그 여자를 만나 작은 보물을 돌려 주며 짐을 더는 날은 빠를수록 좋다. 그리고 그 지긋지긋한 너구리도 함께 데려가게 해야지.

로이드는 비슷한 사람들 사이에 낄 필요가 있었다. 알렉산드리아는 그를 존경했고 일류 신사로 생각했다. 그녀와 같이 있으면 안전할 것이다. 과거는 묻힌 채로 남아 있고, 그의 혈관에 흐르는 사악함을 벗겨 낼 혼란 따위는 없을 것이다.

모리아는 그의 갑옷을 벗겨 내고 예전의 그 모습을 드러냈다.

다시는 안 돼, 절대로.

그는 맹세했다.

아련한 눈의 여자가 다시는 그러지 못하게 해야겠다.

11

　픽스 소장은 사무실 안을 계속해서 왔다갔다했다. 등뒤로 두 손을 맞잡고 발밑에 큰 문제라도 놓인 듯이 바닥을 노려보았다. 그는 오른쪽에 앉은 남자를 지나치다가 발을 멈추며 머리를 들었다.

　"79번이라고 말한 거 확실한가?"

　"그년이 그렇게 말했습니다."

　존스 간수의 대답에는 비꼬는 흔적이 깃들어 있었다.

　소장은 간수의 확신을 요약해 보았다. 방안을 가득 채운 침묵을 존스의 뚝뚝 관절 꺾는 소리가 깨뜨렸다.

　"어떻게 그런 짓을 했는지 알 수가 없군."

　"이젠 별로 문제될 것도 없습니다."

　존스가 옆으로 의자를 돌려 소장을 마주 보았다.

　"건방진 계집이죠. 86번은 경비원이 어젯밤 다른 사람과 얘기하는 걸 들었다고 추궁할 때까지 절대 입을 열지 않았어요."

　소장은 완전히 차렷자세를 취했다. 머리를 홱 들더니 두 주먹을 불끈 쥐었다.

"나한테는 문제가 돼!"

"그년은 영리하고 알 만큼 알아요. 79번은 문제를 일으킬 겁니다. 골치덩이예요. 목사의 귀여운 죄수는 해리스버그로 가서 청문회에서 증언할 계획인 것 같습니다."

"무얼 말한다는 건가? 그년은 아무것도 몰라."

존스가 낮은 소리로 낄낄거렸다.

"밤에 마당에 개들을 풀어 놓아야 한다고 경고한 적 있었죠? 파수대의 게으름뱅이들보다 낫다구요. 그년은 다른 죄수들을 찾아 다녔어요. 조사단에게 말할 게 아주 많이 있죠. 86번은 그년이 여기서 일어난 일들을 모두에게 폭로할 거라고 했어요."

소장의 온몸에 쭈욱 식은땀이 흘렀다.

"어떻게? 빌어먹을! 누군가 감방에서 그년을 데리고 나온 거야. 그년을 도와준 놈을 찾기만 하면……."

"그런 짓한 사람은 아무도 없습니다."

소장은 분노로 숨이 막힐 지경이었다. 책상 뒤에 앉아 몇 번이나 깊이 숨을 들이마셨다. 존스 말이 맞다. 부하들은 모두 믿을 만하다. 특히나 적절한 현상금 체제가 되어 있으니까. 부하들 중 하나가 의심할 만한 행동을 하면, 다른 간수와 경비원들이 밀고할 것이다. 그렇다면 79번은 어떻게 감방에서 빠져 나갔단 말인가? 날개가 돋지 않는 한, 그 높은 벽을 오를 방법은 없었다. 하! 그년이 천사도 아니고. '어떻게'라는 의문은 여전히 남아 있었다.

"캄든은 그년을 만났어. 자네가 거기 있었지. 함께 무슨 일을 벌일 것 같지 않았나?"

존스가 곁눈질을 하며 앞으로 몸을 내밀었다.

"중요한 말은 전혀 하지 않았다고 말씀 드렸잖아요. 그년은 캄든이 자신을 사탄의 뱀으로 확신하고 나갈 때까지 떠들었어요. 윌리엄스 의원이 캄든의 보고서가 마음에 들 거라고 했다면서요."

"그 의원이 약속한 보고서는 아직 전달되지 않았잖나. 어쩌면 캄든은 또 다른 누군가의 밑에서 일하는지도 몰라. 애트우드가 캄든하고 꽤 오랜 시간 같이 있었다구. 애트우드는 지독할 만큼 철저한 자야. 그리고 그자가 캄든의 자극 없이 그렇게 부지런할 것 같지는 않아. 난 그게 마음에 안 들어. 어떤 것도! 79번이 다른 죄수들을 찾아갈 수 있었다면, 캄든하고도 만났을지 몰라. 그자는 자기가 뒷문을 발견했다고 인정했어."

존스는 어깨를 으쓱하며, 열쇠 고리를 딸랑딸랑 흔들었다.

"고치는 건 아주 쉽죠. 전에 했던 대로 하세요. 그리고 86번에 대해서도 잊지 마세요. 그년은 너무 많이 알고 있어요. 웰쉬 박사에게 지시하지 않을 거면 올해가 가기 전에 그년을 없애 버려야 해요."

"생각할 게 또 있어."

소장이 응수했다.

"목사도 고려해 봐야겠어. 그자는 늙은 멍청이야. 하지만 79번이 너무 갑자기 사라져 버리면 의심할 거야. 웰쉬 박사는 왔나?"

"방금 도착했습니다. 제 생각으로는 86번에게 간 것 같습니다."

"그 일이 끝나는 대로 만나 봐야겠어."

"캄든과 그 의원은 어떻게 하지요?"

"아무것도 하지 않고 운명을 내버려 둘 수는 없잖아. 내가 캄든을 처리할 거야, 의원에게도 경고하고. 해리스 의원과 다른 사람들에게 알릴 수도 있겠지. 캄든이 비협조적으로 나오면, 그들이 알아서 처리할 거야. 79번에 대해서는, 한 시간 정도 후에 그년 감방에서 만나겠네. 그때 모든 걸 마무리짓겠어."

존스가 일어섰다. 그의 눈이 기대감으로 번들거렸다.

존스가 떠나고 한참 동안, 픽스 소장은 사무실에서 계획을 짜며 앉아 있었다. 그에게 필요한 것은 다음 일년이라는 기간이다. 12달의 짧은 기간. 그것이 무리한 요구란 말인가? 그때쯤이면 그를 위해 봉사할 하녀들을 신중하게 몇 명 골라, 멋진 시골 영지로 은퇴할 돈이 충분히 마련될 것이다. 79번같이 어리고 순진한 애들은 충분한 경험이 없다. 그리고 그걸 가르치기 위해 시간을 낭비하기엔 그가 너무 나이 들어가고 있었다. 79번 언니에게 시도해 보았지만, 금방 잊어버리고 싶은 사태를 낳았었지.

이런 문제들은 일어나면 안 되는 거였다. 몇몇 특정 의원들에게 애플 놀의 관리를 위임받았을 때, 그는 죄수들에게 전권을 휘두를 수 있는 것을 조건으로 받아들였다. 사업으로 남긴 이익률이 높고 교도소가 자급 자족할 수 있는 한, 아무도 간섭하지 않을 것—무슨 일이 벌어지고 있는지 의심스러울지라도 말이다.

소문이 퍼지기 시작한 경로 따위는 지금 문제가 아니다. 그는 적당한 사람과 손을 잡았고, 이번 청문회가 신중하게 조작되리라는 확신이 있었다. 의회가 몇 가지 사소한 문제들만 들먹이면 멍청한 대중은 만족할 것이다. 나머지에 대해서는 의원들이 약간의 압력을 더하든지 하여 어떻게든 처리할 수 있었다.

소장은 이 문제를 충분히 꿰뚫어 볼 만큼 유능한 자신에게 만족스러워하며 일어섰다. 동쪽의 여성 전용 감방에서 존스와 다시 만나기 전에 의사를 만나야 한다. 해 질 녘쯤에면, 79번은 조용해질 것이다. 그는 나직이 낄낄거렸다. 가을 청문회가 소집될 때쯤이면, 79번이 캄든이든 다른 누구에게든 얘기한 사실에 대해 누구 한 사람 믿지 않게 될 것이다.

문이 활짝 열리며 철로 된 창살문이 삐걱거렸다. 순찰 시간이 지난 지는 이미 오래였다. 그녀는 두건을 잡으려고 탁자로 손을 뻗었다. 그것을 누군가 재빨리 낚아채자, 순간적으로 걱정스러움이 스쳤다. 하지만 일을 계속하려고 신발 꺾쇠 위로 몸을 숙였다.

“이것도 필요 없을 거야.”

돼지 같은 손으로 꺾쇠를 잡아 옆으로 던지면서 간수가 느릿하게 말했다.

모리아는 입 밖으로 나오려는 의문을 되삼키고 두 손을 무릎에 모은 채 간수를 쳐다보았다. 그의 눈 속에 음란한 번득임이 들어 있음을 깨닫고 침이 삼켜지지 않았다. 공포가 그녀를 압도하기 전, 교도소장이 그녀의 감방으로 들어서며 간수의 옆에 섰다.

“그대로 있어, 79번.”

몇 년 동안 소장을 보지 못했다. 그는 배 둘레에 풍성한 살집이 올랐지만, 눈 속에 담긴 비열한 표정은 그녀가 기억하는 그대로였다.

“내가 질문하지 않는 한 넌 말할 수 없다. 알겠나?”

그녀는 고개를 끄덕이고 눈을 내리깔았다. 입이 바짝바짝 마르자 입술을 축였다.

‘이들이 오기까지 오랜 시간이 걸리지 않았어.’

조사단이 떠나며 일으킨 먼지라도 가라앉았을지 의문이었다.

“철저히 수색해.”

몇 명의 간수들이 더 감방으로 들어왔을 때 소장이 명령했다.

모리아는 두 눈을 감고 힘을 달라고, 자비 비슷한 것이라도 달라고 기도하기 시작했다. 로이드 캄든을 위해서는 기도가 되지 않았다. 나중에는 가능할지 모르지만, 맙소사! 그녀를 배신한 이 순간에 그를 위해서, 아니면 그를 용서해 달라고 기도할 만큼 적을 사랑하는 건 쉽지 않았다.

로이드 캄든은 살아 있는 유다였고, 그녀는 자신의 영혼을 태워 버릴 것 같은 지독한 증오심에 겁이 났다. 악마처럼 사악하고 비열한 자. 세상의 어느 사람이 그보다 더 잔인하고 위선적일 수 있겠는가? 그는 도와주겠다고 약속해 놓고 그 다음에 루스를 보살피겠다는 그녀의 꿈을 짓밟아 버렸다. 수감자들을 돕겠다는 그녀의 계획들도 망쳐 버렸다. 악독하고 경멸받아 마땅한 자, 피도 눈물도 없는 냉혈한. 동정심이라곤 눈곱만치도 없고 그 교활한 재능은 그녀의 인간 본성에 대한 믿음을 조롱했다.

로이드 캄든에 대한 생각들은 2명의 간수가 삽을 들고 와 마당으로 통하는 뒷문을 나갔을 때 흐트러졌다. 그들이 그녀의 소중한 정원을 파헤치는 소리가 들렸다. 그들이 찾는 것은 무엇이란 말인가. 숨겨진 보물? 그 마당에 있는 거라곤 그녀의 사랑스런 야채와 꽃들뿐이다. 로이드 캄든이 떠날 때 일기를 가져 가 버린 것이 잠시나마 고마웠다. 그래! 그 점에 대해서는 그에게 고마워할 수 있었다. 소장에게 넘기지만 않았다면 말이다. 그들 중 누가 적힌 내용을 알아챘을까? 아니면 아무 쓸모도 없는 간단한 장신구로 알고 밀쳐 버렸을까?

화장실 안에서 터지는 승리의 외침 소리로 인해 일기에 대한 생각이 흐릿해지며 가죽 사다리와 로프들이 발견되었다는 걸 직감할 수 있었다. 존스 간수가 삼베 가방을 갖고 나와 소장에게 건네자, 소장이 그것들을 그녀의 면전에 들이댔다.

다른 사내가 침대 밑에서 찾은 그녀의 가죽 셔츠와 바지를 소장에게 갖고 오자, 모리아는 본능적으로 팔을 올려 그것들을 붙잡았다. 그녀의 눈길이 소장의 광포한 눈동자와 마주쳤다. 그녀는 그대로 버티었지만 말은 하지 않았다.

"로이드 캄든이 정말 나에게 말하지 않을 줄 알았나?"

그가 그녀의 손에서 물건들을 잡아채 바닥으로 던졌다.

"네가 벽을 타 넘은 방법은 알겠군. 그 이유를 알고 싶다."

소장이 그 이유를 모른다면 일기에 대해서도 모른다는 뜻이 아닐까? 희망이 생겼다.

"대답해!"

벼락치듯 그가 소리쳤다.

모리아의 얼굴이 창백해지며 온몸을 쓸고 지나가는 전율에 몸서리를 쳤다. 소장이 악마처럼 웃어 젖혔다.

"의원이 옳았어. 캄든은 여자가 뒤돌아볼 정도의 남자지. 그가 너 같은 년들을 믿게 만들 수 있었다면 그 방면에 진짜 재능이 있었던 기야."

소장이 그녀에게 한 걸음 더 다가섰다.

"감방에서 나가 뭘 하고 다녔지? 자비의 천사와 놀기라도 했나? 그런 건 아닐 테지. 넌 그러기엔 너무 냉혹한 년이니까. 네 거시기를 팔고 다녔나? 쯧쯧, 너한테 경험이 있다는 걸 알았으면 내가 직접 즐겨 주었을 텐데. 자네 생각은 어떤가, 존스? 매춘부치고 너무 야윈 것 같지만, 이 옷 아래 괜찮은 젖꼭지를 숨기고 있을까?"

모리아는 한 손으로 옷의 목깃을 움켜 쥐었다가 간수가 젖가슴을 만지작거리자 얼굴이 빨개졌다.

"아뇨, 다른 년들 거하곤 다른데요. 애는 좀 말랐어요."

존스는 킬킬거리며 그녀의 양쪽 젖꼭지를 난폭하게 비틀었다.

눈물이 터져 나왔다. 모리아는 아랫입술을 이로 악물었다. 끔찍한 가능성들이 머리 속을 헤집어댔다. 이 자들이 날 강간할 셈인가? 여기서, 지금?

간수가 한 걸음 물러나 그녀의 뒤로 사라지자, 모리아는 안도감을 느꼈다.

너무 짧고, 너무 달콤한 안도였을까?

아무 경고도 없이, 모리아의 머리가 뒤로 홱 잡아당겨졌다. 존스가 땋은 머리를 잡아당긴 것이다. 그 고통으로 한순간 숨이 멎었다. 아까와 마찬가지로 갑자기 그의 손이 풀리고 머리가 앞으로 튕겨 나자, 그녀는 무슨 일이 생긴 건지 이해해 보려고 눈을 깜박거렸다. 잘라 낸 머리가 그녀의 어깨 너머로 날아오자 소장은 그녀를 슬쩍 곁눈질하며 그걸 받았다. 그리고 그녀의 얼굴 앞에다 대고 달랑달랑 흔들었다.

"독특한 색이야. 아주 기쁘게 내 소장품에 기념으로 첨가하겠다."

모리아의 손이 머리로 획 올라갔다. 무디게 남은 머리 둥지가 손끝에 만져졌다. 그녀는 무시무시한 표정으로 소장을 노려보았다. 기념품으로 소장하려고 머리를 자르라는 명령을 했단 말인가? 뱃속이 뒤틀리며 목 뒤까지 쓴 맛이 치솟았다.

다음 숨을 들이쉬기도 전에, 존스가 그녀를 일으켜 세웠다. 두 남자까지 합세하여 두 팔을 옆구리에 묶는 이상한 재킷을 입혔다. 그에게 한 대 칠 핑계거리를 줄까 봐 감히 몸부림치려 애쓰지도 않았다. 그 일이 끝나자 존스는 그녀를 뒤로 확 밀었다. 그녀는 의자로 어색하게 털썩 주저앉았다.

소장이 고개를 들며 숱 많은 한쪽 눈썹을 치켜 떴다.

"할말 없나? 불만 없어?"

모리아는 턱을 쳐들고 그를 노려보았다.

"대답해!"

그녀는 이를 악물었다.

"마지막 기회야."

거칠게 말하며 그가 다가섰다. 너무 가까이 서서 시큼한 입냄새가 그녀의 얼굴 전체에 뿜어났다. 그는 거의 속삭이듯 말하고 있었지만, 그 목소리에 담긴 차가움은 소리치거나 비명을 지르는 것보다 더 겁이 나게 했다.

"다시는 네 말을 들을 사람이 없을 거다. 네가 무얼 할 수 있다고 생각하든 상관없어, 그건 네 환상일 뿐이니까. 로이드 캄든은 이리로 보내진 목적을 이뤘지. 그리고 아무도, 특히나 너 같은 년은 청문회를 방해할 수 없어."

소장의 움푹 패인 까만 눈동자가 너무 가까이에 있어 모리아는 그 사악한 눈 속에서 반사되는 자신의 얼굴을 볼 수 있었다.

"자, 뭔가 하고 싶은 말이 있을 텐데!"

모리아는 눈을 감고 자신의 심장 뛰는 소리를 들었다. 소장이나 간수들을 미워하면 안 된다는 걸 알지만, 그들에 대한 혐오감을 지워 버리릴 수 있을 것 같지 않았다.

"하나님 아버지, 저들을 용서하세요."

그 말이 자신의 귀에 공허하고 위선적으로 들렸다. 그리고 이 말을 큰 소리로 내뱉는 것이 그들이 하는 짓을 실제로 용서하는 데 도움이 될지는 자신도 알 수 없었다.

소장의 웃음 소리가 감방 안에 메아리쳤다. 그런 다음 날카롭고 난폭한 고통이 입술에 전해졌다. 그녀의 눈이 번쩍 뜨였다. 존스와 다른 남자가 그녀에게 재갈을 물리자 눈물이 나기 시작했다. 그들이 입을 쫙 벌리게 하고 무언가 금속성 물질을 입 속으로 들이밀었다. 그와 동시에 그녀의 뒤에서 한 남자가 사슬과 철끈 같은 것을 끌어 그녀의 뺨에 댔다. 그녀는 구역질이 났다. 그때 단단한 손 하나가 그녀의 턱을 움켜 잡았다.

"혀를 여기에 대!"

모리아는 빠져 나가려고 애를 썼지만, 철끈들이 뺨에 걸리며 양쪽 입끝을 찢었다. 처음으로 고삐를 다는 말의 영상이 뇌리에 스쳤고, 그녀는 잠잠해졌다. 사슬들이 죄어지고, 철끈은 뺨의 살 속으로 더 깊이 파고 들었다. 침을 꿀꺽 들이키자 다시 구역질이 나려 했다. 머리 뒤에 자물쇠로 사슬이 단단히 잠기자 혀가 재빨리 자리를 잡았다.

한 번에 숨 한 번 들이쉬고 질식하지 않으면서 침을 삼키는 것 외의 어떤 것도 생각할 여유가 없었다. 고통스런 눈을 들어 올리자 만족스레 미소짓는 소장의 얼굴이 보였다.

"이젠 누구에게도 말할 수 없겠지, 그렇지?"

그녀가 대답할 수도 없는 질문이었다.

"이 철재갈은 특별히 어려운 경우에만 사용되지, 아가야. 내가 말했듯이, 넌 여기서 다른 사람과 얘기하지 못할 거야. 음, 안된 일이야, 그렇지? 석방이 몇 주밖에 남지 않았는데. 그 노망난 비첨 목사는 너에게 무슨 일이 일어났는지 알면 대단히 슬퍼할 거야. 정신 착란이 가족 내력인 모양이지만 말이야. 월로우 계곡으로 보내지다니 운이 좋은 거다. 어쩌면 네 언니를 다시 만날지도 모르지. 널 그리로 보내는 게 낫다고 로이드 캄든도 동의했단다."

모리아의 눈동자가 커졌다. 로이드 캄든이 동의했다고? 아니야! 그렇게 비열할 수는 없어. 루스에 대해 애기하면서 그녀를 안고 위로해 주었던 남자는 어디로 갔단 말인가? 정원에서의 그 순간까지는, 그 남자에게 좋은 면이 있다고 믿지 않았었다. 하지만 그때 그는 그녀를 안아 주었다. 이전에 거만하게 굴었던 것이 미안할 정도로 부둥켜안아 주었다. 그자는 그녀가 언니와 같은 시설로 보내진다니 기가 막히게 아이러니하다고 생각했음에 틀림없다. 얼마나 바보였단 말인가. 그녀가 풀려 나지 않을 줄 계속 알고 있었던 그에게 루스를 어떻게 보살펴 줄 것인지 떠들어댔으니 말이다. 그는 알고 있었다!

지금 하고 싶은 일은 가슴에서 절규를 내보내는 것이었다. 하지만 입 안을 찢지 않고서 어떤 소리라도 낼 수는 없다는 걸 알았다.

"그 재갈은 네가 새로운 시설에 안전하게 닿을 때까지 계속 매어져 있을 거다. 웰쉬 박사가 오후에 진단서를 썼지. 그걸 하고 있으면 발작할 때 혀를 깨물지 않지. 그건 제거될 거야…… 언젠가는."

모든 노력이 수포로 돌아갔다는 끔찍한 깨달음에 멍해진 모리아는 남자들이 떠난 것도 거의 알지 못했다. 자신의 이런 몰락의 근본 원인을 자신 말고 누구에게도 돌릴 수 없었다. 루스에게 무슨 일이 생겼든지 석방되는 날까지 기다렸어야만 했다. 끈기를 가졌어야 했다. 절대 로이드 캄든을 믿으면 안 되는 거였는데. 절대로!

잘못된 판단이었다는 충격에 젖어들면서 그녀는 한숨을 쉬었다. 그녀는 루스를 저버렸다. 소피, 이오나, 그리고 그녀를 믿는 다른 모든 이들을 저버렸다. 이기적으로 로이드 캄든을 조종하려 해서 자신마저도 저버렸다.

그녀는 신이 아니다! 누군가를 변화시키거나 양심을 일깨우려는 노력은 그녀의 몫이 아니었다. 인간으로서의 경계선을 넘어섰으며, 건방지게도 자신의 믿음을 로이드 캄든보다 우월하다고 생각한 것이다.

마침내 모리아는 자신을 냉정하게 판단해 보며 이 상황을 바꿀 방법을 찾겠다고 맹세했다. 그녀는 미치지 않았다! 제정신이라는 것을 윌로우 계곡 직원에게 확신시켜야만 한다. 일단 그렇게만 되면, 그들도 풀어 줄 수밖에 없겠지. 루스와 같이.

희망의 파도가 가슴을 채웠다. 로이드 캄든은 그녀의 희망과 꿈을 파괴하지 못할 것이다.

그를 놀라게 해주겠어. 모두를 놀라게 해주겠어. 그러기만 하면 윗분들의 머리가 굴러 떨어지겠지.

하나님의 뜻으로, 로이드 캄든의 머리가 제일 처음이 될 것이다.

12

불행히도 월로우 계곡에 대해서 어떤 구체적인 실증도 잡지 못한 애트우드의 보고서 사본을 들고서, 로이드 캄든은 윌리엄스의 서재로 다가갔다. 서재가 가까워질수록 어두운 과거가 미래를 옭아 매지 못하도록 만든 자신의 능력에 새로운 자신감이 일었다.

지난 열흘 동안, 로이드는 사업적인 문제를 처리하고 윌리엄스 의원에게 제출할 최종 보고서를 준비하느라 1분 1초를 쪼개 써야 했다. 저녁이면 알렉산드리아와 데이트도 했다. 비록 밴디트가 할퀸 뺨의 상처를 숨기기 위해 깎지 않은 텁수룩한 턱수염을 그녀가 싫어하긴 했지만 그는 알렉산드리아의 흠모를 흠뻑 받아들이며, 사회 엘리트들에게 무조건적으로 받아들여졌다. 그리고 상상했던 것보다 더 많은 인쇄 주문이 쇄도했다.

예상했던 대로, 윌리엄스 군단이 그의 입지를 지원하기 위해 모여들었고 애플 놀에 대해 호의적인 보고서를 작성하도록 로이드에게 압력을 가했다. 달로우는 의원 옆에서 며칠간을 헤헤거리며 음탕한 시선을 줄곧 알렉산드리아에게서 떼지 않았다. 그 남자를 볼 때면 살갗에 뭐가 기어 다니는 것 같았지만, 로이드는 예의 바르게 행동하려 애썼다. 그러면서도 알렉산드리아가 달로우의 아첨에 홀린 것 같아 혼란스러웠다.

말리 영은 다른 모임에 가는 도중 햄튼에 잠깐 들러, 로이드의 회사에서 몇 백 개의 팸플릿을 인쇄했다. 로이드의 생각으로는 그것이 자기들과 같은 무리 안에 머무르도록 압력을 가하는 그의 방법인 것 같았다. 하지만 로이드는 누구와도 자신이 알아낸 사실에 대해 이야기하지 않았다. 윌리엄스 의원도 예외가 아니었다.

그는 다시 자신감을 회복하였다. 로이드를 위해 예비된 삶은 애플 놀에 가라는 의원의 명령을 받아들이기 전과 똑같이 달콤하고 안전했다. 일단 윌리엄스와 이야길 나누고 나면, 그의 딜레마는 해결될 것이다. 그리고 아련한 눈동자도 그에게 휴식을 허락하겠지, 아마. 그 여자가 그를 끊임없이 괴롭혔다. 보고서를 쓰려고 앉을 때마다, 그녀의 손이 펜을 인도하는 느낌이 들 정도였다.

이 보고서가 애플 놀의 상황들을 적나라하게 폭로할 것임은 의심의 여지가 없었고, 그걸 들이밀었을 때 모리아가 어떤 표정을 지을지 보고 싶어 견딜 수가 없었다.―호기심어린 시선 한 번 보내지 않고 금고에 보관해 놓은 그 작은 가죽 조각을 요구하며 나타났을 때 말이다. 그녀를 대단히 기다리는 이유는 또 하나가 있었다. 밴디트가 햄튼까지 그를 따라왔던 것이다. 로이드의 가정부는 그 짐승을 보는 즉시로 그만두었다.

의원의 서재문을 열면서, 로이드는 윌리엄스가 자기처럼 보고서의 내용에 분개할 것으로 믿었다. 인상적인 마호가니 책상 뒤에 편안하지만 강인한 모습으로 앉아 있는 윌리엄스 의원이 로이드에게 들어오라는 시늉을 했다. 악수를 한 다음, 로이드는 등 높은 가죽 의자에 앉아 의원의 손이 닿을 거리에 보고서를 놓았다. 그는 미래의 장인 어른 얼굴에 스치는 약한 찌푸림을 지켜 보았다.

윌리엄스는 보고서를 열어 보지 않았다. 그 대신 시가에 불을 붙이고, 뒤로 기대면서 콧수염 끝을 만지작거렸다. 시가 끝이 오렌지 빛으로 달아 오를 때까지 깊이 빨아들이고 내뿜자 연기가 한순간 두 남자 사이를 가로막았다. 그러나 곧 대기 중에 톡 쏘는 담배향만을 남긴 채 사라졌다. 로이드는 긴장이 되었다. 하지만 먼저 말을 꺼내고 싶은 충동을 애써 억눌렀다.

이윽고 의원이 고개를 들더니 보고서를 가리켰다.

"자네가 이렇게 빨리 끝낼 줄은 몰랐네."

로이드가 목을 가다듬었다.

"애플 놀에 대한 인상이 희미해지는 걸 바라지 않았습니다. 솔직히 말씀 드리는 겁니다, 의원님. 일단 보고서를 읽어 보시면, 무언가 행동이 필요하다는 점에 동의하실 겁니다. 은밀히 떠돌던 소문들이 사실이었습니다. 의회는 애플 놀의 여수감자들에 대한 악독한 짓들을 중지시켜야 합니다."

"내 지시 사항은 꽤나 명백했었네."

"성도착적인 소문들이 진실일 수 있다는 가능성은 아무도 고려하지 않았지요. 그럼에도 불구하고, 상식적인 수준을 훨씬 초과하는 신체적 처벌이 여자들에게 가해졌고, 여자 수감자들은 음란한 말과 음탕한 대우로 희롱당했습니다. 여기 증거가 있습니다."

목소리를 낮추며 로이드는 계속했다.

"여자들이 상습적으로 강간당한 증거지요. 입증할 수는 없지만, 여자가 임신을 하면 강제 낙태시켰다는 것도 분명합니다. 간수와 경비원들에게 있어서, 애플 놀은 하렘 외에 아무것도 아닙니다. 픽스 교도소장은……."

윌리엄스는 한 손을 들고 머리를 흔들어서, 로이드가 신중하게 이어 가는 대화를 중단시켰다.

"픽스 소장은 시설을 우수하게 유지하며 자급 자족하도록 경영하고 있네."

로이드는 코웃음을 쳤다.

"그자는 자신의 매음굴을 가진 매춘업자에 불과합니다!"

의원의 눈이 가늘어지며 시가의 재를 탁탁 털고 나서, 몸을 내밀었다. 그의 표정은 단호했다.

"교도소장이 살인자, 도둑놈, 매춘부들과 한 짓은 내가 언급하려는 주제가 아니네. 상황이 자네가 묘사한 대로라 해도, 난 그 여자들이 밖에서 살았던 삶보다 약간 낫다고 감히 말하겠네. 그들은 기본적인 필수 욕구 그 이상을 받고 있는 걸세."

"이 여자들은 의원님, 가장 잔인하게 짓밟히고 있습니다!"

의원은 관대하게 미소지었다.

"자네의 용기는 감탄할 만하네. 하지만 방향을 잘못 택했어. 만약 점잖은 가문의 여성이 언어나 육체적으로 학대받는다면 자네의 기사도가 힘을 쏟아야겠지. 하지만 그런 여자와 불행하고 불결한 여자들간의 차이점을 이해하길 바라네. 그 죄수들은 알렉산드리아와 같은 부류가 아니네. 그들은 거친 대접에 익숙해 있는 거리의 여자들일세. 그들은 태어나면서부터 그런 족속들이야. 그게 그들의 타고난 천성이자 숙명이라네."

로이드는 자신의 어머니가 살아 남기 위해 매달렸던 삶의 방식을 생각하며 맥박이 빨라지는 걸 느꼈다. 그는 다른 방법을 쓰기로 결정하고 천천히 고개를 끄덕였다.

"아마도 그렇겠죠. 그러나 거리에서라면 이 여자들에게 선택의 여지가 있습니다. 몇 개 안 되는 제한된 선택이겠지만 어쨌든 여지는 있을 겁니다. 하지만 죄수로서 간수의 명령을 거절하기는 어렵습니다. 간수의 조롱을 되받아치는 것도요. 교도소에 있는 여자들은 더 다치기 쉽습니다. 그들을 보호하고 어느 정도 적당한 대우를 받도록 하는 것이 우리의 의무가 아닙니까?"

"그들은 보호받고 있네…… 굶주림, 질병, 자연 재해, 그리고 자신들로부터 말일세. 자네는 몇 가지 사소한 사건들을 과장하는 것 같군."

로이드는 보고서를 들어 펼쳤다. 그리고 애트우드가 발견한 특정 사건들을 가리켰다.

"이것들은 과장하는 것도 제 상상의 산물도 아닙니다. 이것들을 읽어 보십시오."

의원이 한숨을 쉬자, 로이드는 보고서를 다시 책상에 내던졌다.

"읽을 생각이 아니시군요, 그렇죠?"

"난 보고서에 좀더……."

로이드가 벌떡 일어섰다.

"믿을 수가 없군요! 이 불쌍한 사람들에게 관심도 없다는 겁니까? 그들이 인간과 신에 대해 끔찍한 죄를 저질렀다 해도, 그들은 교도소 시스템 내에서 기술을 배우고 개선할 만한 기회를 부여받아야 합니다. 우리가 이런 사실을 모른 체한다면 비양심적인……."

그는 중간에서 말을 끊었다. 의원의 얼굴에 씨익 미소가 서렸던 것이다.

"이…… 이게 재미있으십니까?"

의원은 로이드의 질문을 무시했다.

"개선이라고? 그들의 피는 태어날 때부터 부패했어. 그들은 뱀이 본성을 부인할 수 없는 것보다 더 개선의 여지가 없다네. 교도소 개혁 운동은 일시적인 환상에 지나지 않아. 이 사회에 진짜 필요한 것은 범죄자들에게 다시 교수대를 갖다 대는 걸세. 그게 범죄를 멈추게 할 수 있는 가장 효과적인 방법이지. 몹쓸 인간들의 응석을 받아 주는 시스템이 아니라."

로이드는 힘겹게 침을 삼켰다. 교수대에 매달렸던 부모님의 영상을 잊어버리려고 무진 애를 쓰느라 이마에서 식은땀이 솟아났다. 살아 있는 한 그 장면은 절대 잊을 수 없을 것이다.

의원의 미소가 자비롭게 바뀌었다.

"자네는 빛나는 갑옷을 입은 기사 같은 이상주의를 갖고 있군. 하얀 백마도 갖고 있나?"

로이드의 혈관에서 피가 싸늘해지고 표정은 차가워졌다. 의원의 조롱 섞인 비유가 상상할 수 있는 것보다 훨씬 더 정곡을 찔렀던 것이다.

"내 생각에, 자네에게는 두 가지 선택이 있네. 그 중 하나는 생각하는 것조차 어이가 없지."

이제 의원은 똑바로 앉아 보고서를 챙긴 다음 로이드에게 되돌려 주었다.

"난 자네가 사업에서와 마찬가지로 이 문제에 빈틈이 없을 거라고 믿네. 알렉산드리아가 자네의 결혼 신청을 받아들인 것을 내가 얼마나 기뻐하는지 알고 있을 걸세. 자네에게는 약속된 미래가 있네. 의회에서의 유일한 인쇄업자로서, 수입은 아주 확실하지. 내 친구들에게 오는 많은 계약들 또한 자네 몫이 되리라는 건 언급할 필요도 없을 걸세. 모든 사업가들은 재정적인 성공이 얼마나 변하기 쉬우며 덧없는 것이 될 수 있는지 알고 있네. 여자의 애정과 마찬가지지. 휘트콤과 플랜더스 의원은 애플 놀의 노동 계약에 실질적인 투자를 하고 있네. 교도소가 스캔들에 휩싸이게 되면, 그 과정에서 그들의 이름이 더럽혀질 걸세. 자네의 주문 계약에 대한 그들의 지원도 물론 취소되겠지."

로이드는 두 손을 들어 올렸다.

"그들의 계약은 위협이 될 수 없습니다. 죄수의 노동에 대해 공정하게 입찰을 따냈을 거 아닙니까."

그는 윌리엄스의 얼굴을 흘깃 보고, 방금 한 말이 틀렸음을 분명히 알았다.

멍청이! 말리가 그 부분을 보고서에 써 넣었잖아. 그리고 자신의 미래를 강화시킬 수 있는 사람들에게 마음에 드는 보고서를 보여 주는 것이 유리하다는 힌트까지 첨가시켰는데.

"음식에 관한 계약들이죠?"

로이드는 물었다. 달로우가 쓴 것도 해리스 의원에 의해 은밀히 보증받은 것이라는 건 대답을 듣지 않아도 이미 알고 있었다.

"상관없습니다."

그는 윌리엄스가 대답하기도 전에 중얼거렸다. 마치 궁지에 몰려 버린 느낌이었다. 자신보다 더 강하고 영향력 있는 사람들에 의해 미리 예정된 그곳 말고는 어떤 도피처도 없는 듯한 막다른 골목. 그는 어깨를 으쓱였다.

"보고서가 이대로 제출된다면 어떻게 됩니까?"

"자네는 젊고 이상주의적이지. 하지만 바보는 아니네. 경제적인 성공과 명사의 위치를 달성하기 위해 열심히 일해 온 자네가 이 보고서를 계속 밀고 나간다면 스스로 자멸하는 것밖에 안 되지. 이 일에 대해 이미 알렉산드리아와 애기를 했네. 그애는 가난하고 사회적으로 추방당한 남자와 남은 평생을 살 준비는 되어 있지 않더군. 특히나 자네가 그애보다 비천한 여자들에게 더 관심을 쏟았기 때문에 그런 위치가 된다면 말일세. 아주 간단하네, 로이드. 흡족한 보고서가 없이는, 계약도 결혼도 없을 걸세."

로이드의 웃음은 씁쓸했다.

"저에게 선택의 폭이 넓지 않은 것 같군요, 그렇죠?"

"항상 선택은 하나뿐이지. 당면한 문제는 자네의 선택이 무엇인가야. 내가 원하는 보고서를 쓸 텐가 아니면 달로우에게 그 일을 맡겨야 하겠나?"

로이드는 깊이 숨을 들이쉰 다음, 의원의 눈을 똑바로 쳐다보았다.

"알렉산드리아를 만나고 싶습니다."

의원은 아무 대답 없이 일어서서 문으로 걸어갔다.

"둘만 있게 해주겠네. 난 응접실에 있을 걸세. 얘기가 끝나면 알렉산드리아가 알려 주겠지."

조용히 말하고 나서 그는 문을 열었다.

알렉산드리아가 방으로 들어왔다. 그녀의 얼굴은 흥분과 짜증이 복합된 채 상기되어 있었다.

"당신한테 이 일이 왜 그리 중요한지 모르겠군요."

그에게 다가오며 그녀가 거세게 입을 열었다.

로이드는 그녀를 주의 깊게 살폈다. 나긋나긋하고 키 큰 몸매에 완벽한 차림새였다. 벌꿀색의 금발 머리는 한 가닥도 제자리를 이탈하지 않았다. 갈색 눈동자의 번득임만이 짜증과 차가운 무관심을 드러내고 있을 뿐이었다. 여자 죄수들의 운명이란 그녀에게 날씨보다도 더 관심 없는 문제임이 틀림없었다.

그는 일어서서 그녀의 뺨에 짧게 입맞춤하고 말했다.

"당신은 사실을 모두 알지 못하오."

"아버지한테 알 필요가 있는 건 모두 들었어요. 사실은요 로이드, 이건 정말 짜증스러워요. 난 언니를 방문하러 필라델피아로 출발하려던 참이었다구요. 당신이 아빠가 원하시는 대로 해주었으면, 나와 같이 갈 수도 있었을 거예요."

아랫입술을 삐죽 내밀며 알렉산드리아가 눈을 가늘게 떴다.

"그 끔찍한 곳에서 관심을 갖을 만한 사람을 찾은 건 아니겠죠, 설마?"

로이드는 침을 꿀꺽 삼켰다. 모리아에 대한 기억이 즉시 떠올랐다.

"물론 아니지, 달링. 당신과 비교할 수 있는 여자는 아무도 없다구."

"그런 여자들 중에는 물론 없겠지요."

그녀는 머리를 한 번 흔들며 킥킥댔다.

"우리가 창녀와 도둑들 때문에 처음으로 다투게 되다니요! 그건 간단히 해결돼요, 로이드. 아버지 말씀을 들으세요. 그분은 무엇이 최선의 방법인지 아신답니다. 당신이 아버지에게 동의하지 않는다니 가슴이 아파요. 어차피 이런 문제에 대해선 당신보다 아버지가 경험이 더 많으신 걸요. 언젠가 아버지가 옳았다는 걸 인정하게 될 거예요. 내 말에 동의하시나요, 네?"

로이드는 그녀와 이성적으로 얘기해 보려는 시도를 포기하기로 했다. 그녀의 마음은 이미 결정된 것 같았다.

"그런 것 같소."

깊은 실망감에 젖어 그가 중얼거렸다.

"그럼 난 이만 떠나야겠어요!"

그녀가 쾌활하게 선언했다. 그녀에게 있어, 애플 놀 문제의 심각성은 새로운 드레스의 색보다도 더 관심거리가 되지 못했다.

"필라델피아까지 여행하다니 아주 흥분이 돼요. 햄튼은 너무……너무 단조롭거든요. 우리도 결혼한 후에 도시에 집을 살 수 있을까요?"

로이드는 멍하니 고개를 끄덕였다.

"난 시골이 더 좋은데."

"우! 별나기도 해라. 하지만 전혀 문제될 건 없어요."

그녀의 얼굴이 찌푸려졌다.

"난 시골이 싫어요. 아마 아버지가 날 위해서 도시에 저택을 사 주실 거예요."

그에게 작별 키스를 전하며 그녀가 중얼거렸다.

"당신도 나와 같이 간다면 좋을 텐데."

바로 그 순간 로이드는 자신이 알렉산드리아와의 결혼에 대해 머리 빗는 시간 정도라도 생각해 본 것인지, 경솔하지는 않았는지 의심스러웠다.

"당신이 돌아오면 그 애길 해 보도록 하지."

그는 둔하게 대꾸했을 뿐이었다.

알렉산드리아가 방을 떠난 후, 로이드는 깊은 생각에 잠겼다.

그는 이제 곧 결혼하려는 여자를 대하는 대부분의 남자들처럼 정열적이지도 미칠 정도로 알렉산드리아를 사랑하지도 않았다. 그녀 또한 가슴 저리는 감정적인 도취감보다 오히려 자기 아버지처럼 호화로운 옷들을 사 줄 수 있는 그의 능력을 보고 아내가 되기로 했던 것이다. 미래의 남편보다 아버지에게 더 충성스럽다는 점은 로이드의 피를 부글부글 끓게 만드는 씁쓸한 충격이었다.

겨우 18살이라 아직 아버지에게 의지한다는 건 이해할 수 있다 해도, 로이드는 그녀가 좀더 약혼자에게 충실하길 기대했었다. 그는 결혼한 후에 이런 경우가 또 생기면, 그녀가 아버지에게 대항할지 의심스러웠다. 편을 들라고 강요한다면, 알렉산드리아는 과연 자신의 핏줄보다 로이드를 선택해 줄까?

새삼 알렉산드리아에 대해 더 깊이 생각해 보니, 여자 죄수들을 하찮은 것쯤으로 재빨리 물리친 것이 그리 놀랄 일도 아니었다. 그녀는 지금껏 하고 싶은 대로 응석을 부려 왔으며, 사회의 하층민으로 태어났다면 많은 여자들이 부딪쳐야 했을 거친 현실로부터 보호받아 왔다.

로이드가 이 여인을 아내로 선택했을 때, 다른 수많은 적령기 여자들보다 돋보였던 자질 중 하나는 많은 사교 모임에서 우아하게 처신할 줄 아는 능력이었다. 그녀는 또한 얼굴이나 나이에 상관없이 어떤 남자라도 중요한 인물처럼 느끼게 만들 수 있는 유능한 여주인의 자질이 있었다. 남자의 자존심을 우쭐하게 하는 아주 작은 아양으로 말이다.

어리다는 핑계로 마음 깊이 밀어 넣었던 알렉산드리아의 성격에 대한 여러 가지 사건들이 갑자기 명료해졌다. 몇 달 이상 하녀를 데리고 있지 못하는 이유가 시중 들던 어린 여자들의 어리석음보다 자기 약혼녀의 이기적이고 불쾌한 성격 때문일 수도 있었다. 언젠가 알렉산드

리아를 극장에 데려갔을 때, 그는 종이꽃들을 바구니째 지나는 마차에
망가뜨리고 만 어린 소녀의 손에 동전을 쥐어 준 적이 있었다. 그때
그녀가 얼마나 불만스러워했던가.

야망에 눈이 멀어 알렉산드리아에게 결혼 신청을 한 것이 끔찍한
실수일지도 모른다는 생각에 입이 말라 왔다. 그녀와의 결혼은 생각했
던 것보다 훨씬 더 불만족스러울 수도 있다.

인생 파트너를 고르는 것보다 지금 이 순간 더 중요한 것이 있다고
그는 자신을 질책했다. 수십 명의 여자들의 운명이 그의 손에 달려 있
었다. 의원이 방으로 돌아오자, 그가 일어섰다.

"무슨 말을 해야 할지 모르겠습니다. 당연히 전……."

윌리엄스는 로이드의 어깨에 힘있게 손을 올렸다.

"자넨 젊어, 로이드. 사과할 필요 없네. 때로는 한 가지에만 초점을
맞추기보다 여러 가지 유익을 고려해서 문제를 살필 필요가 있는 게
지. 애플 놀의 여죄수들은 결국 석방이 되네. 그들 중 얼마나 개선되
겠나? 많지는 않아. 우리가 관심 갖을 일이 아니네. 픽스 소장이 최선
을 다하고 있지만, 매 순간순간 간수와 경비원들을 감시할 수는 없지
않은가. 이런 여자들은 그들 같은 남자들에게 저항할 수 없는 유혹이
될 수 있지. 자네 같은 젊은이는 이해하기 힘들 걸세."

로이드의 머리는 지끈거렸고 심장은 두근두근 뛰어댔다. 온몸이 폭
발할 것만 같았다. 그는 그런 세계에서 성장했기 때문에 이런 여자들
의 곤경을 잘 이해했다. 자신의 어머니는 아버지와 결혼하기 전 거리
의 여자였다. 그들의 죄로 물든 인생은 받아들일 수 없는 일이지만 지
금 로이드는 자신의 부모님이 윌리엄스 부부처럼 부유한 집에 태어났
다면 과연 어떻게 다른 삶을 살았을지 알고 싶었다.─그 자신의 인생
은 말할 것도 없고.

"이 여자들이 개선의 여지가 없다고 생각하십니까?"

이제는 부모님의 죽음으로 망연자실해 했던 몰과 잭에게 생각이 미

쳤다.

의원이 웃음지었다.

"거의 없지."

로이드는 어깨를 으쓱 올리며 보고서로 손을 뻗었다.

"하루나 이틀 안에 새로 준비할 수 있을 겁니다."

"좋았어!"

의원의 얼굴이 활짝 피었다.

"자네가 이성적으로 생각할 줄 알았다니까."

자리에 앉으며 그는 천천히 말을 이었다.

"사실, 며칠 전에 픽스 소장에게 공문을 하나 받았네. 그는 자네 의견이 어떤지 걱정하더군. 애트우드가 임무를 진심으로 받아들인 건 분명하고, 그가 알아낸 사실들로 자네를 설득할까 봐 걱정된 모양이야."

태평한 웃음으로서, 로이드는 의원의 얼굴에 새겨진 근심을 지워주었다.

"며칠 전에 애트우드를 만났습니다. 그는 문제되지 않을 겁니다."

"좋아, 금요일쯤 보고서를 갖다 주게. 알렉산드리아가 제 언니를 만나러 떠났으니, 자네가 애플 놀에 가는 건 별 문제 없겠지. 난 픽스가 월요일 아침 일찍 보고서 사본을 받았으면 하네. 그가 해리스와 다른 의원들을 놀래킬까 봐 걱정이거든. 아참, 교도소 안전을 어긴 자가 하나 있었다더군. 여죄수 중 하나가 감방에서 빠져 나와 돌아다녔던 모양이야. 자네도 면담을 했었지, 79번 말일세."

생각하기도 싫은 악몽이 꿈 밖으로 곧장 튀어나와 가슴을 내리친 것처럼 심장이 심하게 뛰었지만 로이드는 애써 흥미 없는 표정을 만들었다. 고통받는 자가 자신이라면 실수한 것을 신경 쓰지 않을 것이다. 하지만 이 실수가 한 여자를 위태롭게 하고, 그가 감히 생각지도 못했던 종류의 처벌을 받게 만들었다면 그것은 큰 문제였다. 빌어먹을 픽스, 제기랄!

로이드는 이미 한 가지 실수를 했다. 하지만 이 소식이 얼마나 그를 흥분시켰는지 의원에게 알림으로써 또 한 가지 실수를 덧붙일 생각은 없었다. 그는 어깨만 으쓱 올렸다.

"보고서를 보지 않고 번호만으로는 기억하지 못하겠습니다. 그 여자가 어떻게 빠져 나왔는지 소장이 말하던가요? 감방 마당의 벽은 거의 3미터나 되는데요."

윌리엄스가 머리를 저었다.

"그건 사실 문제가 아니네. 이젠 모든 게 제대로 되었어. 픽스가 그 죄수를 월로우 계곡으로 이송했지. 픽스는 자네가 그 여자와…… 음, 그건 중요치 않아. 일단 픽스를 만나서 의회 청문회에 별 문제가 없으리라는 확신만 주면 되네."

월로우 계곡이라고? 로이드의 실수는 모리아를 위협한 정도가 아니었다. 그녀를 파멸시켜 버렸다. 그녀는 미치지 않았다. 그 점은 확실하다. 두 번의 대화를 통해, 그녀가 자신만큼이나 멀쩡한 정신이라는 건 의심의 여지가 없었다. 그런데 빤히 속이 들여다보이는 이유들로, 소장이 그녀를 정신 병동으로 추방해 버렸다. 아무리 살인자라 해도 그런 운명을 감당할 이유는 없다!

"다른 사람에게 보고서를 전달시키면 안 될까요?"

정신 병동에 있는 모리아의 모습이 떠올라 약간 어지럼증을 느끼면서 로이드는 숨을 죽였다.

의원이 공중으로 손을 흔들었다.

"픽스가 너무 흥분해 있어서 다른 사람으로는 달랠 수 없네. 자네가 보고서를 가져 가서 그와 직접 얘기하게. 자네가 계획을 망치지 않을 거라는 걸 확신시키게."

그가 말을 멈추고 질책하는 표정을 지어 보였다.

"이건 중요한 일이야, 로이드. 그렇지 않다면 자네더러 가라고 하지 않았을 거네."

30분 전만 해도 쉽게 해결되리라 생각했던 자신의 딜레마를 완전히 재평가하며, 로이드는 신중하게 반응했다.

"월요일쯤 애플 놀에 갈 수 있습니다. 말리의 인쇄 계약건은 스티븐스가 처리할 수 있겠죠. 그 후에는 알렉산드리아가 여행중이니, 전 서부 지역이나 돌아 볼까 합니다. 그곳 땅은 괜찮은 투자가 될 듯하거든요."

일년 전 부동산을 통해 은밀히 사 들일까 생각했던 그 땅을 떠올렸다. 새로 고치기에는 너무 돈이 많이 드는데다가, 햄튼에서 현실적으로 너무 멀었다. 그리고 알렉산드리아가 무작정 싫어하는 시골에 가까운 곳이었다. 그는 기억을 떨쳐 내려 머리를 흔들었다.

"몇 주쯤 늦게 돌아오는 게 문제가 될까요?"

"전혀. 땅에 투자하는 건 꽤 괜찮지. 땅이란 사업 세계와는 달리 충실하거든. 내가 당장 알렉산드리아에게 편지를 쓰겠네. 11월 결혼이 계획대로 진행될 거라는 사실을 알면 아주 안심할 걸세."

로이드는 의원의 집을 나서며 혼란 속에 흠뻑 잠겨 있었다. 애플 놀에서 알아낸 사실들을 떨쳐 버릴 수가 없었다. 윌리엄스 의원은 죄수들을 대수롭지 않게 여기지만, 다른 청문회 구성원들은 여죄수들의 처지에 동정적일 것이다. 예를 들어, 조지 애트우드는 기꺼이 그를 도울 것이다. 경제적, 사회적으로 자멸할 수도 있다는 것이 두 사람에게 그다지 즐거운 일은 아니라 해도 말이다. 애트우드가 윌로우 계곡의 원장과 만날 수 있었다면, 명백한 증거를 입수했을 수도 있었다. 하지만 불행히도, 그 원장은 그때 병이 들어서 누구도 만날 수 없는 상황이라고 했다.

로이드는 또한 모리아에게 일어난 일에 대해 죄책감을 느꼈다. 언니가 미칠 리 없다고 그녀가 얼마나 확신했었던가. 그런데 이제는 모리아마저 정신 병동에 갇혀 버렸다. 그가 직접 거기 가야만 한다. 거기가 상상하는 것만큼 끔찍한 곳이 아닐 수도 있다는 미약한 희망을 걸어 보면서.

이건 모두 그의 잘못이다! 모리아의 감방 마당에서 기다리던 밤, 누군가 그를 미행했음이 틀림없다. 아니면 누군가 그들의 대화를 엿들었을 수도 있었다. 어찌되었든, 로이드로 인해 모리아가 다른 죄수를 찾아 다닌 사실도 들통나고 말았다.

그가 무슨 행동이든 취해야 한다.

집에 도착했을 때쯤, 그는 마음속에 몇 가지 계획들을 검토하는 중이었다. 윌리엄스 의원에 대해 흔들리는 충성, 알렉산드리아와의 임박한 결혼, 그의 손에 완전히 운명이 달린 푸른 눈의 여자를 구출하는 것을 포함한 애플 놀의 문제를 폭로하고자 하는 욕구, 그리고 자신의 사업을 살리는 일을 어떻게든 조화시켜야 했다.

몇 년 전, 로이드는 자신이 상류 계급 속의 존경받는 삶을 위해 더러운 범죄 세계를 떠났다고 생각했었다. 그런데 그 꿈이 이제 오염되는 것 같았다. 존경받는 삶은 간 곳이 없고, 두 세계가 다르다고 하기엔 너무 비슷하지 않은가 하는 생각이 들기 시작했다. 그는 진실로 권력 있고 영향력 있는 인물들에게 아부하며 살고 싶은 걸까? 결혼 생활을 유지하기 위해 아내의 아버지를 기쁘게 하는 삶을 산다면 알렉산드리아와의 결혼은 과연 어떤 모습일까?

모리아를 자유롭게 해주고, 애플 놀의 진짜 문제들을 의회에 경고하면서도 자신의 사회적인 입지를 유지하는 방법이 있을 것이다. 그러기엔 기적이 필요하겠지만 말이다.

허나 어떤 계획을 세우기에 앞서, 새 보고서를 작성해야 한다. 그는 기존의 보고서를 금고 속, 모리아의 가죽 보물 옆에 넣었다. 금고를 닫고, 서재에 틀어박혀 보고서를 작성하기 시작했다.

윌리엄스 의원이 진실로 로이드가 묵묵히 애플 놀에 관해 흡족한 보고서를 쓸 것이라 믿는다고 생각하니 화가 났다. 그 교도소에 대해 과도한 칭찬을 늘어놓고, 소장으로서의 픽스의 공을 찬미하며 소문들

을 명백한 거짓말로 규정하는 동안, 펜을 쥔 그의 손아귀에 힘이 들어
갔다. 그의 계획이 실패할 수도 있었다. 하지만 자신의 명성을 잃는
것은 모리아가 치러야 했던 것에 비하면 얼마나 하찮은가. 이를 악문
채 그는 보고서에 사인했다. 계획을 진행하는 외의 어떤 선택의 어지
도 없다는 사실이 또렷이 인식되었다. 돌이킬 수 없다.

내일 그는 윌리엄스 의원에게 새로운 보고서를 전달하고, 말리 영
의 주문건에 관해 직원에게 지시를 내린 다음 애플 놀을 향해 출발할
것이다.

그 사이 한 군데 들러야 할 곳이 있었다.

그는 평생에 가장 큰 실수를 하지 않기를 바랄 뿐이었다.

13

　목요일 오후 늦게 로이드는 새로 쓴 보고서를 윌리엄스 의원에게 보냈다. 다음날 아침에는 서부 필라델피아에서 반나절쯤 떨어진 작은 마을 스위트워터에 도착했다. 그는 커다란 참나무 한 그루와 잡초들 가까이의 썩은 말뚝에 브랜디를 묶은 후에 금방이라도 쓰러질 듯한 오두막 문으로 걸어갔다. 항상 떨어지지 않는 흑사병 같은 밴디트가 나무에 기어올라 쭈그리고 휴식을 찾았다.

　시간이 멈춰 버린 듯, 거의 4년 동안 자신의 집이었던 그 집을 흘깃 쳐다보며 그는 다시 16살 소년이 된 느낌이었다. 하지만 오늘 이 집에서 어떤 환영을 받게 될지는 알 수 없었다. 그는 계단에 떨어져 있는 나뭇가지를 주워 들고 문을 두드렸다.

　문이 삐걱 열리자, 모자를 벗었다.

　"몰? 나 로이드예요. 들어가도 돼요?"

　작고 탄탄한 몸집의 여자가 얼굴에서 헝클어진 회색 머리를 걷어냈다. 문을 약간 더 열고 눈을 가늘게 떴다.

"로이드? 난 그런 사람…… 로이드?"

문이 활짝 열리며 그녀는 믿을 수 없다는 듯이 몸을 떨다가, 눈물이 흘러 내리자 앞치마 자락으로 닦아 냈다.

로이드가 문지방을 넘어 그녀를 껴안았다.

"보고 싶었어요."

매달리는 그녀에게 속삭였다.

부드러운 흐느낌으로 그녀의 부푼 몸집이 흔들렸다.

"그이에게 네가 언젠간 돌아올 거라고 말했었지. 오, 내 아가. 그이도 널 보고 싶어했어. 그걸 인정하기에는 너무 완고했을 뿐이지. 어서 들어오렴, 자세히 좀 보자꾸나."

그녀가 문을 닫으며 말했다. 그의 손을 잡아 끌며 집 뒤쪽으로 이끌었다.

"잭은 상태가 별로 안 좋아. 널 보면 다시 인간이 될 게다."

로이드는 그녀를 따라 부엌으로 들어갔다. 폭삭 내려앉을 것 같은 오두막의 상태에 소름이 끼쳤다. 지붕의 썩은 틈으로 들어오는 몇 가닥 햇살 줄기, 그리고 걸을 때마다 삐걱거리는 나무 판자 소리. 그러나 언제나 그렇듯이 몰은 집 안을 잘 정돈해 놓았다. 마루에는 얼룩 하나 없었고, 부엌 안에는 갓 구운 향긋한 빵내음이 가득 찼다. 그녀가 직접 손으로 베어 만들었던 그 나무 식탁으로 이끌어 가자 그는 목에 걸린 듯한 덩어리를 애써 삼켜야 했다.

"배고프니? 방금 빵을 구었단다. 버터는 없지만……."

그는 고개를 저으며 웃었다.

"먹으러 온 거 아니에요."

"넌 항상 다람쥐처럼 식욕이 좋았지."

그녀는 또다시 눈가를 찍어 내며 킥킥 웃었다.

"멋진 신사가 됐구나."

그의 옷매무새에 감탄하며 그녀가 말했다.

"좀 쉬었다 갈 수 있니?"

"몇 시간밖에 없어요, 몰. 하지만 머잖아 더 많은 시간을 같이 보낼 수 있어요. 잭은 어디 있죠?"

"저녁거리 잡으러 개울에 내려갔단다."

그녀가 미소지었다.

"그이의 옛날 장소 기억나니, 응?"

그는 고개를 끄덕였다. 어떻게 잊을 수 있겠는가? 도망칠까 하는 생각이 들 때마다, 그는 거기에 다 가기도 전에 방향을 돌리곤 했었다.

"계속 내려가. 개울에 무턱대고 풍덩해서 그이를 놀라게 하지 말아라. 아무것도 잡지 못한 핑계를 대줄 수는 없다구."

말을 멈춘 그녀의 눈에 다시 눈물이 그렁그렁 맺혔다.

"떠나기 전에 집에 다시 들러 줄 거지?"

"그럴 게요. 약속해요."

그녀의 뺨에 키스하고 나서, 그는 뒷문으로 빠져 나와 개울로 향하는 지저분한 길을 내려갔다. 왼쪽으로 돌아 굽어진 곳이 나올 때까지 둑을 따라 걸었다. 잭이 보이는 순간 그의 걸음이 딱 멈추어졌다.

잭이 한 손에는 장대를 들고 다른 손에는 그물을 들고 커다란 나무 밑둥에 앉아 있었다. 발소리에 그는 고개를 들고 잠시 로이드를 쳐다보았다. 그런 다음 얼굴을 돌렸다.

"다시는 여기 오지 말라고 했잖아."

그가 장대를 휘두르며 툴툴거렸다.

로이드는 그의 옆으로 걸어가 섰다. 맑은 물살을 들여다보며 수많은 기억들로 가득 찬 참나무와 소나무의 향기를 한껏 들이켰다.

"당신 도움이 필요해요."

그가 조용히 입을 열었다. 그리고 자갈을 하나 집어 물 속으로 던졌다.

"난 고기를 잡는 중이야. 너 때문에 고기들이 도망 가잖아."

"몰이 당신에게 핑계 주지 말라고 경고했죠. 내가 기억하는 한 당신은 여기서 많이 잡은 적이 한 번도 없었어요."

"네 말소리 때문에 고기들이 또 도망 가잖아."

"그럼 집으로 오세요."

로이드가 제안했다.

"너하고 할 말 하나도 없다."

로이드는 잭의 손에서 장대와 그물을 낚아채 땅에 내려놓았다.

"당신과 애기하고 싶어요, 잭. 난 10년 동안 떠나 있었지요. 그 정도면 충분히 긴 시간 아닌가요?"

"자기 기억들을 50년이나 간직하는 사람들도 있어. 여기 나타나는 건 아무 도움도 되지 않는다구 네가 떠날 때 분명히 말했잖아."

"그때 당신이 무슨 말을 했든 상관없어요."

그는 잭의 손에 닿지 않도록 더 멀리 장대를 차버렸다.

"부탁이 있어서 돌아온 거예요. 여기 모습으로 볼 때, 당신도 도움이 필요할 것 같은데요."

잭이 벌떡 일어나 어깨를 쭉 폈다. 아무리 노력해도 로이드가 이제 그보다 30센티미터쯤 더 크다는 사실을 변화시킬 수는 없었지만 최대한 당당한 모습을 보이고 있었다.

"난 네 도움 따윈 필요 없어. 그리고 부탁하지도 않아. 그런 일은 애시당초 포기하라구."

그가 두 손을 쫙 펼쳤다. 왼손의 손가락들은 나무 뿌리처럼 뒤틀려 있었다.

"한 손만 쓰는 게 기분 좋진 않아. 하지만 이 손이 너처럼 팽팽하고 똑바르다 해도, 그짓을 하지는 않는다. 그짓을 할 수 있던 사람이 변했다는 걸 보려고 여기 와 살 생각은 아니겠지. 자 이제 여기 온 걸 누가 알아채기 전에 얼른 돌아가라."

로이드는 어깨를 으쓱하고 장대를 들며 낚시하는 자세로 앉았다. 갈고리에 미끼가 남아 있지 않다는 사실은 신경 쓰지 않는 듯했다.

"난 당신이 하라는 대로 했어요."

물 속에 비친 잭의 모습을 향해 그가 말했다.

"학교에 가서 평범한 사람들을 친구로 만들었지요. 학교를 보낼 수 있었던 돈이 어디서 나왔는지 설명하고 싶지는 않겠지요, 아마."

로이드는 낄낄거렸다.

"당신한테 돈이 한푼도 없었다는 거 알아요. 그 돈 어디서 났죠, 잭? 은행 어음을 또 위조했나요?"

"그건 네가 알 바 아니야!"

로이드가 장대를 고쳐 잡았다.

"난 인쇄소를 사서 정당한 재산을 모았어요. 당신이 하란 대로 이 근처엔 얼씬도 하지 않았구요."

잭이 말을 가로채길 기다렸지만, 그는 개울물만 뚫어져라 쳐다보고 있었다.

"지난 몇 년간 난 배운 게 있어요."

잭은 마지못한 듯 그의 옆에 있는 나무 그루터기에 앉았다.

"인간은 모두 기본적으로 똑같아요. 어떤 계급에 속하는지는 상관 없어요. 선할 수도 악할 수도 있는데, 상류 계급의 명성으로 온통 감쌌을 때는 그 점을 빨리 파악할 수 없을 뿐이에요."

불안함이 그의 얼굴에 새겨졌다.

잭이 킬킬거리자 딱딱한 얼굴이 다소 부드러워졌다.

"진짜 악당이 널 공격하더냐?"

"거의 온 시민군 전체지요. 나도 과거에 그런 역할을 하곤 했어요, 그리고 그걸 잘 처리해 냈었죠. 그러나 이번엔……."

잭이 다시 끼어들려 하자 그가 덧붙였다.

"이번에는 달라요. 모든 일이 위험해요. 내가 무얼 해야 하는지는 이미 알고 있죠. 단지 당신이 도와주지 않으면 그걸 어떻게 해야 할지 확실히 모르겠어요."

"항상 본능을 따르는 것이 최선이지, 얘야. 그게 내 방식이다."

몸을 숙여 어색하게 그물을 집어 들면서 잭은 중얼거렸다.

"내 생존 본능은 그들이 원하는 대로 해서 끝내라고 말해요."

커다란 메기 한 마리가 다가오자 로이드가 낮게 속삭였다.

"그럼 네 다른 본능은?"

"그 비열한 개자식들이 기생충이라는 걸 폭로하라!"

잭이 고개를 끄덕였다.

"왜 두 가지 다 할 수 없는 거지?"

로이드는 묻는 듯한 표정으로 잭에게 시선을 돌렸다. 잭은 개울을 향해 고갯짓하고, 로이드의 손에 든 장대를 낚아채서 모래 바닥을 따라 갈고리를 끌어올렸다. 메기가 따라 올라오자, 잭은 재빨리 그 뒤로 그물을 씌웠다. 등뒤로 그물을 홱 내던지자 고기가 땅바닥에 풀썩 떨어졌다. 잭은 번들거리는 눈으로 승리의 휘파람을 불었다.

"때로는 다른 방향에서 문제에 접근하는 게 최선일 수 있지. 그냥 포기하기엔 네 고집이 너무 세고, 한 방 걷어차 버리자니 덩치가 너무 크고. 얘기를 듣는 수밖에 없겠구나."

그가 일어섰다.

"집으로 와라. 얘기하는 동안 몰이 이걸 요리할 거다. 그 다음에 떠나도록 해. 전과자와 얘기하는 건 평판에 좋을 게 전혀 없다구."

"전과자!"

그물과 함께 고기를 들어 올리면서 그는 나지막이 중얼거렸다. 그리고 잭을 따라 집으로 갔다.

잭이 불연듯 멈추더니 주먹을 허공으로 들었다.

"몰과 나한테 배운 게 아무것도 없냐? 인간의 성격은 자신의 자유 의지로 형성되는 거야. 태생이 아니라구. 모든 인간은 자신을 입증할

기회를 갖는 거야. 우린 널 받아들였고 그 기회를 주었어. 지금까지
넌 잘 해 왔다.”

나란히 걸으면서 로이드는 고개를 저었다.

“거리의 삶에서 느꼈던 그 흥분과 스릴을 그리워한 적이 여러 번
있었어요. 난 그걸 부인하려 했지만 사실이에요. 어쩌면 그곳이 내가
있을 자리인가 봐요. 그걸 인정하지 않는다면 내 남은 인생은 명사로
서의 외양을 가진 권태뿐이겠죠.”

잭이 신중하게 그를 쳐다보았다.

“네가 잘못된 친구와 잘못된 사업을 고른 것 같구나. 인쇄소를 갖
고 있다면, 잉크와 인쇄기로 가득 찬 방안에 처박혀 있어야겠지. 지루
하긴 하겠구나…… 위조할 마음을 갖지 않는다면 말이다.”

“그건 정직한 일이에요.”

로이드가 받아쳤다.

“흐음! 네가 말할 수 있는 최선이 그거냐? 네 말이 옳은 것 같구나.
우린 애기를 해야겠어. 그 다음에 넌 떠나고 다시는 돌아오지 않는 거
다. 안에 들어가기 전에 그걸 확실히 하자구. 몰과 난 할 수 있는 한
널 도울 거다. 한 번도 거절한 적이 없었잖니, 그렇지?”

로이드는 새로이 희망이 솟는 걸 느꼈다. 몰과 잭이 그의 계획을
도와줄 것이고, 애트우드에게는 메모를 전달해 놓았다. 픽스 소장을
달래 놓은 후에, 자신을 괴롭히는 양심과 사회적으로 살아 남고자 하
는 욕구 사이의 갈등을 만족시킬 계획을 실행에 옮기기까지 한달이라
는 기간이 있다. 하지만 잭과 몰의 도움을 받는다 해도, 위험은 여전
히 남아 있었다.

너무 늦지 않기를 바랄 뿐이었다.

2주 후, 잭은 울창한 숲에 깊은 자국을 남기며 전세낸 마차를 몰아
가고 있었다. 윌로우 계곡 정신 병원의 입구 앞에 마차를 세우고, 마

차의 문을 열어 주려고 뛰어내렸다. 먼저 몰을 내려 준 다음 그녀의 옆에 서서 로이드가 나오길 기다렸다.

로이드는 한 걸음 나서며 바지와 코트를 탁탁 털었다. 그리고 자신을 길러 주었으며 존경받는 삶을 살 기회를 준 그 부부에게 미소를 지었다.

"잭, 말들을 돌보고 그 너구리를 마차 위에서 쫓아 버려요! 이 일이 너무 오래 걸리지 않았으면 좋겠는데. 준비됐어요, 몰?"

그녀가 씨익 웃으며 그에게 어기적 어기적 걸어왔다.

"말하는 사람은 나라는 거 잊지 말아요. 당신은 내 얘기를 사실적으로 보이게 하기 위해 같이 가는 것뿐이니까요."

"내가 진짜 간호사처럼 보여?"

그녀는 망토를 바로잡고 모자 테두리를 만지작거렸다.

"아주 완벽해 보여요."

월로우 계곡의 원장도 이렇게 생각해 준다면 좋을 것이다. 그가 몰의 팔을 잡아 입구로 이끄는 동안 잭은 말들을 돌보는 일로 돌아갔다.

그 정신 병원은 수많은 수양버들로 빽빽이 둘러싸인 작은 계곡에 위치해 있었다. 수킬로미터 내에 다른 거주지는 전혀 없는 고립된 지역이었다. 어이없을 정도로 높이 둘러싸고 있는 돌벽담만이 보일 뿐이었다. 그들은 월로우 계곡을 찾느라 수시간이나 헤매 다녔다. 조지 애트우드에게 그들을 헤매게만 만든 방향을 말하라고 다그쳤던 것이 얼마나 바보 같았던가.

작은 창문이 높게 나 있는, 회색 돌로 만들어진 육중한 건물. 로이드는 손을 뻗어 입구에 매달린 녹슨 청동벨 줄을 잡아당겼다. 잠시 후, 문이 삐걱거리며 열리고, 까만 셔츠와 바지를 입은 남자 하나가 느릿느릿 걸어 나왔다.

"오늘은 방문객 안 받아요."

짜증스럽게 말한 다음 그는 다시 안으로 들어가려 했다.

로이드가 소리쳐 그를 불렀다.

"난 솔터 씨를 만나러 왔소."

"그분은 바빠요."

"난 변호사요."

로이드가 소리쳤다.

"랜돌프 크리샴. 2명의 환자에 관한 명령서를 갖고 왔소."

남자가 홱 돌아서며 조심스레 로이드를 쳐다보았다.

"솔터 씨가 당신을 기다린다는 거요?"

로이드는 고개를 저었다.

"날 만날 거라는 거지. 좀 전해 주시오. 변호사가 솔터 씨를 만나러 왔다구."

"그분께 뭐라고 말할지는 알아."

남자는 으르렁대며 문을 쾅 닫았다. 30분쯤 후, 그가 다시 나타나 문을 열었다. 로이드를 안으로 들어가게 한 다음 몰 앞에서 그녀가 미처 들어가기도 전에 문을 닫아 걸며 말했다.

"여자는 여기 있어. 솔터 씨는 당신만 만날 거요."

몰에게 안심하라는 시선을 던지며, 로이드는 남자를 따라 안으로 들어갔다. 바깥의 밝은 태양빛에서 갑자기 어두컴컴한 내부로 들어오자 시야가 적응하기까지 약간 시간이 걸렸다. 원장 사무실은 중앙문 오른쪽 바로 안에 위치해 있었다.

로이드가 호두나무 판자로 장식된 사치스러운 방으로 들어서자 빨간 머리의 키 큰 남자가 일어섰다.

"크리샴 씨? 난 헤르만 솔터요. 무슨 일이십니까?"

로이드는 솔터의 책상 위에 서류철을 놓았다.

"제가 에이버리와 루이지 레인의 재산 처리를 맡았습니다. 레인의 두 딸인 루스와 모리아를 나에게 넘기라는 명령서에 마틴델 판사가 서명을 했소. 밖에 마차와 그들을 보살펴 줄 간호사가 기다리고 있소.”

솔터의 얼굴이 창백해졌다. 그의 얼굴에 박힌 주근깨가 훨씬 더 짙게 보였다.

“이건 가장 흔치 않은 일이군요.”

책상 위의 서류를 펼쳐 세심히 살피면서 그가 대답했다.

로이드는 숨을 죽였다. 잭이 정성스레 준비한 그 서류들이 비록 그럴 듯하고 공식적인 듯해 보이긴 했지만, 너무 자세히 보았을 때도 문제 없이 넘어갈지는 확신이 들지 않았다.

그러나 솔터는 만족한 듯한 표정으로 서류들을 다시 접었다.

“물론 이건 제가 갖고 있어야겠죠.”

“그러셔야죠.”

로이드는 안도하며 대답했다.

“판사께서 나에게 똑같은 걸 한 부 더 주셨습니다.”

“그런데 한 가지 사소한 문제가 있어서 걱정이군요. 당신이 레인의 재산을 관리한다고 하셨나요?”

“그렇습니다.”

“그럼 당신이 여자들의 계산을 좀 해주셔야겠습니다. 재산이 없는 경우엔 여기 거주하는 가엾은 인간들을 시에서 원조하지요. 확실히 이런 경우에는…….”

로이드의 표정이 딱딱하게 굳었다.

“낭신이 원한다면 약속 어음을 끊어 줄 수 있소.”

원장의 얼굴에 만족감이 스쳐 지나갔다.

“그럴 필요는 없을 겁니다. 제가 계산서를 준비해서 보내 드리지요. 당신은 돌아가신 레인 부부와 친척은 아니시겠죠?”

“그 소녀들에게 살아 있는 친척은 없소. 그건 왜 묻소?”

“궁금해서죠. 이런 걸 묻는 걸 용서하십시오. 그건 이곳에서 아주 유명한 사건이었습니다. 두 소녀들이 삼촌의 자살을 도와주었을 때는 아주 어렸었죠. 그런데 교도소로 보냈더니 미쳐 버려서……."

그의 목소리가 속삭임으로 낮아지면서 얼굴은 생각에 잠긴 듯 일그러졌다.

"제가 보호자에게 상기시켜야 할 것 같군요. 그 사건은 온 가족에게 끔찍한 비극이었죠."

"자살?"

로이드가 믿을 수 없다는 듯 중얼거렸다.

"그는 살해당한 줄 알았는데."

솔터의 눈에 의심이 떠올랐다.

"그들의 죄는 과실치사라고 알고 있습니다."

로이드는 가슴이 단단한 강철끈에 묶인 것처럼 숨쉬기가 어려웠다. 처음 만났을 때 삼촌을 죽인 것에 대해 비난을 서슴지 않았는데, 그녀는 진짜 사연을 설명하려 애쓰지도 않았다. 자신이 최악의 불한당이 된 느낌이었다.

솔터가 목을 가다듬으며 로이드의 관심을 되돌렸다.

"그 사건을 잘 모르시나요?"

로이드는 잠깐 정신이 흩어진 것에 대해 사과했다.

"충격적이군요. 난 뉴욕에서 온 지 얼마 안 됐습니다. 그 외에 저에게 도움이 될 만한 것이 없을까요? 그녀들을 담당했던 의사와 면담을 할 수도 있겠군요?"

솔터는 호기심이 아닌 걱정이 되는 모양이었다. 그의 얼굴에 서린 의심이 로이드는 마음에 들지 않았다. 솔터는 다시 서류를 집어 들어 명령서를 자세히 살폈다.

"당신이 이 건을 인계받았다고 하셨죠. 이전 변호사에게 관련 파일들을 받지 못했나요?"

"랜디스 씨는 사무실에 불이 났을 때 화재로 죽었습니다. 그때 서류들도 모두 불에 타버렸지요."

솔터가 납득할 만한 핑계를 궁리하며 로이드는 가능한 한 침착하게 설명했다.

"안됐군요."

솔터는 의자에 다시 앉으며 곰곰이 생각에 잠겼다.

"그럼 이 건을 어떻게 인계받았습니까? 친척도 하나 없으니, 이 소녀들은 잊혀졌을 텐데요."

빌어먹을 인간! 왜 얘기를 그냥 받아들이고 끝내지 않는 거야? 윌리엄스 의원의 이름을 들먹이는 게 주저되었지만, 그에게 선택의 여지가 있겠는가? 솔터가 윌리엄스의 명성을 들었다는데 모험을 거는 수밖에 없었다.

"나에게 아주 도움을 주셨던 윌리엄스 의원님과 제 아버지가 친한 친구 사이죠. 그분이 랜디스 씨의 사건을 맡도록 해주셨습니다. 파일을 다시 작성하는 게 쉬운 일은 아니었지만, 몇 개 집에 남겨 놓은 게 있어서 다행이었지요. 레인이 그 중 하나요. 시간이 약간 걸리긴 했지만, 여기까지 소녀들을 찾아올 수 있었소."

"윌리엄스 의원님이?"

솔터는 마침내 만족스런 미소를 짓고, 다시 서류를 접었다.

"내가 말해 줄 수 있는 건 많지 않소. 그 삼촌은 아주 힘든 시간을 보내고 있었지요. 죽을 병에 걸렸던 모양이오. 그는 아마 오래 살지 못했을 것이오. 성년이 되기 전에 두 번이나 고아가 된다는 것은 아이들에게 너무 한 일이죠."

그가 말을 멈추고 입을 다물었다.

"죄송하지만 더 나쁜 소식을 전해 드려야겠군요. 저…… 누군가에게 이런 얘기를 할 날이 올지는 몰랐습니다. 루스는 죽었습니다. 당신이 재산을 관리하고 있으니, 사망 증명서를 받으셔야겠죠?"

로이드는 얼굴에서 핏기가 가시는 것 같았다. 언니가 윌로우 계곡으로 보내졌다는 걸 알았을 때 모리아는 거의 미칠 듯했었다. 언니의 사망 소식이 그녀에게 얼마나 큰 충격을 줄지 가히 상상이 갔다.

"루스가 죽었다구요? 여기 왔을 때 20살도 안 되었는데!"

솔터는 슬프게 고개를 저었다.

"아주 어렸지만, 그애를 위해 해줄 수 있는 건 많지 않았습니다. 우리에게 왔을 때 반쯤은 죽은 상태였지요. 대단히 슬픈 일입니다. 그애는 며칠밖에 살지 못했어요."

"사인은 뭡니까?"

조용히 물으면서, 로이드는 솔터가 루스의 죽음을 어떻게 그렇게 생생하게 기억하는지 의아하게 여겼다.

"말 그대로, 피를 너무 많이 흘렸어요."

솔터가 속삭였다.

"그자의 짓이 너무 소름 끼쳐서 제가 해리스 의원님과 교도소장에게 편지를 썼을 정도였죠. 나에게 편지 사본이 아직 있을 겁니다."

그는 방 구석의 큰 캐비닛으로 걸어갔다. 몇 개의 파일을 넘긴 후, 찾던 것을 발견하여 로이드에게 건넸다.

"윌로우 계곡 문제만도 골치가 아파요. 웰쉬 박사나 픽스 소장에게 버림받은 물건을 넘겨 받을 필요도 없다구요. 이걸 읽어 보세요. 가져 가시라구요. 아마 나보다 당신이 이 문제를 당국에 보고하는 게 나을 겁니다."

로이드는 서둘러 편지의 맨 첫번째 페이지를 훑어보았다. 그의 손이 떨리기 시작했다.

"웰쉬 박사가 수술을 했나요?"

분노에 찬 목소리가 차가웠다.

"수술이라니, 얼마나 완곡한 표현인지. 그 남자는 도살자예요. 그자가 죽인 겁니다. 한 젊은 여자의 삶을 완전히 끝장나게 한 겁니다. 수술이 대단히 어렵긴 했지만, 제대로만 했다면 죽게까지 되지는 않았을 겁니다. 내 편지와 같이 화이트 박사의 보고서도 동봉되어 있습니다."

로이드는 솔터가 건네 준 편지 내용이 다소 놀라울 것이라고 예상했었다. 하지만 루스가 임신했으며 그 뒤에 서툰 낙태 수술의 결과로 죽었다는 걸 알게 되자 더이상 할 말이 없었다. 이것은 애플 놀의 직원들을 꼼짝 못하게 하기 위해 필요한 바로 그 증거였다. 하지만 그걸 손에 넣었다는 기쁨은 모리아에게 이 소식이 어떤 고통이 될지 생각하니 전혀 기쁨이 되지 못했다.

"소장이나 해리스 의원님에게 답장은 받지 못했소?"

겨우 목소리를 낼 수 있게 되었을 때 로이드가 물었다.

"그 반대죠. 두 사람 모두 다시는 그런 일이 생기지 않도록 하겠다고 약속했어요. 전 그들의 회답도 보관해 두었지요."

로이드가 믿지 못하겠다는 듯 한쪽 눈썹을 올리자, 솔터는 편지 두 통을 건네며 로이드의 의심스런 표정을 쓸어 냈다.

"픽스가 애플 놀을 맡으면 안 되는 거였어요. 화이트 박사는 루스 레인이 죽으면서 한 말을 기록하지 않았지만, 제가 들은 말이 있답니다. 자기를 강간한 자식이 픽스라고 했대요."

로이드는 주먹을 불끈 쥐었다. 이 두 손으로 픽스의 목을 조를 수 있다면 얼마나 좋을까.

"가을에 의회 청문회가 열릴 거요. 증언하러 나와 주겠소?"

"내가 준 편지를 가져 가서 마음대로 보여도 좋아요. 하지만 청문회에는 나갈 수 없을 겁니다. 난 영국에서 제안한 자리를 수락해서 다음 달 여길 떠납니다."

솔터가 짧게 대꾸했다.

로이드는 이런 쓸데없는 일을 설득할 시간이 없는 척, 그 문제를 일단락지었다.

"난 가능한 한 빨리 떠나고 싶소. 여정이 기니, 해가 지기 전에 레인 양 건을 처리해야겠소."

"여기 직원이 안내해 줄 겁니다. 하지만 그녀를 만나기 전에, 마음의 준비를 하셔야겠습니다. 그녀는 자주 난폭하게 굴어서 묶어 놓을 수밖에 없었습니다. 잔인해 보일지 모르지만, 화이트 박사는 상황이 허락하는 한 인간적으로 하려고 노력했지요. 여하튼 철재갈을 풀어 주긴 했지만, 여전히 레인 양 얼굴에 심한 멍이 들어 있습니다."

로이드가 의자에서 튕겨 일어났다.

"그들이 철재갈을 물렸단 말이오?"

"드문 일은 아닙니다. 환자가 발작을 일으킬 때 혀를 깨물지 않도록 방지하는 거지요. 화이트 박사가 며칠 전에 풀어 주었는데, 지금까지 얼굴의 상처가 심각합니다."

솔터가 일어서서 문으로 걸어가는 동안 로이드의 입술은 분노로 뒤틀려 있었다. 칼날이 몸을 찌르는 것 같은 예리한 고통이 느껴졌다. 직원을 부르자, 문을 열어 준 그 남자가 나타났고 솔터는 악수를 나눈 뒤 사무실로 되돌아 들어갔다.

로이드는 곧장 복도를 걸어가는 남자를 따랐다. 다리는 떨렸고 심장은 방망이질을 하고 있었다. 창살 달린 작은 창문이 있는 문을 지나는 동안, 그 작은 감방들 안의 불쌍한 미친 영혼들을 몇 명 볼 수 있었다. 몇몇은 정신이 혼미한 채 바닥에 태아처럼 몸을 웅크리고 있고, 다른 이들은 침대에 꽁꽁 묶여 있었다. 땅 밑 지하로 계단을 내려갈수록 썩은 오줌의 악취가 점점 강해졌다.

지하의 창문은 천장에 닿은 맨 위쪽에 겨우 조그맣게 나 있었다. 이곳의 방은 문 사이의 거리로 미루어 볼 때 다소 큰 것처럼 보였다. 그 남자가 홀 끝의 마지막 문을 열쇠로 열었다. 로이드는 한 걸음 안으로 들어선 순간 얼어붙고 말았다. 눈앞에 펼쳐진 광경을 믿을 수가 없었다. 허리까지 올라오는 6개의 금속 우리가 두 줄로 늘어서 있었다. 썩은 음식의 냄새, 그리고 인간의 비참함에 숨이 막힐 것 같았다. 모리아 레인을 찾아 이 우리에서 저 우리로 시선을 옮기는 동안 분노와 공포가 거의 극에 다다르고 있었다.

환자들이 자기를 봐 달라고 신음하고 비명을 지르며 우리를 흔들어 대기 시작했다. 사내는 문에서 가장 먼 우리로 걸어가 몸을 숙여 자물쇠를 열었다. 로이드가 그리로 반쯤 걸어갔을 때 남자의 비명 소리가 들렸다.

"이런 나쁜 년!"

사내가 우리를 세게 내려치자 흐느낌이 들렸다가 잠잠해졌다.

"여자를 내버려 둬!"

로이드는 그쪽으로 달려가면서 소리 질렀다.

"이년이 날 물었어!"

그가 부츠로 힘껏 우리를 걷어찼다. 로이드는 그 남자를 밀쳐 내고 문이 반쯤 열린 창살 안을 들여다보기 위해 무릎을 꿇었다. 충격적이었다.

불과 한달 전에 만난 그 여자와 같은 사람이라고는 도저히 믿을 수 없었다. 이 미치광이 더러운 생물이 모리아 레인일 리 없었다. 더럽게 때 낀 짧은 머리털이 머리 위로 펼치어져 있었고 뺨에는 수없는 멍자국이 나 있었는데 일부는 나아가는지 분홍과 자줏빛의 여러 가지 색조들을 띠고 있어 얼굴이 얼룩덜룩했다.

찢어지고 퉁퉁 부은 입술이 마치 말을 하려는 듯이 움직였다. 그 노력으로 인해 또다시 입술에서 피가 나기 시작했다. 들판에 버려진 썩은 호박처럼 지저분한 옷가지가 어깨에서 흘러 내려 앙상한 육체를 드러냈다.

그녀의 눈동자를 보며 그는 몸을 떨었다. 더이상 장난기로 번득이거나 침착하게 반짝이지 않았다. 공허와 무기력만이 존재했다. 이 세상의 어느 누가 이렇게 큰 아련한 푸른 눈동자일 수 있겠는가?

그는 두려움을 달래기 위해 부드러운 말을 중얼거리며 우리에 손을 집어 넣었다. 로이드의 두 손이 부들부들 떨렸다. 찢어진 소매를 올려 왼쪽 팔뚝을 드러내자, 그녀가 움찔했다.

그 살애 박힌 번호를 보고 로이드는 눈을 감았다. 모리아 레인을 찾아냈다.

하지만 너무 늦어 버렸다.

이 여자는 미쳐 버린 것이다!

14

　팔로 두 다리를 감아 구석에 웅크린 채, 모리아는 낯선 사람의 손길을 겨우 벗어났다. 그의 부드러운 접근이 두려움보다는 호기심을 불러일으켰다. 그리고 직원이 같이 있지 않다는 걸 확인하기 위해 재빨리 그를 훔쳐 보았다. 그는 혼자였다. 방의 멀리 끝에 직원이 서 있는 모습이 보였다. 낯선 사람은 얼굴이 온통 까만 수염으로 덮힌 커다랗고 검은 모습이었다. 하지만 자신을 고깃덩이처럼 우리 안에 집어 넣었다 빼곤 했던 다른 사람들처럼 겁먹게 하지 않았다.

　그가 말하는 것을 이해하려고 열심히 노력해 보았지만, 굶주림과 고통으로 모든 감각이 둔하기만 했다. 눈앞이 가물가물해지고, 머리는 빙빙 돌기 시작했다. 그때 그가 사라졌다가 금세 다시 돌아왔다. 그의 손에 무엇이 들려 있는 거지?

　그건 마치…… 물잔처럼 보였다!

　입 안에 느껴지는 짠맛에 눈물을 흘리고 싶은 생각이 들었다. 그 낯선 사람이 컵을 내밀었지만, 그걸 잡으려면 그에게로 더 가까이 움직여야만 한다. 말하려고 애쓸 때마다 피가 나는, 찢어지고 메마른 입술의 갈증을 풀어 줄 그 신선한 액체를 기다리며 그녀의 입술이 떨렸다. 그녀는 계속 그 컵을 노려보았다. 절망적인 갈망과 그 남자에게 가까이 가면 움켜 잡힐 거라는 두려움 사이에서 방황했다. 이자가 물을 놓고 가 주기만 한다면…….

그녀의 주저함과 욕구를 알아차린 듯이, 그가 문 안쪽에 컵을 내려 놓고 뒤로 물러났다. 그녀는 다른 사람은 누구도 그녀가 이성을 잃은 게 아니라 단지 두려워하는 것으로 생각한 적이 없었다는 걸 기억했다. 이곳 관리자들은 그녀를 완전히 정신 나간 사람처럼 취급했다. 그게 자기들의 난폭한 행동에 핑계를 줄 수 있을 테지. 그녀에게 물 한 잔을 줌으로써, 이 남자는 갈증만큼이나 인간의 친절에 대하여 절망적이었던 그녀의 가슴 한 부분을 건드렸다.

손바닥을 땅에 대고 그녀는 어색하게 게처럼 옆으로 나아갔다. 그것만으로도 거의 모든 기력이 다 소모되었다. 손이 닿을 만한 거리에 이르자, 잔을 잡고 뒤로 물러났는데 너무 서두르는 바람에 귀중한 물 몇 방울이 밖으로 튀어나갔다.

그녀는 바들바들 떨며 두 손으로 컵을 단단히 잡아 입으로 가져 갔다. 잔을 기울이며 한숨을 쉬었다. 약간의 물이 입술을 적시고 뺨으로 흘러 내렸다. 혀가 오래된 땔나무처럼 메마르고 거친 돌을 매단 것처럼 무거웠다. 아직도 묶여 있는 것처럼 턱 뒤가 얼얼하니 이상했다. 더 확신을 얻기 위해, 그녀는 물 한 모금 마실 정도로 입을 벌렸다. 양쪽 끝 부분이 다시 찢어지는 듯한 고통은 무시해 버렸다. 물이 입 속으로 흘러들기 시작했을 때, 그녀는 삼킬 수 있도록 혀를 사용할 수 없어 숨이 막힐 뻔했다. 울컥 고개를 숙여, 물을 토해 내고 겨우겨우 숨을 들이켰다.

지친 좌절감을 안고, 그녀는 다시 시도해 보기로 결심했다. 갈증을 달래고 메마른 입술을 풀어 주기 위해 잔이 텅 빌 때까지 힘없는 시도를 되풀이했다. 옷 앞자락이 물과 피가 섞인 불쾌한 얼룩으로 젖어 들었지만, 노력한 보람은 있었다. 근 2주 전에 월로우 계곡에 도착한 이래로 가장 기분이 나아지는 걸 느꼈다.— 재갈을 풀어 주었던 순간은 빼고.

이제 컵은 우리 바닥에 버려졌다. 비록 몇 방울 목구멍으로 넘어가진 않았지만, 이 낯선 이에게 빚을 졌다는 생각이 들었다. 그가 다시 그녀와 대화를 나누려고 시도했다. 이상하게 친근한, 낮고 위로하는 듯한 목소리. 우리 입구에 무릎을 꿇고, 두 팔을 그녀에게 뻗으면서, 겁먹은 아기에게 손을 내미는 걱정스런 아버지처럼 자기에게 오라고 손짓하고 있었다.

누군가 안아 주고 고통을 지워 줄 사람이 있기를 얼마나 원했던가. 그녀가 넘어져서 무릎을 다쳤던 날 제드 삼촌의 행동이 기억났다. 아마 6살이나 7살쯤이었을 거다. 새 옷을 찢었다고 혼날 것이 두려워, 그녀는 옷장 속으로 숨어 버렸다. 그때 삼촌은 이 낯선 남자와 똑같은 모습으로 그녀에게 다가왔다. 그녀가 받아들이기만 하면 그의 품 안에서 위로받을 수 있다고, 무조건적인 사랑을 제안하면서. 하지만 이 낯선 남자를 알지도 못하는데 그녀를 해치지 않을 거라고 믿을 수 있을 것인가?

그의 목소리가 점점 커지고 강요해 오는 것이 겁났다. 그가 더 가까이 움직이자 그녀는 머리를 흔들었다. 그 바람에 입이 찢어지듯 고통스러웠다. 멍청한 눈으로 창살 뒤에 등을 기대고 자신의 심장 소리를 들으며 그와 동시에 숨을 한 번 들이켰다.

이제 그 남자는 그녀가 복종하지 않을 때마다 다른 사람이 했던 식으로 행동하고 있었다. 그녀의 반항심이 커지며 몸은 긴장되었다. 저항하는 것이 아무 도움이 안 된다는 건 알았다. 처음 어떤 사람이 그녀를 우리에서 나오게 하려 했을 때, 그녀는 창살을 붙잡고 놓지 않으려고 했었다. 하지만 그들은 창살을 놓을 때까지 잔인하게 두 손을 내리쳐 손이 부러질 뻔했었다. 그녀는 주먹을 쥐고 두 눈을 감았다. 이 남자가 그녀를 우리에서 끌어내고 싶어한다면, 쉽게 되지는 않을 것이다. 그는 우리를 뒤엎어 다른 자들이 했던 식대로 그녀를 털어 내야 할 것이다.

"모리아? 당신을 해치지 않을 거요."

마음속의 생각을 들은 걸까? 그녀의 눈이 번쩍 뜨이며 그를 다시 쳐다보았다. 머리를 들고 두 눈은 가늘게 떴다. 그가 이름을 안다는 사실에 놀라지는 않았다. 다른 사람들도 모두 알고 있으니까. 하지만 그들은 보통 암캐나 기억할 가치조차 없다는 식의 지독한 어투로 그녀를 불렀던 것이다.

이 남자는 그녀에게 움직이라고 강요하지 않았고, 그의 무언가가 어쩌면 이 사람은 자신을 다치게 하지 않을 거라고 믿게 만들었다. 다른 남자들은 항상 명령에 따르라고 폭력을 사용하면서 그녀를 위협하고 괴롭혔다. 그런데 이 사람은 달랐다. 자기 명령에 따르라고 폭력을 쓰는 대신 끈기 있게 기다리면서 부드럽게 그녀를 불렀다. 그의 표정에는 온화한 이해가 담겨 있었다. 그녀는 한숨을 쉬었다.

잔인하시군요, 하나님! 어떻게 아직도 상냥하게 대해 주는 사람을 원할 수 있단 말인가요. 두려움에 떨며 약한 힘으로 살아 남으려던 투쟁에 지쳐 버렸는데, 도와 달라는 기도를 그만둘 지경까지요.

그녀는 비록 말할 수 없었지만, 자신이 미치지 않았다는 걸 이해시키려고 용감하게 노력했었다. 그녀는 미치광이가 아니다! 그녀가 여기 있을 사람이 아니라는 걸…… 끔찍한 실수라는 걸 이해하려고 노력할 만큼 그 누가 관심이나 보였던가?

그녀는 단지 누군가 자신을 믿어 준다는 확신이 필요했다.

마음속 깊은 곳에서 한 번 모험을 걸어 보라고 충동질했다.

한 번 더 기회를 잡아 봐. 완전히 포기하고 패배를 인정하기 전에. 루스를 생각했다. 언니는 절대 포기하지 않을 것이다. 루스는 더 강하고 더 크다. 하지만 모리아가 언니를 닮아 보려고 노력한다면, 두 사람 모두를 구할 수 있을지도 모른다. 이 남자를 믿는 것 외에 어떤 선택을 하겠는가?

마음으로 조용히 기도를 하며, 모리아는 허벅지로 옷가지를 둘둘 말아 올리고 문으로 기어 갔다. 입구로 다가가면서 조심스레 그를 쳐다보았다. 그가 출구에 공간을 주면서 약간 물러나자, 안도가 되었다. 우리에서 나와 그녀는 무릎을 꿇은 채 뒤로 몸을 기댔다. 그가 아주 조금밖에 떨어져 있지 않다는 사실을 예민하게 인식하고 있었다.

그녀에 비하면, 그 남자는 거인이었다. 두 다리는 탄탄하고 어깨는 넓었다. 그의 얼굴을 올려다보았다. 미소지으며 깊은 눈동자로 그녀를 부드럽게 쳐다보고 있었다. 아주 가까웠기 때문에 그 눈동자가 얼마나 드문 색인지 알 수 있을 정도였다.

초록. 겨울 상록수 같은 초록.

로이드 캄든!

짜릿한 번개를 맞은 것처럼 깨달음이 온몸을 관통했다. 분노가 살갗을 따라 순식간에 흘렀다. 이성적인 생각이란 존재하지 않았다. 기도를 통한 반성 따위도 없었다. 오직 증오와 복수심만이 온몸과 마음을 울려댔다. 자신을 위해, 루스를 위해, 그가 배신했던 모든 여인들을 위해 그는 영원히 지옥에 머물러야 하리라!

하지만 종말의 심판이 닥치기 전에, 그녀가 먼저 가혹한 대가를 요구할 것이다. 그녀는 본능적으로 앞으로 돌진하여, 생명이 사라지기 전 살아 남기 위해 마지막으로 발악하는 미친 짐승처럼 그와 싸웠다. 다리의 고통이나 경련 따위는 상관없이, 젖먹던 힘까지 모조리 끌어모아 그를 공격했다. 손톱으로 그의 얼굴을 할퀴며 그녀는 목에서 짐승 같은 깊은 그르렁 소리를 내었다.

함께 얽힌 채, 두 사람은 옆으로 나동그라졌다. 그의 팔이 그녀를 단단하게 죄며 그를 치기 위해서 바둥대는 팔을 붙잡는데도 싸움을 계속했다. 그녀가 날카롭게 무릎을 들어 올리자, 그에게서 신음이 흘렀다. 그의 팔힘이 약간 느슨해졌을 때, 손을 올릴 정도의 공간을 확보했다. 그의 머리를 덮은 고수머리와 턱수염을 한 움큼 잡을 수 있을 정도로. 그녀는 그의 머리와 턱수염을 홱 낚아채며 가능한 한 강하게 잡아당겼다. 그가 고통스럽게 신음하며 욕설을 내뱉자 그녀는 더욱 힘이 솟는 듯했다.

갑자기 예상치도 못했던 고통이 머리 뒤에서 폭발하더니 눈앞에서 밝은 빛깔들이 춤을 추었다. 그 다음에 어둠이 몰아치고 온몸이 그에게로 무너지는 걸 느꼈다. 그의 가슴에 쿵 닿을 때, 재킷의 감촉이 마치 사포처럼 느껴졌다. 하지만 고통이 뇌로 전달되기도 전에 망각의 커튼이 떨어져 내리며 배신자에게 복수하려던 그녀의 시도를 마감지었다. 마지막으로 떠오르는 생각은 그가 모든 이들에게 한 짓을 후회하게 만들 정도의 힘이 자신에게 없다는 것이었다.

로이드는 흐느적거리는 소녀의 몸뚱이를 가슴에 끌어안고 직원을 노려보았다.

"그렇게 찰 필요는 없었소!"

그녀를 안고 일어서며 으르렁거렸다.

그 직원은 씨익 웃었다.

"이년이 당신한테 사력을 다하는 것 같더군요. 애들이 거칠어질 때는 재빨리 행동해야 합니다. 발작할 때는 힘이 대단하거든요."

로이드는 모리아를 내려다보았다. 이 여자를 안고 있지 않았다면, 여자를 걸어차 버린 직원을 정신을 잃을 때까지 흠씬 두들겨 팼을 것이다. 소녀의 머리가 어깨에 축 늘어지고 팔다리에도 힘이 하나도 없었다. 얼굴이 엉망이었는데도 평화로워 보였다. 저 남자는 잘못 알았다. 이 여자는 발작한 게 아니었다. 그를 공격할 때 눈에 떠올랐던 표정을 보았다. 분노에 차 파란 불꽃을 튀기긴 했지만 미친 자의 눈은 아니었다. 그녀가 그를 알아본 것이다.

윌리엄스 의원에게 79번 죄수가 윌로우 계곡으로 이송되었다는 말을 들었을 때보다 더 기분 나쁜 일이 있으리라곤 상상도 못했다. 그는 마땅한 벌로서 죄책감을 받아들였다. 하지만 짐승처럼 우리에 갇힌 모리아를 찾아내자 죄책감이 훨씬 복잡해졌다. 그녀의 눈 속에서 본 비난과 증오심은 그의 가슴을 창처럼 찔러 왔다. 그리고 그녀가 다시 그를 믿게 하기 위해서는 어떤 치열한 전쟁이라도 치를 것이라는 사실을 깨달았다. 그에게는 그녀의 신뢰가 필요했다. 그보다 더 많은 것이.

그의 계획은 그가 애플 놀 죄수들을 돕고 싶어한다는 걸 모리아가 기꺼이 믿어 주는 데 달려 있었다. 하지만 그를 알아본 그녀의 반응으로 볼 때, 그것은 별똥별을 잡는 것만큼이나 가능성이 희박해 보였다.

뒤에서 따라오는 직원의 발소리가 들렸다. 여자가 정신을 차리기 전에 여기서 빠져 나가야만 하겠다. 그녀가 또다시 싸움을 시작한다면, 솔터가 그의 정체를 알아차릴 수도 있다. 가슴에 이렇게 소중한 보물을 안지 않았더라면, 한 번에 두 계단씩 뛰었으리라. 하지만 그녀에게 충격이 갈까 봐 천천히 계단을 되밟아 올라갔다. 그녀를 고통스럽게 하지 않는지 주의하면서.

그녀의 두 눈은 감겨져 있었고, 이마는 창백했다. 부드러운 숨결이 그의 목에 닿았다. 그는 그녀의 의식이 없다는 게 다행스럽게 여겨지기도 했다. 바로 앞에 보이는 문에 시선을 고정시킨 채 그는 중앙 복도를 걸어 내려갔다. 거기에 도착하자마자, 모리아를 팔에 안은 채 어떻게 이 문을 열 것인지 암담해졌다.

그때 문이 활짝 열렸다.

잭이 맞은편에 서 있었다. 그는 로이드와 그의 팔에 안긴 소녀를 쳐다본 다음 주위를 둘러보았다. 앞으로 달려가 중앙문을 열고, 버드나무 밑 커다란 바위에 앉아 있는 몰을 소리쳐 불렀다.

"마차에 타, 여보."

로이드는 몰이 일어서기도 전에 마차에 도착했다. 잭의 도움을 받아 가능한 한 모리아가 흔들리지 않도록 마차에 올라탔다. 푹신한 좌석에 자리를 잡고 모리아를 무릎 위로 보듬었다. 그리고 멍투성이 얼굴에 엉망진창으로 들러붙어 있는 머리카락들을 부드럽게 쓸어 올렸다.

두건을 쓰지 않은 모습을 처음 보았을 때, 그는 그녀의 사랑스러움에 매료되었다. 천사 같은 분위기를 지녔다고 생각했던 게 기억났다. 하지만 지금은 천사장 미카엘과 직접 싸운 듯한 모습이었다.

몰이 서둘러 마차에 올라 그의 맞은편에 앉았다. 모자는 비뚤어진 채 땀방울이 뺨으로 흘러 내리고 있었다.

"휴! 오래도 걸렸구나. 걱정이 되던 참이었단다. 다른 아이는 어디 있니? 2명을 데려올 거라고 하지 않았니?"

로이드의 표정이 으시시했다.

"그 여자는 오지 않을 거예요, 몰. 이 지독한 곳에 도착한 지 며칠 만에 죽었어요."

모리아에게 루스 소식을 어떻게 말해야 할지 알 수가 없었다. 하지만 그녀가 좀더 강해질 때까지는 안 될 것이다.

"이애가…… 내 말은…… 이애가 그애냐?"

로이드의 팔에 안겨 있는 소녀 쪽으로 고갯짓을 하며 몰이 조용히 물었다.

"이 여자는 모리아예요. 죽은 여자는 언니인 루스구요. 모리아에게 무슨 일이 생겼다면 난 어떻게 됐을지 몰라요. 이 여자가 여기 온 것은 모두 내 잘못이라구요."

몰은 미소지으며 그의 팔을 톡톡 두들겼다. 모리아가 신음하며 머리를 돌리자, 부드러운 연민의 눈으로 더 가까이 다가와 그녀를 쳐다보았다. 하지만 그 얼굴을 보는 순간 그녀는 숨을 삼켰다.

"어머나, 세상에! 무슨 일이 있었던 거냐?"

로이드는 목에 걸려 있는 듯한 덩어리를 애써 삼키고 나서 슬프게 그녀를 보았다.

"당신은 상상조차 할 수 없을 거예요."

눈으로 직접 본 광경보다 가히 상상할 수 있는 광경에 더 진저리를 치며 그는 낮게 중얼거렸다.

"난 생각도 못했어요…… 내 말은…… 몰, 인간이 어떻게 이런 짓을 할 수 있지요? 이 여자는 어린 소녀에 불과해요. 그들에게 그런 짓을 당할 이유는 없다구요."

말을 하면서도 로이드는 이런 모습에도 불구하고 모리아에게 자신의 사타구니를 아프게 할 수 있는 힘이 있다는 걸 알았다.

아까 그 사내가 얼마나 세게 걷어찼는지가 생각나자, 그녀의 뒤통수를 만져 보았다. 머리 밑에 커다란 혹이 만져지자 깊이 숨을 들이마셨다. 맙소사, 그 자식이 모리아를 죽였다면 어쩔 뻔했는가? 그녀는 시체처럼 창백했지만, 그가 혹을 누르자 신음을 흘렸다. 안도의 한숨을 쉬며, 그 잠깐 동안 자신의 숨이 거의 멎을 뻔했다는 걸 깨달았다.

약탈자 늑대에게 공격당한 병아리의 암탉이나 되는 듯이 몰이 쿡쿡 울음 소리를 냈다.

"가엾어라! 이젠 어쩔 셈이냐?"

그녀는 모리아의 손을 끌어 자신의 두 손으로 부여잡았다.

"여인숙에 머물 수는 없어요."

로이드는 모리아를 쳐다보며 혼자말로 중얼거렸다.

"우리가 당분간 머무르려 했던 데이비즈 크로싱은 작은 마을이에요. 누구에게도 이 여자의 이런 모습을 보이고 싶지 않아요."

몰이 그의 소매를 잡았다. 눈을 들어 올리자 아이디어로 반짝이는 얼굴이 마주 보였다.

"우리가 지났던 그곳 있잖아. 마을에서 몇 킬로미터쯤 떨어진 곳, 기억나?"

로이드가 어찌 그곳을 잊을 수 있겠는가. 바로 작년에 염두에 두었던 영지였는데. 그가 믿어지지 않는다는 표정으로 그녀를 쳐다보았다.

"그곳은 형편없는 저택이에요, 집이라고 할 수도 없다구요!"

그녀는 씨익 웃었다.

"네가 마차를 빌리고 있을 때 잭이 그곳에 대해 물어 봤어. 어디더라, 독일인지 어딘지 하여튼 거기서 온 백작이 자기 신부를 위해 그 성을 지었대. 그 여자도 아주 충성스러웠고. 그런데 그 여자가 아이를 낳다가 죽자, 백작은 너무 비통한 나머지 자살해 버렸다고 해. 약간의 가구들도 있고, 우린 아마 바로 들어갈 수 있을 거야. 잭 말로는 마을의 어떤 변호사가 그 집의 판매를 담당한다는데, 쳐다보는 사람이 하나도 없대. 나하고 잭이 진짜 열심히 일할 수 있어. 깨끗하게 청소할 수 있다구. 우릴 도와줄 시골 아가씨를 몇 명 고용할 수도 있겠지. 진짜 사람들 눈에 띄지 않을 거야. 너의 그 대단하신 괴물을 넣을 마구간도 하나 있을 거고, 우리 모두에게 방은 충분할 거라구."

"40명쯤은 살 수 있을 만큼 방이 많아요. 난 아서왕에게나 어울릴 그런 저주받은 큰 유적지가 아니라, 오두막 하나가 필요하다구요!"

"그럼 더 좋은 생각 있니? 그렇다면 말해 보렴. 이 여자애 얼굴을 보아하니, 빨리 생각해 내는 게 좋을 거다."

그녀가 샐쭉해졌다.

"큰 돈이 들 거예요!"

이렇게 말은 했지만, 잭이 얻는다면 작년에 그가 대리인에게 제시한 가격 아래일 것이 확실했다.

"난 그렇게 큰 돈 없어요."

몰이 어깨를 으쓱이자 그가 덧붙였다.

"회사를 팔아야 할 거라구요, 그래도……."

"넌 인쇄소 운영하는 거 싫어하잖니. 게다가 지겨운 그 일이 없으면, 더이상 부정한 정치인들을 감쌀 걱정을 하지 않아도 될 거고. 너의 문제들을 많이 풀어 줄 것 같은데 말이야."

“잭은 너무 말이 많다니까요.”

그는 투덜거렸다. 하지만 너무나 확신 있어 하는 몰의 모습에 로이드도 조금씩 마음이 끌리는 건 어쩔 수 없었다.

로이드는 다시 한 번 모리아를 내려다보았다. 그리고 경제적인 손해를 걱정한 것이 죄스러워졌다. 그녀에게 다른 것은 신경 쓰지 않고 회복할 수 있는 기회를 주어야 한다. 이 여자가 이미 충분히 고통받았다는 것은 신께서도 알고 계신다. 그 장소에 대해 생각해 보았다. 언덕 위에 자리잡은 그곳은 모리아가 사람들에게 시달리지 않을 만큼 고립되어 있었다. 그곳은 또한 그녀가 깨어나 그의 보호 아래 있다는 걸 깨달았을 때 터뜨릴 폭발을 들을 사람이 아무도 없게끔 격리되어 있었다.

“그곳을 보도록 하지요.”

그가 조용히 말했다.

이 괴상한 아이디어에 있어서 한 가지 점이 그의 마음을 끌었다. 아련한 눈의 아가씨가 그의 생가죽을 벗기고 말리라 결심한 순간 그 성 안에 숨을 곳이 한 군데쯤은 있을 수 있다는 생각이었다.

15

월로우 계곡에서 출발하여 몇 시간이 지났을까, 마차가 갑자기 정지했다. 로이드는 모리아를 안은 팔에 힘을 주고 또다시 깨지 않을지 기다리며 숨을 죽였다. 그녀의 눈이 퍼드득 뜨였다가 동시에 퍼드득 감겼다. 아까의 일이 다시 발생하지 않을 거라는 사실에 감사하며 그는 긴장을 풀었다.

아까 무의식 상태에서 잠시 깨어났을 때, 모리아의 당혹스럽던 표정이 그를 알아본 순간 재빨리 공포로 뒤덮였다. 두 사람은 조용히 의지력 싸움을 하며 얽힌 자세로 몇 킬로미터를 더 나아갔고, 그의 우월한 힘에 포기한 그녀는 마침내 잠이 들었다.

로이드는 작은 접전처럼 보이던 아까의 그 전쟁에서 이길 수 있었던 것이 별로 자랑스럽지 않았다. 그래서 지금 그녀가 이처럼 평화롭게 잠들어 있는 것이 만족스러웠다.

그는 맞은편 끝에 발을 대고 무릎을 올린 자세로, 아까처럼 갑작스레 마차가 정지했을 경우, 그녀가 바닥으로 떨어지지 않도록 보호했다. 규칙적으로 흔들리는 마차의 움직임이 마침내 그녀를 깊은 잠으로 이끈 모양이었다. 그녀는 머리를 그의 어깨에 기대고 한 손은 가슴에 댄 채 그의 무릎에 웅크려 있었다. 깨어났을 때 재빨리 그에게서 떨어질 수 있도록 취한 자세 같기도 했다.

로이드는 몰의 표정과 똑같은 알 수 없다는 표정을 그녀에게 되돌렸다. 왜 이렇게 갑자기 멈춘 것인지 묻기도 전에, 잭이 마차문을 열고 머리를 들이밀었다. 그리고 짜증스럽게 로이드를 쳐다보았다.

"말 한 마리는 재갈끈이, 다른 놈은 아래턱 끈이 끊어졌어. 출발하기 전에 살펴봤어야 했다는 건 알고 있어. 네가 좀 봐 줄래?"

로이드의 인상이 구겨졌다.

"이런 일은 한 번도 없었는데."

애플 놀에서 며칠을 보낸 후 윌로우 계곡에 가는 것에 대한 걱정에다가 모리아에 대한 걱정 때문에 로이드는 마차의 상태에는 그다지 신경을 쓰지 못했다. 잭과 몰이 데이비즈 크로싱에 도착하기까지 거의 2주가 걸렸었다.

"내가 모든 걸 확인했어야 했던 거예요."

"지금은 그런 얘기를 할 때가 아니지. 이제 우리가 어찌해야 할지 생각이 있냐?"

잭의 얼굴 전체에 비난이 서려 있었다.

몰이 앞으로 나서 잭을 노려보았다.

"이애 잘못이 아니에요. 이애는 불쌍한 소녀를 걱정했던 거라구요."

그녀는 찌푸렸던 인상을 펴며 이해성 깊은 표정으로 로이드에게로 팔을 뻗었다.

"애는 내가 안고 있을게. 두 사람 다 생각이 있다면 비난은 그만둬. 문제를 해결해야 머물 곳을 찾을 거 아니야."

모리아를 내줘야 한다는 것에 로이드는 잠시 머뭇거렸다. 하지만 그녀가 깨어났을 때 자기보다는 몰을 보는 게 훨씬 나을 수도 있었다.

몇 시간 동안 쉰 후라 해도, 마차에서 빠져 나가려고 애쓸 정도로밖에 체력이 회복되지 않았겠지.

커다랗게 한숨을 쉬며, 그는 잠자고 있는 소녀를 몰의 팔에 넘겨 주고 마차에서 내렸다. 재킷과 조끼를 벗고 소매를 말아 올린 다음 손상된 부분을 직접 살펴보았다.

가죽끈들이 낡아 썩은 듯했다. 더 많은 마구들이 끊어지기 전에 잭이 알아챈 것이 기적이었다. 힘없는 미소를 지으며, 그는 고개를 돌려 잭을 쳐다보았다.

"무슨 생각 없어요?"

"난 조끼 주머니에 여분의 마구를 준비해 다니지는 않아."

그가 코웃음을 쳤다.

"마지막으로 조끼를 입은 적이 언제였죠?"

"네가 신사 양반으로 변했던 바로 그때쯤이지!"

잭은 화를 내며 되받아쳤다.

"자고 있는 모리아를 깨우게 되면 도움될 게 없을 걸요."

로이드는 길에서 몇 미터쯤 들어간 곳에 있는 썩은 나무 쪽으로 고갯짓을 했다.

"그늘로 옮기지요. 나한테 생각이 있어요. 하지만 이걸 고치려면 약간 시간이 걸릴 겁니다. 모리아와 몰이 마차에 있으면 너무 뜨거울 거예요."

잭이 정상적인 한 손으로 고삐를 단단히 잡고 로이드는 굴레를 잡아 말을 앞으로 끌고 갔다. 일단 나무 그늘 안으로 들어서자, 로이드는 모리아를 안아 부드러운 풀 위로 몰이 펼쳐 준 망토 위에 눕혔다. 밴디트가 마차 위의 옥좌에서 내려와 애인 옆에 웅크리고 앉아 머리를 그녀의 허벅지에 갖다 댔다.

"내가 같이 있을게."

몰이 제안했다.

"밴디트가 아무것도 접근하지 못하도록 할 겁니다. 난 도와줄 사람이 필요해요."

로이드는 몰을 마차로 다시 데리고 갔다. 마차 안으로 몸을 굽혀 좌석에 놓아 둔 갈색 포장 꾸러미를 찾았다. 구석에 처박힌 꾸러미를 찾아내자, 종이를 찢고 내용물을 꺼냈다.

모리아의 작은 보물, 여인숙에 두지 않고 가져 왔던 그것이 이제 황금처럼 소중히 쓰이게 되었다. 끈에 매달린 가죽 조각들이 필요한 것만큼 넓지는 않았지만 길이는 충분했다. 주머니 시계 줄에 달린 작은 금빛 손칼을 사용해 끈을 잘랐다. 한 번에 두세 개 조각들의 치수를 재고 길이에 맞춰 잘라 묶어 말목에 맞는 그럴 듯한 대체물을 만들었다.

잭이 고삐를 느슨하게 잡고 명령했다.

"목끈도 좀 봐."

로이드는 다른 말로 옮겨 재갈끈을 풀기 시작했다.

"말굽도 좀 볼까요?"

로이드가 투덜거렸다.

"월로우 계곡에서 널 기다리는 동안 내가 살펴봤어. 낡긴 했지만 문제되지는 않을 거다."

로이드는 나중을 위해 신랄한 대꾸를 비축하기로 했다. 코끈을 제대로 묶은 다음, 굴레로 손을 뻗었다. 말의 콧잔등에 닿은 가죽 조각에 이상한 문양이 그의 눈에 들어왔다. 좀더 자세히 들여다보니, 3개의 글자를 형성한 구멍들이 보였다.

BGS 1827. 11. 6.

쓸쓸함이 나머지 글귀에 대한 호기심을 잠재웠다. 그는 그 문자를 해독할 수 있기 전에 얼른 시선을 돌렸다. 모리아 레인이 이 가죽끈에 무얼 적어 놓았든 그것은 사적인 것이다. 그리고 이 작은 물건을 살피기 않기로 스스로 맹세하지 않았던가. 지금까지 그 맹세는 지켜졌다.

그것을 안전하게 갖고 있다가 그가 존경과 믿음을 갖을 만한 남자임을 입증할 기회를 기다리는 게 대단히 중요한 듯한 느낌이었다.

믿을 만하다고?

그녀를 감방에 남겨 놓아 소장에게 발각되도록 했다는 점이 너무나 큰 죄책감이 되었기에 그는 그녀를 구출하기 위해 모든 위험을 무릅썼다. 그걸 성공한 지금, 그녀의 상태를 이용해서 자신의 약속을 깨뜨리지는 않을 것이다.

마구를 고치는 일이 다 끝났을 무렵, 끈을 제외하곤 그녀의 가죽 기념품은 한 조각도 남지 않았다. 그 끈은 그녀의 물건을 안전하게 갖고 있겠다는 자신의 약속과, 여자의 감금 상태를 기억시키는 신랄한 물건으로 간직될 것이다.

모리아의 속눈썹을 뚫고 마차 앞에 모여든 세 사람의 형태가 눈으로 들어왔다. 마왕 로이드 캄든은 마차의 마구들을 고치는 것 같았다. 그가 친근하게 잭과 몰이라고 부르는 두 사람은 우화집에서 튀어나온 통통한 난쟁이들 같았다.

마부는 잠시나마 마차에서 자신을 안고 있었던 간호사와 마찬가지로 동그랗고 오동통했다. 그는 커다란 양파 같은 코에 몇 가닥밖에 남지 않은 머리카락과 어울릴 듯한 하얀 눈썹의 소유자였다. 그는 로이드를 자극하는 것을 즐기는 친절한 사람 같았다. 단지 그 이유만으로 그가 마음에 들었다.

몰이라는 여자는 너무나 토실토실해서 그녀의 무릎에 안겼을 때 마치 푹신한 베개에 누운 듯한 느낌이 들었다. 몰은 로이드를 돕는 듯했는데, 모리아는 이렇게 상냥한 여자가 왜 로이드 캄든 같은 인간에게 협력하는지 의아스러웠다.

로이드가 그녀를 밖으로 안아 내려 혼자 내버려 둘 때까지 잠든 척하면서, 그녀는 도망 갈 기회를 기다렸다. 예상치도 않게 밴디트가 나타나 기쁨의 비명을 지를 뻔했지만, 그녀가 깨어 있다는 것을 알아챌까 봐 입도 벙긋하지 않았다.

늦은 오후의 햇살이 나무 사이로 새어 들어와 따뜻하게 감싸 주었다. 온 세계가 지난 몇 주 동안은 땅밑으로 숨어 버린 것만 같았는데 여름날 태양의 열기를 담은 축축한 흙내음이 윌로우 계곡의 구역질나는 기억들을 몰아내 주었다. 노랗고 하얀 데이지와 연자줏빛 야생화들이 오직 어둠만을 보았던 그녀의 눈에 위안을 선사했다.

머리가 지독히 아프고 입과 얼굴이 여전히 고통스럽긴 했지만, 모리아는 도망칠 수 있을 정도로 힘이 생긴 느낌이었다. 하나님의 도우심으로, 로이드 캄든의 손에서 벗어날 수 있다면 모든 짓을 다할 것이다.

윌로우 계곡에 로이드 캄든이 나타난 것은 한 마디로 충격이었다. 그녀가 갇혀 있다는 걸 확신하는 것만으로 충분치 않았단 말인가? 이제 그녀에게 무슨 짓을 할 계획인가? 비록 자기가 미치지 않았다는 걸 누구에게도 확신시킬 수 없는 우리에 갇혀 있는 동안 루스를 발견할 희망이 거의 없긴 했어도, 적어도 윌로우 계곡에 있으면 루스와 가까이 있을 수 있었다.

일단 입이 나으면, 루스를 만나게 해 달라고 설득시킬 수 있다고 생각했었다. 그런데 로이드 캄든이 다른 병원에 모리아를 데려다 놓게 되면 다시는 루스를 만날 수 없을 것이다. 그는 당연히 그녀가 정상이라고 수장하는 것에 아무도 관심을 쏟지 않도록 만들어 놓을 테니까.

새로운 시설로 옮긴다는 것은 청문회가 끝날 때까지 그녀를 좀더 먼 곳에 숨기려는 이유가 아니라면 전혀 이해할 수 없는 일이었다. 하지만 어느 곳이 윌로우 계곡보다 더 심하겠는가?

버려진 자에게 제정신으로 정신 병동에 있는 것보다 더 나쁠 수 있는 유일한 것은 죽음이었다. 루스를 위해서가 아니었다면, 아마 그걸 즐겁게 받아들였겠지. 제드 삼촌과 부모님과 다시 같이 있게 되는 것은 그녀가 꿈꿔 왔던 것이었으니까. 하지만 루스를 혼자 내버려 둘 수는 없었다. 그 이유가 아니라면 그녀가 무엇 때문에 살아 남기 위해 이렇게 힘들게 싸울 것인가?

로이드와 몰이 마차의 다른 쪽으로 사라졌을 때, 모리아는 무릎을 꿇고 가능한 한 빠르게 덤불 속으로 기어 갔다. 옆에 밴디트가 따라와 기뻤다. 머리가 납덩이로 만들어진 것 같았지만, 도망치려는 욕구가 분출하는 걸 느꼈다.

그녀는 주위를 둘러보고 길 쪽으로 되돌아가는 것보다 숲으로 더 깊이 들어가기로 결정했다. 로이드가 그녀를 쫓는 건 대단히 쉬운 일이다. 그는 아마 그녀가 루스를 찾으러 윌로우 계곡으로 돌아갈 거라고 생각할 테니 숲으로 들어가면 그를 혼동시킬 수 있을 것이다.

그녀는 명확한 계획이 세워지기 전에 루스를 찾아갈 정도로 어리석지는 않았다. 조그만 덤불을 통과해 가며, 그녀는 30미터쯤 떨어진 숲 속으로 달리기로 했다.

"어서, 밴디트."

그녀는 일어서며 속삭였다. 너구리가 그녀의 다리를 한 바퀴 돌더니 앞으로 껑충 뛰었다. 경쾌한 기분으로, 그녀도 숲을 향해 달릴 준비를 했다. 그녀의 발걸음은 오랜 감금 생활 후라 무겁고 어색하기만 했다. 심하게 숨을 헐떡이며, 그녀는 억지로 한 걸음을 떼어 보려고 정신 집중을 했다.

두 번째는 비틀거리다가 무릎을 찧고 말았다. 달린다고? 겨우 똑바로 일어설 수 있을 정도였다. 하지만 몇 미터만 가면 숨을 만한 곳을 찾을 수 있다는 생각밖에 없었다. 로이드가 알아채기 전에 말이다. 눈물 가득한 눈 사이로, 갈색 털과 줄무늬 꼬리가 보였다. 앞서 가던 밴디트가 되돌아오는 것이었다.

"착한 녀석!"

그녀는 조용히 중얼거렸다. 간신히 숲의 입구에 도착하자, 그녀는 옆 나무에 기대 귀를 쫑긋 세우고 고함 소리나 달리는 발소리들이 들리는지 들어 보았다. 들리는 거라곤 산들 바람에 흔들리는 나무의 살랑거림과 빠르게 흐르는 물소리뿐이었다.

물!

그녀는 주위를 둘러보고 지팡이로 쓸 만한 작은 막대기를 주워 들었다. 밴디트와 같이, 졸졸졸 물소리가 나는 쪽으로 걸어갔다. 나뭇가지가 옷을 붙들어 매고 다리를 할퀴었지만, 장애물을 무시하고 더 천천히 걷는 것 외에 달리 방법이 없었다.

땅밑이 점점 축축해졌고, 나무들이 드문드문해지자 그녀의 심장이 빠르게 고동치기 시작했다. 이젠 물내음을 맡을 수 있었다. 작은 시내의 흐름이 엿보이자 달릴 수도 있었다.

밴디트가 벌써 도착하여 돌 위를 옮겨 가며 물고기를 잡고 있었다. 모리아는 이끼 낀 둑 끄트머리에 털썩 엎드려 두 손에 차가운 물을 담아 얼굴에 뿌려댔다. 손가락에 와닿는 물이 아주 신선한 느낌이었다. 앞으로 몸을 내밀어 흐르는 물 속에 입을 넣고 입 안으로 물이 들어오게 했다. 순식간에 온몸의 고통이 가라앉는 것 같았다. 그녀는 감사의 기도를 드리며 물거품과 포말을 내려다보았다. 이 순간만큼 물의 달콤함에 감사한 적은 없었다. 몇 시간이고 여기 머물고 싶었다. 하지만 더 멀리 도망치지 않으면 로이드 캄든과 그의 동료들에게 곧 발각될 거라는 사실을 떠올렸다.

그럼에도 불구하고 그녀는 봄의 더러움을 씻어 낼 작정이었다!

누더기 같은 치마 자락을 엉덩이에 둘둘 말고 둑에 앉아, 모리아는 발을 개울에 담갔다. 단단한 물바닥에 발을 대고 옷조각을 조금 찢어 다리와 발을 씻어 냈다. 비누 한 조각만 있다면! 바보 같은 사치였다. 모리아는 그 생각을 떨쳐 내고서, 발가락과 종아리에서 찔레 덤불 몇 개를 잡아 뗐다. 일시적이긴 해도 차가운 물이 살갗의 감각을 마비시켜 주는 게 고마웠다.

팔과 가슴까지 닦은 후, 개울을 건너 밴디트를 품에 안아 들었다. 그 작은 입에서 비린 내가 났다. 그녀는 코를 찡그리긴 했지만, 감옥에서 자랐는데도 이렇게 낚시를 잘 한다는 사실이 기분 좋았다. 밴디트가 어떻게 해서 로이드 캄든과 같이 있게 되었는지 약간의 호기심이 생겼지만 그것도 아마 그가 도우려 애쓴다는 걸 납득시키기 위한 계략의 하나일 거라고 결론 내렸다. 그녀는 시냇가에서 시간을 낭비한 어리석은 자신을 꾸짖었다.

밴디트를 땅에 내려놓고, 그녀는 어느 쪽으로 갈지 결정하려 주위를 둘러보았다. 그때 무언가 숲속의 자연적인 소리를 깨는 음이 들렸다. 온몸의 뼈가 얼음장같이 변하는 공포를 삼키며, 그녀는 홱 돌아섰다.

개울 맞은편에 나른하게 걸터앉아 있는 로이드 캄든, 그가 오른쪽으로 손가락질했다.

"그쪽으로 가면 마차가 기다리는 길이 나올 거요."

그녀가 무시무시하게 노려보자 그는 어깨만 으쓱 올렸다.

"왼쪽으로 가면 엄청난 폭포가 나오지. 그걸 보고 싶소? 당신이 더 편하게 목욕할 수 있는 얕은 웅덩이도 아마 있을 거라 생각하오."

로이드가 일어서며 엄지에 건 셔츠를 어깨 너머로 넘겼다. 모리아의 눈이 번쩍 뜨였다. 이 남자는 반 나체 상태야! 맨 가슴의 근육들이 땀으로 번들거리고 강하게 꿈틀거렸다. 머리색과 똑같은 짙은 곱슬거리는 털이 가슴을 뒤덮고 있었다. 넓은 어깨가 군살 하나 없이 가는 허리로 좁아들었다.

모리아의 입술이 말라 왔다. 그녀는 입술을 축이려다가 얼굴이 일그러졌다. 이 남자는 그녀가 상상할 수 있는 가장 남성적인 사내였다. 맥박이 미친 듯이 내달렸다.

그러나 그의 얼굴을 올려다보자, 이 비열한 자식이 웃고 있었다!

"난 마구를 고치는 길고 지루한 일을 끝냈소. 이제 당신이 준비됐다면, 우린 여행을 계속할 수 있을 거요."

그가 부드럽게 말했다.

악당! 어떻게 감히 그렇게 걱정스럽다는 듯이 쳐다볼 수 있지? 그녀가 돌 하나를 집어 그에게 던졌다. 그는 고개를 숙여 피했다. 그녀가 두 번째 돌을 던졌을 때는, 그가 움직일 필요도 없이 어이없게 빗나가 버렸다. 너무나 순교자인 척하는 그의 모습에 그녀는 비명을 지르고 싶었다.

분노에 찬 모리아는 돌로 그 근심어린 얼굴을 후려치거나 가시로 그의 눈에 드러난 고통을 파내 버리고 싶어 미칠 지경이었다.

"다 끝났소?"

천천히 말하며 그는 개울을 건너기 시작했다.

모리아는 뒤로 물러서며 자신을 방어할 만한 방법을 찾아보았다. 아까 집어 든 지팡이만 있어도 그의 머리를 내리칠 수 있을 텐데 이렇게 운이 없담! 그녀는 그걸 개울 맞은편에 놔두고 왔다. 그가 점점 가까이 오자 두려움은 공포로 바뀌었다. 썩은 나무 토막을 들어 그의 머리로 내던졌다. 그것은 그의 가슴을 때리고 첨벙 물 속으로 처박혔다. 그의 눈이 커졌다.

"적을 사랑하는 게 어떻소?"

그녀는 다시 솔방울을 한 움큼 집어 그에게 내던졌다. 그것 또한 빠른 물살 속으로 흩어지는 꽃잎과도 같이 사라졌다.

"이웃을 사랑하는 건 어떻겠소?"

단단한 땅으로 걸음을 내딛으며 그가 중얼거렸다. 그가 너무 오랫동안 쳐다보고 있으니 열띤 붉은 기운이 모리아의 목에서 올라와 뺨을 덮었다. 그녀는 목의 옷자락을 움켜 쥐고 턱을 치켜들었다. 그리고 악마라도 오그라들 만한 시선을 그에게 던졌다.

하지만 로이드 캄든에게는 통하지 않았다.

그는 한 걸음씩 앞으로 걸어와 그녀 바로 앞에 섰다. 그녀가 짜증스레 땅을 발로 구르며 가슴을 두 손으로 가리자 그의 얼굴이 찡그려졌다. 참을 수 없는 괴물 같은 놈! 그녀가 제대로 말할 수만 있었다면, 일년 동안 참회해야 할 지독한 말을 내뱉었을 것이다! 그녀는 지금 말할 수도, 도망 갈 수 있을 정도로 빠르게 달려갈 수도 없었다. 하지만 그의 발밑에 무릎을 꿇고 자비를 애걸하지는 않을 것이다. 그럴 바엔 차라리 달팽이를 삼키는 게 나을 것이다.

로이드는 이제 너무 가까이 다가와서 아까 그녀가 할퀸 얼굴의 상처도 볼 수 있었다. 머리털이 뽑힐 정도로 힘껏 잡아당겼다고 생각했는데, 불행히도 그의 머리카락은 하나도 뽑히지 않은 모양이었다.

"이렇게 아련한 색이 있을까."

그가 중얼거렸다. 그녀는 그의 부드러운 찬사에 몸을 떨며 당혹해했다. 그녀를 만지려 손을 뻗어 왔을 때, 그녀가 움찔하자 그는 손을 내렸다.

"얼마나 멀리 갈 생각이었지?"

자신을 똑바로 쳐다보도록 강요하지도 않고 그가 물었다.

그녀는 어깨를 으쓱하고 뺨으로 흘러 내리는 눈물을 막기 위해 억눌렀던 숨을 부드럽게 토해 냈다.

"미안하오. 이런 일이 생기게 할 뜻은 없었소. 당신은 내가 두려워서 달아난 거겠지. 그건 안전치 않아. 그리고 당신은 그렇게 멀리 갈 수 있는 상태가 못 되오. 내가 돕도록 해주시오. 해야 할 말이 많지만, 우선 당신에게는 좀 쉬면서 회복할 시간이 필요할 거요."

모리아는 비웃는 웃음을 짓지 않고 이 또다른 거짓말을 들을 수 있을지 자신이 없었다. 그 말은 너무나 진지하게 들려서 만약 그녀가 지금 처음으로 그를 만난 것이라면 영혼까지 보여 준다고 생각했을 것이다. 하지만 다행히도 그녀는 이 남자의 정체를 알고 있었다.—속임수, 잔인한 폭력으로 그녀를 파멸시키려는 세상에서 가장 사악하고 교활한 남자. 이제는 사려 깊은 척까지 하다니.

그를 믿고 싶은 만큼이나, 그보다 한 수 위일 정도로 총명하다는
게 감사했다. 알아들은 척하며, 새로이 솟아난 고통스런 눈물과 함께
떨리는 미소를 보이기 위해 그녀는 모든 용기를 끌어 모아야 했다.

그들의 눈이 마주친 순간, 그녀는 그 교활한 녹색 눈동자에 희망이
서리는 걸 보았다. 그녀가…… 다시 그를 믿는다고 생각하는 것일까?
그런 짓을 하고 난 후인데도? 이 남자는 악당이었다. 하지만 쓸모가
있는 한은 이용해야지. 그녀는 눈물이 뺨으로 흐르는 걸 내버려 두었
다.

고통이 그의 얼굴에 새겨졌다.

"당신을 마차로 데려가도 되겠소?"

모리아는 두 손을 앞으로 비틀며 여전히 손목에 감겨 있는 밴디트
의 목끈을 만지작거렸다. 살짝 고개를 끄덕이는 그녀의 심장이 두근거
리기 시작했다. 그녀가 같이 갈 거라고 믿는다면, 그의 경계심을 풀어
버릴 기회가 있을 수도 있다.

"걸어갈 수 있소, 아니면 내가 안을 수 있도록 허락하겠소?"

그는 걱정스런 목소리로 물었다.

어깨를 쭉 펴며, 모리아는 개울 쪽으로 몸을 돌렸다. 얼굴 전체에
갈망을 담아, 물을 쳐다보며 입술을 핥았다.

그녀의 마음을 읽은 듯 로이드가 미소지었다.

"떠나기 전에 물을 마시게 해주겠소."

그는 물가에 무릎을 꿇고 옆으로 오라는 시늉을 했다.

"내가 손으로 떠 줄 테니 마셔요."

그녀가 다시 고개를 끄덕이자, 그는 몸을 숙여 물 속으로 두 손을
넣었다.

심호흡을 하며 모리아는 그의 뒤로 다가갔다. 무릎이 젤리로 만든
것처럼 흐물거렸지만, 그의 신발 옆에 있는 돌을 쳐다보며 앞으로 나
아갔다. 그의 옆으로 무릎을 꿇으며 그녀는 잠시 머뭇거렸다. 그리고

다음 순간 돌덩이를 집어 들었다.

로이드가 고개를 갸우뚱하며 이상하다는 표정으로 그녀를 올려다보았다. 그녀는 두 눈을 감고 그의 머리를 돌덩이로 찍어 내렸다. 그의 몸이 앞으로 기울어 쓰러지며 중얼거리는 욕설이 그의 입술에서 튀어나왔다.

절망적인 공포감으로, 그녀는 재빨리 움직여 달려나가려 했다. 마음이 앞서 있어 자신이 슬로우 모션으로 움직이는 듯했다.

갑자기 그녀의 움직임이 정지했다. 뒤에서 무언가가 잡고 있었다! 몸을 돌린 그녀는 치마를 붙잡고 있는 로이드 캄든을 보자 소스라쳤다. 그의 머리에서 피가 새어 나와 이마로 뚝뚝 떨어졌다. 눈동자가 고통으로 번들거렸지만, 손의 힘은 여지없이 강했다.

"아…… 아…… 안 돼!"

모리아의 비명 소리가 대기를 찢을 듯이 갈랐고, 그녀는 그의 손힘을 늦춰 보려고 치마를 흔들어댔다.

로이드는 다른 한 손으로 미친 듯이 움직이는 그녀의 손을 잡아 자신에게로 끌어당겼다. 그의 손아귀에서 벗어나려고 몸부림치는 동안 그녀의 머리에서는 견딜 수 없을 정도로 고통스런 충격의 파도가 밀려들었고, 숨은 거칠게 헐떡였다.

"가만히 있어! 당신을 해치려는 게 아니야. 제기랄! 난 당신을 도우려는 거라구."

그녀의 머리가 뒤로 젖혀지며 거친 소리를 냈다. 눈앞의 시야가 분노와 두려움으로 흐려졌다. 그녀가 양쪽으로 머리를 휘저으며 빠져 나가려고 애쓰는데 그의 얼굴이 시야에 들어왔다.

그의 표정은 이상하게도 슬프며 후회에 찬 것이었다.

모리아의 분노가 당혹스런 호기심으로 녹아들었다. 이 남자에게 양심이 있을 수 있을까?

"난 소장에게 말하지 않았소."

모리아는 믿을 수 없다는 듯 눈을 크게 떴다.

"지금은 자세한 얘길 할 때가 아니오. 설명하려면 복잡하오. 그리고 당신이 원하는 만큼 질문할 수 있을 때까지 난 기다릴 거요. 지금 당장은, 당신에게 이런 일이 생기게 할 생각이 없었다는 걸 이해하는 게 중요하오. 난 픽스에게 당신에 대해선 한 마디도 하지 않고 햄튼으로 돌아갔소."

소장의 이름이 나오자, 모리아는 발을 들어 로이드의 정강이를 후려쳤다.

"비겁한 놈."

소장이 자신의 고통을 얼마나 고소하게 쳐다보았는지 기억났다.

로이드가 말을 멈췄지만, 그녀의 공격이 그의 고백을 중지시키지는 못한 것 같았다. 그녀가 격한 숨을 돌릴 때, 그는 말을 계속했다.

"픽스는 윌리엄스 의원에게 내가 과연 충성스러운지 의문을 표하면서 당신이 다른 죄수들에게 드나든 것이 발각되었음을 언급했소. 누군가 당신 감방까지 날 따라와서 우리 둘에 대해 소장이 의심하도록 만들었다는 결론밖에 나오지 않소. 미안하오, 당신이 다치는 건 절대 원하지 않았소."

그의 손힘이 느슨해지자 모리아의 눈이 가늘어졌다. 로이드가 그녀에게 어떤 짓을 했는가. 그런데도 결백하다는 그의 말을 간단히 받아들일 수 있겠는가. 비록 아무 책임이 없다 해도 말이다. 그녀는 뒤로 슬슬 물러나다가 그의 어깨가 축 처진 것을 알아챘다. 하지만 그런 회개하는 듯한 태도도 그녀의 신뢰를 얻기 위한 또다른 계략이라고 일축해 버렸다.

그가 배신을 했든 안 했든, 로이드는 그녀를 육체적인 위험에 빠뜨리는 것 이상의 짓을 했다. 언니를 데리고 나와 가정을 만들어 주려던 가능성마저 완전히 짓밟았다. 아직 윌로우 계곡에 갇혀 있을 언니에 대한 생각이 더욱 화를 부채질했다. 그의 배신이 얼마나 지독한 짓을 한 것인지 알게 만들어야 한다.

"루스."

그 이름이 그의 기억에 끼어 있기를 바랐다. 처음 그를 믿도록 유혹한 것이 루스에 대한 걱정이었음을 알기 바랐다.

그의 눈이 잠시 번득였다가 자책감으로 흐릿해졌다. 그런 다음 그의 고개가 밑으로 떨어졌다.

"당신과 같이 언니도 데려올 생각이었소."

모리아는 당황스레 그의 말이 이어지길 기다렸다. 가슴이 두근거리기 시작했다. 그가 진실한 거라면, 루스 언니는 어디 있단 말인가? 왜 같이 있지 않지? 그가 머리를 들었을 때, 모리아는 루스의 이름을 절대 꺼내지 않았다면 좋았을 거란 생각이 들었다.─그녀의 말없는 질문에 대한 대답이 그의 눈 속에 담긴 것들이라면.

"루스에 대해 내가 알고 있는 걸 얘기해 주겠소."

그 말을 하면서도 로이드는 사랑하는 언니가 죽었다는 걸 그녀에게 어떻게 말할 수 있을지, 그 용기를 과연 낼 수 있을지 알 수 없었다.

로이드는 물가에 앉아 손가락으로 물 속을 더듬는 모리아를 찬찬히 살폈다. 지난 한 시간 동안 한 마디도 하지 않았기에 그는 차츰 걱정이 되기 시작했다. 모리아는 언니가 죽었다는 소식을 듣고 그가 예상했던 식으로 반응하지 않았다. 루스의 불행을 이끌었던 그 끔찍한 사건을 밝힌 후에, 모리아는 히스테릭한 눈물을 뿌리며 쓰러지는 대신 그저 그에게서 떨어져 말없는 고요의 벽 뒤로 물러나 버렸다. 그녀에게 혼자 슬퍼할 시간이 필요하리라 생각했지만, 언니의 죽음을 알고 나서 그녀 자신의 생존 의지마저 사라져 버릴까 걱정스러웠다.

그는 두 번 그녀에게 다가갔었다. 부드럽고 온화하게 말을 붙이며, 같이 마차로 돌아가야 한다는 걸 납득시키려 애썼다. 하지만 두 번 다 그녀는 무시해 버렸고, 흐르는 물만을 쳐다볼 뿐이었다. 그 눈동자는 메말랐으며 아무 감정도 나타나 있지 않았다. 그녀가 제정신이라고 생각하긴 했지만, 가장 큰 걱정은 몇 주 동안이나 윌로우 계곡에 감금되는 공포를 겪은 후에 현실을 붙잡고 있던 가느다란 끈이 루스에 대한 소식으로 끊어져 버리지나 않을까 하는 것이었다.

그가 당장 무슨 짓이든 해야만 했다. 그렇지 않으면 그 자신만의 슬픔의 세계에서 모리아가 절대 나올 수 없을지도 몰랐다. 필요한 일을 하기 전에 용기를 끌어 모으기 위해 깊은 숨을 들이마셨다. 그녀의 곁에 서서 그가 손을 뻗었다.

"떠나야 할 시간이오."

그녀의 얼굴에서 반응을 찾으며 그가 단호하게 말했다.

아무 대꾸도 없다.

"모리아?"

그녀는 무시해 버렸다.

그는 그녀를 일으켜 세워 어깨에 두 손을 얹었다. 자신의 존재를 깨닫게 해주려고 약간 흔들어 보았다. 그녀의 눈이 분노로 번득이고, 개울 옆의 자리로 돌아가려 그를 밀어냈다. 그가 다시 어깨를 붙잡고 그대로 서 있도록 힘을 주었다.

"안 돼. 이젠 갈 시간이오."

그는 고집스레 말했다.

그녀의 민첩함이 놀라웠다. 얼굴에 얼얼하게 따귀를 때림과 동시에 물러나서는 등을 보이고 앉아 버린 것이다. 그는 다시 일으켜 세우려 했고 그녀는 끈덕지게 일어나지 않았다. 몇 번의 시도 후에 그는 그녀가 도망 갈 수 없도록 한 손을 단단히 잡은 채로 말했다.

"일어서서 걷지 않으면 내가 마차로 데려갈 거요. 어느 쪽이든 나와 같이 가는 거요."

소녀의 몸이 부들부들 떨리기 시작했다. 증오가 가득한 두 눈을 들어 그를 쳐다보면서 그녀는 한 마디 내뱉었다.

“가롯 유다!”

그가 대답하기도 전에, 그들을 얼어 붙게 만드는 목소리가 들려 왔
다.

“로이드 캄든, 그 소녀를 건드리면 내가 가만두지 않겠다!”

16

　한순간 로이드는 웃음이 터질 뻔했다. 인간 선인장 두 그루처럼 황급히 그에게 달려오는 몰과 잭의 모습이 보였던 것이다. 몰의 공포스런 얼굴과 잭의 분노에 찬 표정을 보며 두 사람 누구도 유머를 이해할 상황이 아니라는 걸 깨달았다.

　잭과 몰은 그가 이 소녀를 해치지 않을 것임을 알아야 했다. 하지만 그의 대부모는 그가 모리아를 갈갈이 찢어 발길 것으로 생각한 모양이다.

　모리아는 이가 딱딱 부딪힐 정도로 심하게 떨고 있었다. 그리고 그 눈동자는 아련한 푸른 빛의 공포를 담은 2개의 깊은 웅덩이였다. 여자가 미치지 않고 단지 놀랐을 뿐이라는 사실에 감사하면서도, 그녀를 벼랑 끝으로 밀어대는 것이 어렵지도 않다는 걸 느꼈다.

　로이드는 모리아에게서 손을 놓고 한 걸음 물러섰다. 그녀가 일어서 빙그르 몸을 돌리려는 찰나, 몰이 두 팔로 소녀를 잡고 풍성한 가슴에 끌어안았다.

"이제 됐다, 아가야. 널 건드리지 못할 거야."

모리아의 등을 토닥거리면서 몰은 모리아의 어깨 너머로 로이드는 쏘아보았다.

잭도 아내 옆으로 다가서며 로이드에게 엄한 표정을 보냈다.

"이 불쌍한 아이에게 그렇게 겁을 주다니! 어떻게 된 거냐?"

"도망 가려고 숲속을 돌아다니고, 내가 찾지 않았으면 쓰러지거나 죽었을 이 불쌍한 아이에게 내 머리가 깨질 뻔한 것 말고는, 난 아주 괜찮아요."

로이드가 투덜댔다. 여전히 이마에서 눈 속으로 뚝뚝 떨어지는 피를 닦아 냈다. 이 여자가 도대체 뭘로 친 거지, 도끼인가?

머리가 찢어질 듯한 아픔으로 그는 인상을 찌푸렸다.

"이 여자에게 방어 능력이 없는 게 아니라구요."

잭이나 몰 둘다 그에 대해선 그다지 걱정하는 것 같지 않았다. 몰과 잭, 두 사람에 의해 모리아는 완전히 관심의 대상이 되어 있었다. 그리고 그는 소홀히 여겨진다는 느낌을 인정하기가 지독히 싫었다.

"그 두껍고 세련된 머리에 상식이란 걸 준 거겠지."

잭이 한 마디 했다.

"넌 이애가 포기할 때까지 따라가기만 하면 됐던 거야. 가 봤자 얼마나 멀리 갈 수 있었겠냐? 넌 이애보다 두 배는 더 큰데다가, 건강하고 힘이 세잖니. 이애를 좀 봐라, 로이드! 이건 불공평한 게임이야. 너도 알고 있겠지? 놀라게 해서 미안하다고 사과해라, 진정할 수 있게."

잭이 두 다리로 버티고 서서는 팔짱을 끼자 로이드의 입은 떡 벌어지고 말았다.

"미안하다고 말했어요. 그런데 그 대답으로 날 죽이려 했다구요!"

"이제는 엄청난 거짓말까지."

잭은 가냘픈 소녀를 쳐다보며 킥킥거렸다.

"누군가 얼굴에 살을 좀 나눠 줘야 할 것 같은 이 자친 몸뚱이에 엄청 무서운 사람이 들어 있었군.”

“입 닥쳐요, 둘다!”

몰이 주의를 주었다.

“이 아이는 연약하게 갓 태어난 새끼 사슴처럼 떨고 있어요. 그런데 둘다 서로 으르렁대기만 하니 도움이 안 되는군요.”

잭의 표정이 양처럼 온순해졌고, 로이드는 거리의 건달이 거지를 조롱하다 걸린 것처럼 얼굴을 붉혔다. 몰의 말이 맞다. 그와 잭이 말싸움을 하는 동안 모리아는 점점 동요되는 것 같았다. 지금 그녀는 흐느끼고 있었다. 로이드의 가슴이 죄어들었다. 모리아를 더이상 흥분시키지 말고 길을 떠나야 한다. 도와주겠다는 자신의 진심어린 제안을 거절한 후에 과연 모리아가 그들과 같이 가기로 할지 의심스러웠다. 그녀가 잭과 몰을 믿는다는 것이 분하면서도, 그들과 싸우지 않는다는 점에 또한 기뻐할 수밖에 없었다. 소녀의 보호자인 듯이 행동하는 몰과 같이 일단 마차에 타고 나면, 그의 말을 재고해 볼 정도로 진정될지도 모른다.

모리아의 흐느낌이 잦아들자, 몰이 소녀의 한 손을 잡았다. 잭이 다른 편으로 오자, 모리아는 그 쭈글쭈글한 잭의 손에 나머지 한 손을 맡겼다. 천천히 그들은 마차로 돌아가기 시작했다. 로이드는 눈썹을 치켜 올렸다. 알렉산드리아라면 졸도하고 말았을 잭의 볼썽 사나움을 모리아는 아무렇지도 않게 받아들인 것이 사뭇 감동적이었다. 그리고 그가 로이드는 혼자 오도록 남겨 두고 모리아에게 뛰어갔다는 점도 그다지 놀랍지 않았다.

로이드는 돌 하나를 걸어찬 후 그들을 따라갔다. 걸으면서 셔츠를 걸쳤다.

그들이 마차에 도착하자, 그는 앞질러 문을 열어 주었다. 몰은 안으로 들어가려면 누군가 뒤에서 밀어 올려 주어야 했다. 몰이 손을 놓자마자, 모리아는 잭에게 가까이 달라붙었다. 늙은 남자는 그녀의 귀에 무엇인가 속삭여 주었고 그녀의 긴장된 표정이 수줍은 미소로 부드러워졌다. 그녀를 마차에 올려 주고 로이드가 따라 오르려 하자 잭이 문을 닫아 버렸다.

"몰과 둘만 있을 시간이 필요해."

로이드의 묻는 시선에 그가 설명했다.

"넌 나와 같이 마부석에 타면 돼. 용서해 달라고 모리아에게 빌 시간은 충분히 있으니까. 당장은 여자의 손길이 필요하다구. 그리고 넌 덜 난폭해지는 연습을 할 시간이 필요하고."

잭의 말이 틀렸다면, 로이드는 마차에 오르기 위해 지옥문이라도 뛰어넘었을 것이다. 왜 자신은 그녀를 돕고 싶어한다는 걸 깨닫게 해 주지 못하는 걸까? 그녀를 쫓아갔을 때 두렵게 하려던 게 아니었다. 하지만 그의 선의는 지난 4년간 가까이 있었던 거의 모든 남자에게 얻어맞고 학대당한 사실을 지울 정도로 충분치 않았던 게 분명했다.

나도 포함해서지.

그는 우울하게 덧붙였다.

자신의 부주의로 애플 놀에서 그녀를 찾아갔을 때 미행당한 걸 깨닫지 못한 것 이상으로 그녀에게 상처를 줄 수는 없을 거라고 생각했다. 그런데 지금, 얘기를 하자고 강요한 것이 새로운 위협이 되었다. 그녀가 영원히 그에게 등 돌리게 할 수는 없었다. 몰과 잭이 그런 일을 막아 주었고 — 비록 두 사람에게 그걸 인정하려면 한동안 기다려야겠지만 — 그 점에 진심으로 감사했다.

일단 마부석에 앉고 나자, 로이드의 기분은 밝아졌다. 그는 밴티트를 한 번 장난스레 톡 건드리며 마차 위로 올라가라고 명령했다. 이 멍청한 짐승은 낮 동안 잠을 자는 모양이지만, 오늘 하루 그의 스케줄을 따를 것은 확실했다. 로이드가 고삐로 손을 뻗었다. 하지만 잭이 얼른 낚아챘다.

"내가 잡을 거다."

그가 낄낄거렸다.

"못 쓰는 한 손으로라도, 너보다는 내가 잘 할 거다. 두 마리를 한꺼번에 다룬 적 있냐?"

잭이 고삐를 잡고 말들에게 지시하자 마차가 삐걱 움직이기 시작했다. 로이드는 미소지었다.

"햄튼에서 난 필요할 때면 마차와 마부를 고용해서 썼지요. 고집쟁이 노새는 다룰 수 있지만요. 당신과 몰은 내가 마음에 안 들면 고약하고 완고해지잖아요."

잭이 머리에서 얼굴로 흘러 내리는 땀을 닦아 냈다.

"너에게 가끔 2명의 보호자가 필요해서겠지."

주제를 바꾸며, 그가 지평선으로 낮게 깔리는 태양을 가리켰다.

"데이비즈 크로싱에 도착할 때쯤이면 어두워질 게다. 몰이 말한 그 집에 갈 생각은 있는 거냐? 해 지기 전에 거기 도착해야 돼."

로이드는 슬쩍 잭을 쳐다본 다음 말했다. 마음 깊은 곳의 느낌은 무시해 버렸다.

"비어 있는 건 확실하나요?"

"변호사 말로는 거의 5년 동안 비어 있었대. 관리인도 없이. 그건 말도 안 돼. 아주 멋진 집처럼 보이던데. 땅도 2백 에이커나 되고. 많은 재산을 가진 왕처럼 살 수 있어. 네가 관심을 보이더라고 했더니 변호사의 눈이 수십 개의 촛불을 킨 것처럼 밝아지던걸."

로이드가 주먹을 불끈 쥐고 잭을 똑바로 쳐다보았다.

"당신이…… 뭐라구요?"

"성질 부리지 마라."

잭은 아무렇지도 않게 대꾸했다.

"난 그저 가격이 적당한지 알고 싶었을 뿐이야."

그의 눈동자가 너울거리기 시작했다.

"내가 그자와 게임을 벌이기도 전에 어떤 사람이 두 번이나 들렀어.

그런 재산을 잡지도 못하는 미신만 믿는 바보들이라니까.”

“멍청이들.”

직접 그 집에 대해 말을 꺼내는 게 조심스러우면서도 로이드는 동
의했다.

“5년이란 세월이 지났으니 엄청난 먼지는 말할 것도 없고, 그 집에
남은 건 슬픔밖에 없을 거예요.”

“집이란 텅 비어 있을 때 슬프지도 기쁘지도 않아. 그걸 집으로 만
드는 건 사람들이지.”

잭이 조용히 말했다.

“사람들이 그곳을 사랑과 웃음으로 채울 수 있어.”

스위트워터의 그 작은 오두막이 사랑으로 따뜻했음을 기억하며 로
이드는 힘겹게 침을 삼켰다. 그가 그들과 같이 살던 때는 지금처럼 폭
삭 무너질 것 같지 않았었다. 대부모가 이렇게 사는 건 절대 원하지
않았다. 하지만 그가 보냈던 돈은 언제나 되돌아왔던 것이다.

몇 주 전 그 오두막을 보았을 때 그는 무척이나 화가 났다. 그곳이
얼마나 지독한지 한 번도 그분들에게 듣지 못했던 때문이었다. 잭은
일자리를 찾을 수 없었고, 몰이 세탁소에서 일해 생계를 꾸렸다. 그녀
의 손은 빨갛게 벗겨져 있었다. 왜 돈을 받지 않았는지 화를 냈을 때
그녀는 당황한 듯이 보였다.

잭과 몰이 살고 싶은 곳이라면, 그들을 위해 그곳을 사 주지는 못
할망정 그 가능성을 떨쳐 내기 전에 최소한 변호사와 만나 보기라도
해야 했다. 게다가 모리아는 마을에서 매일 애깃거리가 되지 않는다면
더 쉽게 회복될 수 있을 것이다.

데이비즈 크로싱에 그녀가 호기심을 유발시키지 않고 갈 수 있는
곳은 한 군데도 없다. 특히나 지금과 같은 멍투성이의 얼굴로는 더더
욱 그랬다. 전원 생활 속에 고립되면 모리아는 쉽게 치유될 수 있을
것이다. 그 동안 로이드가 악마의 화신이 아니라는 걸 납득시켜야 하

겠지만.

몰과 잭은 부모를 잃은 로이드를 살아 남도록 도와주었고 마음속의 상처를 달래 주었다. 육체에 생명을 불어 넣지는 못했다 해도 그들이 그의 영혼을 되찾게 해주었다. 모리아의 마음을 움직일 수 있도록 그를 도와줄 사람이 있다면, 그건 바로 그들이었다.

"생필품이 필요할 거예요."

잭의 반응을 보며 그가 제시했다.

잭은 미소지으며 가슴을 쭉 폈다.

"가게에다 여인숙에 있는 우리 짐과 같이 마차 한 대분을 보내 달라고 말해 놨지. 바로 이런 때 필요한 거야."

로이드의 눈살이 찌푸려졌다.

"우선 이 문제를 상의해야겠다는 생각은 들지 않던가요?"

로이드는 또다른 놀랄 일이 있는지 의심스러웠다. 그걸 진짜 알고 싶은지도 확실치 않았다.

"넌 이 멋진 마차를 빌리느라 바빴다구."

잭이 맞받아쳤다.

"이게 유일한 마차였다구요. 이런 생각하기는 주저되지만 잭, 만약 우리가 마을 밖에 있어야 한다면 잠시 마차를 갖고 있어야 할 거예요."

잭이 씨익 웃었다.

"만약이라고 했어요. 아마 쥐와 벌레들이 그 집의 주인일 거예요. 그 외에 뭐가 더 있는지는 신만이 아시겠지요. 저녁 식사조차 차릴 수 없는 곳으로는 몰이 절대 들어가지 않을 걸요."

"우리가 도착할 때쯤이면, 침대는 새로 시트를 깔았을 거고 벽난로엔 음식이 부글부글거리고 있을 거다. 그 외에 더 무슨 일이 있을지는 몰라, 하지만……."

"그렇군!"

처음 직감이 맞았음을 깨달으며 로이드는 주먹을 허벅지에 내리쳤
다.

"다 털어놔요, 잭. 나와 의논도 하지 않고 몰래 샀다고 말하라구요.
난……."

로이드는 턱을 앙다물고 잭을 노려보았다. 잭은 흡사 교황을 속여
먹기나 한 것처럼 피식거리고 있었다.

"당신은 사이다 한 병 살 돈도 없다구요!"

"난 아무것도 사지 않았다!"

코웃음을 치고 나서 그가 웃기 시작했다.

"네가 샀지. 아주 영리한 투자였어."

"진담은 아니겠죠. 당신이…… 설마 빌어먹을! 그랬군요! 내 이름
을 위조했어, 이 비열한 개 같으니!"

로이드는 잭의 손에서 고삐를 낚아채 빠르게 몰아댔다.

"당신이 나에게 이런 짓을 하다니 믿을 수가 없어요. 그리고 몰에
게도! 위조는 안 하기로 했잖아요, 기억나요?"

그가 으르렁거렸다.

"자물쇠 따겠다는 말만 꺼내도 당신은 날 침대에 붙들어 맸잖아요,
기억나요?"

"때로 남자란 자기가 가진 기술을 사용해 상황을 조절해야만 한다."

"하! 편리하게 약속을 어긴 게 이번이 처음은 아니겠죠, 그렇죠? 인
정하세요! 날 학교에 보낼 돈을 마련하려고 은행 어음을 위조했잖아
요."

"난 아무것도 인정하지 않아! 너에겐 기회가 필요했어. 나와 몰이
그걸 너에게 주었다."

"훔친 돈으로요!"

"그게 좋은 핑계가 되겠구나. 넌 언제나 옳고 단정하게 행동해 왔
다, 애플 놀에서 한 일만 빼고. 네가 그 소녀의 방 자물쇠를 따고 몰

래 숨어 들어가서 이 곤란한 지경을 만들지 않았냐."

"당신이 그런 애기들을 죄다 끄집어낼 줄 알았어요."

로이드가 비꼬았다. 죄의식으로 잠 못 이룬 것만으로는 충분치 않다는 건가? 잭이 그의 면전에서 죄의식을 느끼게 한다면 절대 견디지 못할 것 같았다.

잭이 로이드의 머리에 손을 얹었다.

"네가 감옥에 갇힌 여자들을 돕지 않으려 했다면 난 널 키운 일에 자부심을 갖지 못했을 거다. 소장이 그 소녀가 한 짓을 알아내서 학대한 것은 네 잘못이 아니었다. 나와 몰은 우리 몸과 같이 널 사랑한다. 우린 우리가 아는 최선의 방법으로 널 도우려 한 것뿐이야."

로이드는 눈에 눈물이 고이는 걸 느꼈다. 감정 표현에 익숙치 못한 그는 애써 눈을 깜박였다.

"당신이 그곳에 적당한 값을 매겼다면 좋겠군요."

"변호사에게 네가 마음에 들어한다는 확신을 주려고 네 어음을 60일 동안 갖고 있도록 했다. 하지만 그 녀석이 끄적거린 별 볼일 없는 시를 출판해 주겠다는 약속도 해야 했지."

로이드가 킥킥 웃었다.

"공짜책은 얼마나 달라고 하던가요?"

"50권, 하지만 내가 협상을 봤다. 지금은 25권으로 하고 판매가 끝나면 나머지를 준다고. 그 녀석 얼굴을 네가 보았어야 했어. 아주 행복해 하더라구. 내가 그 꼴보기 싫은 부인을 제거해 주겠다고 약속한 것처럼 말이다."

잭이 몸서리를 쳤다.

"털 많은 까만 거미처럼 생긴 여자와 결혼하는 건 정말 안된 일이야."

로이드는 웃음을 터뜨렸다. 이 대머리의 조그만 남자가 아무도 원하지 않는 장소를 갖고 볼품없는 시집을 인쇄해 주겠다는 약속으로 거래를 매듭짓기 위해 실랑이하는 장면이 떠올랐다. 그것은 예전의 도둑놈이 전과자이자 정신 병동에서 도망쳐 나온 한 여자에게 여자 죄수들의 더 나은 삶을 위해 같이 노력하자고 설득하는 것만큼이나 우스웠다.

모리아는 마차 안에 앉아 몰의 손을 죽을 힘을 다하여 붙잡고 있었다. 늙은 남자와 여자가 로이드 캄든과 무슨 관계이든, 그들은 분명 그를 통제할 수 있고 가까이 오지 못하게 만들 수 있었다. 그들 중 하나와 같이 있는 한, 그녀는 로이드가 그녀를 해칠 정도로 가까이 오지 못할 거라고 확신했다. 잭은 로이드를 자기와 같이 타게 하겠다고 약속했고, 로이드가 그 말에 따랐다는 것으로 충분했다.

솔직히 그녀는 로이드가 자신을 때려도 좋을 만큼 충분히 자극했다는 것을 인정했다. 하지만 그는 절대 손을 들지 않았다.─그녀의 기대를 이상하게도 완전히 저버린 것이다. 여러 가지 날카로운 것들을 던졌는데도, 그는 전혀 대응하지 않았다. 단지 다른 쪽 뺨을 내밀었을 뿐이었다.

그의 얼굴에 흐르던 피의 양으로 볼 때, 그 돌로 찍었을 때 머리에 진짜 깊은 상처가 난 게 틀림없었다. 그녀는 로이드가 그녀를 때리고 어깨에 들쳐 업어 가지 않을 거라 믿을 정도로 멍청하지 않았다. 하지만 그는 그러지 않았다. 비록 몰과 잭의 경고가 로이드의 그런 행동을 막았다 해도, 로이드의 눈빛이 그녀의 양심을 찔러 왔던 것이다.

정신 병원 우리에서 나오라고 말할 때 보았던, 이해를 바라는 애원과 함께 슬픔과 연민이 섞여 났던 눈빛. 개울에서 그녀가 그의 설명을 거부하고 공격했을 때 그 짙은 초록 눈동자가 더욱 짙어졌던 것이다. 그때조차도 그는 그녀에게 손을 대지 않았다. 그리고 모리아는 처음으로 정신 병원에서 머리를 얻어맞은 것이 뒤에서 온 공격이며 그가 한 행동이 아니라는 걸 깨달았다. 루스의 죽음에 대해서도 그를 비난할 수 없었다. 그녀는 눈에 가득 찬 눈물을 얼른 코를 훌쩍여 들여 보냈다.

그는 어쨌든 미안해 하는 게 당연해.

그가 얼마나 온화하게 대했는지 인정하길 거부하며 그녀는 중얼거렸다. 그녀가 윌로우 계곡에 가게 된 것은 그의 잘못이었다. 다시 그녀를 이용할 기회는 주지 않을 것이다. 그를 얼마나 많이 용서해야 한단 말인가?

'일곱 번의 일곱 번이라도.'

모리아는 입술을 깨물었다. 루스가 내 옆에서 도와준다면 얼마나 좋을까. 언니가 없는 삶이 어떨지 상상하기 힘들었다. 그녀는 몰을 쳐다보았다. 몰이 한쪽 눈을 뜨고 자신의 잠을 쫓아내려고 몸을 흔들었다.

"네가 자는 줄 알았다."

몰이 사과하며 보호하듯 자신의 팔을 모리아의 팔에 끼어 넣었다.

"네가 그렇게 흥분하는 걸 뭐라 할 수는 없을 거야. 그놈들이 한 짓은 끔찍한 일이다. 그리고 넌 우리도 그들과 같은 부류라고 생각했겠지. 가엾은 로이드는 네가 도망 갔을 때 거의 제정신이 아니었단다."

모리아는 몸을 굳히며 손을 빼냈다. 잭과 몰은 단지 로이드 캄든이 배당한 역할을 연기할 뿐이었던가? 로이드 캄든이 진실로 그녀를 도우려 한다는 걸 믿게 만들려는 것인가? 그 이유는 뭐지?

몰과 잭의 모습은 너무나 진지해서 로이드의 거짓말과 속임수의 일부일 것 같지 않았다. 하지만 다시 생각해 보면, 애플 놀에서의 지난 몇 주 동안 자신은 얼마나 건방진 어린 아이였던가. 석방될 날이 얼마 남지 않았는데 죄수들을 찾아 다니며 운명을 시험한 것은 어리석었다. 하지만 소피와 이오나는 친구들이었다. 그들이 소장에게 고자질하지는 않았을 것이다. 만약……

모리아는 두 눈을 감고 깊이 숨을 들이마셨다. 픽스 소장과 존스 간수는 고백을 강요할 잔인한 방법을 수없이 많이 갖고 있다. 왜 전에는 그런 가능성을 생각지 못했을까?

모리아는 로이드가 소장에게 그녀를 넘기지 않았을 가능성이 있다는 걸 마지못해 인정했다. 그를 얼마나 모질게 대했는지 떠오르자 구역질이 나려 했다. 확실히 알아야만 해! 한 가지 방법은 일기를 돌려달라고 하는 것이다. 그가 아직껏 그걸 갖고 있다면, 소장에게 주지 않았다는 의미이다. 그의 성실성을 시험하기 위해 그녀가 생각할 수 있는 방법은 그것뿐이었다.─아니면 그의 배신을 확신하게 되겠지.

몰이 그녀의 손을 잡아 주며 한숨을 쉬었다. 모리아가 그녀의 얼굴로 눈을 들었다.

"로이드는 널 도와주려고 우리를 데려왔단다. 난 약간 죄책감을 느끼고 있고 잭도 그래. 로이드가 몇 주 전에 나타나서 무슨 일이 있었는지 말해 주었을 때, 난 사실 너에게 무슨 일이 생겼는지, 왜 그런 일이 생겼는지 관심이 없었단다. 그를 다시 집으로 데려다 준 것이 고마웠을 뿐이었어."

몰의 눈에 눈물이 가득 차며 턱이 떨리기 시작했다.

"널 볼 때까지, 그리고 로이드가 윌로우 계곡이 어떤 곳인지 말해 줄 때까지 그게 얼마나 끔찍한 일인지 몰랐단다. 이기적이었던 늙은이를 용서해 주겠니?"

그녀가 나지막이 속삭였고, 모리아는 너무나 혼란스러워 그것이 사실인지 거짓말인지 구별해 낼 수 없었다. 하지만 진심어린 몰의 요청을 거부할 수도, 친구가 필요한 자신의 욕구를 부인할 수도 없었다. 그녀는 작은 미소를 지으려 애쓰면서 몰의 뺨에 흐르는 눈물을 닦아 주며 몰의 손에 다시 손을 들여 보냈다.

"뒤로 기대라, 애야. 내가 잡아 줄게."

몰의 상냥한 지시에 따라, 모리아는 몰의 어깨에 머리를 대고, 그 여인이 제공하는 위안에 감사했다.

　두 눈이 힘없이 감겼다. 마차의 흔들거림과 몰의 푹신한 안락함이
그녀를 잠으로 이끌었다. 꿈에서까지 나타나는 로이드 캄든에게 벗어
나야 할 텐데.

17

마차가 영지로 향하는 굽이굽이 좁은 길로 들어서면서, 언젠가 옛날에 손질한 듯한 관목의 울타리를 지나 무성한 상록수의 가지들로부터 벗어났다. 잭이 말을 모는 일에 집중해 있는 동안, 로이드는 시야를 방해하는 나무들 너머 언덕 위에 보이는 게 무언지 확인하려고 눈을 가늘게 떴다.

하늘에는 연기가 뭉게뭉게 솟아오르고, 대기를 가득 채우는 양고기 굽는 냄새에 잭의 배가 꿈틀거렸다. 자신의 빈 배에서도 비슷한 소리가 울려대자 로이드는 웃고 말았다. 이곳에 머물자는 잭의 제안이 갑자기 그럴 듯하게 느껴졌다. 얼른 인정하기는 싫었지만 말이다. 잭이 이곳에 매혹된 것은 분명해 보였다. 그렇다 해도 그는 굽이진 곳을 돌자 모습을 나타내기 시작하는 이 집을 살 생각은 전혀 없었다.

건물이 완전히 눈앞에 드러나자 로이드는 처음 보았을 때와 똑같이 숨을 집어 삼켰다. 멀리 낮은 초록의 산들과 머리 위 여름날의 파란 하늘에 점점이 찍힌 하얀 구름을 배경으로 우뚝 선 저택은 거대했다.

내일의 뜨거운 날을 기약하며 이제 막 지기 시작한 태양이 하늘을 가로질러 오렌지와 붉은 빛의 화려한 줄무늬를 뿌려대 그 저택은 거의 빛이 감도는 듯한 분위기를 연출해 냈다.

저택의 양 옆으로 2개의 작은 탑이 둘러쳐져 있어 당당한 삼 층 구조물에 중세적인 느낌을 가미하였다. 청동색 타일로 된 지붕은 보기 드문 각도로 안쪽으로 굽어져 있었다. 4개의 판으로 짠 유리창은 너무 지저분해서 어떤 빛도 통과시킬 수 없을 것 같았다.

마차가 정문에 가까워지자, 로이드의 관심은 현관문으로 집중되었다. 독특하게 굽어진 입구 덮개와 어울리도록 아치를 형성한 것이 스테인드 글라스 창문으로 장식되어 있었고 문 양쪽에는 로마네스크식 거대한 창문이 2개 있었다. 그 창문은 이 층과 삼 층에도 똑같이 연결되어 있었다.

"거대하지, 그렇지?"

마차를 세운 후 잭이 중얼거렸다.

"왕에게는 어울리겠군요."

마차에서 내려 다리를 쭉 펴며 로이드가 대꾸했다.

"이 땅바닥보다는 내부가 좀더 정돈돼 있기를 기도해야 할 거예요. 그렇지 않으면 몰에게 대답할 말이 없을 걸요. 이건 모두 당신 아이디어였어요. 이 성의 축소판 같은 곳에서 살고 싶다는 생각을 어떻게 하게 됐는지 상상도 할 수 없지만요."

잭이 그를 무시한 채 집만 계속 쳐다보고 있었기에 로이드는 이 문제를 일단락짓기로 했다. 여행으로 인해 배도 고프고 지친 데다가, 하루 종일 먼지에 쩔어 있었다. 하지만 솔직히 말하면 집에 대해서보다는 모리아가 더 걱정스러웠다.

"마차를 뒤로 가져 가서 마구간이나 말을 넣을 만한 곳이 있는지 알아보세요. 내가 몰과 모리아를 안으로 데리고 들어가지요."

그의 제안에 잭은 겨우 대답만 했을 뿐이었다. 로이드는 머리를 설레설레 흔들며 마차로 되돌아갔다. 잭에게 이 집값과 유지비를 부담하는 것이 그의 주머니 사정상 너무 무리라는 걸 설득시킬 수 있을지 의심스러웠다. 설사 이곳을 살 여유가 있다 하더라도, 치장할 수 없으리라는 건 분명했다. 이 거대한 유적지를 겨울 동안 따뜻하게 만드는 것조차 불가능하다!

하지만 지금으로서는, 소녀의 상처받은 영혼을 치유하기 위해 숨을 장소로 이곳이 완벽하다는 점을 인정해야 했다. 운이 따른다면, 모리아에게 자신이 도우려 한다는 것을 납득시킬 수 있을 수도 있다. 두 번째로 행운이 따라 준다면, 첫번째 서리가 내리기 전에 이곳을 떠날 수 있겠지.

어음이 만료되기까지 60일의 여유가 있다. 넓은 마음으로, 그 변호사의 시집을 25권 찍어 줄 수도 있을 것 같았다. 그게 무어 그리 큰 일이겠는가? 변호사에게 만족감을 주면 그 장소를 사겠다는 제안을 철회할 때 로이드에게 닥칠 죄책감도 완화시켜 줄 것이다.

몰과 잭은 실망할 것이다. 어떻게든 고집을 부려 볼 생각이지만 만약 그들이 그와 같이 살지 않으려 한다면, 그분들을 위해 더 적당한 곳을 찾아 줄 생각이었다. 햄튼에는 그의 대부모에 대해 아는 사람이 하나도 없다. 그렇다 해도 주위 사람들에게 변명하는 일보다 몰과 잭을 가까이 머물게 하겠다는 생각이 더 컸다.

그가 마차문에 다다르기도 전에 벌써 마차문이 열렸다. 몰의 육중한 무게로 마차 한쪽이 기울어지자 그는 얼른 걸음을 재촉했다.

"고맙다."

발을 땅에 대며 그녀가 힘차게 말했다.

"단단한 땅에 서니 좋구나."

숨결을 가다듬으면서, 동시에 얼굴의 더운 기운에 부채질을 하면서 중간중간 말을 이었다.

"이제 저애를 도와주렴. 나처럼 신선한 공기를 원하는 마음이 간절할 게다."

몰이 옆으로 비켜 서자, 그의 손을 기다리며 머뭇거리는 모리아의 모습이 보였다. 몰의 망토에 머리까지 푹 덮인 모습, 꼭 눈동자가 얼굴을 잡아 삼킬 것만 같았다. 그녀가 앞으로 몸을 내밀어 어둠 속에서 나오며 작은 손을 그의 손에 놓았을 때, 그는 그녀의 눈이 울고 있었던 것처럼 빨갛게 충혈되고 퉁퉁 부었으며 뺨은 얼룩덜룩하다는 걸 알아챘다. 한 입에 잡아먹으려는 야수라도 되는 듯이 자기를 쳐다보는 그녀를 보자, 또다른 양심의 가책이 느껴졌다. 그녀의 손은 차고 끈적했으며 마차에서 내려 줄 때 떨고 있음도 느낄 수 있었다.

"우린 여기서 지낼 거요."

그녀가 손을 빼내며 불안하게 집을 쳐다보자, 그가 부드럽게 설명해 주었다.

"당신이 여기 있는 건 아무도 모르니 완벽하게 안전할 거요. 여행할 정도로 회복되면, 그때 떠나는 건 당신 자유요. 당신이 허락해 준다면 다른 곳으로 옮길 수 있도록 내가 돕겠소. 얘길 해서 우리 사이의 오해를 풀 수 있다면 좋겠소. 하지만 당신에게 그런 마음이 들 때까지 난 아무 간섭도 하지 않겠소. 이제 안으로 들어가겠소?"

모리아는 그를 쳐다보았다가 옆에 서 있는 몰을 쳐다보았다.

"몰과 잭도 같이 살 거요."

그녀의 작은 등에 손을 대며 그가 안심시켰다. 그녀의 등이 경직되며 어깨가 펴지는 걸 느꼈지만, 그녀는 그가 집을 향해 문까지 안내하도록 받아들였다. 몰이 용기를 북돋우며 소녀의 옆에서 걸어 주는 것이 기뻤다. 그러나 여전히 그녀의 발걸음은 다소 머뭇거렸다.

네모난 청동 문패가 모리아의 관심을 끈 모양이었다. 그녀가 가까이 다가가 손가락으로 외국어로 쓰인 글자를 만지는 모양을 그는 호기심 있게 쳐다보았다.

"레이브첸."

그녀가 중얼거리더니 몰에게 몸을 돌렸다. 문패를 가리키는 그녀의 눈동자가 기쁨으로 빛났다.

"사랑하는 사람."

그 뜻을 되뇌이며, 그녀가 약간 인상을 찌푸린 채 볼에 손을 댔다.

그녀의 어깨에서 긴장이 풀린 것 같았다. 아까의 신중함도 사라진 듯했다. 그녀가 외국어를 아는지는 알 수 없지만 어쨌거나 그 단어가 그녀를 기쁘게 만든 모양이었다. 그녀에게 특별한 의미가 있는 말일까? 그 얼굴에서 두려움이 아닌 다른 것을 보게 되니 좋았다. 괜한 질문으로 그걸 깨뜨리게 될까 봐 그는 질문 대신 문고리를 잡아 문을 열었다. 사실 잠겨 있을 것 같지도 않았다. 모리아가 몰이나 그를 기다리지도 않고 뚜벅뚜벅 걸어 들어가자 그는 놀라고 말았다. 그녀의 놀라는 외침 소리가 들리자 재빨리 그도 쫓아 들어갔다.

현관 로비는 누구라도 넋을 잃을 정도로 화려했다. 대리인의 보고가 집 안 내부에 대해서는 제대로 된 게 아니었던 모양이었다. 모리아의 반응이 공포가 아닌 기쁨인 것을 알자 긴장이 풀렸다. 거대하고 정교한 크리스털 샹들리에가 의심할 여지없이 공식 무도회장만큼 큰 방안에서 연한 미나리아재비색 대리석 바닥 위로 매달려 있었다. 오른쪽과 왼쪽에 조각이 된 두꺼운 마호가니 문들이 거실이나 응접실쯤 되리라 생각되는 곳을 닫아 두고 있었다. 방 저쪽 끝에는, 대리석 기둥을 박은 넓은 계단이 이 층으로 연결되어 있었다.

몰은 로이드의 옆으로 다가와 두 손을 부여잡았다.

"아름다울 줄 알았다니까! 청소가 잘 돼 있어서 너무나 기뻐. 잭이 다 정리했다고 하더니, 진짜 멋지게 해냈구나."

로이드가 머리를 치켜들자 그녀는 얼굴을 붉혔다.

"난 아무 관련도 없다."

고개를 열심히 흔들어대는 그 모습에 로이드가 웃음을 터뜨렸다.

"그 말을 받아들이기엔 내가 당신을 너무 잘 알고 있다고 할까요.

당신과 잭이 함께 이 일을 짰어요. 나를 위해 학교를 골랐으면서 얼마나 멋진 곳인지 모르는 척했을 때와 똑같아요."

그는 모리아를 흘깃 보다가 몰에게도 쳐다보라고 슬쩍 찔렀다.

모리아는 주위 환경에 완전히 매료된 모습이었다. 경이감으로 두 눈을 크게 뜨고서, 로이드가 영원히 그려서 간직하고 싶을 만한 표정을 떠올린 채였다. 이전의 괴로운 슬픔이 여전히 담겨 있긴 했지만, 놀라움과 기쁨 또한 함께 있었다.

로이드가 그녀의 눈부신 표정을 보는 것은 두 번째였다.— 작은 정원을 보여 주었을 때와 똑같았다. 하지만 이런 풍요함 속에서 그 소녀는 지금 지저분한 방랑자보다 더 지독한 모습이었다. 로이드는 그 모습에 깊은 회한과 그렇게도 그녀를 심하게 다루었던 남자들을 향해 분노를 느꼈다.

자신을 쳐다보는 그의 시선을 알아채자 모리아는 무의식적으로 얼굴에서 헝클어진 머리를 쓸어 넘겼다. 하지만 로이드는 그녀가 자신을 덜 두려워하는 듯해 마음이 놓였다. 몰이 소녀의 팔을 잡아 방을 가로지르더니 계단으로 이끌었다.

"뜨거운 목욕을 할 수 있는지 보자. 그런 다음에는 멋지고 부드러운 침대에서 저녁을 먹는 거야, 어린 아가씨."

계단을 오르는 두 사람을 보며 로이드는 킥킥거렸다. 몰과 같이 처음 살게 되었을 때 목욕하지 않으려고 얼마나 투쟁했었는지 기억났다. 기억이 정확하다면, 처음 목욕은 개울 속에서였다. 잭이 좋아하는 낚시 장소에서 멀지 않은 곳, 그곳에서 잭은 그를 물에 던져 버리고 비누를 던져 주며 혼자서 씻지 않으면 직접 씻기겠다고 으름장을 놓았었다.

모리아라면 절대 불평하지 않을 거란 생각이 들었다. 가엾은 아련한 눈의 아가씨는 아마 목욕할 여유조차 없었겠지. 애플 놀에서 여자들의 목욕실을 훔쳐 보던 구멍이 떠오르자 그의 맥박이 크게 뛰기 시작했다. 그녀가 목욕할 때 얼마나 많은 사내들이 훔쳐 보았을까? 그런 말도 안 되는 생각은 떨쳐 버리고, 그는 일 층을 더 자세히 살피기 위해 방향을 틀었다.

몰을 따라 계단을 오르다 모리아는 발을 멈추고 가슴을 부여 안았다. 심장 뛰는 소리가 너무 커서 거대한 복도에 울린다고 생각했다. 슬픔과 수치심과 피로가 그녀의 약해진 방어벽에 대고 아우성을 쳐댔다. 마음속 감정들이 육체를 지배하는 것 같았다. 그녀를 파멸시키려는 세상에 완전히 홀로 남겨 둔 채 루스가 가버렸다는 사실을 알고 난 후라서 더욱 심했다.

루스가 윌로우 계곡에서 죽었다는 말을 들었을 때 사실 그렇게 충격적인 것은 아니었다. 거의 항상 자신에게조차 은밀하게 숨겨 놓았던 영혼 깊은 곳에서, 루스의 죽음을 의식하고 있었음을 깨달았다. 로이드가 그 말을 해줄 정도의 용기를 가졌을 뿐이지.

모리아는 루스가 오래 전에 죽었으리라 짐작했다. 헤어질 때조차도 느낄 수 있었던 눈에 보이지 않는 끈이, 언니와의 친밀감이 작년 어느 순간 사라져 버렸던 것이다. 어쩌면 그래서 더욱 미친 듯이 언니를 찾아 헤매기 시작했는지도 몰랐다. 다른 죄수들을 찾아다닌 것은 자신의 짐작을 부인하기 위한 시도였으며 잘못 생각한 거라고 열심히 기도하며 루스의 기억을 간직하기 위한 것이었을지도 몰랐다. 시간이 흐르고 석방날이 다가오자, 입 밖으로 말하지 않았지만 그녀의 두려움은 점점 커졌다. 왜 비첨 목사가 방문을 그만두었는지도 의아했다. 루스에 대해 알고서 그걸 모리아에게 말할 수 없었던 것일까?

모리아는 지난 4년의 세월 동안 언니의 애정을 잃은 것에 무척이나 슬퍼했었다. 로이드에게 루스가 윌로우 계곡에서 죽게 된 이유를 들었을 때, 픽스 소장에게 그 대가를 치르게 하고야 말리라는 결심은 거의 무시무시할 정도에까지 이르렀다. 마침내 눈물이 터져 나왔을 때 그것은 자신을 위한 것이 아니었다. 루스가 자신을 가장 필요로 할 때 위로해 줄 수 없었기 때문에 울었던 것이다.

이 모든 추악한 계략에서 로이드 캄든의 역할이 무엇인지 확인하기 어려웠다. 그가 고의적으로 그녀를 배신하지 않았다는 게 진실일까? 그렇지 않을지도 모른다. 그는 단지 자신이 한 짓에 죄책감을 느낄 뿐일지도 모른다. 자신의 양심을 달래기 위해 그녀를 돕겠다고 결심했음이 틀림없다.

애플 놀의 다른 사람들은 어쩌지? 그들에게도 도움이 필요하다. 그는 보고서에 진실을 쓰자는 데 동의할까? 그녀를 정신 병원에서 구출한 것이 용기 있는 행동이었음은 모리아도 인정했다. 그리고 루스를 같이 데려올 생각이었다는 말을 들었을 때 감동하기도 했다. 그녀를 도움으로써 그의 미래가 위험에 빠질 수도 있다. 그 사실 하나만으로도 그를 존중하기 시작하는 자신을 발견했다. 그것이 또한 너무나 혼란스러웠다!

그녀는 마침내 결론을 지었다. 진실을 밝혀 낼 방법을 찾을 때까지 그의 동기에 대한 판단을 유보하기로 했다. 몸을 돌려 모리아는 현관 로비를 내려다보았다. 로이드가 이렇게 멋진 곳으로 데려왔다는 사실이 믿어지지 않았다. 문패를 읽었을 때 그녀는 멍해졌었다.

레이브첸.

아직 어린 소녀였을 때, 밤마다 그녀를 안아 주며 제드 삼촌이 그렇게 불렀었다. 그것은 삼촌이 그녀를 지켜 보고 있다는 신호와도 같았으며, 더이상 혼자이거나 버려졌다는 느낌이 들지 않았다. 지난 몇 주, 마지막 몇 시간 동안, 그녀는 하나님께 복수의 천사를 보내 주시어 자신을 구출해 내고 애플 놀의 비열한 남자들에게 정의를 보여 달라고 기도했었다.

하나님이 보내 주실 천사로 가장 적절치 못한 것 같은 이가 바로 로이드 캄든이었다. 그녀는 몸을 부르르 떨었다. 다윗이 골리앗과 마주 섰을 때 하나님의 계획에 대해 약간이라도 불안해 했을까?

몰이 부드럽게 그녀를 흔들어 깊은 생각에서 끌어내자, 모리아는 눈을 깜박거렸다.

"무슨 일이야?"

근심어린 표정으로 몰이 물었다.

모리아는 힘없는 미소를 애써 지으며 몰의 손을 잡았다.

"놀랐단다. 내가 따라오라고 한 말 못 들었니?"

몰이 씨익 웃었다.

"네 방은 저쪽에 있단다. 내 손을 잡아라. 우리 함께 찾아보자꾸나."

모리아는 몰의 손가락에 손을 얽고 걸어갔다. 왼쪽에는 거미줄과 먼지로 덮인 두꺼운 천을 드리운 그림들이 화려한 조각문 사이의 벽에 매달려 있었다. 몰이 오른쪽 문을 열었다가 모리아가 들여다보기 전에 얼른 닫았다. 하지만 두 번째 문에 도착했을 때는 모리아를 안으로 들인 다음 뒤로 문을 닫았다.

모리아는 방을 자세히 보며 크게 경탄했다. 가장자리에 섬세한 푸른 꽃들이 그려진 커다란 구리 욕조를 보자 갈망으로 눈물이 맺혔다. 욕조 한쪽에 깨끗한 수건들과 향내나는 비누가 놓여 있었다. 비누의 향기가 닫힌 방안을 레몬향으로 가득 채우는 것 같았다. 새로 떠다 놓은 물 몇 동이가 욕조 옆 바닥에 준비되어 있었다. 비록 김이 모락모락 올라오지는 않았지만, 모리아는 너무나 지저분한 느낌이라서 얼음물이라 해도 영원히 감사할 것 같았다.

몰이 방 저쪽 끝에 무겁게 드리워진 커튼을 걷으러 가는 동안, 모리아는 어깨에서 망토를 풀어 문 옆의 의자에 놓았다. 교회 안에서처럼 신중하게 걸어 욕조로 다가가 그 매끄러운 표면을 손가락으로 만져 보았다. 그 안을 쳐다보았다가 그녀는 자신의 비참한 몰골이 눈에 들어오자 비명을 질렀다. 두 손으로 눈을 가려 버렸다.

자비로운 하나님! 그녀를 되쳐다보고 있는 생물체는 대체 뭐란 말입니까!

몰이 달려와 모리아의 손을 잡아당겨 몰 자신만을 쳐다보도록 했다.

"너무 흥분하지 마라."

그녀가 호통을 쳤다.

"넌 이 욕조에서 기분 좋게 목욕하고 멍이 가실 때까지 며칠만 기다리면 돼. 그러면 새 사람이 된 것처럼 아주 좋아질 거란다."

머리를 흔드는 모리아의 눈에 또다시 눈물이 맺혔다. 목욕과 며칠간의 휴식이 머리카락을 자라게 해주지는 않을 것이다. 끊어진 부분과 엉킨 부분이 너무 많았다. 다시는 회복되지 않을 것이다. 그녀의 아랫입술이 떨렸다.

"너에게 풍성한 머리카락을 준다고는 약속할 수 없어. 하지만 우리가 너의 머리에 빛을 줄 거야. 그 얼굴에 다시 상냥한 미소가 떠오르도록 말이다. 자, 이제 그 보기 흉한 주황색 걸레 조각을 벗어 버려라. 난 뜨거운 물이 준비되었는지 알아볼게."

몰이 모리아의 턱을 위로 들어 올렸다.

"로이드가 널 잡으려 했을 때 보이던 그 기질은 어디 갔지, 아가씨? 지금 그 기질을 잃어버린다면 옳지 않은 거야."

모리아는 코를 훌쩍인 다음 등을 쭉 폈다. 지금까지는 자신의 외모에 신경 써 본 적이 없었다. 그리고 자신에게 친절하게 대하려고 애쓰는 몰을 실망시키고 싶지 않았다.

"바로 그거야! 금방 돌아올게."

몰이 억제하기 힘든 정열을 담아 외쳤다.

모리아는 몰이 욕실문을 잠그려 할지 의심하며 걱정스레 문을 쳐다보았다. 감옥보다 이 방이 더 크긴 하지만 다시 한 번 자물쇠 소리를 듣는다면 견딜 수 없을 것이다.— 지금부터 언제까지.

모리아가 두 손을 비트는 걸 보더니 몰의 얼굴이 찡그려졌다.

"누가 들어올까 걱정되니? 로이드와 잭에게 멀리 떨어져 있으라고 명령해 놓을 거야."

모리아는 고개를 흔들고, 몰을 문으로 데려가 문을 연 다음 크리스털 문고리 밑의 청동 자물쇠의 열쇠를 가리켰다. 몰은 미소지으며 열쇠를 빼냈다. 그리고 모리아의 손에 쥐어 주었다.

"네가 갖고 있으렴."

그리고 그녀는 홀로 사라졌다가 몇 분만에 돌아와 모리아에게 2개의 열쇠를 더 건네 주었다.

"하나는 응접실 거, 다른 건 침실 열쇠란다."

그녀가 문을 닫고 안쪽에 있는 빗장을 가리켰다.

"더 안전해지고 싶으면 이걸 걸면 돼. 하지만 아무도 너를 방에 가둘 사람은 없단다, 절대로."

그녀는 강조하며 단호한 표정을 지어 보였다.

모리아가 안도의 한숨을 내쉬었다.

"고…… 고맙습니다……."

"괜한 말 하려 애쓰지 말아라, 애야. 지금은 편히 쉬기만 하면 돼. 그 지저분한 옷을 벗으면, 내가 다시 와서 목욕하는 걸 도와줄게."

몰이 문을 열고 홀로 빠져 나갔다. 모리아는 문을 닫은 후 서둘러 걸어가는 몰의 발자국 소리를 들었다. 지난 4년간의 어두운 기억들을 억지로 마음 깊이 넣어 두려 애썼다. 한순간도 더이상 이 끔찍한 주황색 옷을 입지 않으리라 생각하며, 누덕누덕한 그 옷을 벗어 돌돌 말았다. 충동적으로 몰의 망토를 주워 입고 열린 창문으로 가서 옷뭉치를 밖으로 던져 버렸다.

다시는 이따위 주황색 옷은 입지 않을 거야!

창턱에 팔꿈치를 기대고 그녀는 시골 풍경을 내다보았다. 맥박이 빨라지며 흥분이 소용돌이치는 걸 느꼈다. 로이드에게서 도망치려고 숲을 달려갈 때는 너무 두려움에 젖어 있었기 때문에 자신의 세상 보는 눈이 4년이란 긴 세월 동안 얼마나 달라졌는지 깨닫지 못했었다.

나무들! 그녀는 다시 나무 꼭대기를 볼 수 있었다. 소나무의 짙은 초록, 버드나무의 흐릿한 초록, 그리고 푸릇푸릇한 단풍과 참나무에서 번져 나는 각각의 다른 색채들이 기적 같았다. 가까이의 미모사 나무에서 피어 난 연한 분홍빛 꽃몽오리는 기억 속의 것보다 훨씬 더 사랑스러워 보였다. 그리고 길을 따라 이어진 피라칸타의 짙은 오렌지 열매들이 보기 드문 색채를 더하였다.

바람에 휘날리는 가지들은 마치 창조주의 위대하심에 경배하는 듯했다. 그녀는 두 손을 모으며 기도하려 고개를 숙였다. 자신을 위해, 제드 삼촌과 루스 언니를 위해, 그리고 몰과 잭을 위해, 마지막으로 로이드 캄든을 위해.

이제 다시 출발할 시간이다. 하나님이 자신의 기도에 응해 주시고 두 번째 기회를 주신 것에 감사 드렸다. 몸을 돌려 욕조로 걸어가면서, 새로운 에너지가 눈물을 닦아 내는 걸 느꼈다. 미래가 어떻게 될지는 모르지만, 한 가지만은 확실했다. 그녀의 몸에서 애플 놀과 윌로우 계곡의 모든 흔적을 말끔히 닦아 내기 전에는 절대 욕조에서 나오지 않을 거라는 사실!

목욕과 간단한 저녁 식사를 끝낸 후, 로이드는 몰이 익숙한 보초병처럼 안내해 간 모리아의 방만 빼놓고 집 안을 쭉 둘러보았다. 언뜻 집 안을 보았을 때는 이전에 가졌던 그의 의심이 녹아 내리는 듯했다. 하지만 둘러보고 나니 대리인의 보고서와 자신의 사업가적인 직감이 맞다는 걸 알 수 있었다.

그의 처음 불안은 화려함의 그늘에 숨어 있었을 뿐이었다. 거대한 현관 로비, 안락한 도서실과 호텔 크기의 부엌을 제외하면, 일 층의 다른 모든 방은 그야말로 껍데기였다. 가구는 고사하고 벽에 흙마저 발라지지 않았다. 이 층이라고 나을 것도 없었다.

주인 내외의 방인 듯한 스위트 룸을 빼면, 그나마 마무리를 한 방이라고는 아기방 하나와 하인 침실 하나 정도였다. 문을 열어 본 모든 방들은 일 층의 방들과 마찬가지로 마무리되지 않았고 가구도 설치되어 있지 않았다. 삼 층은 미래의 어느 시점에 6개의 침실을 늘릴 계획이었던 듯 나무못을 박아 둔 다락방밖에 아무것도 없었다.

잭이 변호사를 속인 것에 대해 가졌던 생각들이 우스꽝스러움으로 재빨리 증발해 버렸다. 비록 이 집이 수리 비용을 합쳐도 잭이 협상한 가격보다 거의 두 배 가치를 갖고 있긴 하지만 어이가 없긴 마찬가지였다. 부엌으로 돌아가니, 잭이 만족스런 표정으로 저녁 식사에서 남은 양다리를 뜯고 있었다.

"진짜 거래 잘 했지, 그렇지?"

우적우적 씹는 사이사이에 그가 말했다.

로이드는 손을 뻗었다. 잭이 모르겠다는 듯 쳐다보자 깊은 한숨을 쉬었다.

"당신이 그렇게 자랑스레 내 이름을 위조한 계약서 주세요."

식사를 중단하지도 않고, 잭은 뒷문 옆 고리에 걸린 조끼로 고갯짓을 했다.

"내 주머니에 있어. 날 신뢰하지 않는다니 믿을 수가 없구나."

소매로 입가를 쓱 문지르며 그가 불평했다.

"그런 걸 거짓말하지는 않아. 네가 직접 읽어 봐라. 이 집에 있는 건 뭐든 포함되지. 음식만 빼고. 아참 넌 음식에 대해 마이크 피네간에게 빚이 있다. 그 사람에게는 내일 데이비즈 크로싱에 다시 들를 거라고 말해 두었다. 네 말을 가지러 마차집에 들르기 전에 가게에 가서 계산할 거라고 했지. 네가 이 저택의 새로운 주인이 된다는 말이 빨리도 퍼졌더구나. 그자는 식료품비를 못 받을까 봐 걱정하지 않더라. 몰이 우리에게 필요한 물품 리스트를 만들어 두었으니 그것도 가져 가렴."

로이드가 계약서를 읽으려 하자 그가 얼른 덧붙였다.

"저녁 준비한 여자애한테 내일도 오라고 말해 두었다. 몰은 너무 지쳤어. 이곳을 정리하려면 도와줄 사람이 필요하거든."

로이드는 읽던 동작을 멈추며 눈썹을 올렸다.

"무슨 여자애요? 우리 말고 여기에서 다른 사람은 보지 못했는데요."

"그애 이름이 안나라던가. 내가 마차를 댈 때 뒷문으로 나갔지. 그애는 과부 엄마하고 6명의 여동생들과 살고 있단다. 그들은 몇 푼의 동전과 식사비를 벌기 위해 이 집을 하루 종일 쓸고 닦았어. 그들이 다시 온다고 해서 해될 일은 없을 거다……."

"잠깐만요."

그 전체 식구를 부양하려면 돈이 얼마나 들지 생각하며 로이드는 투덜거렸다.

"여긴 우리가 사용할 방밖에 없어요. 집의 나머지 부분은 마무리도 안 되어 있다구요."

잭은 기름이 번들거리는 뼈를 여전히 손에 든 채 그렇지 않다고 손을 흔들었다.

"그 가엾은 아이는 아빠를 잃었고, 농장도 잃어버렸어. 그애 엄마는 아이들을 위해 어떻게든 살아 보려고 피나는 노력을 하고 있다구. 그들을 도와주는 게 나쁠 건 없잖아. 우리는 일손을 빌릴 수 있고 말이야. 그들이 삼 층에서 살 수도 있다는 걸 생각해 보렴. 그러면 지금 살고 있는 어설픈 집에 돌아갔다 다시 오는 것보다 더 편할 거야."

로이드가 허공으로 두 손을 들어 올렸다.

"7명의 여자들을요? 삼 층은 초라한 다락방에 지나지 않아요. 그 사람들 집에서 사는 게 나을 걸요. 지금 골머리를 썩이는 문제만으로는 충분치 않나요? 모리아에게는 평화스럽고 조용한 분위기가 필요해요. 여기에 많은 사람들이 있게 되면 정신 병원과 다를 게 없어질 거라구요! 여긴 부랑아나 불행한 자들을 위한 집이 아니에요, 제기랄!"

"엄마까지 치면 8명이다."

이 사이에서 고기 조각 하나를 빼내며 잭이 정정했다.

"말도 안 돼요!"

로이드의 목소리는 천둥이 울리는 듯했다.

잭은 그가 돌대가리라도 되는 듯 쳐다보았다.

"확실해. 7명의 여자애하고 엄마를 합치면……"

"숫자를 토론하자는 게 아니라구요, 이 늙은 여우!"

"좋아, 그럼 됐어. 네가 싫어하지 않을 줄 알았지. 그애한테 해가 뜨자마자 모두 이리 데려오라고 미리 말해 두어서 다행이다."

그는 로이드를 쳐다보며 변명의 여지를 남겼다.

"나도 모리아를 다치게 하고 싶지는 않다. 그들에게 일주일 있다 돌아가라고 말할게."

로이드는 머리카락을 긁어대며 잭과 논쟁을 벌이는 대신 계약서나 읽자고 결심했다. 그 여자가 7명의 자식을 데리고 오면, 일을 하도록 하고 마지막 날에 돈을 주고 내보내야지.

잭의 맞은편에 앉으며, 로이드는 계약서를 식탁에 놓고 팔꿈치를 올려 두 손으로 머리를 받쳤다. 다 읽자, 그는 고개를 설레설레 흔들었다.

"과장한 거 아니죠, 그렇죠?"

그의 목소리에는 불신과 찬탄이 이상하게 섞여 있었다.

잭은 활짝 웃으며 킥킥댔다.

"요정의 테(잔디밭 속의 버섯 때문에 생기는 둥글고 검푸른 부분을 요정이 춤춘 자국이라고 믿는 것) 안에서 춤추는 것 같은 거지. 나도 믿을 수가 없다니까."

"마법의 힘으로 이 가격을 얻어낸 것 같군요. 이런 좋은 집이 적당한 구매자가 나타날 때까지 몇 년씩이나 그대로 있었던 게 흔한 일은 아니지만요."

"그 거래는 사인도 다 된 거다."

잭의 입이 튀어나왔다.

"벌써 떠날 생각은 아니겠지? 이 집에 연결된 토지를 보지도 않았잖니. 그걸 보기 전에 마음을 바꾸면 후회할 거다."

"누군가 내 사인에 이의를 제기하지 않는 한 나에겐 60일이 남았는걸요."

그 와중에도 로이드는 이 집을 사고 여기 정착하는 문제를 고려하지 않도록 수십 가지 이유를 마음속으로 만들어 대고 있었다. 그는 도시에서 태어나서 자랐고 시골 생활에 대해서는 전혀 아는 바가 없다. 허풍을 떨어대고 있지만, 잭도 농장에 대해서는 요정의 골무를 채우는 것만큼도 알지 못할 것이다. 로이드는 햄튼에 벌여 놓은 사업이 있었고, 시골 생활을 지옥 바로 위의 단계로만 생각하는 약혼녀가 있으며, 윌리엄스 같은 남자들과 어울리면서도 힘들게 이룩했던 명성을 파괴하지 않고 해결해야만 하는 애플 놀 문제도 있었다.

깊은 생각에 잠겨 로이드는 의례적인 밤인사를 중얼거리며 자신의 방 쪽으로 향했다. 이 순간 가장 큰 관심사는 남자가 평생 동안 찬미하며 보낼 수 있는 아련한 색의 눈동자에게 일생 일대의 도전을 받기 전에 편안한 밤의 휴식을 취하는 것이었다.

18

　모리아는 새벽 기운이 얼굴을 따뜻하게 하고 개똥지빠귀와 찌르레기가 즐겁게 지저귀는 가운데 깨어났다. 부드럽고 가벼운 담요 아래서 뒹굴며, 그녀는 4개의 침대 기둥 사이로 우아하게 드리워진 얇고 연한 금색 천을 찬탄의 눈길로 올려다보았다. 깃털 침대가 너무나 호사스런 느낌이라 거의 죄스러울 정도였다. 하지만 일주일간의 회복 기간을 보낸 후 자신의 세 방 이외로까지 활동 영역을 늘리고 싶은 마음이 간절했다.

　며칠 더 방안에 있어야 한다는 몰의 주장에도 불구하고, 모리아는 일상적인 생활을 할 정도의 힘이 생긴 느낌이었다. 문제는 그녀가 일상적인 생활이란 게 어떤 건지 정확히 모른다는 것이었다. 그녀는 잠옷 위의 리본을 만지작거리며 방안을 둘러보며 잠시 침대에 누워 있었다. 바닥에서 세 계단 올라온 단 위에 놓인 침대 탓인지, 둥지에서 바깥을 내다보는 새가 된 기분이었다.

　모리아에게는 공주를 위해 만든 방으로 느껴지는 이 침실은 연한 황금빛으로 색을 칠하고 벽 맨위 경계선에는 작은 초록의 잎사귀들을 스텐실해 놓았다. 에메랄드빛 초록으로 테두리를 장식한 두꺼운 금빛 양탄자가 바닥을 덮었고, 그것들이 또한 빛과 공기가 들어올 수 있도록 걸어 놓은 수놓은 커튼들과 잘 어울렸다. 경대와 침대 테이블과 어울리는 커다란 벗나무 옷장은 너무 크다 싶은 침대 위의 정교한 머리판과 똑같은 소용돌이 문양을 그린 것이었다.

벽난로 옆에 놓인 긴 의자만 해도 모리아가 지난 4년간 애플 놀에서 잤던 간이 침대보다 훨씬 편안할 것이다.

가장 하지 말아야 할 일이지만, 이제 몰의 감시어린 눈길 너머로 모험을 취할 준비가 되어 있었다. 그녀는 침대에서 빠져 나와 잠옷을 들고 단에서 내려왔다. 맨발인 채로 방을 가로질러, 곁에 붙어 있는 옷 갈아입는 방의 문을 열었다. 뒤로 문을 닫으며 소리내지 않으려고 신중을 기했다. 기대감으로 가슴이 세차게 두근거렸다. 그녀는 거울로 다가갔다. 그녀가 상처를 보고 비통해 하지 않도록 몰이 사려 깊게 씌워 놓은 천을 용기가 사라지기 전에 얼른 벗겨 냈다.

모리아는 눈을 깜박이며 자신의 모습에 입을 떡 벌렸다. 그리고 거울로 더 가까이 걸어갔다. 거울 속의 모습을 만지려고 손을 뻗었다가 중간에서 멈추었다. 기쁨이 그녀의 입술에 미소를 만들었다. 더이상 아프지 않았다. 여전히 살이 없는 탓에 홀쭉해 보이긴 했지만, 두 뺨의 멍들은 사라졌다. 눈 밑의 거뭇했던 원도 푸르스름한 빛으로 흐려져 그녀의 눈을 더 커 보이게 했다.

잠자면서 헝클어진 머리는 깨끗하고 윤기나 보였다. 몰이 사랑을 담아 정리해 준 끝부분이 겨우 어깨에 닿을 뿐이었지만, 끊어지고 엉킨 부분은 몰의 인내심 덕분에 사라지고 없었다.

이건 기적이야.

모리아는 그렇게밖에 생각할 수 없었다. 그렇지 않다면 어떻게 이렇게 빨리 입이 치료될 수 있었을까. 약간의 피해가 남긴 했어도 딱딱한 음식을 먹을 수 있었고 고통 없이 말할 수도 있다니!

이제 그녀는 외모에 자신이 생겼다. 옷을 갈아입기 전에 얼굴을 씻으려고 욕실로 들어갔다. 얼른 씻고 다시 돌아와 몰이 어젯밤 가져다 놓은 연한 자줏빛 옷을 재빨리 갈아입고, 경대 의자에 앉아 머리를 빗었다.

이 머리로 무얼 하란 말인가. 그녀는 코를 찡그렸다. 전처럼 하나로 땋기에는 너무 짧았다. 조금 더 길 때까지는 그대로 늘어뜨려야 하겠다.

한참 생각한 후에, 가운데로 가르마를 타서 양쪽으로 땋고 서랍에서 찾아낸 조그만 리본으로 묶었다. 그것을 다시 머리 뒤까지 잡아당겨 하나로 잡아맸다. 부드럽게 콧노래를 부르며, 몰이 그녀가 침대에 얌전히 있을 것을 기대하며 들어왔을 때 화를 낼지, 놀랄지 알고 싶어졌다.

머리에는 더이상 할 게 없다는 점에 만족하며, 그녀는 침대 시트를 정리했다. 너무나 흥분이 되어 마냥 앉아서 몰을 기다릴 수가 없었다. 방을 걸어 다니며 문득 몰이 불쌍하다는 생각이 들었다. 그녀는 도착했을 때부터 모리아를 돌보는 일에 모든 시간을 쏟았던 것이다. 어젯밤에서야 모리아를 혼자 자게 하고 긴 의자에서 자는 고행을 그만두기로 동의했다. 그리고 남편의 방으로 돌아갔다.

지금 방으로 스며드는 빛으로 볼 때, 아직 매우 이른 시간인 모양이었다. 그녀는 몰을 기다리는 동안 방 구석의 문에 대해 가졌던 호기심을 달래 주기로 결정했다. 천천히 문을 열자, 보통의 옷장보다 크다고 볼 수 없는 작고 둥근 방에 원형의 계단 모습이 들어왔다.

작은 탑으로 가는 길이구나.

모리아는 재빨리 촛불을 켜고 다른 손으로는 얇은 난간을 쥔 채 좁은 계단을 올라갔다. 마침내 맨위의 문에 도달했을 때는 숨이 거의 턱에 차올랐다. 몇 번이나 손잡이를 비튼 후에야 문이 삐걱거리는 소리와 함께 열렸다.

문지방을 넘어 태양 가득한 테라스로 들어서자 촛불을 훅 불어 껐다. 눈앞에 보이는 광경은 그야말로 장관이었다. 그녀는 좀더 잘 보기 위해 낮은 돌벽으로 걸어갔다. 삼 층 약간 위로 올라 집 앞을 마주하는 그 전경은 욕실 창문으로 보았던 바로 그 모습이었다. 하지만 이곳에서는 더 멀리 볼 수 있었고 그 풍경은 훨씬 장엄하였다.

방향을 돌려 집 뒤의 멀리 산들을 보았다. 산봉우리를 감싸고 있는 폭신폭신한 하얀 구름들이 생크림 덩어리 같았다. 시선을 내려 영지를 살펴보았다. 미로같이 엉킨 지저분한 길들로 연결된 집 가까이 곳간, 외양간들이 있었고 그뿐 아니라 몇 군데 텅 빈 목장과 경작하지 않은 들판도 볼 수 있었다. 햇살이 작은 호수 위에서 춤을 추었다. 더 자세히 들여다보니 멀리 물가에 자리잡은 버려진 오두막을 알아볼 수 있었다.

에덴 동산.

자연의 달콤한 내음과 평화로운 정적으로 가득한 풍성한 초록의 세계.

모리아는 한숨을 쉬었다. 얼마나 바깥 세상을 돌아다니고 싶었던가 —두려움이나 구속 없이. 너무나 오랜 시간이었다! 입술을 축이며, 그녀는 자신의 가슴에 미소를 만들어 주기로 결정했다.

처음 떠오른 생각은 잭이나 몰이 찬성하지 않을 것이며, 로이드와 마주칠 수도 있디는 것이었다. 하지만 아직 아무도 일어나지 않았을 것이다. 이따금씩 남자들의 목소리를 듣긴 했지만, 지난 주 내내 몰 한 사람밖에 만나지 못했다. 땅을 밟고 산책하는 것이 무슨 해가 되겠는가? 아침 식사 때 먹을 산딸기를 찾을 수 있을지도 모른다.

그녀의 입에 침이 고였다. 또 오늘 아침 식사를 요리할 수도 있겠지. 그들이 해준 일에 얼마나 감사하는지 보여 주는 방법으로 모든 이들을 위해 식사를 준비하는 것이다.

계단을 내려오면서는 천천히 나아가야만 했다. 촛불을 꺼버린 것이 후회되었다. 일단 방에 들어서자 어두운 계단에서 도망쳐 나온 것에 감사의 기도를 드렸다. 그리고 과일을 담을 바구니를 찾아보았다. 아무것도 찾을 수 없자, 보자기로 쓸 수 있는 스카프를 집어 들었다. 양탄자 구석 밑에 숨겨 둔 방 열쇠들이 모두 제대로 들어 있는지 확인한 후, 방을 빠져 나왔다.

다른 문들을 열어 보고 싶었지만 그 유혹을 물리치고 집 뒤쪽을 향하여 걸었다. 다행히도 부엌으로 연결되어 있었다. 호텔 부엌 같다는 생각이 들었다. 몇 개의 오븐이 이어진 화로뿐만 아니라 커다란 요리용 스토브 하나를 주의 깊게 보아 두었다. 6개의 의자가 있는 커다란 나무 식탁이 방 한쪽 끝에 자리하고 있었다. 다른 쪽 끝에 열린 문 사이로 차곡차곡 쌓인 식료품들이 보였고, 또 다른 문이 하나 있었다. 하지만 그 문은 다음 기회에 조사하기로 마음먹었다.

뒷문을 통과하여 밖으로 나가 그녀는 외양간 뒤 숲으로 향했다. 외양간 구석에서 오랜 친구가 튀어나온 것은 몇 걸음을 채 딛기도 전이었다.

"밴디트!"

그녀가 소리를 지르며 친구를 맞이하러 달려갔다. 너구리가 그 벌린 팔로 뛰어들며 토닥이는 그녀의 손에 코를 비볐다.

"네가 밖으로 쫓겨 났다는 말을 몰한테 들었단다. 이곳 어떠니, 친구야?"

로이드가 애를 써 보았지만 이 더러운 짐승을 없애 버릴 수 없었다는 말을 몰에게 들은 바 있었다. 그렇다 해도 윌로우 계곡에서 떠나던 그날 밴디트를 본 충격에서 그녀는 아직 벗어나지 못했다.

"난 딸기 따러 가는 중이야."

그녀가 숲을 가리키며 말했다.

"같이 갈래?"

너구리가 숲 가장자리까지 따라왔다가 그냥 잠들어 버리자, 모리아는 실망하고 말았다.

"정상 생활로 돌아가는 모양이구나."

그녀는 한숨을 쉬었다.

"적어도 본능이란 게 너에게 할 일을 가르쳐 주는구나. 나도 나에게 맞는 정상이란 게 어떤 건지 알 수 있다면 좋겠어."

그녀는 너구리를 쓰다듬었다.

"오늘밤에 만나자."

자신의 방으로 이 녀석을 몰래 데려올 방법을 열심히 생각해 보았다.

좁은 길을 걸으며, 모리아는 풍성한 초록잎에 시선을 모았다. 오래지 않아, 야생의 산딸기를 찾아냈다. 하지만 자신의 입 속으로 들어갈 한 줌밖에 되지 않았다. 시큼하고 즙이 풍부한 딸기. 그녀는 혀로 산딸기를 굴리며 목으로 넘어갈 때까지 그 맛을 충분히 음미했다.

아래층에 내려와 식탁에 차려진 음식을 보았을 때 기뻐할 사람들의 얼굴을 상상하며, 그녀는 용기를 내어 나아갔다. 그리고 숲 한가운데에서 커다란 산딸기 덤불을 발견하여 그 결실을 맺었다.

로이드는 침대에서 벌떡 일어나 황급히 옷을 입고, 부엌으로 향하는 뒷계단을 2개씩 뛰어 내려갔다. 집 바로 뒤에 누군가 침입한 듯했다. 잭을 발견하면 목을 솔라 버리겠어! 대체 무슨 일이야?

뒷문을 열었을 때, 그는 눈을 깜박거렸다. 욕설을 중얼거리며 밖으로 튀어나갔다.

"대단히 친절하시군요."

잭이 한 사내에게 말하고 있었다. 꽥꽥거리는 닭, 꿀꿀거리는 돼지, 매애 우는 염소들을 상자에 담아 마차 한 가득 가져 온 사내였다. 식료품 더미 위에는 14살쯤 돼 보이는 소년이 걸터앉아 마차 뒤에 묶인 두 마리 젖소를 지켜 보고 있었다. 잭이 빙글 돌아서며 로이드를 보고 씨익 웃었다.

"로이드, 이분은 조나단 게이츠 씨. 데이비즈 크로싱 저쪽에 농장을 갖고 계시지. 이분이 몇몇 짐승들을 보살펴 주셨어. 이제 영지가 팔렸으니, 변호사가 돌려 놓으라고 말했다는구나."

"캄든 씨."

그 사내가 모자를 들어 올리며 집 쪽으로 불안한 미소를 보냈다.

"모든 걸 돌려 드리겠습니다. 여기 목록이 있어요. 물론 똑같은 짐승은 아닙니다. 5년이나 지났으니까요. 하지만 숫자는 맞습니다. 괜찮으시다면 제가 내리는 걸 도와 드릴 수 있습니다. 제 아들도 데려왔지만, 다른 일손이 있으면 더 빨리 끝날 겁니다."

로이드는 고개를 절레절레 저으며 길 쪽을 가리켰다.

"난 그 짐승들을 원치 않소."

단호하게 말한 다음 잭을 험상궂게 노려보았다.

"당신이 가져야 합니다. 변호사가 그렇게 말했다구요."

농부가 반대했다.

"백작이 죽었을 때 영지에 있던 모든 걸 사신 겁니다. 저에겐 신경 써야 할 제 농장이 있습지요."

그가 다시 집 쪽을 불안하게 쳐다보았다.

이 남자가 백작의 망령이 나타날까 두려워하는 건가? 햇볕에 그을린 얼굴이 창백해 보였고, 뺨의 경련이 더 빠르게 뒤틀리기 시작했다.

"우린 그런 거 필요 없……."

"당연히 필요하지요."

잭이 말을 가로채며 소매를 걷어 올렸다.

"뒤쪽 외양간 옆으로 마차를 대구려. 우리가 내리는 걸 도와주겠소."

로이드는 잭을 옆으로 당겨 목소리를 내리깔았다.

"도대체 우리가 이…… 이 짐승들을 갖고 뭘 한단 말이에요?"

잭이 어깨를 으쓱였다.

"길러서 잡아먹는 거겠지, 아마도."

"누가 그 일을 하죠?"

로이드가 작게 중얼거렸다.

"우리가."

"말도 안 돼요!"

"소리 낮춰라."

잭이 낮게 호통을 친 다음 게이츠에게 마차를 옮기라는 뜻으로 손을 흔들었다.

"조나단 게이츠는 그 짐승들을 집으로 다시 가져 가려고 이 먼 길을 온 게 아니야. 지시받은 일을 할 뿐이라구. 게다가 그는 너 때문에 기분이 상했을 게다."

로이드는 비웃음을 억눌러 참았다.

"기분이 상했다구요? 저 남자는 여기서 얼른 나가고 싶은 모양인걸요. 저 빌어먹을 짐승들을 갖고 있으라고 하면 진짜 좋아할 거예요. 영수증을 써 줄 수도 있어요. 하지만 난 이곳에 투자할 생각이 전혀 없다구요!"

"몰이 신선한 계란을 좋아할 거다."

잭은 한숨을 쉬었다.

"버터도 만들 수 있을 테고. 그녀에게 왜 굳이 아무것도 없이 일해야 하는지 설명할 수 있을까?"

"이런 제기랄!"

로이드는 손가락으로 머리를 긁어댔다.

"누가 그…… 우유를, 누가……."

잭이 씨익 웃었다.

"그건 나한테 맡겨. 내가 다 알아서 할 테니까."

그는 몸을 돌려 마차로 걸어가기 시작했다.

"그건 여기다 놔두슈."

로이드는 어쩔 수 없이 외양간으로 향하는 그들을 따라갔다. 그 짐승들에게 언제 먹이를 주고 무얼 먹일지는 고사하고, 어디다 두어야 할지도 알 수 없었다. 그는 농사꾼이 아니었다. 망할 잭, 몰을 이용해서 마음을 움직이다니! 스위트워터에 살 때 로이드는 몰에게 무엇 하나 거부할 수 없었다. 그리고 지금 와서 거부할 수 없다는 건 당연했다.

동물들을 내려 새로운 집에 들여놓고 먹이까지 주었다. 게이츠가 하도 빨리 정리하고 설명하는 바람에, 로이드는 정신이 하나도 없었다. 게이츠는 어두워진 후까지 이곳에 머물 필요만 없다면 큰아들이 짐승들을 돌볼 수 있을 거라고 제안했다. 로이드는 감사히 그를 고용하기로 했다.

"윌리엄에게 내일부터 시작하라고 말해 주시오."

그 말과 함께 악수를 나눴다.

"오늘 일은 어떡하지요?"

"다 처리된 겁니다. 5년 전에…… 음, 변호사가 짐승들을 돌보는 값으로 새끼를 갖으라고 했어요. 그것 때문에 좋게 시작할 수 있었죠. 더이상은 필요 없습니다. 이곳에 누군가 오시게 되어 기쁩니다. 어쩌면 그게 사라질지도…… 음, 행운을 빕니다, 캄든 씨. 당신에게 그게 꼭 필요해서가 아니라, 그냥 제 바람일 뿐이죠. 정착할 때까지 하나님께서 도와주실 방법을 아시겠지요."

로이드는 고맙다고 고개를 끄덕였다. 그리고 마차가 시야에서 사라질 때까지 쳐다보았다. 아주 오랜만이었다.—그런 적이 있었다면 말이지만. 그가 다른 사람에게 신세 진 듯한 느낌을 갖은 것은. 그것은 이상한 느낌이었다. 그리고 가슴에서 무언가 꿈틀거리는 것 같았다.

"좋은 사람이야."

잭이 눈썹을 문지르며 한 마디 했다.

"주인님, 배가 고프군요. 몰이 아침을 준비했는지 보러 가는 게 어때? 젖소가 없었다곤 해도, 맛 좋고 뜨끈한 과자라도 있지 않을까?"

로이드가 킥킥 웃었다.

"내가 어째서 당신한테 설득당했을까요? 우린 여기 오래 있지도 않을 거예요. 그 다음엔 어떻게 되겠어요? 조나단 게이츠는 모든 걸 다시 실어 가야 할 거라구요."

"두고 보자구."

집으로 돌아가면서 잭이 중얼거렸다.

로이드가 잭의 어깨에 손을 얹고, 단호하게 말했다.

"우린 여기 살지 않아요, 일시적인 거라구요."

"일시적이라구, 그래."

"진심이에요, 잭. 이곳은 아름다운 영지예요. 하지만 나에겐 해야 할 사업이 있어요. 난 여기 살 수 없고, 당신과 몰 둘만 살기엔 너무 크다구요. 나와 같이 햄튼으로 가요. 도시에서 살고 싶지 않다면, 근처에 작은 농장을 찾아보자구요."

그를 올려다보는 잭의 짙푸른 눈동자가 반짝거렸다.

"60일. 내가 요구하는 건 그게 다야. 그때 네가 무슨 결정을 하든 우린 좋아. 글쎄…… 너에겐 60일이 주어졌다. 그걸 왜 즐기지 못하는 거냐?"

로이드가 한숨을 쉬었다.

"53일 남았어요. 하지만 당신과 논쟁을 벌이진 않을래요."

"로이드! 잭!"

몰의 걱정스런 외침이 들리자 두 남자가 고개를 홱 돌렸다. 몰은 문가에 서서 그들에게 손을 흔들어댔고 그들이 동시에 달리기 시작했다.

그녀에게 달려가면서 로이드의 가슴은 점점 더 빠르게 두근대기 시작했다. 두려움에 찬 눈동자로 그녀가 불안하게 두 손을 비틀고 있었다.

"무슨 일이에요?"

"모리아가 없어졌어! 내가 죄다 찾아봤거든. 자기 방에 없어. 그 끔찍한 테라스에도 올라가 봤는데 못 찾았다구! 이제 어쩌면 좋니?"

로이드는 강철끈이 가슴을 죄어 와 숨을 쉴 수 없는 듯한 느낌이었다. 모리아가 없어졌다고?

"틀림없이 집 안에 있을 거예요."

몰을 지나쳐 집 안으로 뛰어 들어갔다.

"내가 이 층하고 삼 층을 찾아볼 게요."

그가 뒤돌아보며 외쳤다.

"잭하고 몰은 일 층을 살펴요. 문은 죄다 잠그라구요!"

그로부터 1시간, 이 층의 방을 모조리 뒤진 후에, 로이드는 모리아가 그렇게 쉽게 빠져 나간 것에 화가 난 건지 걱정으로 미칠 지경이 된 건지 알 수 없었다. 거의 회복되었다고 몰이 안심시키긴 했지만, 그는 여기 도착한 날부터 모리아를 보지 못했다. 그때의 반만큼만 나쁜 상태라 해도, 그녀는 도망 갈 체력이 아니었다. 어젯밤 혼자 자도록 내버려 둔 것이 실수였다.

하지만 그 여자가 다시 도망칠 거라곤 사실 생각도 하지 못했던 것이다. 그녀의 문 밖에서 진을 치고 있었어야 했는데! 비록 몰이 그 여자에게 열쇠를 다 건네 주었다 해도, 서재에서 찾은 만능 열쇠로 가둬 놓았어야 했을지도 모른다.

아니, 그런 짓은 할 수 없었다.

그랬어야만 했다! 하지만 모리아를 죄수처럼 가둬 놓을 심장을 그는 갖고 있지 못했다. 그녀가 그의 도움을 원하지 않는다면 그렇게 하라고 해. 잭과 몰이 좀더 성공했길 바라며 아래층으로 내려갔을 때 그들의 걱정스런 얼굴을 보자 머리에서 김이 모락모락나는 것 같았다.

로이드가 다가가자 몰과 잭이 똑같이 머리를 저었다. 그의 가슴이 철렁 내려앉았다.

"멀리 가지는 못했을 거야."

잭이 말했다.

"나는 마차를 가지고 나가서 길을 살펴볼게. 몰, 당신은 모리아가 돌아올 경우를 대비해 여기 있어. 로이드?"

"그녀는 돌아오지 않을 거예요."

조용히 말하며, 그는 애플 놀에서 발생한 일을 설명할 기회가 사라지고 말았다는 걸 알았다.

몰이 눈물을 닦아 냈다.

"내가 집 근처를 찾아볼게. 로이드, 넌 말을 타고 먼 곳까지 찾아봐. 도망 가려고 시도했다 해도, 멀리까지 갈 힘이 없다구. 다칠 수도 있어, 아니면……."

몰의 목소리가 흐릿해짐과 동시에, 로이드는 위에서 무언가가 뒤틀리는 걸 느꼈다. 모리아가 도망을 쳤다면 또다시 그녀를 찾아낼 수 있을지 확신이 서지 않았다. 그녀가 사라진 지 몇 시간은 족히 되었겠지. 어쩌면 밤에 도주를 계획했을지도 모른다. 그녀가 감방 벽을 얼마나 쉽사리 타고 넘었는지 알지 않는가. 기력이 회복되었다면, 밤 사이 떠났을 가능성이 컸고 지금쯤은 아주 멀리까지 갔을 것이다. 자신의 도움을 조롱하는 여자를 대체 몇 번이나 뒤쫓아야 한단 말인가?

절망감 위로 분노의 파도가 넘쳐 올라왔다. 몰이 걱정할 거라는 생각은 해 보지 않았을까? 그를 미워한다고 해도, 몰이 얼마나 상냥하고 친절하게 대해 주었던가. 잭도 그랬다. 그는 사실 화낼 자격이 없었다. 그녀에 대해 간단히 잊어버리고 햄튼으로 돌아가고 싶은 그의 마음만큼이나, 잭과 몰은 소녀에 대한 애정이 너무 커져 버렸다. 그녀가 안전한지 알게 될 때까지 그들 중 누구도 편안해지지 못할 것이다.

"그녀를 발견하면, 한 가지를 선택하라고 해요. 기꺼이 돌아오든지 계속 걸어가든지. 배은망덕한 여자 같으니.”

그는 음울하게 문 쪽을 향했다.

“이렇게 화낼 가치도 없어.”

문고리에 손을 댄 순간, 문이 안으로 활짝 열렸다. 그는 한 걸음 뒤로 물러났다. 그리곤 멍하니 입을 떡 벌린 채 문에 서 있는 모습을 노려보았다. 그의 맥박이 빨라지며 눈은 가늘어졌다.

“빌어먹을.”

그가 중얼거리며 옆으로 비켜 섰다.

19

너무나 놀란 모리아는 로이드의 험상궂은 표정을 쳐다보았다. 얼굴의 밝은 미소가 재빨리 소심하게 흐려졌다. 그가 그녀의 뒤를 노려보자, 또다른 욕설이 터져 나오기 전에 그녀가 끼어들었다.

"하스켈과 소녀들이 늦은 건 제 잘못이에요. 아침 식사용 산딸기를 찾다가 이 사람들을 만났어요, 여기."

잘 익은 과일로 가득한 스카프를 그녀가 내밀었다. 바닥으로 즙이 뚝뚝 떨어지고 있었다.

"계란을 보으느라 또 삼시 지체했어요. 난 어떻게 하는지 몰랐지만, 어린 레이첼이 친절하게도 방법을 가르쳐 주었어요."

7살이나 8살밖에 돼 보이지 않는 작은 여자 아이가 꾸벅 절을 하고 계란이 반쯤 담긴 앞치마를 보이며 앞으로 나섰다. 모리아가 어린 소녀의 어깨에 팔을 두르고 그보다 더 어린 소녀의 손을 잡았다.

"이 작은 여자애도 아주 큰 도움이 됐어요. 이 친구들이 우리와 같이 있다니 너무너무 흥분이 돼요."

그녀는 하스켈 가족 전원을 부엌으로 안내하며 분노와 함께 멍한 표정을 짓고 있는 로이드를 지나쳤다.

모리아가 몰에게 다가가 그녀의 뺨에 쪽 입을 맞췄다.

"당신을 놀라게 해주고 싶었다구요."

그녀의 눈썹이 찌푸려졌다. 몰은 마치 울고 있었던 듯했고, 잭도 얼굴에 당혹스런 안도의 표정을 짓고 있었다. 그들의 불안이 자기 때문인 것을 깨닫자 유쾌한 기분이 가라앉았다.

"죄송해요. 이렇게 오래 걸릴 줄 몰랐어요. 전…… 걱정을 끼쳐 드릴 생각은 아니었어요."

로이드를 쳐다보았지만, 그는 노려보고만 있을 뿐이었다. 갑자기 수줍고 당혹스런 느낌이 들어 모리아는 머리를 뒤로 쓸어 넘기고 치마를 털어댔다. 그녀의 눈동자가 두려움으로 커졌다. 조끼 앞자락에 흘러 내린 빨간 얼룩 자국이나 치마의 멋진 천의 올을 끌어당긴 가지들은 알아채지 못했다. 입술을 핥으니 산딸기의 맛이 느껴졌다.

"정말 사랑스러운 아이죠?"

로이드의 관심을 자신에게서 돌리려 애쓰며, 그녀가 작은 여자애를 자신의 치마 뒤에서 앞으로 끌어냈다. 가엾은 어린 아이, 그 아이는 불쌍한 엄마와 여섯 언니들의 축소판일 뿐이었다. 축 늘어진 갈색 머리와 무기력한 눈동자를 가진 가냘프고 연약한 아이, 맨발의 그 소녀는 굶주린 들쥐 같아 보였다.

숲속에서 그 소녀를 본 순간, 그녀의 가슴이 죄어 왔었다. 입은 옷가지는 깨끗하지만 다음 빨래에서 간신히 살아 남을 정도의 조각조각 기운 헌옷에 불과했다. 로이드의 거친 표정을 부드럽게 해줄 게 있다면, 그건 이 어린 소녀의 상태일 것이다.

로이드가 소녀를 무시하고 몸서리쳐질 만한 표정으로 계속 노려보자, 모리아는 다른 시도를 해 보기로 했다.

"우리 모두에게 푸짐한 아침 식사가 필요하겠군요."

방안의 경직된 침묵을 없애기 위해 애써 기운차게 목소리를 냈다.

"모두를 소개시켜 줄 게요. 그 다음에 먹자구요."

제일 어린 소녀를 이끌고, 방안에 8명의 사람들이 우글거리는 것에 짜증이 난 듯한 로이드에게 걸어갔다. 우선 하스켈 부인에게 말을 걸었다.

"이쪽은 로이드 캄든 씨예요. 저의……."

그녀가 잠시 머뭇거리다가 이윽고 미소를 지었다.

"저의 보호자예요. 잭은 안나가 지난 주에 만났던 그 사람이고, 이쪽이 그의 부인 몰이에요."

로이드의 찌푸린 얼굴을 무시한 채로, 모리아는 하스켈 소녀들을 나이순으로 소개하기 시작했다.

"이름을 다 외울 수 있다면 좋을 텐데. 어디 이 소녀가 안나고 이쪽은 쌍동이 여동생인 사라. 둘은 15살이에요. 그 다음에 2살 어린 나오미가 있지요."

잠시 옆의 소녀를 쳐다보다가 소개를 계속해 갔다.

"데보라는 11살, 주디스는 10살, 그리고 레이첼은 아까 말했죠. 제일 어린 아이는…… 루스예요."

모리아가 말을 멈췄다. 언니 이름이 나오자 눈물이 흐르려 했다. 정신을 차리려고 그 아이의 손을 꼭 쥐었다.

"우리 방들을 청소하느라 모두들 아주 힘들게 일했대요. 이 사람들이 여기 있게 되다니 아주 잘 됐다고 생각해요."

소녀들의 이름을 틀리지 않았다는 자부심에다, 언니의 이름을 말하면서도 울지 않았다는 점이 기뻐 모리아는 미소를 지었다. 하지만 로이드의 딱딱한 표정을 보는 순간 얼굴에서 미소가 사라지고 맥박은 두 배로 빨라졌다. 이 남자는 왜 이렇게 화가 난 걸까? 오만한 짐승! 그는 그녀의 소개를 인정하지도 않았고 하스켈 가족을 전적으로 무시했다. 그의 무례함에 화가 난 그녀는 계란을 그릇에 넣고 그의 손에 있는 산딸기를 잡아 빼려 했다.

"우리 얘기 좀 할까?"

반짝이는 초록 눈동자가 말없는 분노로 짙어졌다. 그의 표정은 금 방이라도 터지려는 비구름처럼 변했다. 그의 손이 그녀의 손을 움켜 쥐었다. 두 사람 모두 산딸기로 젖은 스카프를 쥔 채 어느 한 사람 포 기하지 않았다.

비록 그의 얼굴에 딸기를 휘갈기고 싶었지만, 모리아는 턱을 들고 다시 미소를 보냈다. 그리고 시선을 돌렸다.

"물론이죠. 루스, 엄마를 도와서 이걸 좀 씻어 주렴. 나도 금방 갈 게."

로이드가 스카프를 놓았고, 모리아는 비쩍 마른 팔로 루스를 안은 하스켈 부인에게 산딸기를 넘겼다. 그녀의 눈은 모리아가 대답할 수 없는 질문으로 가득 차 있었다. 그가 모리아를 방에서 이끌 때, 그녀 는 고개를 돌려 한 마디도 하지 않는 잭과 몰에게 말을 걸었다. 이번 일을 전적으로 로이드에게 위임하는 것 같은데 그들이 왜 그러는지 알 수가 없었다.

"아침 식사 후에 침대 정리하는 것 도울 게요. 시트가 더 있는지 찾아봐 주세요."

팔꿈치에 로이드의 압력이 증가하자, 처음으로 분한 생각이 들었다. 아이를 혼내 주려는 것처럼 끌고 나가다니 그가 대체 뭐란 말인가? 책들과 천이 드리워진 가구로 가득 찬 커다란 방에 들어서자 로이드 가 문을 닫았다. 그녀는 빙그르르 몸을 돌렸다. 그의 손아귀에서 벗어 나 두 손을 비틀어 돌렸다.

"설명을 해주시겠어요?"

걸어가는 대로 그를 따라가며 그녀가 다그쳤다.

"당신은 무례했어요. 그리고 그 착한 사람들을 전혀 생각해 주지 않았어요. 운 좋게 여기서 일할 사람들을 찾아낸 건데, 그들을 겁나게 하는 건 전혀 도움이 안 된다구요."

로이드가 걸음을 멈추고 그녀를 마주 보았다.

"언제부터 내가 고용한 사람들을 걱정하는 책임을 맡았지?"

그의 목소리는 아주 딱딱했다.

"그들이 여기서 일하는 게 다행이라는 건 무슨 뜻이야? 일할 수 있다고 가정해서겠지. 그들 중에서 쓰러지지 않고 몇 시간이라도 일할 수 있을 것처럼 보이는 사람은 하나도 없어!"

"제 말뜻 잘 아시잖아요."

그녀는 물러나지 않고 대꾸했다.

"하스켈 부인이 여기서 살았던 부부에 대해, 그리고 그들이 어떻게 죽었는지 다 말해 줬다구요. 하스켈 부인과 그 딸들이 아사 직전만 아니었다면 여기 오지 않았을 거예요. 가엾은 어린 루스는 눈물을 흘리며 엄마에게 애원했어요. 나쁜 귀신이 있는 이 집에서 살지 않게 해 달라고요. 그 엄마는 두려움과 배고픔 사이에서 갈등했죠. 당신은 어린 루스에게 무어라 말할 건가요?"

모리아에게 더 말할 용기를 주는 만큼만 로이드의 표정이 부드러워졌다.

"마침내 여기에 나쁜 귀신이 있다는 걸 루스에게 확신시켜 주었군요. 당신이 그렇게 비열하고 무례한…… 그런 행동을 했을 때 말이에요! 당신은 그 아이에게 미소조차 짓지 않았어요. 어쩜 그렇게 비열할 수 있어요?"

너무도 격하게 말하다 숨이 넘어갈 지경이 되자 모리아는 말을 멈추고 그의 반응을 기다렸다. 감히 사과받을 희망은 갖지 않았다.

"앉으시오, 모리아."

창문 옆의 두 의자에서 천을 벗겨 내며 그가 침착하게 말했다. 그는 자리를 잡고 자기 맞은편의 의자를 두드렸다.

이 멍청이가 내 통렬한 비난을 무시해 버렸어!

"서 있겠어요."

두 다리가 꺾일 지경이었지만, 그녀는 분연히 대꾸했다. 그렇게 오래 나가 있을 생각은 아니었다. 하지만 하스켈 가족을 만났을 때 그들과 같이 시간을 보내고 싶은 마음을 어쩔 수 없었다. 그들을 고용하고 살 곳을 마련해 주었다는 그의 관대한 제안에 대해 들었을 때, 로이드 캄든에 대한 견해가 꽤나 바뀌었다. 그런데 그것이 무지개보다도 오래 지속되지 못하는군. 그들이 여기 있는 걸 그가 꽤나 주저한다는 걸 알아챘던 것이다.

"부탁이오."

거의 명령에 가까웠지만, 하여튼 그는 예의를 차렸다.

그의 독재자적인 예의에 굴복하는 게 싫었지만, 모리아는 자리에 앉았다. 하지만 그의 고압적이고 무신경한 태도에 겁먹지는 않았다. 똑바로 앉아 무릎 위로 두 손을 모았다.

로이드가 앞으로 몸을 내밀자, 그의 무릎이 그녀와 닿았다.

"당신의 작은 탈선이 무슨 혼란을 일으켰는지 알고 있소?"

"전 산딸기를 따러 간 거예요. 그게 탈선이 될 줄은 몰랐는데요."

그녀가 코웃음을 쳤다.

"내가 방에 감금되었던 거라는 사실도 몰랐는 걸요."

그녀의 눈이 가늘어지며, 불신으로 등이 경직되었다.

"지금 내가 당신의 죄수인가요? 내가 원하면 언제라도 떠날 수 있다고 말하지 않았던가요? 마음이 바뀌셨나요?"

그의 대답을 기다리며 그녀는 숨을 죽였다.

"당신은 죄수가 아니오."

딱 잘라 말하는 그의 눈동자가 분노로 번쩍거렸다.

"내가 당신의 보호자도 아니고!"

모리아의 영혼에 불이 타올랐다. 그 얼굴의 오만 불손함을 지우겠다는 생각밖에 아무 생각도 떠오르지 않았다.

"그들에게 뭐라고 말했으면 좋겠어요? '이 사람은 날 정신 병원으로 보낸 남자예요. 자기가 한 짓을 깨닫고, 날 유괴해서 데리고 나왔어요. 내 생각은 무시하고 여기 잡아 놓고 있지요. 그리고 난 방을 떠났다는 이유로 벌을 받을 거예요. 하지만 걱정 말아요. 이 남자는 정말 동정심이 많은 사람이랍니다. 이 사람이 저택의 주인이라는 걸 기억하는 한 그를 위해 일하는 게 즐거울 거예요!' 이렇게 말해야만 했나요?"

"신파극 만들지 마시오."

성마르게 손을 내저으며 그가 거친 소리를 냈다.

모리아는 비명을 지르고 싶었다. 하지만 그 대신, 두 눈을 감고 깊은 숨을 들이마시려 애썼다. 입술을 보일 듯 말 듯 움직이며 조용히, 그리고 열심히 기도를 올렸다. 인내와 평정을 달라고. 마음을 진정시킬 수만 있다면, 예의 바른 모습을 유지하는 것이 얼마나 중요한지 생각할 수 있을 것이다.

"말해 보세요?"

그녀는 눈을 뜨고 부드럽게 말했다. 쳐다보는 눈길이 너무나 강렬해서 그가 자리에서 꿈틀거릴 정도였다.

"나뿐만 아니라 당신의 평판을 손상시키지 않고 당신이 누군지 어떻게 설명해야 했을까요? 결혼하지 않은 남자가 처녀와 같이 사는 건 분명 적당치 못하지요."

로이드의 눈동자가 2개의 에메랄드 불꽃처럼 번쩍였다. 그가 자제력을 유지하려고 애쓴다는 걸 알 수 있었다. 턱이 경련을 일으키며, 두 손은 의자 팔걸이를 힘껏 움켜 쥐었다.

"우리 관계에 대해 말하는 게 아니오. 당신이 결혼하지 않은 남자와 같이 산다고 비난받을까 걱정한다는 게 놀랍기는 하지만 말이오. 당신의 죄를 생각해 볼 때, 당신에게 걱정할 만한 평판이 있다는 생각은 들지 않는걸."

모리아의 머리가 뒤로 들어 올려졌다. 그에게 따귀라도 맞은 듯 뺨이 얼얼했다. 어떻게 그렇게 잔인한 말을? 그는 그녀를 피도 눈물도 없는 살인자로 생각하는 게 분명했다. 그가 이렇게 올바르고 깨끗한 척 행동하는 게 당연해!

그녀는 이를 악물고 의자에서 벌떡 일어나며 일을 더 악화시킬 뿐인 분노의 폭발을 자제하려 노력했다. 하지만 이 순간 그건 불가능할 듯했다.

"난 이런…… 이런 뻔뻔스런 비난을 들을 이유가 없어요, 로이드 캄든. 난 당신에게 도와 달라고 부탁한 적 없어요. 기억나요? 당신 도움이 없어도 난 잘 살았을 거예요."

두 사람은 서로를 노려보았다. 눈 하나 깜박이지 않았다. 그가 너무 가까이에 있어 그녀는 얼굴 위로 닿는 그의 숨결을 느낄 수 있었고, 관자놀이에서 분노로 고동치는 맥박을 볼 수 있었다.

"내 가죽 일기는 어뒀죠?"

그녀가 묻는 순간 그의 눈동자가 번득였다.

그는 어깨를 으쓱이며 히죽거렸다.

"좋은 데 사용했지."

"당신은 그걸 사용할 권리가 없어요."

그녀는 고개를 저었다.

"당신 게 아니에요. 그걸 돌려 주세요."

그가 웃어 넘기는 걸 보고 그녀는 식은땀이 눈썹 위로 솟는 걸 느꼈다. 좋은 데 사용했다는 게 무슨 의미일까? 그 일기는 애플 놀의 비열한 남자들을 고소할 증거로 유일하게 남은 것이었다. 그걸 돌려 받아야만 해!

모리아는 아직 그를 믿을 수 있을지 확신이 서지 않았다. 거기 기록한 것들이 무슨 내용인지 안다면, 그가 과연 그 일기를 돌려 줄까? 어쩌면 벌써 소장에게 보여 주었을지도 모른다. 그리고 그녀를 돌보는 건 그녀가 어떤 죄수들을 찾아 다녔는지 밝히기 위한 계략일 수도 있다.

로이드는 그녀의 불안함을 즐기는 듯했다. 그녀는 너무 동요되어 이성적으로 말할 수 없을 것 같았지만 그가 그녀의 분노에 흔들리지 않는 건 분명했다. 일기를 달라고 애원한다면 그가 열쇠를 쥐고 있다는 느낌만 증가시킬 뿐이리라. 빌어먹을! 그 일기를 돌려 받아야 한단 말이야!

"네?"

그녀는 마침내 순진한 척, 아랫입술을 삐죽 내밀었다.

"내 일기를 갖고 싶어요, 제발요."

그의 목소리는 차갑기만 했다.

"내 기억으로는, 우리가 거래를 했었지 아마. 당신이 그 거래를 마무리지을 때까지, 일기는 지금 있는 곳에 있게 될 거요."

로이드가 그녀의 소맷단을 올려 상처가 드러나도록 손목을 돌렸다. 손목에 감긴 가죽끈을 보았을 때 그의 눈에 부드러움이 떠올랐다고 생각했다. 하지만 그것은 순식간에 얼음장으로 대치되었다.

그녀는 그에게서 손을 빼내어 소매를 다시 내리고는 물러섰다. 가슴이 두근거리며, 뺨으로 뜨거운 기운이 올라왔다. 로이드에게 이 상처를 절대 설명하면 안 된다고 생각했다. 윌로우 계곡에 보내진 후인 지금은 특히나. 사실 일단 그녀를 풀어 준 이상, 그가 이 얘기를 꺼내는 것은 시간 문제일 뿐이었다. 그 정보를 그가 다른 죄수들을 돕는 데 사용할 거라는 확신이 들 때까지 시간을 벌 수 있다면 좋겠는데. 하지만 그의 얼굴 표정은 대답을 촉구하고 있었다. 지금 당장.

그 상처에 대해 얘기하는 게 너무 고통스럽다고 그의 동정심을 자극시켜 볼까? 이 상처가 연민을 불러일으킨다면, 그렇게 할 수 있을 것이다. 하지만 지금 그의 행동으로 보건대, 그건 안 될 것 같았다.

그녀는 마지못해 자신이 일기를 포기하지 않는 한 그를 기다리게 만들 입장이 아니라는 걸 깨달았다. 궁지에 몰린 걸 인정하기 싫어, 무슨 말을 하기 전에 일단 일기를 돌려 받고자 애썼다. 그가 상처에 대한 설명에 어떻게 반응하든 적어도 일기를 갖을 수는 있을 테니까.

"일기를 주세요, 그러면 약속을 지키겠어요."

그의 웃음은 삭막했다.

"전에 당신과 이런 게임을 한 적이 있었지. 하지만 이번에는 내가 정한 규칙에 따라야 해. 손목 상처에 대해 설명을 들을 때까지 그 일기는 내 소유로 있을 거요."

그 비꼬는 소리가 침착을 유지하려는 결심을 무너뜨리고 말았다. 눈물이 핑 돌았다. 이런 약함을 보이는 게 싫었다. 그는 아마 재미있어 하겠지. 적어도 그가 여기에 일기를 갖고 있으며 소장에게 주지 않았다는 건 알았다. 하지만 이 순간, 그녀는 완전히 평정을 잃어버리기 전에 방에서 도망치는 것이 더 급했다.

"소들이 춤추게 되면요."

그녀는 한 마디 내뱉고서 얼른 문가로 달려가 반항적으로 섰다.

"난 옷 갈아입으러 가겠어요. 이성이 돌아오면 알려 주세요."

용기가 사라지기 전에 얼른 덧붙였다.

"약속을 강요하기로 결정하지 않는 한은요. 당신은 어떤 종류의 처벌을 하실 계획인가요?"

눈물이 흘러 내리기 시작했다. 그가 신체적인 강압을 사용할지도 모른다고 생각하니 잊어버리려 애썼던 기억들이 되살아났다. 그녀는 신경질적으로 웃었다.

"이미 당해 보지 않은 걸 고를 수는 없을 걸요. 도움이 필요하시면, 픽스 소장이나 존스 간수에게 언제든 물어 보실 수 있어요. 당신이 상상할 수 있는 것보다 훨씬 경험이 많으니까요."

로이드는 그녀의 말을 멈추게 하고 싶었다. 하지만 입을 열기도 전에 모리아는 달려나가며 문을 쾅 닫아 버렸다. 그는 닫힌 문을 노려보았다. 그는 이성을 찾아보려는 시도에서 실패했다. 방금 전에 옷장 속이고 침대 밑이고 그녀가 도망 가지 않았기를 바라며 온 집 안을 발칵 뒤집어 놓았다. 그런데 다음 순간 그녀의 밝은 미소를 보고 도망친 노예 취급을 하다니! 도대체 어찌된 거란 말인가?

문으로 걸어가는 그의 두 손이 떨렸다. 당장은 몰이나 잭을 마주 볼 수 없었다. 그들이 하스켈 가족에게 무례하게 행동한 설명을 들으려 기다릴 것은 의심의 여지가 없었다. 모리아를 따라가 자신의 행동을 설명할 수도 없었다. 스스로도 이해할 수 없는 지금은 안 되었다.

두 손으로 얼굴을 문지르며, 도서실에 그냥 있기로 결정했다. 창문 옆 의자로 돌아와 앉아, 지금은 텅 빈 모리아의 자리를 쳐다보았다. 한 손을 들어 의자의 천을 만져 보았다. 그녀의 온기로 아직 따뜻함이 남아 있었다.

문에서 그녀와 부딪칠 뻔했을 때 그는 노발대발한 것 이상이었다. 그녀가 그의 손이 미치지 않는 곳에서 아파 누워 있을 수도 있다는 생각에 거의 미칠 지경이었을 때, 그녀는 너무나 행복해 보였다. 왜 말하지 못했나? 사라졌다는 걱정으로 미칠 지경이었다고 왜 설명할 수 없었던가? 물론 그녀가 밖으로 나가는 모험을 감행할 정도의 기력을 회복했다는 점에는 화를 낼 수 없다. 그녀가 겪었던 충격을 극복할 수 없을지도 모른다는 걱정으로 지난 주를 보냈는데 그렇게 건강한 생동감을 발산해서였을까?

바보!

그 어떤 이유로도 자신의 혐오스런 행동을 설명하지 못한다는 걸 알았다. 모리아를 쳐다보았을 때—산딸기로 발갛게 물든 입술, 금빛 머리의 밝은 부분에서 춤추는 아침의 태양, 그리고 그 눈동자…… 맙소사! 그녀의 눈동자가 기쁨으로 반짝이고 있었다!—그가 하고 싶었던 건 숨도 못 쉬게 키스하며 다시는 이렇게 놀라게 하지 말라고 애원하는 것이었다.

그런데 그 대신 그는 비열하게 행동했다. 그녀를 소유하기나 한 것처럼 설명하라고 다그쳤다. 그녀가 화내는 것이 이상할 게 없었다. 사자굴 속으로 걸어 들어온 것처럼 보이는 불쌍한 가족은 말할 필요도 없이, 잭과 몰 앞에서 그를 꾸짖었어야 마땅했다. 그런데도 그녀는 그의 예의 없음을 덮어 주려 노력했다.

둘만 남았을 때 그녀는 그의 설명을 요구할 권리가 있었다. 그런데 그는 무슨 짓을 했던가? 신사처럼 사과하고 그렇게 못 되게 행동한 게 미안하다고 했던가? 걱정이 분노로 변했다는 걸 설명했던가?

아니.

자신이 육체적인 것 이상으로 여자에게 매력이 있다고 생각한 사내처럼, 그녀를 밀어붙였다.

로이드는 의자 쿠션의 복잡한 디자인을 보다가 그걸 손가락으로 쓰다듬었다. 색색의 실들이 보기 드물게 매력적이었다. 그것들을 함께 섞으니, 숨이 막힐 듯 복잡함 속에 아름다운 디자인이 창조되었다.

모리아도 그 디자인만큼이나 흥미로웠다. 약하고 상처받기 쉬운 그녀가 자신과 다른 사람들을 옹호하는 일엔 강하고 도전적이었다. 학대받고 짓밟힌 그녀가 전보다 더 사랑스럽게 회복되었다. 비록 자신이 얼마나 매력적인지 깨닫지 못한 것처럼 행동하지만 그의 무시무시한 분노에 맞서, 자기 입장을 고수하고 그의 거만한 태도와 비열한 행동에 대해 혹평을 가했다.

그녀는 그가 아는 다른 모든 여자들을 둔하고 무기력한 듯이 느끼게 만들었다. 그에게 도전하고 화나게 만들고, 오랫동안 잠들어 있던 감정들을 느끼게 했다. 빌어먹을 여자! 그녀가 일기라 부르는 그 저주받은 가죽 조각을 사용하지 않았다면 좋았을걸. 그것이 말의 일부가 되어 헛간에 있다는 걸 알면, 자기 거라고 그 마차를 끌고 가 버리겠지.

로이드는 일어서서 창문 밖을 내다보았다.

일기가 어디 있는지 말할 필요도 없다. 곧장 그녀의 방으로 가 약속을 지키라고 요구할 수도 있다. 무슨 짓을 당했는지 말하라고, 그리고 그녀가 학대받았다면 그걸 보고서에 첨가하여 그녀에게 건네 줄 것이다. 그가 준 돈으로 그녀는 도시로 가서 청문회에 그걸 들이밀 수 있다. 그녀의 언니에게 진짜 무슨 일이 있었는지 얘기해 준 정보로, 모리아는 애플 놀을 기반부터 흔들 개혁 운동을 이끌 수 있었다. 그로부터 어떤 도움도 받지 않고 말이다.

그는 그녀와 같이 그 일을 해낼 것이다. 이번 한 번만. 그 이후 그는 햄튼으로 돌아가 자기 생활을 되찾고 모리아 레인에 대해선 부인할 수 있다. 그녀가 의회에 준 그 정보를 어떻게 얻게 되었는지도 부인하면 된다.

지금 전체 상황을 생각할 때 한 가지 문제밖에 없었다.

그녀가 그 빌어먹을 일기를 갖을 때까지 그에게 어떤 것도 설명하지 않을 만큼 완고하다는 점이었다.

약속을 지키도록 신체적인 강압을 동원하라고 조롱했을 때, 그의 가슴에 말뚝이 박히는 듯한 느낌이었다. 그는 약한 자를 못살게 구는 악한처럼 굴지 않았던가? 그녀에게 복종을 요구하는 사람이 언제나 우월한 신체적 힘에 의지해 왔을 텐데, 그녀가 그에게 그 이외의 어떤 것을 기대했겠는가?

창문에서 몸을 돌리며, 로이드는 한 가지밖에 선택의 여지가 없음을 깨달았다. 마구와 굴레를 벗겨 내서 그녀에게 들이대는 깃이다. 그리고 이전의 잘 정돈된 삶이 완전히 재앙이 되기 전에 그녀를 떠나보내는 것이다.

그녀를 처음 본 순간 곤경에 빠진 걸 알았다. 그걸 비웃었지. 그걸 부인하고 싸웠지. 웃기지도 않은 일이고 이성을 완전히 넘어서는 생각이라고. 그러나 오늘 그녀를 보내지 않는 한 더이상 그녀에게 저항할 수 없을 거라는 사실을 깨달았다.

빠를수록 좋을 것이다.

신이여 도와주소서.

그는 모리아 레인을 사랑하게 되어 버린 것이다.

20

　로이드는 마침내 도서실을 나와 곧바로 마구간으로 갔다. 몰이나 잭에게 설명할 준비가 되어 있지 않았기에 부엌을 지나는 대신 곧장 밖으로 통하는 문을 사용했다. 그리고 하스켈 가족의 누구라도 보고 싶지 않다는 것도 분명했다. 그 순간, 모리아의 일기를 돌려 주는 것이 그의 유일한 관심사였다. 그는 다른 어떤 것도 상관없이 목적지를 향해 나아갔다.

　문을 열자 마구간 문이 흔들리며 삐걱댔다. 그는 그 빌어먹을 경첩이 떨어지지 않기를 바라며 숨을 죽였다. 문이 열리며 내부에 빛이 흘러 들어갔다. 그는 오른쪽 벽에 나란히 박혀 있는 못에 마구와 굴레가 걸려 있는 걸 들여다보았다.

　얼른 일을 마치려는 생각에, 로이드는 벽에서 마구를 빼내어 자세히 살폈다. 심장 박동이 빨라지기 시작했다. 손바닥에 땀이 고였다. 욕설을 내뱉으며, 한꺼번에 2개의 굴레를 움켜 쥐었다. 하지만 그 부드러운 가죽 조각을 본 결과 그의 뇌 속으로 불가능한 메시지가 전달되었다. 모든 장비가 바뀌어 버렸다!

뒤로 돌아 집으로, 부엌으로 미친 듯이 달려 들어갔다.

"잭 어딨어요?"

어린 루스가 의자에 올라서서 몰의 접시 말리는 일을 돕고 있었지만, 전혀 신경 쓰지 않고 그가 큰 소리로 고함을 쳤다.

소녀가 접시를 떨어뜨렸다. 그것이 바닥에 부딪혀 산산조각이 나자 소녀는 울음을 터뜨렸다. 몰이 로이드를 할퀼 듯이 노려보며 작은 아이를 두 팔로 안았다.

"위층에서 가구를 옮기고 있어. 하지만 얌전히 굴지 않으려면 당장 여기서 나가! 네가 정말 나와 아는 사이니?"

"여긴 내 집이에요, 제기랄. 그리고 난…… 아, 됐어요."

그는 한 번에 세 계단씩 하인들의 계단을 뛰어 올라갔다. 이 층에 도착했을 때는 이마에서 땀이 뚝뚝 떨어지고 있었다. 소매로 얼굴을 닦은 다음, 귀를 기울였다가 바닥에 끌리는 나무 소리를 따라갔다. 방 한 군데에서 옷장을 옮기려 하는 잭을 찾아냈다.

잭이 고개를 들더니 안심이 된다는 듯이 환영했다.

"네가 와서 다행이구나."

그가 숨을 헐떡였다.

"내가 옮기기엔 너무 무겁다구. 하지만 몰에게는 말하지 마라. 좀 도와줄 수 있겠나?"

"가구는 상관없어요. 마차 말의 그 낡은 마구와 굴레를 어떻게 했는지 말해요."

로이드는 목소리 톤을 고르지도 않고서 다그쳤다.

잭의 등이 뻣뻣해졌다. 그리고 눈이 가늘어지며 숱 많은 눈썹이 함께 구겨졌다.

"나한테 말하는 거냐?"

"물론이죠."

로이드가 격분하여 내뱉었다.

"아니, 그럴 리가 없지. 어렸을 때도 그렇게 불손하게 굴도록 내버려 두지 않았다. 지금에 와서 그걸 허락하진 않을 거다."

로이드는 어찌할 수 없이 한숨을 쉬었다.

"미안해요. 당신에게 딱딱거릴 생각은 아니었어요."

"아니, 그랬어. 몰에게도 투덜댔겠지."

로이드의 어깨가 푹 꺼지자 그는 고개를 설레설레 저었다.

"어떻게 된 거냐, 애야? 모리아가 아주 예쁜 아가씨의 모습으로 들어왔을 때부터 괴상하게 행동하는구나."

그의 눈이 부드러워졌다.

"우리 모두 오늘 아침에 너무 성급한 결론을 내렸던 것 같다. 넌 진짜 겁이 났겠지, 그렇지? 내가 보기엔 그 소녀에 대한 네 감정이 죄책감 이상인 것 같다."

잭에게 그의 감정을 숨길 수 있다고 생각했다면 그를 모르는 말이지. 비록 그 감정을 자신의 의식 밑으로 밀어 넣을 수 있었다 해도 말이다.

"당신은 왜 언제나 나보다 먼저 내 생각을 읽어 낼 수 있는 거죠?"

"비슷한 사람들이지, 너와 나는."

잭이 조용히 말했다.

"우린 둘다 힘든 어린 시절을 겪었잖니."

로이드는 문틀에 몸을 기댔다.

"내 감정은 상관없어요. 난 모리아를 사랑할 수 없어요. 그녀는 절대 내가 사는 세상과 어울리지 못해요. 받아들이지도 않을 거고요. 게다가 난 이미 알렉산드리아와 약혼한 몸이에요. 약혼을 깨뜨릴 수는 없어요."

잭이 눈썹을 찡그렸다.

"네 말이 맞아. 남자는 배우자를 선택하기 전에 신중히 생각해야 하고 특별한 한 여자를 결정한 이상 마음을 바꾸면 안 되지. 신 앞에서 절대 깨뜨릴 수 없는 맹세를 하기 전에 실수를 인정하는 것보다 잘못된 여자와 결혼해 평생을 보내는 게 낫겠지."

"당신의 그런 식이 마음에 안 들어요."

"좋아, 명확히 생각하기 시작하는구나. 네가 파혼을 한다면, 모리아와 결혼하는 건 자유다."

"그렇게 간단치가 않아요."

로이드는 천천히 내뱉었다.

"그게 어떤 건지 알아요? 내가 누군지, 어떤 사람인지 밝혀질까 봐 걱정하는 게? 난 아버지와 아주 닮았어요. 누가 닮았다는 걸 알아차리면 어쩌죠? 내 전 인생이 위험해진다구요. 난 모든 걸 잃고 배척당할 거예요. 모리아는 겪을 만큼 겪었어요. 그녀에게 그런 짓을 할 수 없어요."

"그럼 넌 알렉산드리아와 결혼하는 고통스런 운명이 낫단 말이냐?"

"물론 그런 건 아니에요! 상황이 전적으로 달라질 거예요. 일단 그 의원과 결합하면, 비난할 수 없는 인물이 돼요. 알렉산드리아는 나에 대해 부정적인 말을 믿지 않을 거고, 그녀의 아버지는 딸이나 사위에 대한 어떤 스캔들도 막아 버릴 거라구요."

"몰은 네가 다른 사람의 앞치마 끈에 스스로 목을 맨다고 말할 게다. 신중해라, 로이드. 그들은 너에 대해 모를 때 느슨할 수도 있지만 동시에 네 목을 조를 수도 있어. 순식간에 말이다. 이 보고서 때문에 이미 생긴 문제들을 봐라. 그리고 넌 아직 알렉산드리아와 결혼하지도 않았다구."

로이드는 거의 그 끈이 목을 죄어 오는 느낌이었다. 그의 곤경에 대한 잭의 평가는 대단히 논리적이어서, 윌리엄스의 통제하에 자신의 인생이 어쩔 수 없이 묶여질 수 있다는 걸 보지 못한 자신이 오히려 한심스러웠다.

애플 놀 건으로 처음 다투었을 때의 일로, 알렉산드리아가 아버지의 편이라는 걸 알았다. 그가 주체성이나 독립적인 성격을 버리지 않는 한 그의 인생은 패배로 운명지어진 끊임없는 싸움의 연속일 것이다. 분노와 실망감이 금세 후회로 변하며 그는 깊은 한숨을 쉬었다.

"내가 아무리 열심히 노력한다 해도 과거에서 벗어날 순 없을 것 같군요. 모든 게 헛수고였어요. 교육받고, 좋은 평판을 얻기 위해 지냈던 시간들…… 모든 것이 내 어린 시절로 되돌아가요."

"넌 한 가지 틀 속에만 매여 있지 않았어. 자신에 대해 생각하는 인간으로 자랐다. 몰과 난 네가 자랑스러워. 널 제대로 평가하지 못하는 사람들에 대해서는 염려할 가치도 없단다."

로이드가 머리를 저었다.

"당신은 몰라요."

"네가 결심해야 한다는 건 안다. 다만 맞지도 않는 여자와 결혼하거나 다른 사람의 그늘에서 산다면 인생이 훨씬 길 수도 있다는 걸 명심해라."

"알렉산드리아는 괜찮은 여자예요."

갑자기 자신을 방어하고 싶은 마음이 들었다. 그녀에게 결혼 신청을 하기 전 오랫동안 알렉산드리아와의 결혼에 대해 생각해 왔었다. 비록 그녀에 대한 감정적 측면이 부족할지라도, 그는 명예를 지키는 남자다. 그녀를 차버림으로써 수치를 안겨 줄 수는 없는 일이었다.

"옷장을 어디로 옮기고 싶은지 말해 봐요."

주제를 바꾸려고 그가 어깨를 으쓱했다.

"그 다음에 낡은 마구를 어디에 두었는지 말해 주세요."

잭이 더이상 별말 없이 논쟁을 끝내 준 것이 고마웠다. 옷장을 재배치한 후, 로이드는 모리아에게 자제력을 발휘하자고 맹세하며 마구를 찾으러 갔다. 아련한 눈의 아가씨는 그가 대접하는 것보다 더 가치가 있다. 그리고 무슨 일이 생길 수 있는지 생각하며 깊은 상실감에 잠겼다.

모리아가 드디어 부엌으로 돌아왔을 때, 몰은 깨진 접시 조각들을 쓸어 담고 있었다. 루스는 의자에 걸터앉아 있었는데, 눈물로 얼룩진 얼굴이 창백하고 병약해 보였다. 아이의 기분을 편하게 해주려고 미소를 지으며, 모리아는 자신의 혼란스런 생각들을 한쪽으로 밀어 넣었다.

"난 호텔을 세울 정도의 많은 접시들을 깨뜨렸단다. 제드 삼촌은 내가 부엌의 황소 같다고 말하곤 했어."

그녀가 부드럽게 웃자, 몰이 코웃음을 쳤다. 그러나 루스의 얼굴은 꽤나 밝아졌다.

"그 특이한 황소는 까만 머리에 초록 눈동자인데 위층으로 돌격해 갔어. 황소가 또다시 뭘 깨뜨려서 다른 사람을 놀라게 하지 않으면 좋겠다. 그 나쁜 성질로 어떤 손해를 일으킬지는 아무도 몰라."

몰이 중얼거렸다.

"루스는 그 녀석이 간 후로 5분 동안이나 떨고 있었다구."

그녀는 불 같은 눈으로 모리아를 쳐다보았다.

"그 녀석이 설마…… 내 말은……."

"로이드와 전 예의 바르게 대화했어요."

모리아는 거짓말을 했다. 지금 몰은 로이드에게 화가 나 있다. 그가 도서실에서 그녀를 얼마나 위협하려 했는지 말한다면, 몰이 로이드를 닦달해서 억지로 사과하게 만들 것 같았다.

진심이 아닌 사과는 아예 듣지 않는 것만 못하다.

"하스켈 부인과 다른 소녀들은 어디 있나요?"

루스에게로 가 옆 의자에 앉으며 그녀가 물었다.

"황소와 같이 위층에."

몰이 퉁명스레 대답했다. 루스가 낄낄거리기 시작했고, 모리아도 그녀와 같이 웃었다.

"모리아, 아침도 안 먹었잖아."

몰이 호통을 쳤다.

"배고프지 않아요. 집에 가져 온 것보다 더 많은 딸기를 먹었거든
요."

모리아는 아무것도 먹을 수가 없었다. 위가 매듭으로 꼭꼭 묶여 있
는 것 같았다. 몰이 그 핑계를 받아들여 주는 게 고마웠다.

"뭘 도와 드릴까요?"

시간을 쏟을 만한 일을 하고 싶었다.

"넌 쉬어야 해."

"나중에 낮잠을 자겠다고 약속할 게요. 하지만 뭔가 돕고 싶어요."

"루스와 밖에 나가는 게 어떨까? 그애는 로이드가 쿵쿵거리며 돌아
다니는 한 부엌에서 한 발짝도 나가지 않을 거야."

모리아는 작은 소녀의 손을 잡고 일어섰다.

"오늘 아주 예쁜 꽃들을 봤어. 좀 꺾어 올까?"

루스의 손에 힘이 들어가며 천천히 고개를 끄덕였다.

"좋아. 바구니가 필요하겠구나. 각자 하나씩 있어야 할 것 같아."

몰이 다른 방에서 2개의 작은 버들가지 바구니를 갖고 와 루스에게
주었다. 바구니에 넣었던 작은 원예용 가위는 모리아에게 주었다.

"이걸 갖고 나가렴. 나가서 모리아 아가씨를 기다리거라."

몰이 작은 소녀에게 말했다.

루스는 머뭇머뭇 의자에서 몸을 비틀었다.

"어서, 나도 금방 갈 거야."

몰이 왜 둘만이서 얘기하려는지 알 수 없어 하며 모리아가 부드럽
게 재촉했다. 도서실에서 일어났던 일에 대해 물어 볼 거라면, 몰은
진실을 들을 때까지 포기하지 않을 것이다.

소녀가 마침내 의자에서 일어나 바구니를 갖고 나가자, 모리아도

일어서며 몰을 쳐다보았다.

"불쌍한 아이, 넋이 나가 버렸어. 그애 언니들은 지금 상황이 얼마나 나쁜지 이해할 만한 나이야. 엄마보다 더 이 집에서 살고 싶지 않지만, 어쨌든 그애들은 여기 있을 거야. 하지만 루스는 현실을 알기엔 아직 어리단다. 그애는 두려워하고 있어. 분명하고 간단한 사실이라구."

모리아의 눈에 눈물이 가득 찼다.

"두려운 게 어떤 건지 전 알아요."

애플 놀이나 월로우 계곡에 가기 전을 되새겨 보았다. 부모님이 돌아가신 후, 모리아와 루스는 서로에게 매달려 의지했었다. 하지만 인내심 있고 애정을 주던 제드 삼촌이 있었다. 루스 하스켈의 가족은 살아 남기 위해 열심히 노력하고 있었다. 그리고 루스가 이런 힘든 현실에 간단히 적응하길 바란다고 해서 그들을 비난할 수는 없었다.

"제가 어떻게 해야 할지 알아요."

이 집과 로이드에 대한 아이의 두려움을 어떻게 지울 수 있을지 확신이 서지 않았지만, 그녀는 약속을 했다.

"로이드에게는 당신이 말해 주실래요?"

몰이 입술을 오므렸다.

"그러지, 관심을 보이라고 이 빗자루로 때려 주는 한이 있더라도. 어쩌면 머리를 한 대 쥐어 박아야 할지도 몰라."

모리아가 웃어댔다. 꼭 보고 싶은 한 판 승부일 텐데!

그녀가 밖으로 나가자 루스는 맨 아래의 계단에 앉아 있었다.

"준비됐어요?"

바구니 하나를 아이가 집어 들었다.

손에 손을 잡고 둘은 마구간을 지나 걸었다. 벌써 날은 아주 더워졌다. 모리아는 이 뜨거운 태양 열기가 아침의 끔찍한 사건들을 쫓아내 주도록 한껏 받아들였다. 당장 중요한 할 일이 있었다. 빗자루 이상의 훨씬 무서운 무기를 지닌 몰에게 이 집에 안전하게 감금되어 있는 초록 눈동자의 황소 같은 남자, 그 남자에 대한 자신의 감정을 헤아리려 애쓰는 동안 바쁘게 몸을 움직이는 것이었다.

로이드는 영지 북쪽 끝 숲속에 위치한 사방 6미터의 쓰레기 구덩이를 노려보았다. 잭의 말로는, 며칠 전에 이곳으로 낡은 마구를 던졌다고 했다. 지난 몇 주 동안 쌓인 쓰레기들로 보건대 그 마구를 찾으려면 몇 시간은 족히 걸릴 것 같았다.

소매를 말아 올리며 그는 구덩이 속으로 들어갔다. 분명 집이 건축될 때부터 거기 있었던 듯한 깨진 지붕 기와 조각 위에 서니 어깨 위치가 땅 높이와 비슷했다. 내용물로 보아 최근의 쓰레기가 아무렇게나 안으로 던져진 모양이었다. 제기랄! 구덩이의 위층을 찾아 헤매야 할 것이다. 그것은 운이 좋아야 해 지기 전에 끝마칠 수 있다는 의미였다.

먼저 쓰레기의 상태들을 분석해 보고 나서 그는 구덩이 북쪽부터 시작해서 그 주변으로 진행하기로 했다. 운이 좋다면, 거기서 찾아낼 수 있을 것이다. 운이 나쁘다면, 구덩이 구석구석을 죄다 뒤져야 할 것이다. 하지만 어쨌든 찾아낼 것이다!

2시간 후, 로이드는 잭의 목을 졸라 버리고 싶은 심정이 되었다. 등은 아프고, 옷은 땀으로 졸아들었으며 입은 갈증으로 바짝 말라 붙었다. 내리쬐이는 열기와 무언가를 옮길 때마다 공기 중으로 구름처럼 일어나는 먼지 때문에 더욱 심했다. 처음으로 일을 중단하고, 셔츠를 벗어 얼굴을 닦았다. 근육들이 아프다고 비명을 지르고, 장갑을 끼지 않았기 때문에 두 손은 껍질이 벗겨졌다. 배에서 꼬르륵 소리가 나자, 그는 구덩이 한쪽에 등을 기대고 숨을 돌렸다.

눈꼬리에서 무언가 햇살에 빛나는 금속 조각이 들어왔다. 머리를 돌려 자세히 살펴보다가는 씨익 웃음이 나왔다. 굴레 중 하나가 1시간 전에 걷어차 냈던 캔버스 가방에서 빠져 나왔던 것이다! 잭이 장비를 가방 속에 넣었을 거라는 생각은 해 보지 않았다. 하지만 찾아냈다는 것에 너무 흥분되어 짜증이 나지도 않았다. 가방을 열어 보고 그 안에 마구밖에 없다는 것에 안도했다. 그는 어깨에 가방을 둘러메고 구덩이를 빠져 나왔다.

배가 고프기도 했지만, 갈증이 더 컸다. 호수로 이어진 작은 물줄기가 있다는 생각이 떠오르자, 숲속으로 나아갔다. 늘어진 나뭇가지들이 반가운 그늘을 만들어 주며 아까의 짜증과 불에 데인 듯한 피부를 식혀 주었다. 소나무의 독특한 향내도 구덩이의 썩은 내와 다른 반가운 변화였다.

시내까지의 거리를 잘못 알았던 게 분명해졌지만, 그는 그대로 계속 걸었다. 흐르는 물줄기의 냄새와 소리를 따라갔다. 마침내 물가에 다다르자, 그는 목을 축이고 얼굴과 가슴, 발과 손을 닦고 나서 나무 아래 앉았다. 발치에 가방을 던져 놓았다. 잔디에 앉아 등을 기대고, 숲의 평화로운 소리들과 고독감을 기꺼이 즐겼다.

정신적으로, 육체적으로 완전히 기력이 빠져 나갔다. 그는 이제 목적을 이루었다는 편안함을 누리도록 자신에게 허락하였다. 두 눈을 감은 채 그의 생각이 이리저리 떠돌았다. 애플 놀에 대한 얘기를 듣기 전 햄튼에서의 생활에 생각이 쏠렸다.

잭과 대화를 한 후, 자신의 삶을 재평가해 본 지가 얼마나 오래되었는지 깨달았다. 말 한 마디마다 신중하게 고려하는 대신 정직하게 생각을 나눌 만큼 믿을 수 있는 사람과의 미래에 대해서도 생각해 본 지가 얼마나 오래되었던가.

어쨌든 데이비즈 크로싱과 햄튼 사이의 거리가 그에게 잠재된 의식을 표면으로 끌어올리는 신선한 시각을 부여했다. 새로이 생각해 보니, 햄튼에서 살아 남고 부를 누리긴 했어도 결코 진실로 그곳 생활을 즐기지는 못했다는 걸 알았다.

상업적 생활로 부산한 도시, 거리는 마차와 행상인과 장사꾼들의 시끄러운 소음으로 가득했다. 그는 엄격한 일상에 따라 일했다. 사업은 꽤 이익이 남았고 사회적 인식도 괜찮았다. 그러는 한편 지루하고 권태롭기도 했다. 로이드는 정직하게 지루했다는 점을 인정했다. 회사를 조직하는 처음 단계의 도전이 단조로움으로 바뀌는 지금은 특히나 그랬다.

깊은 한숨을 내쉬며, 그는 눈을 뜨고 주위를 둘러보았다. 영지를 둘러싼 숲은 상업적 세상의 음모와 시시함에 대항하는 자연적인 바리케이드 같았다. 공기는 깨끗하고 신선하며, 대지는 탐욕이나 경쟁으로 오염되지 않았다.

이곳을 고립시켜 창조한 그 남자를 상상해 보았다. 정말 이상해. 미국으로 건너온 독일이나 그런 쪽 귀족이라고 몰이 말했었지. 그는 무언가로부터 도망쳤던 것일까, 아니면 지금 로이드를 끌어당기는 것과 똑같은 전원적인 매력에 이끌려 오게 된 것일까?

장원의 저택은 멋지게 지어졌고 밝은 미래를 약속하고 있었다. 그 독일인이 자신의 뒤에 남겨질 무언가를 상상하며 창조한 것은 아니었을까? 비록 자신의 자손으로 거의 15개나 되는 침실을 채울 상상을 하는 건 몽상가나 가능하겠지만 말이다.

불쌍한 남자. 그의 첫아이는 태어나면서 죽어 버렸고, 아이의 어머니까지 데려갔다. 그녀에 대한 사랑이 지극하여 그는 함께 묻히려 작은 탑에서 몸을 던졌다. 무덤에서 안식을 구하도록 남자를 몰아 간 것이 사랑일까, 아니면 포기한 희망과 꿈이었을까?

꿈이란 항상 재빨리 악몽으로 변한다. 그것에 대해 로이드만큼 경험으로 안 사람도 없을 것이다.

자신의 생각을 떨쳐 버리며 로이드는 일어섰다. 언뜻 들리는 목소리에 긴장하며 주위를 둘러보았다.

탁 트인 초원으로 이어지는 물줄기 맞은편 너머, 흐릿한 색채가 눈에 잡혔다. 땅에 무릎을 꿇고 있는 2개의 모습. 호기심에 이끌려 그는 더 자세히 살피기로 마음 먹었다. 시내를 건너 길을 비켜 가며, 신중하게 그들에게 다가갔다.

21

잡초 더미에 무릎을 꿇고, 모리아는 앞으로 몸을 굽혀 2개의 묘비 중 하나 위로 5년간 너무 자라 버린 풀들을 뜯어냈다. 루스가 무릎을 꿇은 채 조금 더 다가와 모리아의 허벅지를 잡았다.

"무서워할 거 없어."

모리아가 부드럽게 말했다.

"봐, 이 돌은 엄마와 그녀의 아기를 위한 거야."

모리아는 글씨를 읽을 수 있을 정도로 잡초를 뿌리째 뽑아 냈다.

볼프강 폰 오팅거의 사랑하는 아내

카타리나를 기억하며

1805~1823

바닥의 작은 부분에는 갓 태어난 그녀의 아기가 2개의 간단한 단어로 기록되어 있었다. 어린 아들.

“이걸 좀 예쁘게 만들어야겠어. 도와주렴.”

야생화로 넘칠 듯이 차버린 바구니에서 삽을 꺼내어, 모리아는 묘비 앞의 작은 부분이 말끔해질 때까지 잡초들을 잘라 내기 시작했다. 루스가 자진해서 잘라진 풀들을 옮겼다.

모리아는 뒤로 앉으며 눈썹을 닦았다. 한낮의 태양 속에서 눈을 빛내며, 자신이 해낸 일을 살펴본 뒤 만족스레 고개를 끄덕였다. 화강암 묘비가 이제 깨끗하게 눈에 들어왔다.

루스가 묘비로 다가가 조심스레 만져 보았다.

“아기들은 왜 죽나요?”

눈을 내리뜬 채 소녀의 목소리는 가라앉아 있었다.

모리아는 소녀의 손을 잡아 자신의 앞에 앉도록 잡아당겼다. 루스의 가슴에 팔을 두르자 아이가 그녀에게 기대 왔다.

“하나님은 우리 모두를 위해 계획을 갖고 계셔. 왜 어린 아기들이 천국으로 불려 갔는지 우리로서는 이해하기 힘들 때가 있단다.”

루스의 어깨에서 힘이 빠지는 걸 느꼈다.

“나한테도 어린 남동생이 있었어요. 그애는 진짜 작았어요. 그런데 그 아기도 죽었어요.”

“그럼 네 어린 동생은 지금 천사가 돼 있을 거야.”

모리아가 부드럽게 말해 주었다.

“그애를 많이 보고 싶니?”

루스가 모리아의 품에서 몸을 빼냈다.

“그애는 아주 많이 울었어요. 엄마도 울고요.”

루스의 애기에 모리아의 가슴이 아프게 죄어 왔다.

“우리 엄마는 죽지 않았지만 아빠는 죽었어요. 이 아기의 엄마는 왜 죽었나요?”

루스는 자신의 엄마에 대해 걱정하는 눈치였다. 그리고 모리아는 부모님 두 분을 앗아 가 버린 끔찍한 비극이 기억났다.

"내가 대답해 줄 수 있다면 좋겠구나, 아가야. 나의 엄마와 아빠가 돌아가셨을 때, 제드 삼촌은 이렇게 말씀하셨어. 하나님께서 아주 특별한 천사들을 필요로 하신 거라고. 천국에서 아기 천사들을 모두 보살필 수 있는 어른 천사 말이야. 난 아직도 그분들이 보고 싶단다."

루스가 몸을 돌리며 커다랗게 뜬 눈으로 놀란 듯이 쳐다보았다.

"모리아의 아빠도 죽었나요?"

"난 겨우 3살이었단다."

모리아는 고개를 끄덕이며 대답했다.

"아빠가 보고 싶어요, 가끔씩."

루스는 머리카락을 만지작거리며 땅을 내려다보았다.

"나도 아빠가 보고 싶단다."

"그분이 내 아기 동생과 같이 천국에 있다고 생각하세요?"

희망을 담은 목소리였다.

"틀림없이 그렇다고 생각해."

루스가 만족스런 미소를 지었다가 다시 표정이 어두워졌다. 잡초로 여전히 덮여 있는 옆의 묘비를 가리키며, 작은 입술을 삐죽 내밀었다.

"이 남자는 천국에 있지 않아요. 사라가 그러는데 그 남자는…… 거기 있대요."

작은 어깨를 쭉 펴며 언니의 말을 그대로 전했다.

"그 남자는 하나님의 법칙을 어긴 사악한 사람이었어요. 여기서 좋은 일은 하나도 일어나지 않을 거예요."

모리아가 몸을 움찔했다. 소녀의 목소리는 차가웠고, 그녀의 몸이 떨리기 시작했다.

"그는 나쁜 남자였어요. 난 여기서 살고 싶지 않아요."

모리아가 고개를 내저었다.

"그는 아내를 아주 많이 사랑했던 게 틀림없어. 그를 판단하는 건 우리가 할 일이 아니란다."

“나 집에 가고 싶어요.”

모리아는 소녀에게 장원으로 돌아가고 싶은지 아니면 로이드를 위해 일하기 전 가족들과 살았던 그 집으로 돌아가고 싶은지 설명할 기회를 주고 싶지 않았다. 대신 재빨리 두 번째 묘비에서 잡초를 잘라 내고 그곳을 가리켰다.

“남자 이름은 볼프강이구나. 이 사람은 평범한 남자였을 뿐이야.”

루스의 두려움을 몰아내 주길 바라며 말했다.

“울프(늑대)라구요?”

아이의 얼굴이 창백해졌다.

“아니, 울프가 아니라 이름이 볼프강이었다구.”

남자의 그림자가 루스와 모리아 사이로 내려앉자, 소녀가 고개를 들며 놀란 비명을 질렀다.

“황소다!”

그녀가 울음을 터뜨리며 모리아의 팔로 뛰어들었다.

모리아의 팔에 소름이 돋았다. 고개를 드니, 이상한 표정으로 그들을 내려다보는 로이드의 모습이 보였다.

“놀라게 할 생각은 아니었소.”

그가 재빨리 몸을 숙여 소녀의 머리를 토닥여 주려 했다.

루스의 팔이 모리아의 목을 힘껏 끌어안자, 그녀는 꼬옥 안아 주었다.

“이분은 로이드 씨란다, 레이브첸.”

그녀가 중얼거렸다.

“사실 황소가 아니지. 난 오히려…… 곰하고 닮았다고 생각해. 네 생각은 어떠니?”

잠시 후에, 루스가 눈물 젖은 속눈썹 사이로 로이드를 훔쳐 보았다.

“커다란 흑곰이에요.”

딸꾹질하며 말하는 소녀의 대답에 모리아가 킥킥 웃었다.

"머리를 깎으면 덜 곰 같아 보일 거란다."

루스가 의심스러운 듯 로이드를 쳐다보다가 작은 손을 뻗어 그의 얼굴을 만졌다.

"아빠도 구레나룻이 있었어요. 아빠가 뽀뽀할 때마다 간지러웠어요. 난 이게 좋아요."

로이드가 웃으며 말했다.

"그럼 너를 위해서 이걸 길러야겠구나. 밥 먹으러 집에 돌아가려던 참이었다. 내 어깨에 타겠니?"

모리아는 남자와 아이를 당혹스레 번갈아 쳐다보았다. 아이는 로이드의 친절함에 재빨리 반응했다. 모리아는 그의 친절함이란 것이 목적을 위해 계산된 부분이라고 생각했지만 그 눈 속의 따뜻함과 연민은 거짓이 아니었다. 루스에게처럼 그녀에게 동정을 보여 주었던 때를 기억해 보았다.

이 사람이 바로 몇 시간 전에 도서실에서 싸웠던 그 남자란 말인가? 그의 태도가 완전히 변해 있었다. 모리아는 환경에 맞게 색을 변화시키는 카멜레온을 떠올렸다. 작은 소녀에게 친절을 베푸는데 숨겨진 동기가 있는 건 아닐까?

루스는 허락을 구하듯이 모리아를 잡아당겼다. 아이의 눈 속엔 기쁨어린 기대가 어려 있었다. 모리아는 좋다는 듯 고개를 끄덕였다.

일어서는 모리아를 도와준 후에, 로이드가 가녀린 소녀를 한 번에 어깨 위로 올렸다. 캔버스 가방을 어깨에 길친 다음 그가 모리아에게 미소를 지었다.

"당신도 우리와 같이 가겠소?"

간질간질한 느낌이 등뼈를 훑고 발가락 사이에 고이는 느낌이었다. 넋을 잃을 것만 같은 미소. 그녀는 얼굴의 홍조를 눈치 채이기 전에 얼른 고개를 돌렸다. 양손에 꽃바구니를 쥐고, 로이드와 나란히 집으로 걷기 시작했다. 균형을 유지하려고 말갈기를 쥔 기수처럼 로이드의 머리를 몇 가닥 꽉 움켜 쥔 소녀의 손이 눈에 들어오자 모리아는 억지로 웃음을 참았다. 소녀가 균형을 잃고 머리를 잡아당길 때마다 그의 인상이 찌푸려졌다. 하지만 그는 불평 한 마디 하지 않았다. 소녀의 고개가 꾸벅거리기 시작하자 로이드는 팔에 안아 들었고, 그 즉시 아이는 잠이 들었다.

"우릴 찾아내다니 놀랍군요."

모리아가 과감히 입을 열었다. 로이드가 그녀를 찾아 다닌 것인지 알고 싶었다.

"제가 또다른 규칙을 어긴 건가요?"

로이드가 걸음을 멈추자, 그녀는 대답을 기다리며 그를 올려다보았다.

"당신은 마음대로 어디든 갈 수 있소. 그러나 어디에 가는지 누구에게 말해 놓는다면 도움이 될 거요."

뒤늦게 생각난 듯 그가 한 마디 덧붙였다.

모리아는 의심스레 그를 쳐다보았다. 무슨 말을 해야 할지 확신이 서지 않았다.

"오늘 아침 일은 내가 사과해야겠소. 우리 모두 미친 듯이 당신을 찾아 1시간 동안 헤맸다는 걸 당신이 알 리 없었소. 몰은 당신이 또다시 도망치려다가 길가에 쓰러져 있을 거라고 확신했었소."

모리아가 얼굴을 붉혔다.

"그럴 줄은 몰랐어요."

그의 목소리가 거의 속삭임에 가까울 정도로 부드러워졌다.

"문을 열고 거기 서 있는 당신을 봤을 때, 난 알 수가 없더군. 그렇게 나돌아다닌 당신의 목을 졸라야 할지 아니면……."

그의 말꼬리가 흐려지며, 그녀의 가슴을 두근거리게 할 정도의 표정으로 그녀를 쳐다보았다.

순수하고 노골적인 욕망이 그의 눈 속에서 빛났다. 모리아의 몸이 반응을 보였다. 숨도 못 쉴 정도의 뜨거운 기운으로 몸이 얼얼해진 것이다. 그의 이마 한가운데로 떨어진 짙은 색 곱슬머리를 쓸어 넘기고 픈 충동이 일었다. 한 번의 접촉, 그것이 전부를 바꿀 것임을 그녀는 깨달았다. 그렇게도 깊이 상처 입힌 남자에게 어떻게 반응을 보일 수 있단 말인가.

로이드는 너무나 달라 보였다. 아이를 팔에 안은 지금 전혀 공포스럽지 않았다. 그 모습에 마음이 불안해지며, 손에 든 꽃바구니가 떨리기 시작했다. 그가 전에 그녀에게 얼마나 역겹게 행동했는지 기억하라고 열심히 자신을 일깨웠다.

마력이 깨어지고, 모리아는 얼마 떨어지지 않은 집을 향해 걸어갔다. 로이드가 몇 발짝만에 따라잡았을 때도 그를 무시하려 애썼다.

"당신은 호기심도 안 생기나?"

그녀와 보조를 맞추어 천천히 걸으며 그가 물었다.

"당신에게 호기심 생길 만한 건 아무것도 없어요."

그녀는 차갑게 말하고, 걸음을 서두르며 앞만을 노려보았다.

"내가 메고 있는 캔버스 가방에 대해서도?"

모리아는 그의 어깨에 걸려 있는 가방을 슬쩍 곁눈질해 보고 나서 어깨를 으쓱했다.

"당신이 가방에 넣은 것에 대해 내가 왜 호기심을 가져야 하죠?"

그가 낄낄거리자, 그녀는 더욱 걸음을 재촉했다. 지금 그가 대담하게 드러낸 욕망과 장난스런 태도에 대해 생각할수록 더 미칠 지경이되었다. 게임을 할 생각이라면 그는 다른 사람을 찾아야 할 것이다.

"당신은 날 대단히 싫어해, 그렇지?"

그의 질문에 깜짝 놀라, 모리아는 그대로 멈춰 섰다.

"난 당신을 믿지 않아요."

그녀의 분노가 폭발하는 말 속으로 휘감아들었다.

"당신은 날 돕고 싶다고 말한 다음에 날 배신했어요. 이유는 당신 자신과 신만이 아시겠지만, 하여튼 당신은 날 구출한 다음 결백하다고 주장하면서 숲속으로 날 쫓아왔어요."

감정이 북받쳐 그녀의 목소리가 떨려 나왔다.

"그러는 동안 줄곧 당신은 날 위협하려고 힘을 사용했죠. 마침내 날 모든 사람들이 피하고 싶어하는 이곳에 숨겨 두었죠. 그리고 죄수처럼 다루며 또다시 협박했어요. 오늘 아침만 해도 당신은 내 것을 돌려 주지 않고 나더러 약속을 지키라고 다그쳤죠."

잠시 숨을 돌리며, 그녀는 그를 노려보았다.

"루스와 같이 나올 때 날 쫓아온 거죠? 내가 또다시 도망 갈까 봐 겁이 났나요?"

그녀는 주먹을 불끈 쥐었다.

"그래요, 난 당신이 싫어요."

격한 숨을 가다듬으며 그녀가 말했다.

"당신이 왜 내 행복에 대해 그렇게 신경 쓰는지 난 모르겠어요. 당신과 신사 양반들의 다른 비열한 핑계거리들을 파멸시킬 그 소중한 청문회를 내가 방해하지 않는다는 걸 확인하는 것밖에 이유가 없다구요."

로이드는 아무 변명도 없이 그녀가 마음대로 공격하도록 내버려 두었다. 그녀에게는 그의 성실성을 의심할 이유가 충분히 있었다. 그렇다 해도 그녀에게 저지른 죄를 조목조목 듣는다는 것은 고통스러웠다. 그녀의 눈이 불신과 분노로 번득이며, 그녀를 처음 보던 날 그를 매혹시켰던 눈빛은 맑은 봄하늘 색 대신 성난 바다와 같은 색으로 변해 있었다. 자제해 보려고 애쓰는 그녀의 몸이 경직되었다. 그는 그녀가 지칠 때까지 기다렸다가 입을 열었다.

"당신은 청문회에 나설 생각인가?"

어깨를 쭉 펴는 그녀를 보며, 말로 대꾸하기 전에 이미 대답을 알 수 있었다.

"당신이 날 막을 수는 없어요."

로이드는 고개를 저었다.

"당신을 막을 생각 없소."

그녀의 눈에 놀라움이 번지고, 그는 그녀의 순간적인 당혹감을 이용하여 말을 이었다.

"우리가 도착했을 때 난 당신에게 약속을 했소. 그리고 그 약속을 지킬 생각이오. 일어났던 모든 일에 핑계를 대서 당신 기분을 상하게 하지 않을 거요. 하지만 제안을 한 가지 하고 싶소."

그녀의 눈썹이 의심스레 들리고, 그는 일말의 희망으로 계속했다.

"나와 같이 앉아서 마음을 열고 내 말을 들어 주길 바라오. 질문을 해도 좋소. 가능성을 고려해 보시오. 내 도움을 받아들이지 않고 떠나겠다면, 잭이 당신이 가고 싶어하는 곳 어디로든 데려다 줄 거요. 만약 여기 있기로 결정한다면, 난 당신의 청문회 준비를 도울 거요."

모리아는 그가 제시한 모든 제안을 고려하면서 아랫입술을 잘근잘근 씹었다. 그녀는 한참 동안 그를 쳐다보았다. 하지만 그의 생각을 읽을 수 없었다. 그에게 기회를 줄 것인가 아니면 도망 갈 기회로 삼을 것인가?

"날 속이려는 게 아니라는 걸 어떻게 확신하죠?"

그 목소리에 묻어나는 불신에 그는 몸을 움츠렸다. 그러나 그녀도 흔들리는 것 같았다. 잠든 아이를 어깨로 들어 올리며, 그는 캔버스 가방을 내려 그녀에게 건넸다.

"이건 당신 거요."

가방이 두 사람 사이에 매달려 있었지만 누구 하나 움직이지 않았다. 그녀는 그의 팔근육이 뒤틀릴 때까지 오랫동안 가방을 살펴보았다. 그가 팔을 거두려 생각하던 찰나, 그녀가 가방을 받았다. 신중히 그의 손과 닿는 것을 피하는 듯했다.

가방의 무게를 짐작하지 못한 듯, 그녀는 가방을 땅에 툭 떨어뜨리고 말았다. 안을 들여다보는 그녀의 눈살에 주름이 패였다. 안을 두 번 다시 들여다보지 않고서 얼굴을 그에게 들었다.

"땅에 쏟아 보시오."

굴레와 마구들이 산더미처럼 쌓이자, 그녀는 발로 걷어차 버렸다.

"만약 장난치는 거라면……"

"장난이 아니오."

그가 재빨리 그녀의 말을 끊었다.

"당신 걸 돌려 주고 있는 거요. 불행히도 원래대로 만드는 건 당신이 해야겠지만."

모리아가 완전히 화난 표정으로 쏘아보자, 그가 낄낄거리기 시작했다.

"당신이 생각하는 것 같은 미치광이가 아니라는 걸 입증할 수 있는 유일한 방법이 그거요."

"지금은 머리가 돌았거나 술 취한 사람으로 생각되기 시작하는군요."

그녀가 쏘아붙였다.

"굴레와 마구들이 나나 당신하고 무슨 관계가 있는지 생각하기 힘들군요."

"윌로우 계곡에서 막 나섰을 때 마차가 멈췄던 거 기억나오? 가죽끈 몇 개가 끊어진 걸 잭이 알아챘지. 우린 그것에 대해 거의 예상치 못했기 때문에 어찌해야 할지 당황스러웠지."

그녀의 샐쭉함을 알아채고 그가 덧붙였다.

"다행히도, 일시적인 해결책이 될 만한 걸 윌로우 계곡에 가지고 갔었지."

모리아는 그의 얼굴을 들여다보았다가 발치의 물건들을 쳐다보고 다시 그를 올려다보았다. 그녀의 눈에 깨달음이 번득였다.

"내 일기?"

그가 고개를 끄덕였다.

"전부 다시 풀어야 하겠지만 모두 거기 있을 거요. 내가 아주 좋은 일에 사용한 거지."

그녀의 입술에 떨리는 미소가 떠올랐다.

"내 일기를…… 마구로 썼단 말인가요?"

"그 순간에는 그게 적당할 것 같았소. 오늘 도서실에서 우리…… 우리가 싸운 후에, 난 그걸 찾으려고 마구간에 갔는데 잭이 새 걸로 갈았다는 걸 발견했소. 당신이 꽃을 모으는 동안, 난 당신을 위해 이걸 찾으려고 쓰레기 구덩이 깊숙이 어깨를 묻어야 했소. 당신과 루스의 소리를 들었을 때는 물가에서 쉬고 있던 참이었지."

모리아의 입에서 킥킥 웃음 소리가 새어 나왔다.

"쓰레기 구덩이에 있었단 말이에요?"

"아침 내내."

"날 쫓아온 게 아니구요?"

그의 표정이 진지해졌다.

"난 마구를 찾는데 정신이 팔려 있었지. 당신 말이 옳았소. 일기는 당신 거요. 그리고 그 일기를 이용해서 약속을 지키라고 강요할 권리는 나에게 없었던 거요."

자신의 실수를 정직하게 인정하고 나니 아침에 그녀에게 심한 말을 퍼부었을 때보다 훨씬 더 기분이 나아졌다. 일기가 그녀에게 중요하다는 건 알았지만, 그녀를 또다시 위협하는 수단으로 이용할 수는 없었다.

그녀의 환희에 찬 표정으로 보아, 자신이 올바른 결정을 했다는 걸 알았다. 그가 그녀를 공정하게 대하지 않으면 그녀는 절대 그를 믿지 않을 것이다.

모리아는 무릎을 꿇고 가방으로 마구를 쓸어 담은 다음, 가방 양쪽을 여몄다. 손목을 문지르며 땅을 쳐다본 채로 그녀가 머뭇거렸다.

"상처에 대해 왜 꼭 알아야 하는 거죠?"

"몰라도 괜찮소. 당신이 말하고 싶지 않다면 말이오. 그 상처가 생긴 이유가 청문회에 가치가 있는 거라면, 당신이 청중 앞에서 증언할 수 있소. 그렇지 않다면, 그 이유는 비밀로 간직해도 좋소."

그녀가 한숨을 쉬자, 그는 다가가 그녀의 어깨에 손을 올렸다.

"깡패처럼 군 나 자신이 부끄럽소. 잔인하게 비난을 한 것에 대해서 날 용서해 주겠소, 모리아?"

그는 그녀의 대답을 들을 때까지 심장이 멈추어 섰다. 그녀가 마침내 얼굴을 들고 그를 쳐다보았을 때, 그녀의 얼굴엔 눈물이 흘러 내리고 있었다.

"상처에 대해 말하겠어요."

그녀는 조그맣게 속삭였다.

"내 일기의 암호에 대해 어떤 것도 묻지 않겠다고 약속한다면요."

22

로이드가 모리아의 간절한 애원에 미처 대답하기도 전에, 몰이 부엌문을 열고 끼어들었다. 그녀가 앞치마에 손을 닦는 동안 열린 문 사이로 향긋한 냄새가 흘러 나왔다.

"이반 브로클리 변호사가 기다리신다."

그녀는 로이드가 잠든 아이를 껴안고 있는 모습에 놀란 모양이었다.

로이드는 캔버스 가방을 들고 무게를 가늠하여 그가 루스를 안은 것처럼 팔에 안는 모리아를 지켜 보았다. 지금 이 행동의 의미가 무엇이든간에 그녀와 단둘이 애기할 수 있으면 알게 되겠지. 그녀는 얼굴을 돌리고 한 마디도 없이 집 안으로 들어갔다.

로이드는 잠자는 아이를 몰의 팔에 넘기고, 브로클리가 왜 방문했을지 생각해 보았다. 브로클리가 로이드의 위조 사인에 문제를 발견했을 거라는 생각은 들지 않았다.

"그 사람 어디 있죠?"

"도서실에서 기다리시라고 했어. 가구가 놓여진 응접실은 하나도 없으니 도서실이 제일 적당할 것 같았거든. 자기 시를 가져 왔대."

몰은 로이드가 너무나 잘 알고 있는 그런 표정으로 쳐다보았다.

"어떻게 행동할지는 알고 있어요."

그가 킥킥거리며 그녀를 안아 주었다. 몰의 팔에 안긴 아이 때문에 그녀를 들어 비명을 지를 때까지 빙빙 돌릴 수는 없었지만ー그 전략은 그녀가 그에 대해 화나 있을 때마다 항상 효과를 나타내곤 했었다. ー그녀의 이마에 점잖게 입을 맞추었다.

"사과하는 게 유행인 모양이에요. 내 리스트에서 네 번째이긴 했어도, 마음속으로는 언제나 당신이 첫째라구요."

몰이 코를 훌쩍거리며 온화하게 일깨워 주었다.

"하스켈 가족을 잊지 마라."

"내가 만난 사람은 루스뿐이죠."

소녀의 얼굴에서 머리카락 하나를 쓸어 넘기며 그가 대답했다.

"브로클리를 만나고 나서 다른 사람들에게 벌충할 게요. 그 사람 오래 기다렸어요?"

몰이 고개를 저었다.

"한 30분 전쯤 여기 왔을 때 내가 식사를 준비하겠다고 했단다."

"그럼 우리 두 사람분은 도서실에 차리도록 해주세요. 당신과 다른 사람들은 여기서 먹으면 되겠죠. 모리아에게 식사 거르지 말라고 하세요."

로이드는 재빨리 도서실로 가서, 잭이 너무나도 쉽게 속여 먹은 지방 변호사에게 자신을 소개했다.

하지만 이반 브로클리는 전혀 그의 예상과 달랐다. 유행에 맞게 차려 입은 옷과, 단단한 몸매와 확고한 악수는 그가 책 속에 파묻혀 사람들과의 연락을 끊고 은둔하여 혼자 공부한 변호사일 거라는 그의 추측을 뒤엎어 버렸다. 그의 따뜻한 갈색 눈동자엔 지성과 친절이 담

거 있었다.

"차츰 안정되시는 모양이군요."

서류를 한쪽으로 밀치며 변호사가 미소지었다.

"아주 천천히지요."

로이드도 동의를 표했다.

"좀더 편안한 자리를 만들지 못해서 죄송합니다. 아시다시피 식당
이 대부분의 이 층, 삼 층하고 똑같이 벽 외에는 아무것도 없거든요."

사라와 안나가 방으로 작은 테이블을 운반해 오자 그가 설명했다.

"이걸로도 아주 충분합니다, 충분하죠."

소녀들이 재빨리 자기 그릇과 은접시들을 놓는 동안 브로클리가 말
했다. 나오미와 데보라는 야채가 담긴 김나는 그릇과 얇게 저민 쇠고
기가 든 접시를 날라 왔다.

"저리로 앉으실까요?"

아까 그와 모리아가 사용했던 2개의 의자를 로이드가 가리켰다. 변
호사가 자리를 잡은 다음, 로이드도 앉았다. 식사하는 동안, 두 남자는
배고픔을 만족시키며 기분 좋은 이야기들을 주고 받았다. 로이드는 몰
이 준비한 맛 좋은 음식만큼이나 이 남자의 편안한 성격을 즐기는 자
신을 발견했다. 접시가 치워지자, 브로클리는 디저트로 배를 선택했다.
로이드와 잭이 힘을 모아 전날 거둬 들였던 수확 중 일부였다.

"이 영지는 아주 풍부한 수확을 거둘 수 있지요."

입을 닦고 의자에 등을 기대며 브로클리가 말을 던졌다. 그는 두
손을 모아 배 위로 얹었다.

"당신이 부럽습니다."

로이드의 눈썹이 휙 올라갔다.

"그럼 왜 당신이 직접 이곳을 사지 않았습니까? 사실, 지난 5년 동
안 이곳을 사려는 사람이 하나도 없었다는 게 이상하거든요. 이곳에
안 좋은 소문이 있다 해도 진지하게 살 생각을 한 사람이 제가 처음

이라는 건 믿을 수가 없습니다."

브로클리는 미소지었다.

"솔직히 말씀 드리면, 제가 사고 싶었답니다. 하지만 제 아내는 집 안에 한 발짝도 들여놓지 않을 겁니다. 대부분의 이곳 주민들도 그럴 거구요. 몇 명쯤 예외가 있었던 모양이지만, 그들에게는 선택의 여지가 없지요."

"하스켈 부인 말입니까?"

"그녀는 좋은 사람이에요. 다른 남자의 가족을 책임 지려는 사람이 없다는 게 불행이지요. 적어도 7명의 아이를 가진 사람은 말입니다. 여자들은 수확기에 그렇게 쓸모가 없고 게다가 결혼시키려면 돈이 많이 들거든요."

"그들은 여기에 필요한 가정을 꾸리는 재주를 갖고 있지요."

로이드가 반대 의견을 내놓았다.

"비록 몇 주쯤 좋은 음식을 먹고 편하게 잠을 자야 이 집에 필요한 일을 할 만한 원기를 갖게 되겠지만요."

작년 대리인에게 익명을 사용했다는 게 다행이었다. 로이드는 그 이점을 이용했다.

"이전에는 왜 한 명도 사려는 사람이 없었을까요?"

브로클리는 몸을 몇 번쯤 움직이고, 바닥을 내려다보다가 진지한 근심어린 표정으로 로이드를 쳐다보았다.

"설마 마음을 바꾸실 생각은 아니겠지요?"

로이드는 어깨를 으쓱 올렸다.

"전 아무것도 결정하지 않았답니다. 60일간 생각할 시간을 달라고 부탁 드린 이유도 그래서입니다. 이사라는 게 생활 스타일에 엄청난 변화를 초래하지요. 그래서 결정하기 전에, 모든 가능성을 생각해 보려고 합니다. 왜 아무도 이곳을 사려 하지 않았는지도 그 이유가 될 수 있다는 걸 포함해야지요."

로이드는 브로클리의 표정이 근심에서 우유부단하게 변하는 모습을 지켜 보았다.

"저에게 말하고 싶은 게 있을지 모르겠군요."

브로클리가 아무 말도 않고 있자, 로이드는 우울하게 고개를 끄덕였다.

"그럼 제 제안을 즉시 취소하겠습니다."

자신의 허세에 반응을 보이길 기대하며 그는 일어섰다.

그러자 브로클리가 한숨과 함께 앉으라는 시늉을 했다. 그리고 불편한 듯 자리에서 움직이며 방을 불안하게 둘러보았다.

"당신은 이성적인 결정을 하는 사업가신 모양이군요. 하지만 제가 말씀 드리는 걸 다른 사람에게 말하지 않겠다는 약속을 해 달라는 부탁을 드려야겠군요."

로이드는 기쁨을 무관심한 가면 뒤로 숨겼다.

"얘기하십시오."

"볼프강 오팅거가 십 몇 년쯤 전에 데이비즈 크로싱에 처음 왔을 때, 절 고용하였습니다. 이 땅을 산 후에, 이 집의 설계도를 포함해서 이 영지에 대해 자세히 말씀하시더군요. 계좌에 돈을 좀 넣은 다음에, 나에게 대리 위임장을 사인해 주었답니다. 그의 대리인으로서, 전 일꾼을 고용하고 건축 감독도 하고 그의 지시를 빠짐없이 따랐지요. 그분에게 집을 보완할 권리는 다 부여했지만요. 그게 집이 부분적으로만 마무리된 이유지요. 전 그분이 원하는 게……."

흥미가 생긴 로이드가 남자의 설명을 가로막았다.

"오팅거는 왜 직접 하지 않았습니까?"

"그는 여기 없었어요. 독일로 돌아갔지요. 저택은 제가 마침내 그에게 가구들이 도착할 거라는 편지를 받을 때까지 수년간 비어 있었습니다. 다음 18개월이 지나고, 오팅거는 당신이 집 안에서 본 거의 모든 것들을 배로 실어 왔습니다. 조금 전에 우리가 썼던 자기는 바바리아산이지요. 주인용 침실 가구는 오스트리아산이구요. 전 선적 송장을 보관해 두었습니다. 당신이 결심을 굳히는 데 도움이 된다면 직접 보셔도 괜찮습니다."

로이드는 성급하게 그럴 필요 없다고 손을 내저었고, 브로클리는 말을 계속해 나갔다.

"오팅거는 다음 해에 도착했습니다. 이번에는 신부와 같이요. 카타리나는 볼프강보다 20살이 어렸는데, 대단히 사랑스러웠어요. 그들은 서로에게 완전히 빠진 것 같았어요. 비극이 일어났을 때, 그가 그런 짓을 하리라곤 상상도 못했지요……."

브로클리가 말끝을 흐리다가 멈췄다. 분명 기억하기에 고통스런 추억 속에 빠진 것 같았다.

"당연히 제가 그의 유언장을 관리했고, 거기 적힌 그의 지시를 따랐습니다. 그들은 이 영지의 북쪽 끝에 함께 묻혔어요. 묘비가 아마 무성한 잡초에 가려졌겠지만, 그가 금지한 그대로입니다."

"그건 나도 보았소."

무덤이 모리아에게 얼마나 중요한 곳인지 로이드는 알고 있었다. 비록 루스의 공포를 달래기 위해 이용하고 있었지만, 말없는 가운데 모리아가 전혀 보살필 수 없는 곳에 묻힌 삼촌과 언니의 무덤으로 생각하며 돌보았다는 것을.

볼프강 오팅거와 그의 아내의 배경이 궁금하긴 했지만, 로이드는 점점 지루해졌다.

"그게 사려는 사람이 없는 것과 무슨 관계가 있소?"

걱정이 또다시 브로클리의 얼굴에 스쳤다.

"2년이 지나서야 상속자가 없다는 것을 알게 되었습니다. 그때부터, 전 살 사람들을 찾기 시작했죠. 아무도 비극으로 얼룩진 반밖에 완성되지 않은 저택을 원하지 않더군요. 두 번째 재앙이 닥친 건 바로 그때였습니다. 일꾼 중 하나가 폭풍으로 망가진 지붕을 고치다가 괴상하게 죽었습니다. 이 지방 사람들은 이 집에 저주가 내렸다고 말하면서 낮에도 여기서 일하려 하지 않았습니다."

로이드는 인내심이 점점 사라지는 걸 느꼈다.

"그걸로도 여전히 살 사람이 없었다는 이유를 설명하지 못하오. 저주와 미신 따위는 히스테리 증상일 뿐이고, 좋은 투자 기회를 놓칠 이유는 되지 않소."

그가 머리를 저었다. 다른 사람들이 웃기지도 않는 미신으로 포기했기에 이 웅대한 저택이 지금 예전의 도둑과 두 번이나 감옥에 들어갔던 위조범과 살인자가 살게 되었다는 건 정말 불가능한 아이러니였다. 너무나 터무니없는 생각에 로이드는 거의 웃음이 터질 뻔했다.

변호사가 가슴을 쑥 내밀었다.

"당신이 제 곤경을 재미있게 생각하신다 해도 괜찮습니다, 캄든 씨. 당신은 소문을 들을 필요도, 잠재 고객이 얘기를 듣고 떠나는 걸 무기력하게 볼 필요도 없으니까요. 그들이 도착했을 때 생긴 먼지가 가라앉기도 전에 말입니다."

브로클리의 상처 입은 표정이 로이드의 시기 적절치 못했던 유머를 진정시켰다.

"훌륭한 사업적 결정은 어리석은 소문이나 미신에 흔들리지 않소. 토지는 견실한 투자 수단이오."

브로클리의 눈에 희망이 서렸다.

"영지를 사겠다는 의미로 생각해도 되겠습니까?"

"내가 사든 안 사든, 60일 안에 결정하리라는 건 장담하겠소."

그는 진지하게 대답했다. 브로클리의 희망을 완전히 꺾지 않으려고 로이드는 변호사의 관심을 그가 아까 옆으로 치운 서류로 향하게 했다.

"그 동안 당신의 원고를 좀 볼까요? 그걸 인쇄해 주기로 했던 걸로 알고 있습니다."

다음 몇 시간 동안, 두 남자는 로이드가 예상한 시간보다 두 배나 오랫동안 원고를 검토했다. 그는 또한 남자의 시가 괜찮다는 점에 기분 좋은 놀라움을 경험했다. 영지에 대한 결정보다 앞서 인쇄하겠다고 제안하며, 로이드는 변호사를 문까지 안내했다.

"내 직원과 연락해서 2주 안에 당신 원고가 도착할 거라고 말해 놓겠소. 내가 그걸 편집해서 보낼 때쯤이면 표지 디자인이 완성될 거고, 책은 일단 생산에 들어갈 겁니다."

헤어질 때 브로클리의 악수는 힘이 넘쳤다.

"당신의 도움에 감사 드립니다. 잭을 보내시면 송장과 설계도를 드리겠습니다. 아마 그것이 머무르는 쪽으로 결정하는 데 도움이 될 겁니다."

로이드는 고개를 끄덕이고 브로클리가 멀어지는 모습을 지켜 보았다. 사실 이 변호사의 말로 생각이 바뀐 게 아니라, 그의 사업가적 감각이 어리석은 미신을 자신에게 유리하게 만들자고 속삭이고 있었다.

작은 탑의 테라스에 혼자 앉아서, 모리아는 몰이 보내 준 식사를 오물거렸다. 자신의 앞에 펼쳐진 마구와 굴레들을 쳐다보았다. 마구부터 시작하기로 하고, 무릎 위로 일부분을 끌어당겨 일기의 조각을 풀기 위해 노력했다. 매듭은 꽤나 단단했다. 너무 꽉 조여 있어서 그녀의 손가락으로는 풀 수가 없을 것 같았다.

눈살을 찌푸리며 잠시 멈추었다가 그녀는 포크를 집어 들었다. 포크 끝으로 몇 분이나 씨름한 끝에 매듭이 마침내 포크를 계속 사용하라는 용기를 줄 만큼 느슨해졌다. 열심히 10분간 작업을 하자, 가죽 조각이 끝마디에서 떨어져 나왔다. 15분을 더 노력하자, 반대편의 매듭이 항복을 해 왔다.

모리아는 이오나를 찾아갔던 내용을 포함한 2개의 조각들을 옆으로 내려놓았다. 우유를 한 모금 마시고 나서, 남은 작업을 서둘러 진행했

다. 나머지 매듭들은 대단히 어려울 것 같았다. 너무나 많이 남아 있
는 조각들을 풀려면 꽤 시간이 걸릴 것이다.

하품을 눌러 참으며, 모리아는 마구의 다른 부분을 풀기 시작했다.
그러는 동안, 그녀의 마음은 아침에 일어났던 일로 배회하며 지금까지
만난 중에 가장 복잡한 남자에게 집중되었다.—로이드 캄든. 그 남자
에 대한 견해가 얼마나 쉽게 극단에서 극단으로 왔다갔다하는지 너무
나 당혹스러웠다. 몇 시간만에 모든 것이 말이다.

딸기를 찾아 나섰을 때, 그녀는 자유와 건강을 되찾았다는 느낌을
만끽하는 데 정신이 팔려 있었다. 그 다음에 로이드와 대결하게 될 줄
은 상상도 못했다.

모리아가 회복해 나가는 동안, 몰은 모리아의 미래에 대해 로이드
가 어떤 계획을 세우고 있는지 애매하게 얼버무렸다. 로이드에 대한
몰의 충실성을 비난할 수는 없었다. 그가 진실로 모리아에게 치료할
시간을 주고 싶어하며 아무 해도 끼치지 않을 것임을 이해할 가능성
이라도 생긴 것은 그녀의 방에 그가 한 번도 들어오지 않았기 때문이
었다.

지난 주 대부분의 시간을 육체적인 회복에 투자했다 해도, 감정적
으로 회복되려면 훨씬 더 많은 시간이 걸릴 것임을 그녀는 알고 있었
다. 윌로우 계곡에 감금되어 겪은 충격은 악몽과도 같았다. 하지만 루
스가 어떻게 죽었는지 알고 나자 자신의 경험은 훨씬 덜 끔찍한 것으
로 생각되었다.

그녀는 살아 남았다.

왜?

유일한 해답은 몇 시간이나 기도를 한 후에 다가왔다. 그녀는 애플
놀의 문제를 중단시켜야만 한다. 그리고 또 그녀가 애플 놀의 사악함
을 중단시킬 수 있든 없든 중요한 역할을 맡은 한 남자가 있었던 것
이다.

그는 진실로 그녀를 도우려는 것일까, 아니면 그녀의 증언을 막기 위한 또다른 교활한 계략을 가진 걸까?

오늘 아침, 모리아는 그가 이곳에 그녀를 고립시키려 한다고 확신했다. 그녀가 알고 있는 모든 것을 억지로라도 말할 때까지…… 그걸로 그는 무얼 할 수 있을까? 그녀의 증언을 침묵시킬 의도라면, 왜 윌로우 계곡에 그대로 내버려 두지 않았을까? 왜 여기까지 데려와서 이렇게 사치스런 상황 속에서 기력을 회복하도록 했을까?

루스와 같이 있는 로이드를 보고 나서, 그녀의 불신은 무너지기 시작했다. 그에 대한 견해를 정확히 말하도록 했을 때는 발끈했던 것뿐이었다. 그는 그녀의 비난에 사과를 함으로써 또다시 그녀가 바보 같다는 느낌이 들도록 만들었다.

그녀의 일기를 돌려 준 것은 그녀의 방어에 마지막 일침을 가했다. 그 암호가 청문회에 위협을 가할 만한 것인지 그가 알려고만 했다면, 하나뿐 아니라 전체를 다 읽지 않았을까? 그는 결국 좋은 사람일 수 있을까?

테라스 벽에 등을 기대고서, 모리아는 두 눈을 감고 두 손을 모았다. 그리고 나지막이 기도를 했다.

"도와주세요. 전 어떻게 해야 할지 모르겠어요."

묵상하면서 용서해 달라는 기도를 덧붙였다. 오늘 그녀가 저지른 죄는 무거운 멍에였다. 분노, 속임수, 더한 분노.

제발 부탁 드려요, 하나님!

하나님의 명령을 모두 따르는 건 너무나 힘들었다. 너무나 많은 사람들이 그녀에게 의지해 있을 때는 특히나 더했다.

모리아는 고백해야 할 또다른 죄가 있음을 느꼈다. 로이드에게 육체적으로 끌린 것을 비록 자신의 마음이 흐뜨러진 것으로 이해하긴 했지만, 불길처럼 온몸을 타고 흐르는 수많은 감각에 사로잡힌 것은 절대적으로 당혹스런 경험이었다.

혼자만의 테라스에서 안전하다는 느낌으로 햇살을 흠뻑 맞고 있으니, 육체적인 피로와 결합된 그날의 스트레스가 기도와 작업을 방해했다. 그녀는 깨어났을 때 기도의 해답을 찾길 바라며 잠 속으로 빠져들었다.

23

　며칠 후 오후의 한때, 모리아는 작은 탑에서 보았던 오두막 앞에 섰다. 영지를 흐르는 시내의 물이 작은 연못에서 모이고 거기서 4~50미터쯤 떨어진 곳에 작은 통나무 집이 있었다. 문 양쪽에 있는 2개의 닫힌 창문과 문을 가로지른 나무 막대는 비바람에 씻긴 듯 보였지만 폭풍우와 약탈하는 짐승들로부터 집 안을 안전하게 보호할 정도로 충분히 단단한 듯했다.

　마음속에 갑자기 떠오른 계획이 가능할 것 같자, 그녀는 재빨리 작업을 시작했다. 마구간 뒤 공구실에서 가져 온 지렛대를 이용해, 나무 막대를 비틀어 올렸다. 발을 땅에 댄 채 온몸의 체중을 실었다. 몇 번을 시도한 끝에, 녹슨 못이 떨어져 나가고 나무 막대가 한쪽 끝에서 삐걱거리며 풀어졌다. 다른 쪽 끝 문틀에 여전히 붙어 있는 막대를 열심히 흔들어 떼어 냈다.

　오두막 외벽에 지레를 기댄 다음, 창문 셔터를 자세히 살폈다. 분명 안에서 잠긴 듯했으므로 그녀는 문으로 관심을 되돌렸다. 낡은 자물쇠 연결 끈을 신중하게 잡아당겨 보고, 안에서 걸쇠가 반응하는 소리가 들리자 안도의 한숨을 내쉬었다.

지금까지의 행운에 힘을 얻은 모리아는 두꺼운 판자문을 힘껏 밀었다. 신선한 공기와 태양빛이 오두막 안으로 쏟아짐과 동시에 쾌쾌하고 썩은 냄새가 얼굴을 덮치자 한 걸음 뒤로 물러서고 말았다. 하지만 잠시 기다린 후에, 호기심에 이끌린 그녀는 과감히 안을 들여다보았다.

여기 살았던 사람이 누구였든 금방 돌아올 계획이었던 모양이다. 그렇지 않다면 가구를 들여놓지 않았을 테니까. 크고 다목적으로 만들어진 방에는 저택 안의 값비싼 가구와는 현저하게 대조되는 녹슨 물건들로 차 있었다. 하지만 셀 수 없이 많았고 또 단단해 보였다.

일단 어두운 내부에 눈이 적응되자, 모리아는 안으로 발을 들여놓았다. 양쪽에 의자를 놓은 긴 테이블은 식사와 요리를 위해 사용되었던 게 분명했다. 쇠로 된 포트가 벽난로에 걸려 있었고, 나무 쟁반과 컵이 구석 찬장 안에 보였다. 거미줄과 먼지로 인해 모든 것이 회색 구름에 덮인 것 같았지만, 먼지와 때 정도야 쉽게 제거할 수 있으리라.

흔들 의자 하나, 손으로 돌리는 물레 바퀴, 몇 개의 가죽 뭉치들이 방 앞에 같이 모아져 있었다. 모리아는 그곳을 지나쳐 창문을 열면서 어떤 것도 건드리지 않으려고 신중을 기했다. 손을 보호하기 위해 치마를 이용하였다. 거미집이 얼굴을 스치고 발등으로 떨어지자 몸서리가 쳐졌다.

그러나 창문을 통해 불빛과 온기가 들어오자 그녀의 기분은 한껏 고양되었다. 2개의 딸린 방을 슬쩍 들여다보니 침실이었다. 하나는 더블 침대와 요람이 갖추어져 있고, 다른 하나는 3개의 싱글 침대로 꾸며졌다. 이상하게도 침대들은 잘 정돈이 돼 있는 상태였지만, 벽에 걸린 옷가지는 하나도 없었다.

주위를 돌아보는 동안 마루 바닥이 삐걱거렸다. 먼지 구름 때문에 눈이 아파 오고 기침도 났다. 그녀는 무의식적으로 요람을 만져 보았다. 끽끽거리며 흔들리는 요람, 나무 요람 속에 잠들어 있었던 갓 태어난 아기를 상상해 보았다.

언젠가는 자신의 가족이 생길 거라는 꿈이 생겨나는 걸 어쩔 수 없었다. 자신도 모르게 자기의 아이를 안는 그 경이로움과 아이를 흔들어 주며 자장가를 불러 주는 상상 속에 잠겨 있었다. 그녀의 눈에 눈물이 가득 찼다. 어느 남자가 그녀의 지나 온 배경을 받아들이고 아기를 낳게 할 정도로 사랑해 주겠는가? 살림 솜씨를 익히는 대신 수년간을 감옥에서 보낸 여자를 누가 사랑해 줄까?

왼쪽 팔뚝 위가 따끔거리기 시작하자, 그녀는 무심코 긁어댔다.

거짓말을 지어 낼 수는 없었다. 설사 그러고 싶다 해도 팔뚝에 새겨진 번호가 어쩔 수 없이 진실을 말해 줄 것이다. 어떤 남자도 그녀를 원하지 않을 것이다, 어떤 이도…… 그녀의 온몸으로 난폭한 떨림이 번졌다.

여자들에게는 낭만적인 꿈이란 게 있다. 슬프게도 그녀와 같은 여자에게는 낭만적인 꿈이란 게 절대 현실로 변하지 않을 것임을 그녀는 인정했다. 머리를 세차게 흔들어, 자기 연민에 빠진 생각들을 떨쳐 내었다. 살아 있는 것만으로도 행운이다. 그리고 소녀적인 환상이나 후회에 빠지는데 죄책감을 느껴야 할 만큼 너무나 중요한 과제가 그녀에게는 있었다. 지금 그녀의 모든 노력은 청문회에 집중되어야만 한다.

결국, 그것은 로이드와 해결을 보아야 한다는 뜻이기도 했다. 그에 대한 감정은 더 혼란스러운 모순 속에 사로잡혀 있었다. 최근에는 그에 대한 견해가 보다 부드러워졌다.

로이드는 자신의 존재에 그녀가 편안함을 느끼도록 최선을 다하는 것 같았다. 그리고 어린 루스의 마음도 사로잡았다. 그 아이는 모리아를 쫓아온 것만큼이나 쉽게 그를 따라갔다. 모리아는 아랫입술을 깨물었다. 그는 모리아를 이 오두막까지 오게 한 생각에 동의할까?

창문을 다시 닫으며, 그녀의 시선이 흔들 의자 옆 테이블에 머물렀다. 양초 대신 사용한 듯한 불에 탄 솔방울 토막이 두꺼운 책 옆에 놓여 있었다. 두근거리는 가슴으로, 모리아는 치마를 들어 노랗게 변한 표지에 쌓인 먼지와 더러움을 쓸어 냈다.

책을 넘겨 본 후, 모리아는 그걸 가슴에 부여 안았다.

성경! 결혼, 탄생, 죽음을 기록하는 신성한 책의 앞 페이지에는 아무것도 쓰여 있지 않았다. 비록 성경을 소유했던 가족에 대해 더 알 수 없다는 것이 실망스러웠지만, 다시 읽을 만한 것을 찾아냈다는 짜릿함도 맛보았다.

"이사 올 생각인가?"

남자의 목소리에 화들짝 놀라 그녀는 성경을 안은 채 빙글 돌아섰다. 로이드가 태양을 등지고 문가에 서 있었다. 그의 실루엣에 그녀의 입이 말라 왔다. 어찔어찔한 심장 박동 때문에 숨도 쉬지 못할 정도였다.

"사…… 사유지를 침입할 의도는 아니었어요."

그녀가 더듬거렸다. 그의 낄낄거리는 웃음 소리가 들리자, 처음의 놀라움이 약간의 불안감으로 변했다. 로이드가 오두막 안으로 들어와 주위를 둘러보았다.

"오두막 상태가 궁금했었지. 하지만 그걸 알아보려고 온 것은 아니었소."

그가 지렛대를 들어 올렸다.

"이건 당신 거겠지?"

모리아는 양심이 찔린 표정을 지으며 고개를 끄덕였다.

"공구실에서 빌려 왔어요."

"책도 빌리려는 건가?"

성경을 든 손이 불타는 것만 같았다.

“난…… 난…….”

그가 또다시 웃어 젖혔다. 그리고 황홀한 미소를 보이자 그녀의 눈은 휘둥그래졌다.

“설명할 필요 없소, 모리아. 당신에게 영지를 마음대로 다니며 어떤 것도 사용할 자유가 있다고 말했잖소. 오두막에 대해서는 어떻게 알았소? 당신이 이걸 매력적으로 생각할 줄은 몰랐는걸.”

그의 표정이 부드러워지자, 모리아는 그의 진지한 시선에 매혹되었다. 심장 박동이 정상으로 돌아오는 것 같다가 이상하게도 다시 빨라지기 시작했다.

“작은 탑에서 보았어요. 당신이 몰을 도와주지 못하게 했기 때문에, 오두막을 찾아보기로 결심했던 거예요. 여긴 아주 탄탄해요.”

로이드가 방안을 걸어 다니고 있었다.

“이대로 두다니 말이 안 돼요.”

그가 오두막의 사용 가능성을 알아보길 희망하며 그녀가 말했다.

“왜 그렇지?”

침실 한 군데로 머리를 들이밀며 그가 물었다.

“오두막은 비어 있어요. 집이 필요한 가족에게 멋진 가정이 되어 줄 거예요.”

로이드가 그녀를 흘깃 쳐다보았다.

“특별한 가족을 마음에 두고 있는 모양이군?”

한숨을 쉬며 모리아는 어깨를 으쓱였다.

“오두막을 어떻게 사용하라고 말할 처지는 아니지요. 이곳은 내 것이 아니니까요.”

“수줍어하다니 당신답지 않군, 풀꽃 아가씨.”

그가 미소지었다.

“이 영지는 내 것도 아니오, 아직까지는. 그러니 당신에게도 나처럼 제안할 권리가 충분히 있겠지.”

모리아의 눈썹이 올라갔다. 로이드가 이곳의 주인인 줄 알았더니, 사는 과정일 뿐인 모양이었다.

로이드가 그녀에게 다가왔다. 묻는 듯한 시선이 그녀의 반응을 유도하고 있었다. 하지만 또다시 그녀는 그의 존재에 당혹스러워지며 뺨이 붉어지는 걸 느꼈다.

"하스켈 가족이 이 오두막에서 살 수도 있을 거라고 생각했어요."

그녀가 숨을 들이켰다.

"그들은 함께 있어야 해요, 진짜 가족처럼. 어쩌다 만난 하인들처럼이 아니구요."

깊은 숨을 들이마시며, 그녀는 그에게서 질책이나 어떤 신랄한 말이 나올 걸 기다렸다.

하지만 그 중 어느 것도 없었다. 그는 고개를 갸우뚱하며 그녀를 쳐다보았다. 그의 눈이 흥미롭게 번쩍이자, 화나 있을 때보다 약간 더 밝은 초록빛으로 보였다.

"하스켈 가족이 여기서 살길 바란다고? 난 당신이 저택에서 같이 살길 바라는 줄 알았지, 특히나 루스와 함께 말이오."

"오, 그러고 싶어요. 그냥……"

그녀는 말을 멈추고 바닥을 내려다보았다.

"만약 그들이 여기 살게 된다면, 하스켈 부인은 더 엄마다워질 수 있겠지요. 몰에게 도움이 필요한 건 알지만, 사라와 안나와 나오미가 할 수 있어요. 데보라와 주디스는 두 여동생과 같이 여기서 엄마를 도울 수 있겠지요. 하스켈 씨가 돌아가신 후 다른 사람들과 같이 사는 건 너무나 힘들었을 거예요. 루스는 엄마와 같이 시간을 보내야 해요. 저하고가 아니구요."

모리아는 인상을 찌푸렸다. 어제 루스가 엄마의 말을 무시하고 모리아가 부탁한 마루 닦는 일을 거들겠다고 했을 때, 레베카의 눈에 어렸던 상처가 기억났던 것이다. 루스가 엄마와 같이 있지 못한 것에 문제가 생기기 시작한 것이다. 아이에게서 떨어지기는 무척이나 싫었지만, 그래야만 했다. 게다가 모리아가 감옥과 정신 병동에 있었다는 걸 하스켈 부인이 알게 된다면, 절대 만나지 못하도록 아이에게 금지시킬 수도 있다는 생각에 끔찍해졌다.

"난 당신이 혼자 여기서 지내고 싶어할 줄 알았소."

낮은 목소리의 로이드는 생각에 잠긴 표정이었다.

모리아가 불안한 웃음을 터뜨렸다.

"혼자 있는 시간은 겪을 만큼 겪었어요. 난 많은 사람들과 어울리는 게 즐거워요."

"나만 빼고겠지."

그가 중얼거렸다.

"아…… 아니에요, 그렇지 않아요."

거짓말을 하자 맥박이 빨라졌다.

그의 눈썹이 한쪽으로 올라갔다.

"아니라고? 그럼 왜 저녁 식사에 나와 합류한 적이 없는 거지? 우린 얘기할 게 많아. 그리고 난 당신이 그럴 기회를 주었으면 좋겠소."

"전 바빴어요."

그가 더 가까이 다가오자 그녀의 목소리가 갈라졌다. 그리고 성경을 너무나 힘껏 붙잡아 맥박이 손가락 끝에서 뛰고 있는 걸 느낄 수 있을 정도였다. 그는 이제 그녀의 바로 앞에 서 있었다. 그 유쾌한 듯한 눈동자가 그녀의 얼굴을 살피는 동안 그녀는 숨을 삼켰다.

"바빴다. 저녁 식사 후 매일 밤 방에서 무얼 할 게 있을까?"

"아직 마구를 풀고 있는 중이에요."

"내가 도와줄 수 있소, 당신이 허락한다면."

로이드가 또다시 자신의 일기에 손댄다는 생각을 하자 등뼈를 타고 내리던 얼얼한 뜨거움이 차갑게 식었다.

"매듭이 단단하지만, 내가 할 수 있어요. 조금밖에 안 남았어요."

"그 다음엔 뭐지? 나와 같이 있는 걸 피하기 위해 어떤 핑계를 댈 거요?"

"당신을 피한 게 아니에요."

그의 말이 진실이라는 건 알았지만, 그녀는 항의를 했다. 그가 곁에 있을 때마다 떨리는 것이 슬슬 걱정스럽기 시작했다. 도대체 어떻게 된 걸까? 너무 오랫동안 혼자 지내서 남자가 옆에 있기만 해도 맥박이 뛰고 생각이 소용돌이처럼 빙빙 도는 걸까? 그녀는 그의 설명을 듣겠다고 약속했고 상처의 이유를 말해 주겠다고도 했다. 하지만 아직 둘다 할 준비가 되어 있지 않았다. 그녀는 눈살을 찌푸렸다.

로이드는 손을 내밀어 그녀의 뺨에서 먼지를 닦아 주며 미소지었다.

"그 말을 들으니 기쁘군."

모리아는 그의 따뜻한 손길을 무시하려 애쓰며 눈을 감았다. 맥박이 고동쳤다가 빨라지는 것은 눈썹에 번지는 그의 숨결 때문인 것 같았다.

"오늘밤 당신을 기다리겠소."

그녀의 눈이 번쩍 뜨였다.

"전 아직……."

"일기 풀 시간은 아직 충분히 있소. 몰에게 가벼운 저녁을 준비해서 우리 방 사이 응접실로 가져 오라고 할 테니, 식사하면서 그 식구들을 오두막으로 이사시키는 것에 대해 레베카에게 어떻게 말해야 좋을지 당신 생각을 말해 주시오. 그녀의 자존심을 해치지 않고, 자연스럽게 말하는 방법을 말이오."

목에 가득한 덩어리 때문에 모리아는 말을 할 수가 없었다. 그냥 고개를 끄덕이기만 했다. 로이드가 그녀의 팔꿈치를 잡아 밖으로 이끌어 내어 문을 닫고 자물쇠 끈을 조정하는 동안, 모리아는 호수의 짙은 파란 물결을 쳐다보았다. 숲으로 둘러싸인 호수가 거대한 푸른 다이아몬드처럼 반짝였다. 물가에 얌전하게 찰싹이는 파도가 퍼드득대는 그녀의 영혼을 조금은 가라앉혀 주었다.

오늘밤.

그때까지의 시간이 영원히 지속될 듯 길어 보였지만 태양이 지는 건 시간 문제일 뿐, 모리아는 마침내 약속을 지켜야 할 것이다. 분명 피할 수 없으리라는 건 확실했다.

오늘밤.

잭이 씨익 웃어 보였다.

"둘만의 저녁이라고, 응? 어떻게 동의를 받아 냈지? 내가 보기엔 그 작은 아가씨가 꽤나 열심히 널 피하는 것 같던데."

"제 매력과 재치 덕이겠죠."

로이드가 넥타이를 만지작거렸다.

"뭐 도와줄 거 있나?"

"난 16살이 아니라구요."

로이드는 투덜대며 마침내 넥타이를 제자리로 내리고 머리를 빗기 시작했다.

"내가 옷 입는 걸 지켜 보는 것 말고 더 중요한 일 없어요?"

"없어."

잭이 낄낄거렸다.

"그 윌리엄이라는 녀석 아주 착해. 모든 걸 매끈하게 돌아가도록 만들지. 레베카의 쌍둥이 딸들도 열심히 쳐다보지. 둘다 쳐다보느라 좋은 시간을 보내고 있어."

"스티븐스에게 편지나 부치면 어때요?"

"이반을 만나러 들렀다가 어제 보냈어."

로이드의 손이 중간에서 멈추며 거울에 비친 잭의 모습을 쳐다보았다.

"이반?"

"그 변호사 녀석 괜찮은 놈이야. 날 속였다 해도 말이야. 너 설계도
는 보았냐?"

로이드는 다시 빗질을 시작했다.

"오늘은 다른 일 때문에 바빴어요. 한쪽에 놓아 두었죠."

변호사의 이야기로 잭을 놀리는 것보다는 혼자만 알고 있는 것이
더 나을 것 같았다.

"설계도에 왜 그렇게 관심이 많죠?"

"내가 좀 볼 줄 알거든. 말하자면 숨겨 둔 보물을 찾는 거지."

로이드는 천천히 한숨을 내쉬며 잭을 마주 보았다.

"이곳에 정말 그럴 듯한 보물이 숨겨져 있을 거라고 생각해요?"

잭은 어깨를 으쓱였다.

"이런 저택을 지을 정도의 부자라면 귀중한 물건들을 숨길 금고를
갖고 있었을 거야. 이반은 그다지 관심 있는 것 같지 않았지만 보석이
나 다른 귀중품들이 있다면 상황이 더 나아질 수 있지."

"그런 상황은 없어요, 우리에게는요. 6주 안에 우린 떠날 겁니다.
당신이 무어라도 찾든 못 찾든 상관없어요. 내 게 아니니까요."

"아니 네 것이 될 거야. 오늘 이반과 동의서를 작성했다구. 내가 무
엇이라도 찾아낸다면, 네가 사업과 영지를 이끌 만한 귀중한 것일 거
야."

로이드는 자기도 모르게 웃음을 터뜨릴 뻔했다.

"포기하지 않을 생각이죠?"

잭이 씨익 웃었다.

"내가 좀 살펴본다고 무슨 해될 게 있겠냐? 게다가 네가 진짜 떠날
생각이라면, 다른 곳을 고칠 생각은 없겠지. 짐승들은 윌리엄이 돌보
고 있고, 하스켈 가족이 몰을 돕고 있다. 난 별 달리 할 일이 없어."

잭은 육체적으로 나무를 자르거나 다른 힘든 일을 할 수가 없다.

설계도를 보여 주고 숨겨진 금고를 찾도록 내버려 둔다면 그에게 보다 쓸모 있다는 느낌을 갖게 해줄 수도 있다. 하지만 로이드의 허락을 완전한 찬성과 똑같이 생각하면 안 되므로, 그는 망설여졌다.

"벽을 부수기 전에 나와 같이 점검하기로 해요. 가구도 없는 방은 충분히 있으니까요. 그리고 이 일에 대해서 몰에게는 한 마디도 하지 말아요. 당신이 삼 층이나 비밀방에 갇히는 일보다 걱정할 게 벌써 충분하거든요."

"약속하지."

"무언가 찾았다고 생각되는 즉시 나한테 오세요. 우리가 같이 살펴볼 겁니다."

"물론 그래야지! 금고털이 최고의 기술자를 찾아야겠구나. 너 그거 아직 여전하겠지?"

로이드의 입이 삐죽 나왔다.

"감옥에서 그런 괴상한 기술을 썼다고 비난을 퍼부었던 사람이 당신 아니었던가요?"

"이건 달라. 자기 집에 들어가는 건 불법이 아니라구."

잭이 짐짓 인사하는 시늉을 했다.

"전리품이 생기는 대로 보고하겠습니다, 대장. 설계도는 도서실에 있습니까?"

로이드는 재미있는 듯 입술을 비틀며 말없이 고개를 끄덕였다.

"불복종하면 바다에 빠뜨리겠소, 동지."

잭은 환한 미소를 보이며, 뱃사람의 휘파람을 불며 의족을 단 사람처럼 뒤뚱거리는 걸음걸이로 문으로 달려나갔다. 문이 닫히자마자 로이드는 껄껄 웃음을 터뜨렸다. 이런 상황임에도 불구하고, 잭과 몰과 같이 다시 있게 된 것이 그에게 활기를 불러일으켰다. 지난 10년의 세월 동안 그는 깨어 있는 시간은 모조리 목표를 향해 매진하며 사회적 인습에 얽매인 채 지내 왔다. 어쩌면 그것이 잭과 몰과 같이 살았던

익살스런 삶을 잊어버린 이유일지도 몰랐다. 다시 웃게 되니 좋았다. 자신의 침실로 걸어가며, 이번이 마지막 웃음으로 끝나지 않길 바라는 마음이었다.

방을 통과하여 곧바로 개인용 응접실로 들어섰다. 영지 전면이 내려다보이는 커다란 창문 앞에 두 사람분의 식사가 준비되어 있었고, 방안에는 맛 좋은 음식 냄새가 가득했다. 모리아는 아직 도착하지 않았지만, 그녀는 확실히 올 것이다.

문고리 돌아가는 소리에 그는 숨을 죽였다. 천천히 돌아서며 목부터 발끝까지 덮어 씌운 그 지저분한 옷이 아닌 다른 모습의 모리아를 만날 수 있기를 기대하였다. 몰에게 갈아입히도록 부탁한 그 오렌지빛 드레스를 그녀가 입었을까?

모리아의 부푼 가슴과 목 아래 크림빛 살결을 볼 수 있다는 기대에 침이 고였다. 그의 심장이 빠르게 두근대기 시작했다.

마침내 완전히 돌아섰을 때, 모리아는 문 바로 안쪽에 완전히 정지한 듯 서 있었다. 그의 눈이 커졌다가 가늘어졌다. 그리고 입술에서 킥킥 웃음이 흘러 나왔다.

여우 같으니!

그녀가 또다시 그를 한 방 먹였다.

24

　로이드의 시선이 늑대 같은 기대감에서 믿을 수 없다는 표정으로 변한 것이 모리아의 가장 큰 승리였다. 몰이 저녁 식사에 적당할 것 같다고 오렌지색 드레스를 권했을 때, 로이드가 선택한 것임을 모리아는 의심하지 않았다. 연한 오렌지 빛 드레스는 아주 예뻤지만 우연의 일치 이상이 있다고 생각했다. 그 색깔이 비록 짙은 주황색 교도소 옷과 거리가 멀긴 해도, 그 빛이 약간만 비친다 해도 몸이 근질근질해지는 느낌이었다.

　"당신을 기다리게 한 게 아니라면 좋겠군요."

　웃지 않으려 애쓰며 그녀가 기분 좋게 소곤거렸다.

　"오늘 오후에는 바느질하느라 바빴을 거라 생각하오."

　그녀를 위해 의자를 끌어내 주며 그가 천천히 말했다.

　"아주 바빴어요. 너무 실망하신 건 아니겠죠? 주황 계열의 색은 저한테 어울리지 않아서요."

　자리에 앉으며 그녀가 중얼거렸다. 로이드의 숨 들이켜는 소리를 들으며 드레스 깊이 패인 목선에 대한 얘기는 쉽게 잊혀지리라는 걸 알았다. 그녀의 맞은편에 앉았을 때, 로이드의 뺨은 달아 올라 있었다. 그의 무의식적인 실수를 이용해 당혹스럽게 만든 것이 거의 후회스러울 지경이었다. 하지만 패션이라는 이름하에 젖가슴을 드러내는 그런 류의 여자가 아니라는 걸 확신시키기에는 이것이 안전한 방법이었다.

"난 평소에 그렇게 경솔하지 않소."

창문으로 스며드는 늦은 오후의 햇살 속에 우아한 크리스털 잔이 반짝거렸다. 그는 그 잔 속의 향긋한 적포도주를 들이켰다. 그가 목기침을 하더니 건배하자며 잔을 들었다.

"정의와 진실을 위하여."

그의 말에 모리아는 움찔하며 잔을 잡은 손에 힘을 가했다. 그녀의 시선이 그와 얽혀들고 와인을 음미하는 그를 신중하게 쳐다보았다.

"당신이 그런 말을 하다니 이상하긴 하지만 감동적이군요."

그녀도 그에 맞추어 와인을 맛보았다. 그 액체가 목으로 굴러 들어가 감미로운 온기가 온몸으로 퍼지자 긴장이 다소 풀렸다.

"당신의 디너 드레스처럼 이상하진 않소."

그의 눈동자가 심술궂게 반짝거렸다.

"그 누더기는 하스켈 사람들한테 빌린 거요?"

"그럴 리가요."

모리아가 놀란 듯 숨을 들이켰다.

"그 가엾은 소녀들은 나한테 빌려 주기는커녕 자기 옷들도 충분치 않은 걸요. 이건 카타리나 옷이었을 거에요. 옷 갈아입는 방 트렁크에서 찾아냈지요. 나한테 아주 쓸모가 있게 됐어요."

로이드가 웃었다.

"너무 덥지 않소?"

"아뇨."

모리아가 얼굴을 붉혔다. 사실 이 까만 모직 드레스는 너무 무거웠다. 또 높이 올라온 목선과 긴 소매가 불편했다. 겨울이라면 이 옷이 따뜻함을 주었겠지만, 요즈음 같은 여름에는 숨이 막힐 지경이었다. 방에 들어섰을 때의 그의 표정을 본 것 치고는 작은 희생이야. 그녀는 속으로 되뇌였다.

로이드가 미소를 지으며 자신의 잔을 톡톡 두드렸다

"그렇다면 아마 당신 뺨을 그렇게 예쁘게 물들이는 건 와인 때문인 모양이군. 당신이 그렇게 빨리 회복되어 아주 기분 좋소."

모리아는 잔을 내려놓고 음식을 뒤적거렸다. 가장 바라지 않는 게 있다면 그의 찬사였다. 닭고기 조각을 자르려는데 손이 떨리고 있었다.

"오두막에 대해 얘기하고 싶다고 하셨죠."

고기를 써는 데 신경을 쓰며 그녀가 일깨워 주었다.

"당신의 제안에 대해 많이 생각해 보았소."

그도 먹기 시작하며 대꾸했다.

"레베카에게 이 집에서 식구들을 이사시키는 걸 어떻게 말하면 좋을까?"

"당신은 말하는 게 아니라, 부탁하는 거예요. 그녀가 당신의 자선을 받아들이는 게 아니라 당신에게 도움을 주는 것처럼 생각하도록요."

레베카의 마음을 상하지 않게 하는 것이 얼마나 중요한지 로이드는 이해하고 있을까? 그녀는 조심성 있는 사람이었고, 지금까지 동정은 충분히 겪어 왔을 것이다.

"자선은 죄악이 아니라, 미덕이오."

로이드가 되받아쳤다.

"그걸 받아들일 수 있는 사람에게라면 그렇겠죠."

반박하는 자신의 차가운 목소리가 놀라웠다. 그녀의 심장 박동이 빨라졌다.

"레베카 같은 여자는 가족을 함께 있도록 해야 해요. 남자의 세계에서 홀로 살아 남을 수밖에 없을 때 여자들이 얼마나 힘들겠어요? 남편이나, 아버지, 아들에게 의지하지 않는다면요. 레베카에게는 그 중 아무도 없다는 건 확실하구요."

"당신의 생각은 잘 알았소, 모리아. 내가 어떻게 해야 할지 알겠군."

남은 음식을 먹는 동안 침묵이 초대받지 않은 손님처럼 두 사람 사이에 감돌았다. 음식의 맛을 거의 느낄 수 없었지만, 모리아는 배고픔을 채우는 데 신경을 집중시켰다. 촛불의 흔들거림이 눈에 들어왔을 때까지 해가 졌다는 것도 깨닫지 못했다. 로이드가 촛불을 켰을까? 언제?

로이드가 편안한 의자로 옮기자고 제안했을 때, 그녀는 좁은 2인용 의자를 흘깃 본 다음 등 높은 의자에 앉겠다고 선택했다. 로이드는 능글맞게 웃으며 2인용 의자 한가운데 앉아 앞으로 긴 다리를 쭉 뻗었다. 편안하게 등을 기대고 두 팔은 가슴에 팔짱을 꼈다.

모리아의 무릎이 떨리고 있었다. 치마가 흔들리지 않도록 발목을 모았다. 사교적인 예의는 아는 바가 없었으므로 무슨 말을 해야 할지, 어떻게 행동할지 전혀 떠오르지 않았다. 바닥을 내려다보고 있다가 그가 무릎 위에 서류 뭉치를 내려놓자 화들짝 놀랐다. 머리를 홱 쳐들고 묻는 듯한 표정으로 그를 올려다보았다.

"당신이 진실을 알아야 할 때가 되었소."

그가 조용히 말했다. 편안했던 태도는 사라지고, 그의 표정이 대단히 진지해졌다. 그의 시선이 그녀의 얼굴에 고정되어 있었다. 100퍼센트 진지하다는 건 의심의 여지가 없었다.

모리아는 시선을 내려 서류를 쳐다보았다. 애플 놀에 관한 보고서 표지인 듯했다. 들쳐 보니 2개의 보고서가 눈에 띄었다. 무슨 이유인지, 두 번째 것은 첫번째 것보다 거의 두 배나 두꺼웠다. 둘다 인쇄하고 제본을 하여 아주 공식적인 것처럼 보였다. 이 남자가 왜 나에게 보고서 사본을 주는 것일까? 왜 2개일까? 당혹스러워 그녀는 머리를 흔들었다.

"이해할 수가 없군요. 왜……."

그녀가 다시 그에게로 얼굴을 들었다.

로이드는 자리에 앉으며 더 형식적인 자세를 잡았다.

"보고서를 읽기 전에 몇 가지 말해 두지. 당신이 읽다가 표시를 해도 좋소. 또다른 사본이 있으니까. 다 읽고 나서 다시 얘기합시다. 당신 질문에 대답하도록 최대한 노력할 것이오. 당신만 괜찮다면, 그 두 번째 보고서를 수정할 수 있도록 내가 돕겠소. 그걸 당신이 청문회에서 사용해도 좋소."

모리아는 보고서를 힘껏 움켜 쥐었다.

"지금 듣고 싶은 대답이 있어요."

그가 엄숙하게 고개를 끄덕였고, 모리아는 갑작스런 강풍에 흔들리는 가을 낙엽처럼 마음에 휘몰아치는 수많은 질문들을 정리하려 노력했다. 깊이 숨을 들이마신 다음, 그 중 가장 큰 질문을 선택하여 내뱉었다.

"애플 놀 문제를 덮어 두려는 윌리엄스 의원에게 당신도 동의한 게 사실인가요?"

그녀의 직설적인 질문에 움찔한 듯, 로이드의 눈이 커졌다.

"난 애플 놀에 대한 소문을 조사하기로 동의했소. 사실이라고 하기엔 너무나 사악한 소문들이었지."

그의 입술선이 팽팽해졌고, 모리아는 입술을 오므렸다.

"조사단의 다른 사람들, 그들은 윌리엄스 의원의 계획에 참여했나요?"

로이드가 코웃음을 쳤다.

"2명. 말리 영, 교도소 개혁단의 대표자인 그자는 호색적인 변태더군. 해리스 의원의 보좌관인 달로우는 잘난 척하는 위선자요. 자신의 임무를 진지하게 받아들인 유일한 사람이 조지 애트우드였소. 그는 북부 지역 출신의 젊은 주의원이오. 그가 조사단의 양심이었소. 비록 영이나 달로우는 애트우드가 알아낸 사실에 얼마나 격분했는지 모르지만 말이오. 조사단장으로서, 난 애트우드에게 그가 찾아낸 사실을 나하고만 알고 있자고 했소."

"그들을 파멸시키기 위해서."

모리아가 씁쓸하게 말했다.

"아니오."

그의 재빠른 부정으로 그녀의 눈썹이 휘어졌고, 숨결은 얕아졌다.

"이봐요, 모리아. 내 말을 진실로 받아들여 달라고 부탁하지는 않겠소. 다만 난 당신에게 거짓말을 할 하등의 이유가 없소. 최소한 지금은……."

그는 말꼬리를 흐리며 자신의 생각에 빠진 듯했다. 그리고 다시 말을 이었다.

"여자 죄수들이 잔인하게 당하고 있다는 의심을 애트우드에게 들었을 때, 난 그에게 기록을 더 깊이 조사해 보라고 했소. 그가 찾아낸 건 소문에 진실의 그림자를 전해 주었지. 하지만 직접적인 증거가 없었소. 모두 정황적인 것일 뿐, 우리에겐 목격자의 증언이 필요하오. 직접 당한 죄수의 증언, 당신의 증언 말이오."

그의 눈동자가 그녀의 이해를 구하며 애원하고 있었다.

모리아의 마음이 좀더 부드러워졌다.

"내 상처 말인가요?"

"다른 죄수들은 아무도 말하지 않을 거요. 설사 말한다 해도 정직하지는 못할 거요. 그들은 보복의 가능성을 너무나 두려워했던 것 같소. 당신은 반항할 만큼 강인한 유일한 사람이었소. 첫날조차도 그랬었지. 난 그 체제에 도전하려는 당신의 분명한 의지를 믿었소. 그래서 기꺼이 당신을 위해 언니에 대해 찾아냈던 거요."

그건 아주 그럴 듯하게 들렸다. 가능할 것도 같았다. 그런데 왜 귀를 막아 듣고 싶지 않은 건가? 너무 쓰디 쓰게 상처받은 후라 자신을 배신했다고 생각했던 남자가 도우려 했을 뿐이라는 걸 알게 되는 게 견딜 수 없어서일까? 억지로 미소를 지어 보이며, 그녀는 그를 잘못 판단하지 않으려 노력했다.

"이 계략에서 픽스 소장은 무슨 역할이었죠?"

로이드는 먼 곳을 쳐다보았다.

"교도소장. 얼마나 방탕한 족속인지! 그는 의회의 중요한 인물들을 친구로 갖고 있었소. 그들의 우선적 관심은 교도소 노동으로 얼마나 이익을 만들어 내느냐였지. 픽스가 그들의 주머니를 채워 주는 한, 그들은 다른 것에는 한치의 관심도 없소."

그가 경멸스러운 듯 덧붙였다.

"불행히도, 소장은 내가 생각한 것보다 더 주의력이 깊었지. 내가 의원들의 명령을 따를 걸 확신하면서도, 내가 자기에게 협조한다는 이중의 확신을 얻으려고 날 미행했던 게 틀림없소. 그게 당신과 내가 은밀히 만난 걸 알 수 있었던 유일한 방법이오."

그는 주먹을 허벅지에 쾅 내리쳤다.

"그렇게 자신만만하게 굴면 안 됐던 거요!"

그가 설명한 것은 모리아가 예상했던 대로였다. 단지 그녀가 예상치 못했던 것은 그의 얼굴에 새겨진 고통과 자기 질책이었다. 로이드가 자진해서 소장에게 그녀를 넘긴 거라는 믿음이 사라졌다. 그리고 그의 정직성에 대한 의심의 씨앗이 시들기 시작하는 걸 느꼈다.

'판단하지 말라.'

모리아는 이전에 새겼던 계명을 미심쩍어했던 자신의 의심에 참회를 고했다.

"저한테도 책임이 있을 수 있겠죠."

그녀가 인정했다.

"경비원들은 조사단 방문 기간 동안 대단히 신중했어요. 감방을 나서면 안 되는 거였어요. 그들이 내 행동을 눈치 채고 조사하러 왔다가 우리 얘기 소리를 들었을 수도 있어요. 당신이 흔들린다고 의심했다면, 운에 맡기느니 내 입을 다물게 하는 게 더 현명했겠죠."

그녀가 한 말은 반만 진실이었다. 하지만 이오나를 찾아갔을 때 그들의 대화를 누가 알아챌 수도 있었다는 가능성에 대해 얘기하는 건 주저되었다. 만약 그 얘기가 나오면 그는 합리적인 설명을 요구할 것이고, 그것을 설명하기에는 아직은 시기 상조일 것 같았다. 일기 속의 정보를 그가 오용하지 않는다는 확신이 들 때까지는 그 얘기를 하고 싶지 않았다.

가슴이 부드럽게 오르락내리락했다. 그녀의 눈에 눈물이 고이기 시작했다.

"어쩌면 당신 잘못이 아닐지도 몰라요. 어떻게…… 어떻게 그들이 나한테 한 짓을 아셨나요?"

로이드는 일어서서 방안을 걸어 다녔다.

"픽스가 의원들에게 편지를 썼소. 내가 보고서를 손상시키고 있다는 두려움을 설명했지. 내가 윌리엄스 의원에게 소문이 사실이라는 보고서를 제시했을 때, 그는 다시 쓰라고 고집했소. 경제적, 사회적 파멸로 날 협박하면서, 그 사이에 79번 죄수가 윌로우 계곡으로 보내졌다는 말이 언급되었지."

그의 차가운 목소리는 애플 놀에 대한 진실을 밝히려 노력했다는 고백만큼이나 모리아의 몸을 떨게 만들었다. 그녀는 무릎 위의 보고서를 흘깃 쳐다보았다.

"이게 그 보고서의 사본인가요?"

그가 고개를 끄덕였다.

"먼저 짧은 보고서를 읽으시오. 그게 윌리엄스 의원이 청문회에 내보일 공식 보고서요. 그게 사용되리라는 건 당신도 알 거요. 두 번째 보고서는 윌리엄스가 거부했던 것이오. 아직 완성되지는 않았소. 당신이나 당신 언니에 대한 정보를 덧붙여야 하지.”

불쌍한 루스. 언니에게 일어났던 일을 생각하자 가슴이 아파 왔다. 하지만 로이드 앞에서 무너지고 싶지 않았기에 애써 슬픔을 삼켰다. 다른 사람들은 어쩌지? 그녀는 지금 안전하게 숨겨진 그녀의 일기에 기록된 이름과 학대 내용들을 생각해 보았다. 물론 그들에게 일어났던 일도 보고서에 덧붙여야만 했다.

하지만 로이드 캄든에 대한 신뢰는 아직 시험 단계였다. 그를 믿어도 좋다는 확신이 들 때까지 일기의 내용에 대해 말하는 것은 보류하기로 했다.

모리아가 반응을 보이지 않자, 그는 가슴이 뜰 정도의 진지한 근심 어린 표정으로 그녀에게 다가왔다.

“루스에게 일어났던 일을 조사단에게 얘기하는 게 힘든가?”

너무나 부드러운 그의 물음은 마치 그녀를 당혹스럽게 만드는 따뜻한 애무와도 같았다.

루스가 어떻게 죽었는지 알게 된 고통을 루시퍼의 아들로 매도했던 남자에게서 위안받다니 아이러니한 것 같았다. 하지만 그의 눈을 가득 채운 연민과 이해심은 거짓이 아니었다.

“루스의 죽음은 죄수들을 개혁하려던 시스템을 조롱하게 될 거요.”

그의 목소리는 거의 속삭임에 가까웠다.

“그리고 이거.”

그가 그녀의 앞에 웅크리고 앉아 부드럽게 손목을 들고, 상처가 드러나도록 소맷단을 밀어 올렸다. 손목 안의 두꺼운 살갗을 쓰다듬는 그의 손길이 따뜻했다.

모리아가 오랫동안 두려워하던 순간이 다가왔다. 하지만 그녀는 그가 일으킨 감각에 정신이 혼란스러웠다. 그녀의 손이 그의 손바닥 안에 있었고, 손목을 쓰다듬는 그의 손길은 부드러웠다. 그는 그녀의 손목을 돌려 양쪽 손목에 새겨진 흉칙한 상처를 살펴보았다. 그녀는 그의 눈에서 혐오와 연민을 보고 싶지 않아 두 눈을 감아 버렸다. 심장이 두근거리며, 손바닥에 땀이 배기 시작했다.

손목 위에서 그의 입술을 느끼자, 그녀의 눈이 번쩍 뜨였다. 그의 머리를 덮은 검은 곱슬머리가 상처에 키스하는 그의 얼굴을 가리고 있었다. 숨을 쉬기가 힘들어지고, 머리는 빙빙 돌기 시작했다.

"스스로 이걸 만든 게 아니잖소."

그것은 질문이 아니라, 단언이었다. 가라앉은 그의 목소리는 반응을 요구하지 않았다. 말을 하려 했다 해도 모리아는 목소리가 나오지 않았을 것이다. 그의 행동에 당황한 그녀는 그를 쳐다보았고 그 순간 그도 눈을 들어 그녀를 쳐다보았다. 그녀는 고개를 끄덕여 그 상처가 '고개처박기'의 결과임을 말없이 인정했다.

"아련한 눈의 아가씨, 당신 눈이 날 얼마나 괴롭히는지 알고 있소? 당신은 내가 상상도 못하던 가장 매혹적인 복수의 여신이오."

그의 눈에 담긴 노골적인 욕망이 당혹스러웠다. 모리아는 메마른 입술을 축이며 그의 손에서 빠져 나왔다. 그의 손길로 인한 육체적인 반응이 얼음처럼 차가워지고, 그를 판단하는 게 너무 이른 게 아니었을까 의심스러웠다. 그는 자신의 도움에 대해 무얼 돌려 받고자 할까? 부정한 관계? 쓴 물이 목 뒤로 올라와 찔렸다. 이 남자와 픽스 소장의 유일한 차이점은 잘생긴 얼굴과 매끈한 혀다!

그가 반응을 보이기 전에 모리아는 벌떡 일어나 문으로 향했다.

"보고서는 읽어 보겠어요. 물어 볼 게 있으면, 알려 드리지요."

차갑게 말한 다음 자신의 방으로 재빨리 사라져 버렸다.

로이드는 벽에 구멍을 내고 싶은 걸 참느라 주먹을 꽉 쥐었다. 멍청이! 어찌 그리도 뻔뻔할 수 있단 말이냐? 그녀가 문에 들어서자마자 짐승 같은 욕망을 갖지 않나, 손을 댄 순간 추잡한 생각을 떠올리지 않나.

그 작은 말괄량이는 오렌지 빛 드레스를 입는 것이 더 안전했을 것이다. 비록 그 특별한 색을 선택한 자신을 용서할 수 있을지는 모르겠지만, 풋내기 수녀처럼 꾸민 모습이 오히려 그를 자극시켰다. 애송이처럼 보이게 하는 대신, 그 말끔한 까만 드레스는 그녀의 창백한 안색을 돋보이게 했으며, 두꺼운 겨울 옷이 그녀의 볼에 더운 기운을 더하여 붉게 물들였던 것이다. 순진한 처녀 같은 스타일이 그녀의 천사 같은 모습에 잠재된 성적 분위기를 풍기며, 그의 사타구니를 무모할 지경까지 몰아갔다.

조사단에서의 역할을 가능한 한 진실되게 설명하면서 그는 자신의 육체적인 반응을 떨어뜨리려 모든 노력을 기울였다. 그건 그가 예상했던 것보다 더 힘들었다. 하지만 그의 진지함이 그들 사이의 장벽을 깨뜨렸음이 틀림없었다. 그녀가 진짜로 그를 믿는 것처럼 보였다. 그런데…….

제기랄! 그녀에게 손을 댄 것이 치명적인 실수였다. 손목의 부드러운 살갗을 느끼는 순간 그의 맥박이 빨라졌다. 그 거친 상처들은 그의 입술을 끌어당기는 자석과도 같았다. 이럴 수가! 그 간단한 키스 한 번이 그의 눈에 불을 당겼고, 낡은 건물이 무너지는 것처럼 순식간에 그녀의 돌벽이 다시 세워진 것이다.

그는 고소를 흘렸다. 아니, 그건 단순한 접촉 이상이었다. 그녀의 눈이 그의 온몸에 충격의 파도를 몰아왔다. 유혹하는 듯한 아련한 눈동자, 그 반짝이는 아름다움…… 키스했을 때 그것은 소용돌이치며 분노로 짙어졌다. 모리아의 갑작스런 변화는 여전히 상처받은 사람으로서의 거절이었다.

그는 그녀의 행동을 합리화해 보려 노력했다. 그녀는 그가 섹스를 무기로 사용할까 두려웠던 걸까? 그녀가 몸을 허락하지 않는 한 도움을 미루겠다는 뜻으로? 그를 그렇게도 경멸적인 인간으로 생각했을까?

그 생각은 아프게 다가왔다. 이제는 그녀보다 자신의 행동을 이해해 보려 했다. 자신이 그녀가 지난 몇 년간 만났던 남자들과 다를 바 없었다는 걸 깨닫자 수치심이 온몸을 휘감았다. 그녀는 알렉산드리아 나 그 외의 다른 여자들보다 존중받지 못할 이유가 전혀 없었다.

오늘밤 자신의 지각 없는 행동을 되돌릴 수는 없겠지. 하지만 신사 처럼 행동하지 못한 점, 그녀를 숙녀처럼 대하지 못한 점을 미안하게 생각한다는 걸 알리려 노력할 수는 있을 것이다. 시간, 그녀에게 보고 서를 읽을 시간을 주어야 한다. 애플 놀의 상태를 의회가 좀더 조사하 도록 만들 충분한 정보를 그가 이미 확보했음을 그녀 스스로 알 수 있도록 해야 한다. 그리고 그가 원초적 본능을 억제할 수 있다는 확신 을 줄 만한 시간이 필요했다. 그는 잭이 보물을 찾아 해적 놀이를 하 는 동안 브로클리의 원고 편집을 끝내기로 했다. 하스켈 가족은 오두 막으로 이사하게 될 것이다. 그 동안 모리아는 보고서를 읽고 수정하 게 되겠지.

몇 주만 있으면, 그와 모리아는 각자의 길로 가게 될 것이다. 그는 사업과 약혼녀가 있는 햄튼으로 돌아갈 것이고, 모리아는 청문회를 위 해 해리스버그로 떠날 것이다.

몸과 마음을 새롭게 하며, 자신은 더 현명한 남자로서 미래를 대하 겠지. 그렇게 현명해지는 것에는 한 가지 이득밖에 없다고 그는 자신 의 방으로 돌아가며 생각했다. 수많은 지혜가 그녀를 잊기 위해 평생 이 걸리지 않을 방법을 찾아내도록 도와주겠지.

25

모리아는 지난 10일간 로이드와 도서실에서 오후 시간을 모조리 보내 왔다. 하지만 오늘은 그 대신 레베카를 찾아가고 싶어졌다. 모리아는 로이드에게 메모를 남기고, 저택을 빠져 나와 오두막으로 이어진 좁은 길을 따라갔다. 4명의 큰 딸들은 오늘 몰을 도와 빨래를 하고 있었다. 그 동안 잭이 3명의 어린 아이들을 맡아 주기로 했다. 그들은 레베카를 놀래 줄 계획을 세우고 있었다. 하지만 과연 버터를 저어 그녀를 기쁘게 해줄 수 있을지는 의심스러웠다. 그러다가 옷을 엉망으로 만들어서 놀라게 하지나 않을지.

9월로 접어든지 며칠밖에 되지 않았지만, 벌써 가을의 첫번째 흔적이 나타났다. 그녀는 걸으면서, 잎사귀들이 짙은 초록에서 연한 노란색으로 변하기 시작한 걸 알아챘다. 여름의 산딸기는 요즈음의 밴디트만큼이나 보기가 힘들었다. 그 녀석은 어찌나 빨리 천성의 야생적 성질로 돌아갔는지 이른 저녁에나 음식을 습격하는 그 녀석을 가끔 볼 뿐이었다.

오두막에 가까워지면서 소나무의 향내가 희미해지고, 향긋한 당밀 내음이 맡아지자 입 안에 침이 고였다. 레베카가 문을 활짝 열었을 때, 모리아가 환하게 미소를 보냈다.

"쿠키를 만들고 있군요!"

뺨에서 밀가루 가루를 털어 내며 레베카도 미소지었다.

"이게 보통 동생들을 달려오게 만들었지요. 어머니가 물려 주신 요리법이에요. 하나 먹어 볼래요?"

"먹으면 안 돼요."

레베카를 따라 안으로 들어서며 모리아가 투덜거렸다.

"내 옷들이 점점 작아져요. 몰에게 늘려 달라는 말은 감히 못하겠다구요."

레베카가 아직 따끈한 쿠키 하나를 건네 주었다.

"내가 보기엔 건강해 보이는 걸요."

쿠키가 입에서 녹아들었다. 모리아는 눈을 감고 그 감미로운 한 입 한 입을 음미하며 먹었다.

"너무 맛있어요."

유혹에 저항할 수가 없어, 2개를 더 집어 먹었다. 그 동안 레베카는 마지막 판을 꺼내 식도록 테이블 위에 올려놓았다. 모리아는 방안을 둘러보았다.

"당신이 오두막에 기적을 일으켰군요. 아이들과 당신 모두 여기서 행복하세요!"

레베카는 쿠키판을 깨끗이 닦으며 고개를 끄덕였다.

"로이드 씨는 우리가 오두막으로 옮기면 아주 도움이 될 거라고 말씀하셨어요, 하지만 전……."

그 순간 오두막 문이 활짝 열리며, 레베카의 입이 떡 벌어졌다. 동그래진 눈으로 얼굴에서 핏기가 사라졌다. 두려움으로 경직된 몸은 마치 돌과도 같았다. 놀라 두근거리는 마음으로 모리아는 문 쪽으로 방향을 돌렸다. 그리고 문을 걸어 들어오는 엄청난 체격의 남자를 보고 눈이 휘둥그래졌다. 그는 가슴 앞으로 장총을 움켜 쥐고 있었다. 그 차가운 시선에 모리아는 자리에 못박힌 듯 서 있었다. 그가 오른발을 질질 끌며 그들을 향해 서툴게 걸어오자 레베카의 숨소리가 점점 거칠어졌다.

유일하게 떠오르는 생각은 도망치자는 것이었다. 하지만 그가 출입구를 막으며 걸어왔다. 이상하게도 그는 그녀를 흘깃 본 후 무시해 버리고 머리부터 발끝까지 떨고 있는 레베카를 노려보고 있었다. 두 손으로 얼굴을 가린 레베카에게서 얼마 떨어지지 않은 곳에 그가 멈춰 섰다. 모리아가 그녀에게 다가서려 하자, 남자는 으르렁 호통을 쳤다.

"움직이지 마!"

모리아가 얼어 붙었다.

"원하는 게 뭐예요?"

그가 무슨 사악한 계획을 세웠든 단념시킬 수 있길 바라며 그녀가 쉰 목소리를 냈다.

"원하는 거?"

그가 낄낄거리며 총신으로 레베카의 손을 찔렀다.

"내 아내를 원해. 그렇지, 베키?"

레베카의 손이 옆으로 떨어지는 모습을 모리아는 공포에 질린 채 쳐다보았다. 그녀의 얼굴에 눈물이 흘러 내렸고, 입술은 바들거렸다.

"당…… 당신은 죽은 줄 알았는데."

사내의 목 깊은 웃음 소리에 모리아의 등으로 소름이 쫙 돋았다.

"죽이려고 했지, 내 아내가 말이야! 네 부엌칼로 몇 번은 찔렀을걸, 이 암캐야!"

그가 레베카의 얼굴에 총신을 찔러대자, 그녀는 뺨을 부여잡고 바닥으로 쓰러지며 격한 울음을 터뜨렸다.

"그녀를 내버려 둬!"

모리아는 레베카의 옆으로 달려가며 비명을 질렀다. 여자의 어깨를 잡고서, 자신의 몸으로 그녀를 막아 섰다.

"거기서 떨어져, 그렇지 않으면 너도 다쳐. 난 그년이 한 짓을 보상받으려고 일년을 기다렸다구!"

레베카가 얼굴을 들며 신음했다.

"넌 죽었어야 해. 숨쉴 가치도 없어, 이 나쁜 놈아! 로이드 씨가 발견하기 전에 어서 가라구."

"난 당신의 법적인 남편이야. 아무도 내 권리에 끼어들 수 없어. 내 딸들은 어딨지?"

장총으로 레베카의 배를 찌르며 그가 다그쳤다. 그녀는 둥글게 몸을 말며 미친 사람처럼 흐느꼈다.

"애들은 여기 없어요."

모리아가 거짓말을 했다. 아이들 하나라도 집으로 돌아와 아버지의 잔인성을 목격하지 않길 바랄 뿐이었다.

모리아의 손을 잡고 일어나 앉은 레베카의 눈 속에 증오가 번들거렸다.

"다시 그애들에게 가까이 가려면 그 전에 날 죽여야 할걸. 이 악마의 자식! 넌 자기 살붙이를 더럽히려 했어! 이 개자식!"

그 괴물이 레베카의 머리를 거의 기절할 정도로 걷어찼다. 그녀가 모리아의 팔 안에 힘없이 쓰러졌다. 모리아는 공포에 떨며, 짓밟혀 피가 난 그녀의 얼굴을 가슴에 부여 안았다. 레베카의 말이 사실이라면, 이 여자에게는 남편을 죽일 충분한 이유가 있다.

자신의 딸 아이에게 짐승보다 못한 행동을 하려 하다니. 모리아는 격분하여 남자를 노려보았다.

"여기서 나가요."

남자가 웃음을 터뜨렸다.

"내 딸들을 원한다구. 베키는 네가 가져도 돼. 사라와 안나는 제 몫을 할 정도로 자랐지. 그애들이 다른 녀석들을 길러 줄 거야.”

모리아는 배가 죄어들기 시작하는 걸 느끼며, 입을 틀어막았다. 어떤 괴물이 자기 딸들에게 그럴 수 있단 말인가? 레베카가 꿈틀대며 눈을 퍼드득 열었다. 다시 정신이 들자 일어서려고 애를 썼다. 하지만 다리에 너무 힘이 없어서, 모리아가 허리를 붙잡아 주었다.

레베카는 도전적으로 보이기 위한 연약한 시도로 어깨를 쭉 폈다. 입가에서 피가 새어 나오고, 멍든 뺨은 이미 부풀기 시작하였다.

“난 여기서 새 삶을 만들었어요, 레이몬드. 아이들은 여기서 더 행복해요, 제발.”

그는 아내를 무시한 채 모리아에게 장총을 겨누었다.

“애들을 데려와, 당장. 30분 안에 돌아오지 않으면, 이년의 교활한 몸뚱이를 뼈째 조각내 버릴 거야.”

모리아가 레베카의 눈을 응시했다.

“당신을 떠나지 않겠어요.”

여자의 뒤틀린 미소는 연약하기 그지없었다.

“저자가 말한 대로 하세요. 당신이 다치는 걸 원하지 않아요.”

그녀는 제대로 발음하지도 못했다.

“아이들을…… 이자에게 데려올 순 없어요!”

“선택의 여지가 없어.”

모리아의 목에 총구멍을 들이대며 사내가 낄낄거렸다.

“애들을 데려와서 나와 같이 가게 해야지. 그렇게 하지 않으면 네 머리를 날려 버리겠어. 그리고 도움을 청할 생각은 꿈도 꾸지 마. 그 애들은 법적으로 내 거거든. 네가 날 막을 수 있는 일은 아무것도 없다구.”

모리아는 숨을 삼켰다. 그녀의 목에 차가운 금속이 스치자, 온몸에 식은땀이 흘렀다. 말없이 레베카의 손을 쥐어 준 다음, 그녀는 문으로 비틀비틀 걸어갔다. 일단 밖으로 나와 오두막에서 떨어졌을 때, 강한 손이 뒤에서 그녀의 허리를 감고 다른 한 손은 그녀의 입을 막았다.

공포에 질려 숨을 죽이고 있는데 그녀의 귀에 속삭임이 들려 왔다.

"집에 돌아가서 아이들을 데리고 있으시오. 윌리엄이 도와줄 거요. 그리고 잭을 이리로 보내요. 내가 신호를 보낼 때까지 잘 숨어 있으라고 말하시오. 할 수 있겠소?"

로이드! 그의 가슴에 매달린 채, 그녀는 약하게 고개를 끄덕였다. 그가 손을 치우고 그녀를 돌려 잠시 안아 주었다. 너무나 짧게.

"뛰어가!"

저택 쪽으로 그녀를 돌리며 그가 속삭였다.

"레베카는 무사할 거요."

집으로 달려가면서 모리아의 눈에는 거의 아무것도 들어오지 않았다. 눈물이 얼굴을 온통 뒤덮은 채, 떨리는 숨결 사이로 로이드가 레베카를 그 끔찍한 짐승에게서 구해 줄 수 있기를 기도하고 있었다.

로이드는 오두막 바깥 벽에 몸을 딱 붙이고 귀를 기울였다. 들어갈 정확한 순간을 기다리는 것이다. 모리아의 메모를 읽었을 때, 그녀와 같이 합류해야겠다는 생각이 들었던 게 천만 다행이었다. 문을 부술 듯 장총을 들고 들어가는 남자를 본 것은 그가 숲을 다 지났을 때였다.

그의 본능은 모리아와 레베카를 구하러 안으로 돌격하는 것이었다. 하지만 더 신중을 기하기로 했다. 누 여자를 건드린다면 맨손으로라도 사내를 잡아 죽일 테지만, 일단 자신이 아무 무기도 갖고 있지 않다는 걸 생각했다. 그가 창문으로 기어가 안을 들여다보았을 때쯤, 레베카는 이미 사내의 잔인한 희생자가 되어 있었다. 모리아는 아무 정신이 없는 듯 보였지만, 적어도 다치진 않은 것 같았다.

하스켈이라는 자가 아내나 딸들에 대한 합당한 권리를 포기했다는 걸 이해할 만큼 그는 충분히 듣고 보았다. 로이드의 첫번째 관심은 레베카를 그의 손에서 안전하게 빼내는 것이었지만, 그를 떠나도록 설득하는 일 또한 즐거울 것이었다.

긴장된 침묵이 10분 정도 지나고, 로이드는 창문을 통해 슬쩍 들여다보았다. 사내는 등지고 서 있었지만, 여전히 그의 손에 총이 들려 있다는 점에 실망했다. 또다시 레베카를 치려고 사내가 그걸 들어 올렸을 때, 로이드는 본능적으로 행동했다. 그의 등장이 효과를 나타내길 기도하면서 오두막 안으로 과감히 들어섰다.

로이드는 가슴 앞으로 팔짱을 낀 채 목기침을 했다.

"나라면 그러지 않을 거요."

그가 단호하게 말했다.

장총이 허공에서 멈추고 바로 돌아 로이드의 배를 겨누었다.

"도대체 당신 누구야?"

로이드의 목소리는 여전히 침착했다.

"난 레베카를 고용한 주인이오, 이곳은 내 땅이고. 당신은 누구지?"

사내가 목표를 똑바로 조준했다.

"레이몬드 하스켈, 레베카의 남편이오. 그 금발 기집애가 보냈나?"

로이드가 그를 노려보았다.

"모리아는 내가 보호하고 있는 여자요. 난 그녀를 집으로 데려가려고 왔지. 그녀는 어디 있나?"

모리아가 하스켈을 속이거나 명령을 어긴 게 아니라는 걸 납득시킬 수 있다면 좋겠는데.

남자의 표정이 의심에서 금세 오만함으로 변했다.

"내 아이들을 데려오라고 보냈지."

로이드가 자세를 편하게 풀었다.

"좁은 길로 간 모양이지. 당신의 등장은 약간 예상치 못한 일이군. 레베카는 미망인이라고 말했거든."

"거의 사실이 될 뻔했지."

하스켈이 으르렁거렸다.

"이년이 죽어 가는 돼지처럼 피 흘리는 날 내버려 두고 딸들을 데리고 도망 갔어. 내가 내 딸들을 데리고 가는데 무슨 문제 있나?"

로이드는 어깨를 으쓱했다.

"레베카가 당신을 남편이자 아이들의 아버지로 확인해 준다면 문제는 없겠지. 난 문제가 생기는 게 싫소. 법적으로 당신이 아이들의 아버지겠지?"

그의 상상이었을까, 아니면 진짜로 하스켈이 로이드의 말을 믿은 듯 총을 약간 내린 걸까? 하스켈이 옆으로 슬쩍 머리를 돌렸다.

"이 남자에게 말해, 베키."

레베카가 눈물 가득한 애절한 눈으로 고개를 끄덕였다. 로이드는 미소지으며 총을 가리켰다.

"당신은 누구도 위협할 필요가 없소, 하스켈. 딸 아이들을 데리고 떠나는 건 당신 자유요. 레베카도 함께 말이오. 남자의 가족을 훔치고 아이 아버지로서의 정당한 위치를 부정하는 여자를 내 밑에서 일하게 하지는 않을 거요."

하스켈이 씨익 웃으며 장총을 내린 다음, 레베카에게 얼굴을 돌리고 그 얼굴에 침을 퉤 뱉었다. 로이드는 잠시도 지체하지 않고 그에게 달려들어, 남자를 바닥으로 밀치고 총을 손이 미치지 않는 곳까지 걷어찼다. 하스켈은 로이드보다 10킬로그램 이상 무게가 더 나갔고, 로이드의 머리에 고통스런 일격을 가하는데 그 우월한 힘을 사용했다.

로이드는 어찔어찔한 채로 마루에서 뒹굴며 다시 공격을 가했다. 강력한 한 방을 날리려고 안간힘을 쓰다가 그 남자를 제대로 맞췄다고 생각했다. 그런데 자신이 생각한 것만큼 강하지 못했던 모양이었다. 사내가 비틀비틀 일어서더니 로이드의 사타구니를 걷어찼다. 고통스럽게 허리가 푹 꺾이는데, 언뜻 흐릿하고 몽롱한 안개 속으로 칼날의 번득임이 눈에 들어왔다. 그것이 서툰 호를 그리며 내려옴과 동시에 갑작스런 폭발음이 오두막 안에서 울려 퍼졌다.

귀가 멍멍했다. 로이드는 간신히 몸을 세웠다. 레이몬드 하스켈의 얼굴이 놀란 표정으로 일그러지더니, 앞으로 푹 고꾸라졌고 그 순간 등의 상처가 뻥 입을 벌렸다. 로이드는 눈을 깜박여 보다가 레베카에게 명확히 초점을 맞추었다. 그녀는 천천히 장총을 내리고 있었다. 방 안 가득한 거친 흐느낌으로 가슴을 들먹이면서.

모리아가 레베카의 잠든 모습에 고개를 숙이자 켜 놓은 1개의 촛불빛으로 인해 벽에 그림자가 만들어졌다. 깨끗한 젖은 수건으로 그 여자의 얼굴을 닦은 다음 멍든 뺨에 차가운 습포를 눌렀다. 로이드가 엄마를 저택으로 안아 갔을 때 거의 미친 듯했던 어린 루스가 이제는 평화롭게 잠들어, 레베카의 팔에 머리를 기대고 있었다.

다른 소녀들은 몰이 맡았다. 그 소녀들은 오두막의 찬장 위를 청소하다 떨어져서 다친 거라는 모리아의 설명을 아무 의심 없이 받아들였다. 총소리에 대해서는 로이드가 설명했다. 숲에서 서둘러 걷다가 넘어지는 바람에 총이 우연히 발사되었다는 이야기를 아이들이 믿어 주어서 다행이었다. 루스만 빼고, 소녀들은 모두 위층에 잠들어 있었다. 몰은 잭을 도와 오두막을 깨끗이 치운 후 모리아의 부담을 덜어 주기로 약속해 주었다.

문이 삐걱 열리며 로이드가 발끝으로 살짝 들어왔다. 그가 침대로 다가오자 모리아는 힘없이 미소를 지어 보였다.

"레베카는 어떻소?"

그의 시선이 레베카에게 머물렀다.

"몰이 진정제를 하나 주었어요. 적어도 밤 동안에는 평화롭게 잘 거예요."

어린 아이가 엄마에게로 더 가까이 달라붙자 로이드의 눈이 커졌다.

"루스가 여기서 뭐 하는 거요? 레베카에게는 휴식이 필요해."

모리아는 한숨을 쉬며 루스의 어깨로 이불을 덮어 주었다.

"이애는 엄마가 죽을까 봐 두려워해요. 레베카가 여기서 자라고 말하니까 진정이 되는 것 같았어요."

로이드는 고개를 끄덕이고 나서, 엄격한 표정을 지었다.

"당신도 좀 쉬어야 해요. 오늘은 너무나 길고 힘든 날이었소."

"좀더 있고 싶어요."

습포를 갈아 주며 모리아가 반대를 했다.

"모두 제 잘못이에요."

그녀의 눈에 이내 눈물이 가득 고였다.

"내가 참견하지만 않았으면, 레베카가 오두막에 혼자 있는 일은 없었을 거예요. 남편이 저택으로 침입할 생각은 감히 하지 못했을 거라구요."

"당신 잘못이 아니야. 레베카는 오두막으로 옮기고 싶어했소. 굳이 비난하려면, 그 여자의 남편에게 해야지."

그의 말이 옳다는 걸 알면서도 여전히 책임감이 느껴졌다.

"불쌍한 레베카. 무거운 짐을 지고 있었던 거예요, 혼자서. 그 비밀이 드러나 버린 지금……."

"우리 모두는 비밀을 갖고 있소, 모리아. 레베카의 비밀은 훨씬 더 끔찍할 뿐이었지."

로이드의 동성과 이해심이 모리아의 심금을 울렸다. 그의 목소리에 담긴 무엇인지가 그를 거의 상처받기 쉬운 사람인 듯 생각하게 했다.

"더이상 비밀이 아닌 걸요."

그녀의 말에 로이드가 머리를 저었다.

"오늘 여기서 있었던 일을 다른 사람은 알 필요 없소. 세상 사람들에게 있어서, 레이몬드 하스켈은 일년 전에 죽은 거요."

그의 격렬한 목소리와 레베카의 남편을 살해한 사실을 덮어 버리려

한다는 사실이 놀라웠다. 모리아가 묻는 듯이 로이드를 쳐다보았다.

"보안관에게 레베카의 짓을 알리지 않을 셈인가요?"

"그래."

"시체는 어쩌죠?"

"잭과 내가 그 개자식을 묻어 버렸소."

그는 고개를 흔들었다.

"레베카는 그 잔인한 손에 충분히 고통당했소. 자신뿐만 아니라 딸들을 보호하기 위해 행동했던 거요. 내 생명도 구해 주었소. 그녀를 감옥에 보낸다든지 그놈의 사악한 행동들이 재판 과정에서 드러나는 것조차 천만 부당한 일이오. 그런 일은 레베카와 소녀들을 망치고 말 거요."

모리아는 목으로 올라온 덩어리를 힘겹게 삼키며, 삼촌을 살해한 죄라는 걸 알고 로이드가 보였던 경멸이 떠올랐다.

"그래도 법은 살인이라고 규정하지요."

로이드가 머리를 갸우뚱하며 약하게 미소지었다.

"법적으로? 배심원이 정당한 살인이라고 믿지 않으면 그렇겠지. 난 그들이 내 말을 믿을 거라고 생각하고 싶소. 어쩌면 그러지 않을 수도 있겠지. 소녀들 중 하나가 증언하지 않는 한 하스켈이 자기 딸을 강간하려 했다는 증거는 거의 없소. 증언을 한다 해도, 배심원의 남자들은 레베카의 행동을 용서하기가 두려울 거요. 아마 남편에게 학대받는 다른 여자들에게 용기를 줄까 봐일 수도 있소."

그의 목소리가 점점 부드러워졌지만, 한편으로 더 결연해지기도 했다.

"그건 너무 위험하오. 레베카와 그 딸들은 더이상 불쾌한 기억을 덧붙이지 않고서 과거를 과거대로 묻어야 하오. 당신보다 더 법의 변덕스러움을 아는 사람은 없을 거요. 당신이 수감된 건 웃기지도 않은 정의였소."

손이 떨리기 시작하자 모리아는 그가 알아채지 못하도록 무릎 위에
두 손을 모았다.

"알고 있었나요?"

그녀의 목소리가 놀라움으로 젖어 있었다.

그는 고개를 끄덕였다.

"윌로우 계곡 원장이 그 사건을 설명해 주었소. 당신 변호사는 어
째서 상고하지 않았소?"

"스스로 죄를 인정하는데 상고를 하겠어요? 우리의 보호자였던 커
밍스 글렌의 주장이었어요."

그의 표정이 딱딱해지자, 그녀는 수줍게 미소지었다.

"그건 상관없어요. 과거는 지나간 걸요. 나에게 더 걱정스러운 건
미래예요. 레베카가 이 일을 아이들에게 비밀로 지킬 수 있을까요?"

"그녀는 그럴 거요, 아이들을 위해서."

로이드는 모리아를 쳐다보며 부드럽게 대답했다.

"우리 모두는 비밀을 갖고 있소."

"나나 레베카와 비교될 만한 비밀을 당신이 무얼 갖고 있겠어요?"

로이드의 시선이 영원인 듯 그녀에게 고정되었다가 대꾸를 했다.

"내 부모님은 도둑이었고 그들의 뒤를 따르도록 날 훈련시켰소. 내
가 8살이었을 때 그분들이 교수형당하는 걸 지켜 보았지. 난 몰과 잭
이 받아 주었을 때까지 거리에서 도둑질을 하며 살아 남았소. 그들은
나에게 인생을 전환시킬 기회를 주었고, 난 성공했소. 내 과거에 대해
아는 사람이 생기면, 내 미래는 가치가 없게 될 거요. 사실 윌리엄스
의원 같은 남자를 회유하는 것도 그래서 필요한 거요. 그렇지만 않다
면……."

그가 냉소적으로 피식 웃었다.

"난 진짜 내 이름을 사용할 수조차 없소. 몰과 잭과의 모든 연락을
끊어야만 했소. 이게 당신과 견줄 만한 비밀로 충분하지 않겠소?"

넋을 잃은 채, 모리아는 로이드의 얼굴과 눈동자에 아로새겨진 고통을 보는 것이 힘들다는 걸 깨달았다. 그가 의원의 요구에 순응하는 것도 이상할 게 없다! 그의 전 인생이 경각에 달려 있었던 것이다. 처음으로 그가 그녀를 도와주는 것이 얼마나 위험한 일인지 이해할 수 있었다. 모든 사실을 알지도 못했으면서 그에 대해 판단했던 것이 죄스러웠고 그녀의 마음이 후회로 무거워졌다.

"미…… 미안해요. 전 몰랐어요."

잭과 몰이 얼마나 로이드와 친한지를 생각하자, 왜 그들과의 모든 연락마저 끊어야 했는지 이해되지 않았다.

"잭과 몰을 왜 만나면 안 되었던 거죠? 그들은 아주 좋은 사람들인데요."

로이드가 웃음을 터뜨렸다.

"우리 모두는 비밀을 갖고 있다고 말했잖소. 잭은 누군가 그들이 내 대부모라는 걸 알게 되면 내 평판이 무너질까 봐 걱정했소. 잭은 위조범으로 두 번 감옥에 들어갔다 온 전과자거든."

"그럴 리가 없어요!"

"그에게 물어 보시오. 부인하지 않을걸. 자기 팔뚝에 찍힌 번호를 보여 줄지도 모르지. 윌로우 계곡 원장에게 당신을 넘겨 받을 수 있도록 서류를 위조한 것도 잭이었지."

방안이 빙빙 돌기 시작했다. 모리아는 두 눈을 감고 생각을 정리하려고 몇 번이나 깊은 숨을 들이켰다. 겉에 드러난 모습은 아무것도 아닌 걸까?

"당신을 내 보호자로 만든 서류가 위조된 거라면, 내가 윌로우 계곡에서 나올 수 있도록 한 판사의 명령서는 어떻게 된 거죠?"

"잭이 그렇게 중요한 것까지 위조하도록 내버려 둘 수는 없지, 모리아. 마틴델 판사가 그 명령서에 사인했소. 내 친한 친구 중 하나지. 그가 윌리엄스 의원에게 폭로하지 않을 테니, 걱정할 필요 없소."

로이드가 그녀의 어깨에 손을 올려놓자, 그녀는 깜짝 놀라 눈을 크게 떴다. 부드러운 애정을 담아 쳐다보고 있는 그의 얼굴이 보였다.

"우린 적이 아니오, 모리아. 사실, 우린 당신이 상상할 수 있는 것보다 훨씬 비슷하다고 말할 수도 있소. 날 믿어요, 모리아. 당신이 픽스 소장의 악행을 중지시키는 걸 돕도록 해주시오. 내가 당신의 신뢰를 저버린다면, 당신은 내가 방금 한 말을 이용해도 좋소. 그러면 기회주의자들이 보름도 안 돼서 내 명예와 사업을 말아먹을 거요."

그의 얼굴을 살피며 그녀의 맥박이 빨라졌다. 오랫동안 그녀를 괴롭혔던 잘생긴 악마는 한 남자였을 뿐, 다른 사람과 전혀 다르지 않은 결점과 미덕을 갖춘 인간이었다. 하지만 그 깊이 있는 초록의 눈동자 속에 정직을 담아, 이 남자는 그의 과거를 드러냈다. 그의 미래를 위태롭게도 할 수 있음에도 말이다. 어떤 남자가 이렇게 솔직할 수 있겠는가?

도덕적인 딜레마에 봉착했을 때, 로이드는 잠시 비틀거렸을 것이다. 하지만 결국 자신의 양심을 바로 세우기로 결정했다. 그는 모든 위험을 무릅쓴 채 그녀를 구출해 냈고 그녀가 절망적으로 필요한 그 도움을 제공해 주었다. 그는 단지 양심을 치유하기 위해 노력하는 것일까, 아니면 또다른 동기가 있는 걸까?

깊은 숨을 들이쉬며, 모리아는 이제 추측은 그만두고 물어 보아야 할 때라는 걸 깨달았다.

"왜 그 모든 얘기를 나한테 하는 거죠?"

로이드의 시선이 너무나 강렬하여 모리아의 심장은 거의 멎기 직전이었다.

"난 당신의 비밀을 모두 알고 있소. 당신도 내 비밀을 알아야 공평할 것 같았을 뿐이오."

로이드 캄든에 대한 모리아의 추측이 전에는 모순으로 뒤죽박죽이었다면, 지금은 마음속으로 굴러 와 뒹구는 거대한 천둥 구름과도 같왔다. 그를 정확히 판단하지 못했다는 점에 몸이 떨려 왔다. 수치심이 마음을 채우고 뺨까지 붉어졌다. 그럴 기회가 몇 번이나 있었음에도 일부러 그녀를 상처 입힌 적이 없는 이 남자, 그에 대해 마음을 경직 시켰던 경멸과 불신을 눈물이 몰아내 갔다.

그녀는 부끄러운 듯 눈물을 닦아 내고 깊이 숨을 들이마셨다. 그런 다음 손을 뻗어 그의 손을 잡았다.

"당신에게 사과해야겠어요."

그가 입을 열려 하자 그녀는 얼른 고개를 저었다.

"당신은 내가 아는 것보다 더 많은 일들을 나를 위해 해주었어요. 또 침묵을 지키면 쉬웠을 때에도 정직하게 말해 주었어요. 픽스 소장 을 멈추게 할 작정이라면, 우리 사이에 많은 비밀이 있으면 안 되겠 죠. 당신과 나누어야 할 마지막 비밀이 하나 있어요."

26

로이드는 모리아를 따라 도서실로 향하는 복도를 걸어갔다. 심장이 두근거리고 있었다. 그 일기, 그녀가 드디어 그 내용을 알려 주려는 걸까? 그녀의 손에 들린 촛불이 떨리고 있었지만 얼굴 표정은 단호하기만 했다. 그녀의 손이 문고리를 움켜 쥐는 순간, 그가 그녀를 저지했다.

"그만 됐소."

그녀가 아직 오늘의 끔찍한 사건들로 동요되어 있는 상황을 이용하고 싶지 않았다. 그를 믿기 때문에 일기의 내용을 말해 주길 바랐다. 자신의 과거를 들었다는 의무감이나 최근 월로우 계곡에 감금됨으로 인한 연약함 때문은 싫었다.

하지만 그녀는 도전적으로 머리를 흔들고 문고리를 돌렸다. 그녀가 문을 열고 같이 문을 통과하는 순간, 로이드는 그들 중 누구도 지금 나누는 가느다란 신뢰에 매달릴 수는 없을 거라고 명백히 느꼈다. 그녀가 나중에 그에게 속았다고 생각하게 되면 어쩌지? 그녀는 화를 낼 것인가? 일기의 비밀을 말하도록 고의적으로 속인 거라고 그에게 책임 추궁을 할까? 거의 목숨을 걸고 지켜 온 그 비밀들을? 안 돼. 그는 그 마지막 남은 비밀을 남겨 두는 것이 더 낫다고 생각했다.

일단 방에 들어서자, 모리아는 책상으로 가서 파일들 속에 흩어져 있는 그의 마지막 보고서 옆에 양초를 놓았다. 보고서를 함께 모은 후, 창문 앞 테이블로 가져가 내려놓았다. 그녀는 선반들을 살피는 듯이 잠시 머뭇거리더니, 로이드가 다른 것들보다 특별히 중요하게 생각지도 않는 책들이 꽂힌 곳으로 이동해 갔다.

그는 그대로 문 바로 안쪽에서 기다렸다. 그녀가 가죽 장정의 큰 책들을 바닥으로 내려놓는 것을 호기심어린 눈으로 쳐다보았다. 이제 텅 빈 선반으로 손을 뻗으며 발끝을 들자 드러나는 가느다란 그녀의 발목에 잠시 정신이 혼란스러웠지만, 그녀가 바로 그 위에 숨겨진 무언가를 찾는다는 것을 깨닫자마자 그의 눈이 더 가늘어졌다.

성큼성큼 걸어가 그는 자연스레 그녀의 옆에 서서 그늘진 빈 곳으로 손을 뻗었다. 벽 바로 옆에 끼어 넣은 접힌 종이 뭉치가 잡히자, 그걸 그녀에게 건네 주고 몸을 돌려 테이블 쪽으로 걸어갔다.

그의 얼굴에 명백히 드러난 안도감이 온몸으로 파도쳤다. 가죽 일기 조각들을 찾을 거라 기대했던 로이드는 그녀가 나누고자 하는 비밀이 어떤 다른 것인지 궁금했다. 그가 듣는 걸 견딜 수 있는 무엇이겠지. 그의 심장 박동이 점차 정상으로 돌아오고, 그는 의자에 앉았다. 그녀의 일기 속 암호를 설명하지 않아도 된다고 설득할 필요가 없다는 점에 안심이 되었다.

모리아는 그의 맞은편에 앉아 접은 종이들을 그의 앞에 놓았다. 좀 떨어진 곳에 놓인 촛불이 그들 사이를 약하게 비추고 있었다. 그녀가 둘러보다가 촛불을 다시 가져 와 테이블 중앙에 놓았다.

로이드의 눈이 촛불의 밝기에 적응되었을 때, 그녀는 종이들을 펴서 섞고, 또 몇 번쯤 다시 정리한 다음 만족스럽게 무릎 위로 올려놓왔다. 마침내 그녀가 고개를 들었다. 푸른 눈동자에서 빛이 났다.

"비밀을 갖고 있으면 우리 사이에 많은 오해를 불러일으킬 거예요."

그녀가 종이 위에 손을 올려놓았다.

"보고서는 거의 마무리되었더군요. 나라면 당신처럼 철저하게 사실을 수집할 수 없었을 거예요."

"그런 칭찬은 조지 애트우드가 들어야 하오."

그의 시선은 촛불의 불길이 깜박일 때마다 잡히는 그녀의 황금빛 머리에 초점이 맞춰져 있었다.

"당신은 그를 중지시킬 수 있었어요. 윌리엄스 의원과 협조할 수도 있었죠. 하지만 그러지 않았어요."

자리에서 몸을 움직이며, 로이드가 그녀를 쳐다보았다.

"훌륭한 인격의 소유자라면, 당신 어깨에 그 책임을 홀로 내맡긴 채 햄튼으로 몰래 기어 들어가진 않겠지. 그 대신 의회에 직접 보고서를 제출했을 것이오."

"자신의 용기를 과소 평가하지 마세요."

그녀가 부드럽게 말했다.

"절 과대 평가하지도 마세요. 그건 제 책임이에요. 제가 할 일이죠. 어쩌면 주님께서 당신을 보내 주신 이유, 날 살려 주신 이유가 그건지 몰라요. 전 도와줄 복수의 천사를 보내 달라고 열심히 기도했거든요."

로이드가 코웃음을 쳤다.

"천사로서 날 보내신 거라면, 그건 그분의 첫번째 실수임이 확실하오."

모리아가 낄낄거리자, 그의 눈이 가늘어졌다.

"뭐가 우습소? 신께서 실수할 수 있다는 생각 때문이요, 아니면 내가 천사의 일종이라는 바보 같은 생각 때문이요?"

"당신에게 날개가 있으면 정말 완벽하게 우스워 보일 거예요."

그녀가 웃어댔다.

"말이 나왔으니 말이지만, 당신은 천사와 전혀 딴판이에요. 그 턱수염만 해도 그렇구요."

"내 모습에 그런 시대에 뒤떨어진 걸 더해 준 점은 밴디트에게 감사해야 할 거요."

무의식적으로 왼쪽 뺨의 구레나룻을 만지작거리며 그가 말했다. 그녀의 눈이 커지자, 이번에는 그가 웃을 차례였다.

"내가 그 짐승을 숲속에 내버리려고 애쓴 게 얼마나 우스웠는지 듣고 싶지는 않겠지, 아마?"

모리아가 아랫입술을 깨물었다. 그녀의 눈에 근심이 가득 고였다. 그 모습이 또 그의 가슴을 두근거리게 했다.

"무슨 일이 있었죠?"

"그 녀석이 내 등을 들쑤셔 놓고 얼굴을 파낸 후 말인가, 전 말인가?"

그녀가 두 손으로 입을 틀어막았다.

"그럴 리가 없어요!"

로이드는 고개를 끄덕이며 웃음을 터뜨렸다.

"그건 세기적인 범죄가 아니라오, 모리아. 우린 타협점에 도달했지, 결국."

"타협점이라뇨?"

"우린 둘다 걸었소. 내가 방을 빌렸던 그 여인숙까지 돌아오는 동안 계속 말이요. 그 녀석은 햄튼까지도 따라오려고 하더군. 몇 킬로미터쯤 간 후에, 난 마침내 한탄을 하고 그 녀석을 마차로 들여 집으로 데려왔소. 내 가정부가 그 때문에 격분해 버렸지. 그녀는 나한테 말한 마디 없이 그만두었으면서도 그 모든 쏠쏠한 이야기들을 퍼뜨리고 다닌다고 들었소."

모리아가 얼굴을 붉혔다. 하지만 로이드는 그녀의 당혹감을 떨쳐내 주었다.

"그 녀석은 좋은 친구였소. 그리고 당신을 도울 수 있다고 생각했기 때문에 윌로우 계곡까지 데리고 간 거였소."

"그애는 날 도와주었어요."

그녀의 눈동자가 짙어졌다.

"그 녀석을 이제 떠나 보내는 이유가 뭐지? 난 당신이 그 녀석을 방에 들여놓을 거라고 생각했는데."

"몰과 같이 살면서는 어림없어요."

그녀의 표정이 점점 생각에 잠겼다.

"게다가 그 녀석은 이제 더 좋은 동료가 생겼는 걸요. 암컷과 같이 있는 걸 보았어요."

"그거 정말 멋지군!"

로이드가 짐짓 놀란 척 말했다.

"그 악당의 새끼들이 이곳을 뒤덮겠군. 우린 절대 그 녀석을 몰아 내지 않을 거잖소."

모리아가 어깨를 으쓱하며 그 생각이 매력적인 듯 씨익 웃었다.

"작은 새끼들을 보고 싶어요. 하지만 난 다음 달이면 떠날 텐데. 당신은 겨울에 여기 있을 건가요, 햄튼으로 돌아갈 건가요?"

"난 선택의 여지가 별로 많지 않소."

그는 천천히 인정했다.

"이렇게 멀리서 인쇄소를 운영할 수는 없소."

모리아 없이 이곳에 머문다는 생각은 옛날 생활로 돌아가는 것만큼이나 상상할 수가 없었다. 그와 모리아가 어떤 비밀도 없이 서로 얘기할 수 있게 된 지금, 그는 모리아에게 더한 흥미를 느끼고 있었다.

비밀들.

미소가 흐릿해지며, 그는 그녀의 무릎에 놓인 종이들을 쳐다보았다.

그의 생각의 변화를 눈치 챈 듯 모리아가 종이를 건네 주었다. 그녀는 입술을 축이며 시선을 내리깔았다.

"내 일기에 대해 묻지 않겠다던 약속 기억하세요?"

로이드의 등이 뻣뻣해졌다. 그리고 그의 손은 의자 손잡이를 그러쥐었다.

"그건 내 맹세였소."

"난 당신에게 그걸 읽게 할 만큼 믿지 않았어요…… 지금까지는요."

그녀의 목소리가 북받치는 감정으로 갈라졌다.

"난 가죽 일기의 암호를 종이에 옮겨 놓았어요."

그녀가 그의 앞에 접힌 종이들을 놓자, 그의 입이 말라 왔다. 그녀를 쳐다보며, 거의 심장은 자제력을 잃을 지경까지 뛰었다. 그를 대체 어떤 남자라고 생각했단 말인가? 그가 자신의 호기심을 만족시키려고 그녀의 불안한 상태를 이용하지 않을 것임을 믿지 못했던 걸까?

"지금까지 당신 비밀은 안전했소. 당신이 날 믿을 수 있다고 판단할 만큼 지금 안정되어 있는지는 확실치 않군."

그가 그녀에게 종이를 되돌려 주었다.

"생각할 시간이 생길 때까지 갖고 있으시오. 그걸 나에게 주는 게 진짜 무슨 의미인지 생각해 보시오. 난 기다릴 수 있소. 얼마가 걸리든지."

그녀는 그의 눈을 깊이 들여다보며 종이들을 다시 건네었다.

"난 당신을 믿어요. 암호를 읽어 보세요. 제대로 정리되진 않았지만, 당신이 모두 읽었으면 해요. 당신이 정당한 평가를 하고 그 후에 날 도와주실 걸로 믿어요."

"지금 이걸 읽고 싶지 않소!"

그가 버럭 고함을 쳤다. 그의 목소리가 방안에 난폭하게 울렸다.

"며칠쯤 기다린다고 문제가 생기진 않을 거요."

모리아가 움찔하며 눈물을 글썽였다.

그렇게 날카롭게 말해 버렸다는 것이 부끄러웠다. 하지만 그는 그것이 그녀가 실수하지 않도록 막을 수 있는 유일한 방법이라고 생각했다. 내일이면 그녀는 그의 거절에 감사해 할 것이고 자신의 거친 태도를 이해하게 될 것이다.

모리아의 얼굴에서 핏기가 사라졌다. 그녀가 일어서서 그의 어깨에 손을 올렸고, 잠시 머뭇거리다가 다시 떼어 냈다.

"나에게는 마음을 결정할 권리가 있어요. 왜 당신이 읽기를 주저하는지 모르겠지만, 그 안에 있는 정보는 너무나 중요해서 당신의 자존심이나 내 자존심 때문에 그걸 현명하게 사용하지 못하면 안 돼요."

그녀가 몸을 돌려 방에서 걸어나갔다. 등을 똑바로 세운 단호한 걸음걸이였다.

로이드는 테이블을 주먹으로 꽝 내려쳤다. 테이블 위의 양초가 옆으로 쓰러졌다. 종이에 불이 붙기 전에 그러잡느라 그의 손에 촛농이 떨어지고 말았다. 빌어먹을 여자! 이 저주받을 일기를 읽도록 그를 흥분시키고 싶었다면, 뜻대로 되었군!

로이드는 양초를 종이에 가까이 댔다. 불꽃이 깜빡깜빡 춤을 추어, 모리아가 신중하게 펜으로 쓴 글씨에 그림자가 졌다. 촛불이 점점 불길을 잡아 갔다. 로이드는 첫번째 기호를 읽자마자 손이 떨리기 시작했다.

그는 의자에 깊이 몸을 파묻고 남은 부분을 천천히 읽었다. 애플놀에 대한 소문들이 거짓이라고 믿었던 자신이 바보였다. 양심이 보내오는 비웃음은 부정할 수 없을 만큼 너무나 또렷하였다.

레베카를 마지막으로 한 번 더 살펴보고 난 후, 모리아는 자신의 방으로 돌아갔다. 양초가 없었기 때문에 천천히 나아가야 했다. 육체적으로 지친 데다가 정서적으로도 완전히 고갈되어 버렸다. 그럼에도 불구하고 로이드와의 대화에 너무나 동요되어 잠을 이룰 수가 없을 것 같았다.

옷을 벗고 나서 머리 위로 소매 없는 잠옷을 덮어 쓰자, 그 부드럽고 윤기나는 천이 속삭이듯 자신의 자리로 미끄러졌다. 깊이 패인 목선에서 리본을 묶으며 그녀는 한숨을 쉬었다. 달빛을 흠뻑 머금은 침대는 무시해 버렸다. 땋은 머리를 풀기 위해 화장대에 앉자, 늦여름의 온화한 산들 바람이 등을 쓸고 지나갔다. 어두컴컴한 거울 속을 들여다보며 그녀는 머리를 빗고 그 머리가 얼굴 주위로 물결치듯 내려오도록 했다.

그녀는 충동적으로 작은 탑의 계단을 올라갔다. 테라스 맨 위의 문을 열어 두어서 다행이었다. 그 틈 사이로 비치는 은빛 달빛이 계단을 비춰 주었기 때문이었다. 일단 테라스에 도착하자, 담 너머를 쳐다보며 여름 매미와 귀뚜라미의 아련한 밤소리들에 귀를 기울였다. 바람 속에서 당당하게 흔들리는 나무 잎사귀들의 찰랑대는 소리가 합창을 더해 주었다. 머리 위로 반짝이는 별들의 무리가 저물어 가는 달의 광선에 도전하고, 여름날의 울창하고 짙은 향내는 가을로 향하는 길을 약속하고 있었다.

자연의 아름다움과 한 계절에서 다음 계절까지의 질서 정연한 과정은 그녀가 죄수에서 자유로운 여인으로 변하기 위해 얼마나 힘이 들었는지 생각나게 했다. 모리아는 지금 불확실한 미래에 직면해 있었다. 자신 혼자서. 여인들, 특히나 죄수들을 하나님의 가장 비천한 창조물보다도 더 하찮은 것으로 여기는 몇몇의 남자들로 인해 타락해 버린 시스템에 대항하는 막중한 책임감을 안고서 말이다.

그녀의 믿음은 시험받을 때마다 동요되는 것 같았다. 더 심한 것은 말할 수 없을 정도의 공포를 일으켰던 그 남자들에 대해 한점의 용서도 마음에서 찾아낼 수 없다는 점이었다. 픽스 소장, 존스 간수, 윌리엄스 의원, 레이몬드 하스켈조차도. 하나님께서 정의에 대해 진짜 알고 계신다면, 그 모든 사악한 남자들, 그들의 영혼은 지옥에서 영원히 불타야 마땅했다.

로이드 캄든.

도와주려 애쓰는 좋은 남자, 그녀의 일기를 아래층에서 읽고 있는 남자, 자신이 여자 죄수들에 대한 잔학 행위들을 은폐할 계략의 일부였던 것을 알고 있는 남자. 지금까지 왜 그에게 일기의 내용을 말하지 않았던 것인가?

자신의 동기를 분석하며, 그녀는 그가 일기의 정보를 파괴해 버릴 거라는 단순한 두려움 이상이 있었음을 깨달았다. 후회의 눈물이 뺨을 타고 흘러 내렸다. 그의 곁에 머물 이유를 갖고 싶었다는 걸 인정할 수밖에 없었다. 그가 애플 놀의 진실을 알아 버리면, 그녀를 여자로서가 아닌 불운한 희생자로 보았을까? 그들 사이에 갑옷처럼 일기를 붙잡고 있으면서 그녀는 또한 자신의 약함, 자신의 사악한 욕망에서도 자신을 보호할 수 있었던 것이다.

하나님, 도와주세요. 그의 팔에 안겼던 첫순간부터, 그녀는 그를 사랑해 버리고 말았다. 그의 결점들이나 그의 배반에도 불구하고 그녀는 로이드 캄든을 사랑했다. 그에게 느꼈던 놀라울 정도의 육체적 욕망이 그녀를 울게 만들었던 것이다.

그들 사이의 비밀이 장미 꽃잎처럼 벌어지자, 그녀의 사랑도 꽃을 피우며 깊어졌다. 이제 그가 그녀를 물리친다면 과연 견딜 수 있을까? 로이드처럼 인격적인 남자는 결혼 약속도 없이 처녀의 몸을 강탈하지 않을 것이다.

손바닥으로 눈물을 닦았다. 흐느낌과 웃음, 그 중간쯤의 소리가 그녀의 입에서 새어 나왔다. 로이드의 미래에 유죄 판결을 받은 살인자 아내란 있을 수 없다. 그녀의 사랑은 처음부터 운명적이었지만, 그녀의 마음이 듣기를 거부해 왔을 뿐이었다.

그의 충고를 받아들여 일기를 며칠간만 더 비밀로 간직했더라면 좋았을 거라는 생각도 들었다. 그때쯤이면 그가 자신의 침대로 그녀를 받아들여, 그녀는 사탕 조각을 받은 아이처럼 귀중한 순간을 갖을 수 있었을지도 모르는데. 그의 키스, 그의 손길과 애정어린 포옹을 평생

토록 추억으로 간직할 수 있었을지도 모르는데.

갑작스레 불어오는 바람으로 온몸에 소름이 돋았다. 그녀는 계단을 다시 내려왔다. 아침에 로이드에게 무슨 말을 할지는 알 수 없었다. 그가 말을 걸지도 불확실하였다. 그는 청문회에서 그 일기를 정보로 사용하겠다고 장담하고, 그녀를 제 갈 길로 보낼지도 모른다. 그에게 일기를 주고 말았다는 것이 또다시 후회스러웠다.

침실로 들어서며, 그녀는 탑 쪽의 문을 닫았다. 머리를 숙여 눈을 감은 채 그 문에 이마를 기댔다. 맥박의 고동이 점점 진정되었다.

어떻게 진정될 수 있을까? 가슴이 조각나 버렸는데.

로이드는 모리아의 침실 창문 앞에 섰다. 그녀의 방이 비어 있는 걸 발견했어도 그다지 놀랍지는 않았다. 그가 기다릴 때 사라져 버리는 그녀의 습관에는 아직 익숙치 않았지만 공포감으로 미친 듯이 그녀를 찾아 헤매는 대신, 그녀와 얘길 하기 위해 돌아오길 기다렸다. 사과의 말을 연습해 보았다. 모리아에 한해서는 그게 그의 전공인 모양이었다. 그는 한 번도 올바른 일을 하거나 올바른 말을 한 적이 없는 것 같았다. 그에게는 새로운 경험이었다. 특히나 이런 섹스의 충동은.

시간이 끝도 없을 것처럼 질질 늘어졌다. 그녀가 곧 돌아오지 않으면 마침내 그녀를 대했을 때 혀가 마비되어 버릴까 봐 그는 두려웠다. 작은 탑에서 내려와 방으로 들어서는 그녀의 발자국 소리가 들리자, 그는 안도의 한숨을 쉬었다.

문에 기대어 선 그녀의 낙담한 모습을 지켜 보았다. 거의 흰 색에 가까운 아련한 노란 색의 잠옷이 숨쉴 때마다 아른아른 빛났다. 그녀가 몸을 돌렸을 때, 입이 바짝 마르며 그는 숨을 들이켰다. 공기의 요정 같은 아름다움에 놀라며, 그의 사타구니가 너무나 오랫동안 거부했던 그 욕구로 아파 왔다. 그리고 그녀와 얘기하는 것 따위는 가장 바라지 않는 일임을 알았다.

놀라움으로 커진 모리아의 눈동자가 그의 눈과 뒤엉켰다. 그녀의 입끝이 살짝 미소짓는 듯하더니 이내 굳어졌고, 그녀는 불안하게 입술을 축였다. 그녀의 숨결이 점점 느려지면서 오르락내리락하는 가슴에서 젖꼭지의 희미한 윤곽이 반짝이는 잠옷의 천을 희롱했다. 충격의 파도가 로이드의 몸을 흔들었다. 그리고 사타구니가 더욱 죄어 왔다.

둘다 아무 말도 없었지만, 방에는 그들이 만난 날부터 자라 왔던 강한 에너지로 가득 차 있었다. 그가 그녀에게 다가갔다. 천천히.

가슴이 기대감으로 두근거렸다. 그녀의 이마에 흩어진 머리카락을 쓸어 올리자, 그녀의 부드러운 한숨이 손가락에 닿았다.

"내 아름다운 아련한 눈동자."

그의 중얼거림은 그녀의 눈동자가 커지며 그의 숨을 앗아 갈 감정들로 반짝이면서 훨씬 더 광택나는 눈동자로 보답받았다.

'그녀는 그를 사랑했다. 그녀가 그를 사랑한다고? 그들 사이에 있었던 그 모든 사건에도 불구하고?'

그녀가 사랑을 되돌려 준다는 걸 믿을 수 없었다. 로이드의 가슴이 뛰었다. 그에게는 이 앞에 서 있는, 기적처럼 관능적인 이 여인을 소유할 권리가 없었다. 하지만 자신이 온 마음으로 이 여자를 사랑한다는 걸 부인할 수 없었다.

"날 멀리 쫓아 버렸어야 했소."

그가 속삭였을 때 그녀는 그의 품 안으로 들어와 허리를 두 팔로 안았다. 그는 더 꼭 그녀를 안으며 그녀의 달콤한 향내를 들이켰다. 부푼 가슴이 가슴을 압박했다.

"그럴 수 없었어요."

그녀의 목소리에 담긴 감정의 깊이로 그는 어지러웠다.

모리아가 그의 손을 잡아 침대로 이끌었다. 침대로 올라가는 첫번째 계단에 서서 두 손으로 그의 얼굴을 감쌌다. 얼굴을 마주한 채, 그

녀의 입술이 떨리는 걸 보았다. 그리고 그녀는 성인 군자만이 저항할
수 있을 초대의 말을 내뱉었다.

"날 사랑해 주세요."

평생에 처음으로, 그는 성인이 아니라는 점이 다행스러웠다. 모리아
가 두 눈을 감자, 그는 손가락으로 그녀의 입술 윤곽을 더듬었다. 아
까 눈물로 축축했던 긴 속눈썹이 그녀의 뺨에 섬세한 그림자를 드리
웠다. 그는 조심스레 속눈썹 아래 부드러운 살갗에 입을 맞추었다. 천
천히 숨을 내쉬는 그녀의 숨결이 그의 목을 따뜻하게 덮는 걸 느꼈다.

그녀의 입술을 향해 입술을 내리자 정열이 불타 올랐다. 첫번째 키
스, 달콤하고 부드러운 그들의 첫번째 키스는 너무나 오랫동안 그들
관계를 어둡게 했던 불신의 구름을 터뜨려 버렸다. 그는 더욱 깊이 키
스했다. 숨결이 거칠게 헐떡일 때까지 그녀의 맛을 느끼며 깨물고 탐
닉했다. 그는 자제력을 찾으려 안간힘을 쓰며 떨어져 나왔다. 그리고
미소지으며 머리를 흔들었다.

"당신이 하는 일을 알고 있는 거요?"

그녀의 얼굴이 붉어지자, 그는 자신의 깊은 욕구와 어울리듯 급하
게 고동치는 그녀의 크림빛 하얀 목덜미에 입술을 내리눌렀다.

"그걸 비밀로 할 건가요, 아니면 나한테 알려 줄 건가요?"

그녀의 목소리는 차오르는 감정으로 쉬어 있었다.

"더이상 아무 비밀도 없소."

다른 여자와 약혼했다는 사실을 말하는 것이 지금 이 순간처럼 좋
지 않은 시기가 있을까? 이 작은 여인을 자신의 옆에 둘 방법이 대체
무엇인지 그는 알 수 없었다. 하지만 그는 천사에게 날개가 있는 것만
큼 명백하게 그녀를 자신의 옆에 둘 것이다. 자신의 맹세가 얼마나 아
이러니한지 그는 웃음이 나왔다. 그녀가 그에게 힘껏 키스했다.

"뭐가 우스운지 말해 주세요."

그는 어깨를 으쓱이며 손가락에 그녀의 머리카락을 말았다.

"아까 우리가 나눴던 대화가 생각났을 뿐이오."

그녀가 눈살을 찌푸리자, 그는 혀끝으로 그녀의 입술을 미소짓도록 만들었다.

"마담, 당신이 날 천사라고 불렀었지요. 이 순간, 난 당신에게 더 악마적인 계획을 갖을까 봐 두렵소. 그건……."

그녀는 그의 수염을 잡아당기며 입술을 내밀었다. 놀란 그가 뒤로 물러나 그녀의 엉덩이에 손을 댔다.

"왜 그러지?"

"난 천사나 악마를 원하는 게 아니에요. 난…… 당신을 원해요, 당신만을."

그의 입술을 만지며 그녀가 속삭였다. 그녀의 눈동자 색이 짙어지자, 반짝이는 희귀한 사파이어가 연상되었다.

로이드는 눈썹을 치켜 뜨며, 입술을 열어 그녀의 손가락 끝을 빨았다. 그녀의 놀란 숨소리에 그가 미소를 지었다. 그리고 알렉산드리아에 대한 모든 생각들이 사라져 버렸다. 이 순간은 그의 마음과 영혼이 오직 한 여자에게만 속해 있었다.

로이드는 모리아를 팔에 안고 숨도 못 쉴 정도로 입을 맞추며 남은 두 계단을 올라가 침대에 부드럽게 눕혔다. 그녀의 표정이 호기심어린 처녀에서 신중함을 날려 보낸 굶주린 여인으로 변하는 고통어린 매 순간을 음미하면서 자신의 옷가지를 천천히 벗어 나갔다. 그녀의 옆에 누워, 그녀의 손을 자신의 입으로 끌어냉겼다. 그리고 젖가슴 사이에 놓인 리본을 풀러 냈다. 그의 손가락이 살결을 스치자 그녀는 몸을 떨었다. 그녀의 이마에 키스하며 어깨까지 잠옷을 끌어 내리면서 그의 한 손이 목덜미에서 방황을 했다.

"너무나 사랑스러워."

하나씩 하나씩, 그는 쉽사리 옷을 벗겨 내었다. 그녀가 완전히 벌거벗고 누울 때까지. 드러내기엔 너무나 소중한 사랑스러운 모습. 그녀가 옆으로 몸을 돌려 그의 가슴을 덮은 털을 쓰다듬자, 그의 눈동자가 경외감으로 가득 찼다.

그는 그녀의 손목을 잡아 돌려, 손목의 깊은 상처에 입을 맞추었다. 부드럽게 새어 나오는 소리가 그의 심장을 더 빠르게 뛰도록 했다. 그는 입술을 내려 그녀의 팔꿈치 아래 보드라운 살결을 깨물었다.

낯설고 가슴 떨리는 감각이 팔로 전해 올라오자 모리아는 몸을 떨었다. 따뜻하고 강인한 로이드의 몸이 그녀를 압박했다. 그녀는 그의 머리를 덮은 까만 곱슬머리를 찾아 손가락을 달리며 앞으로 몸을 기울였다. 매끄러운 실크 같은 감촉이 턱수염의 거친 감각과 대비되는 것이 놀랍기만 했다. 그리고 그의 몸에 난 솜털들이 살결을 스칠 때마다 그녀의 몸은 바들거렸다.

그의 따뜻한 목과 어깨에 얼굴을 묻은 채, 모리아는 그의 인도를 따라 이로 가볍게 그 물결치는 근육을 깨물어 보았다. 갑작스런 그의 날카로운 숨소리에 놀라, 그녀는 얼어 붙었다. 자신이 너무 뻔뻔스럽게 행동한 것인지 알 수 없었다.

로이드는 그녀의 목덜미를 코로 비비며 신음했다.

"멈추지 마."

그가 중얼거렸다. 그녀의 가슴을 애무하다가 엉덩이와 배를 애무하기 위해 그의 손이 밑으로 내려갔다.

그녀는 수줍게 입술을 열어 그에게 입을 맞추었다. 그리고 그의 살결을 따라 혀끝으로 건드려 보았다. 그의 몸이 또다시 긴장되고 그녀의 엉덩이를 밀어대는 그의 손에 힘이 더해졌다. 뜨겁게 고동치는 그의 남성적인 욕망이 그녀의 배를 압박해 왔다. 그녀는 그의 목을 깨물며 몸을 떨었다. 엄청난 쾌감이 그녀의 정열을 불태웠다. 그녀의 엉덩이가 본능적으로 휘어졌다. 더…… 훨씬 더한 것을 찾아!

그의 손이 다리를 벌리고 그녀의 여성스런 부분을 애무했을 때, 그녀는 숨을 들이켰다. 불길이 사지로 번져 나갔다.

그의 입술이 그녀의 목을 키스로 덮었다가 다시 입술로 돌아와서 그녀를 망각의 지경까지 몰아 갔다. 그녀는 숨가쁘게 그의 어깨를 움켜 쥐며, 자신의 몸을 그에게 열정적으로 맞추어 나갔다.

로이드가 잠시 멈추더니 그녀의 얼굴을 감싸 안았다. 모리아는 그 눈 속을 들여다보고, 거기 비친 자신의 헌신과 또한 말로는 설명할 수 없는 육체와 영혼의 궁극적인 결합을 향한 욕망에 아연해졌다.

귀중한 순간, 그녀가 평생 가슴속에 담아 두고 싶은 순간이 눈앞에 닥쳤다. 그들 사이에 기적적으로 흐른 이 강력한 사랑을 이해하기엔 한평생도 모자랄 것이다.

팔다리가 얽히며, 가슴과 영혼도 함께 합쳐졌다. 그들은 죄인이나 성인들이 아닌, 연인들을 위한 세상을 창조해 냈다. 손길과 애무. 처음에는 부드럽고 따뜻했던 것이, 정열이 커지면서 더 뜨겁고 대담해졌다. 그들의 육체가 함께 얽히며 하나의 영혼, 하나의 사랑으로 비상할 때까지.

비밀을 드러냄으로써 다시 찾을 수 있었다.

시간이 멈추어 영원히 로이드의 품속에 안겨 있고 싶은 욕망에 흠뻑 잠긴 채, 모리아는 첫새벽의 햇살을 무거운 마음으로 맞이했다. 그에게 더 가까이 다가가, 그의 목에 입을 맞추었다. 그의 팔이 허리를 단단히 죄어 오자, 그녀는 한숨을 쉬었다.

"깨셨군요."

실망스러웠다. 어찌할 수 없는 현실이 그들 같은 불행한 연인들에게 다가와 마지막으로 그의 사랑스런 모습을 살필 시간도 없어진 것이다.

"잠든 사람이나 깨어나는 법이지."

그가 낄낄거렸다.

"난 그럴 시간이 거의 없었다오, 내 사랑."

모리아는 얼굴을 붉히며 고개를 들고, 그의 매혹적인 초록 눈동자를 커다랗게 뜬 진지한 눈동자로 쳐다보았다.

"운명이 우리에게 짧은 시간밖에 부여하지 않았을 때, 그건 대단한 낭비겠지요. 잠자는 것 말이에요."

"당신을 사랑해. 우린 평생 함께 있을 거요."

그가 속삭였다.

비록 그의 사랑의 언어가 영원토록 소중히 간직할 말이 되겠지만, 모리아는 애써 머리를 저었다.

"나 같은 사람에게는 아무 여지도 없는 세상에 우린 살고 있어요. 당신은……."

그녀의 목소리가 속삭임으로 잦아들었다.

"일단 내가 청문회에서 증언을 하게 되면, 내 이름과 배경이 모든 사람들에게 알려질 거예요. 당신은 혼자 힘으로 존경받는 삶을 일구어 냈어요. 그걸 나 때문에 포기하라고 요구하지는 않을 거예요."

로이드가 몸서리를 치며 그녀를 가슴에 꼭 껴안았다. 그의 무거운 심장 소리가 그녀의 볼에 느껴지고, 그녀의 얼굴에 눈물이 타고 흘러 내렸다.

"당신이 내 사랑을 되돌려 줬다는 걸 안 것만으로도 충분해요."

"나에겐 그렇지 않아. 우린 남편과 아내로서 함께 있을 거요."

"당신은 우리 결혼에 화를 내게 될 거예요, 결국."

연민 때문인지, 아니면 순결을 취했다는 가책 때문에 아내로 받아들이려는 건지 그녀는 알 수 없었다.

"결혼이란 내 야망을 이룰 수단 이상이 아니었소, 지금까지는."

그의 냉소적인 목소리에 모리아는 숨을 죽였다. 그의 표정이 딱딱해지자, 등줄기로 전율이 흘러 내렸다.

"나와 결혼합시다, 모리아. 난 햄튼에 돌아가서 아주 금세 모든 사업을 팔아 치울 거요."

"사랑스럽고 달콤한 분, 당신은 내 평생의 사랑이에요. 하지만 내가 그렇게 내버려 두지 않을 거라는 사실을 잘 알잖아요."

그녀의 마음은 새로 찾아낸 사랑으로 벅차 올랐다.

"당신이 그렇게 한다면,"

그가 반대의 말을 하려 하자, 그녀가 엄하게 덧붙였다.

"무슨 일이 있을지 생각해 보세요. 의원은 당신이 등을 돌린 걸 알아챌 거고 당신을 파멸시킬 거예요."

"더이상 아무것도 상관없소."

그가 으르렁댔다.

"그는 나도 파멸시킬 거예요. 사회의 비난을 다시 마주 대하는 게 나에겐 아무것도 아니지만 다른 사람들은 어떻게 되겠어요? 의원이 우리 평판을 이용해서 내 증언을 깎아 내린다면, 애플 놀에 남아 있는 모든 여자들은 계속 고통받게 될 거예요. 새로운 죄수들이 도착하겠죠. 그들까지 고통받길 원하세요?"

로이드의 눈이 번들거렸다.

"그런 얘기로도 내 마음을 설득시키지 못하오, 내 사랑. 난 당신처럼 숭고한 사람이 못 돼. 당신을 찾기 위해 일평생을 기다려 왔소. 당신을 떠나 보낼 수는 없어."

모리아는 미소지으며 키스를 했다. 말하는 그녀의 입술이 부드럽게 움직였다.

"그게 쉬울 거라는 뜻은 아니었어요. 난 매 순간순간 당신을 사랑할 거고 그보다 더욱 당신을 원할 거예요. 하지만 하나님은 우리 각자에게 계획을 갖고 계세요. 우린 그분이 돌봐 주실 걸 믿어야만 해요."

로이드의 웃음은 씁쓸했다.

"난 당신 같은 성인 군자가 아니라구, 모리아."

"성인이라면 하나님의 말씀을 어기지도 않고 육체의 유혹에 굴복하지도 않죠."

그녀의 아랫입술이 떨렸다.

"감방에서 혼자 살 때는 그분의 계명을 믿는 게 쉬웠어요. 세상에 이렇게 수많은 유혹이 있다는 건 한 번도 깨닫지 못했구요……."

그녀의 영혼에 죄의식이 가득 차며 눈물이 솟구쳐 올랐다.

"당신은 내 마음속의 아내요. 우리가 함께 한 건 죄악이 아니었소."

그가 작게 속삭이자 그녀는 머리를 숙였고, 그의 숨결이 그녀의 뺨을 스쳤다.

"우리가 함께 한 건 하나님 앞에서 서약하고 결혼한 부부와 같은 의미예요."

"그렇다면 우리 두 사람 다 영혼을 되찾아야 하겠군, 사랑하는 작은 죄인이여. 청문회 후에 나와 결혼합시다."

그녀의 얼굴을 들어 올려 눈을 들여다보며 그가 조용히 말했다.

"남은 평생을 고행하며 지옥 속에서 보내는 걸 좋아하지 않는다면 말이오."

"불경스런 말 마세요!"

그녀가 그의 어깨를 가볍게 두들겼다.

"내 청혼을 받아들인 걸로 생각하겠소."

그가 낄낄거리며 말했다.

"당신 사업은 어떻게 해요?"

그녀와 결혼함으로써 그가 무얼 포기하는 건지 알고나 있는 것일까?

그의 눈이 초록빛 얼음장처럼 변했다.

"살 사람을 찾을 시간이 필요하겠지. 불행히도, 청문회가 끝날 때까지는 아무것도 할 수가 없소. 그렇지 않으면 의원이 의심할 테니까. 새해 첫날까지 기다려 주시오. 그 동안 난 조지 애트우드에게 연락하겠소. 그가 해리스버그에서 당신이 머물 만한 곳을 찾아 줄 거요. 그리고 청문회에 나오는 일을 그가 도와줄 거요. 그 후에는, 잭과 몰과 함께 여기 있으면 되오.”

모리아가 아랫입술을 깨물었다.

“당신이 정말 원한다는 게 확실한가요?”

그녀가 놀라운 듯 쳐다보았다. 그의 시선이 강렬하게 빛나는 초록의 보석같이 빛을 발하자, 그녀의 가슴이 방망이질쳤다. 그 초록 눈 속의 번득임이 심술궂게 변하며 미소가 떠올랐다.

“당신이 날 설득해야 할 거요.”

그가 몸을 움직이며 두 손으로 그녀의 엉덩이를 잡았다.

문에서 날카로운 노크 소리가 나자, 그녀는 침대에서 뒹굴며 몸에 시트를 둘렀다.

“몰일 거예요. 전 레베카에게 가 봐야 해요.”

로이드는 낄낄거리며 모리아의 시트 자락을 잡아당겨 그녀를 다시 자신의 품 안으로 되돌려 눕혔다.

“심술이 생기는걸! 당신의 흥미진진한 매력은 맹세를 나눌 때까지 보류될 거요, 아련한 눈의 아가씨. 그렇지 않으면 당신은 아마 말털로 짠 드레스를 입겠지. 당신 살결에 흠집이 나도록 내버려 두지는 않겠소. 그건 내 즐거움이거든.”

그는 침대에서 빠져 나와 응접실로 연결된 문을 향해 서둘러 걸어 갔다.

모리아는 신음을 흘리며 베개에 등을 기댔다. 또 한 번의 노크 소리가 방안에 울려 퍼졌다. 몇 시간만에, 그녀는 절망에서 황홀경으로 옮겨 갔으며, 처녀에서 여성으로 다시 태어났다.

하나님께서 칭찬하지 않으실 거야.

그녀는 또다시 깨달았다. 자신의 급속한 추락에 우울해져서, 그녀는 용서를 애원하였다. 그분께서 그녀의 회개가 단지 말뿐이라는 걸 아실까?

27

도서실에서 들리는 소리라고는 부드러운 종이 소리뿐이었다. 로이드는 지금 잭이 아까 마을 우체국장에게 받아 온 보고서의 인쇄본을 읽고 있었다. 모리아는 두 손을 앞으로 비틀며 그가 다 읽기를 기다렸다. 그들은 보고서의 단어를 다듬는 일로 며칠을 보냈고 그걸 인쇄하도록 햄튼에 보냈었다. 청문회까지 겨우 몇 주밖에 남지 않았다. 모리아는 서둘러야 한다는 느낌으로 다급해졌다. 보고서에 오자라도 있으면 어쩌지? 그걸 수정할 만한 시간이 있을까?

"어때요?"

로이드가 마침내 다 읽고 의자 뒤에 몸을 기대자 그녀가 물었다.

"이렇게 빨리 끝내다니 스티븐스가 놀라운 일을 해냈어. 아주 인상적인걸."

그는 구레나룻을 만지작거렸다. 생각에 잠긴 채 테이블에 놓인 인쇄본 보고서를 뚫어져라 쳐다보았다.

모리아를 휩쓸던 안도감이 재빨리 희미해졌다.

"뭐가 잘못 됐나요? 당신이 그 보고서에 기뻐하실 줄 알았는데요. 내 일기에서 얻은 새로운 정보도 있어서 더욱이요."

"그건 굉장하오, 모리아. 특별히 당신에게 일어난 일과 루스에 대한 사실들은. 나머지는 소문에 의한 증거지. 그건 기껏 해야 더 조사해 보아야 한다는 경고로 끝날 거요."

모리아가 분하게 한숨을 쉬었다.

"난 다른 죄수들과 어떻게 접촉했는지 알리려고 밴디트의 가죽끈도 간직해 놓았어요. 그 여자들에게 생긴 일을 기록한 가죽 조각도 있구요. 그들은 남자들이 한 짓에 대해 거짓말하지 않았다구요!"

로이드가 보고서를 들어 그녀에게 내밀었다.

"여기에는 직접적인 증언이 없소. 그 여자들의 진짜 이름이나 감옥에서의 죄수 번호가 아니라 암호명을 사용했다는 사실이 또한 당신이 이야기를 만들어 냈다는 생각도 들게 하오. 그 여자들의 직접적인 진술이 없이는……."

모리아가 보고서를 탁 쳐냈다. 좌절의 눈물로 눈이 얼얼해 왔다.

"그들을 보호하기 위해 암호를 사용했다는 거 아시잖아요. 그 여자들은 자신을 밝힐 수도 앞으로 나설 수도 없어요. 그들은 두려워한다구요. 의회가 그들을 믿지 않으면 어쩌죠? 그들에게 무슨 일이 생길 거라고 생각하세요?"

그녀의 목소리는 점점 날카로워졌고, 숨을 들이쉴 때마다 가슴이 크게 들먹거렸다.

"그들이 견뎌야 할 공포와 파멸을 당신은 상상도 하지 못해요."

로이드가 의자에서 벌떡 일어나 그녀의 어깨를 잡았다.

"난 적이 아니오, 모리아. 당신을 도우려고 애쓰고 있다구! 윌리엄스 의원과 조사단 나머지 인간들은 나보다 훨씬 약삭빠르지. 무슨 일이 생길지 모르겠소? 그들은 일기가 가짜라고 주장할 거야. 노골적으로는 아니더라도, 당신이 제정신이 아니라는 걸 교묘하게 고집할 거요. 픽스 소장은 당신을 윌로우 계곡에 잘 보냈다고 행복해 하겠지. 그리고 반대 심문은 무자비할 거요!"

로이드가 품속으로 끌어안자 모리아의 몸이 경직되었다. 그녀는 두 손으로 그의 가슴을 밀었다.

"조사단이 내 증언에 대해 미리 알지 못하는 한 나에게 유리하다고 말했잖아요. 그들은 경계심을 풀 거고, 소장과 연락할 때쯤이면 그의 반박에 충분히 의심이 생길 거예요."

"픽스 소장도 청문회에 올 거요."

모리아의 고개가 홱 들리며 로이드의 걱정스런 표정을 응시했다.

"왜 말하지 않았어요?"

"미안하오. 당신에게 더한 문제를 추가시키고 싶지 않았소. 청문회 전에 말할 생각이었소. 그를 보고 충격을 받는 건 원치 않았기 때문이오. 이제 청문회는 얼마 안 남았고 당신은 증언할 준비가 되었소. 난 이 모든 시나리오를 상상해 보며 밤새 잠들지 못했소. 참석한 의원들 중 몇 명은 좋은 사람들이고 당신의 말을 마음을 열고 들을 거요. 하지만 다른 사람들, 그들이 공격하게 되면 잔인하기 그지없을 거라구."

"그들 스스로 밝히는 것만큼 잔인하겠죠."

그녀는 완고하게 말했다.

"그럼 다른 사람들은 내 편으로 기울게 될 거예요."

그의 눈이 부드러워지며, 두 손으로 그녀의 등을 쓸어 내려 뻣뻣하게 군은 그녀의 긴장을 풀어 주었다. 한숨을 쉬며 그녀는 그에게 몸을 기대고 그의 허리를 감아 안았다.

"이 일이 중요하다는 거 알고 있소, 내 사랑. 하지만 당신 혼자 조사단과 마주하는 건 싫소. 당신 옆이 아니라면 가까이라도 앉게 해주시오. 당신을 믿는 누군가 지지자가 필요할 거요."

모리아가 몸을 바르르 떨었다.

"그건 너무 위험해요. 당신은 다른 조사단원들과 같이 앉아야 해요.

우리가 같이 있는 걸 픽스 소장이 보는 날에는 당신이 날 도왔다는
걸 알고 말 거예요.”

“내가 말했잖소…….”

“안 돼요.”

그녀가 머리를 들고 그의 뺨을 쓰다듬었다.

“조지 애트우드가 거기 있을 거예요. 어제 잭이 마을에서 돌아오면
서 그의 편지를 갖고 오지 않았나요?”

로이드가 깊이 숨을 내쉬었다.

“그가 청문회 전까지 해리스버그의 자기 부모님 집에서 머물라고
제안해 왔소. 주소도 함께 적었소.”

그녀가 고개를 끄덕였다.

“그분은 좋은 분이에요, 로이드. 그분에게 편지를 써도 될까요? 개
인적으로 감사를 전하고 싶어요. 그의 부모님께도 편지를 쓰고 싶어
요. 난 언제 떠나게 되나요?”

“너무 금방.”

로이드는 부드럽게 키스했다.

“청문회는 10월 중순에 시작되오. 당신은 눈치 채지 못하게 9월 말
쯤 도착해야 할 거요.”

그녀가 미소를 지었고 그에게 키스를 되돌린 다음 그의 품에서 빠
져 나왔다. 자극적이고 위험한 온기가 온몸으로 퍼지고 있었다.

“이런 키스를 열흘만 하면 절대 날 떠나 보내지 말라고 할지도 몰
라요.”

그녀가 한숨을 쉬었다.

로이드는 낄낄거리며 그녀를 힘껏 잡아당겼고 머리가 돌 정도의 키
스로 숨도 못 쉬게 만들었다. 마침내 입술을 떼어 내며, 그가 씨익 웃
었다.

“그게 정확히 내 의도요, 작은 성녀님. 아마 난 당신의 정열을 이용

해 당신이 날 청문회에서 당신 옆에 앉도록 마음을 바꾸게 만들지도
몰라."

모리아가 얼굴을 붉히며 그의 수염을 잡아당겼다.

"짐승! 기다리겠다고 약속했잖아요."

다소 과장되게 인상을 찌푸리며 로이드가 머리를 흔들었다.

"난 약속을 지킬 거요. 하지만 당신에게 또 하나 약속하지. 이 모든
일이 마무리되면, 수염을 깎겠소. 그게 당신에게 결정적인 영향을 미
칠 거요."

"루스에게는 기르겠다고 했잖아요."

그녀가 장난스레 농담을 던졌다.

"루스는 새 놀이 친구에게 홀딱 빠져서 눈치 채지도 못할걸. 배신
당한 느낌이 들 사람은 바로 나요."

"잭은 그런 관심을 좋아해요. 게다가 루스 말고 다른 사람은 아무
도 숨겨진 보물에 대한 얘기를 믿지 않잖아요. 때로는 그애가 잭보다
훨씬 더 그 얘기에 흥분한다는 생각이 들어요."

로이드가 고개를 갸우뚱했다.

"그가 그 얘길 당신에게 했소? 한 마디도 누설하지 않기로 했는데.
그 늙은 염소를 손봐 줘야겠군!"

"루스가 말했어요."

그녀가 키득대며 웃었다.

"6살 난 아이에게 비밀을 말하는 건 아주 오래 숨겨 둘 만한 방법
이 못 되지요. 어쨌든 잭이 루스를 시켜서 물어 보더라구요. 오늘 내
방을 봐도 되겠냐구요. 그들이 진짜 무어라도 찾을 것 같은가요?"

"찾지 못하면, 잭은 마침내 이 미치광이 같은 생각을 포기해야겠지.
다른 방은 거의 다 뒤져 봤잖소. 그래, 당신은 뭐라고 그랬소?"

"당연히 괜찮다고 했죠. 도와줄 수도 있어요. 재미있을 것 같다구
요."

"당신은 편지 쓸 게 있잖소."

그가 그녀의 등을 밀어 테이블을 향하게 했다.

"다 쓰고 나서, 마을에 부치러 갑시다. 그런 다음에는 내가 계획해 놓은 게 있지."

"뭔데요?"

떠날 시간이 닥치기 전에 로이드와 둘이서만 많은 시간을 보낸다는 기대감으로 온몸이 짜릿해졌다.

"편지를 다 쓴 후에 말해 줄 거요."

그녀의 손에 펜을 쥐어 주며 그가 약속했다.

"쓰라구."

잭은 모리아의 옷 갈아입는 방 바닥에 앉아 설계도를 다시 한 번 살피고 있었다. 루스가 그의 어깨 너머로 쳐다보았다.

"여긴 아무것도 없어, 아가야. 마지막 하나만 남았다."

비틀비틀 일어서며, 그가 마지막 남은 지원자의 손을 잡고 모리아의 침실로 들어갔다.

그가 가구와 커튼을 옮기며 벽을 검사하는 동안, 루스가 그 뒤를 따라 다녔다. 그의 눈으로 땀방울이 떨어지자, 그는 그녀가 땀을 닦아 줄 수 있도록 몸을 숙였다.

"네가 있어서 다행이구나."

그가 낄낄거리자 아이가 맞다는 듯이 고개를 끄덕였다.

"더운 게 싹 가셨단다. 좀 쉬는 게 어떠냐?"

"찾을 때까지 여기 있어야 한다고 몰이 그랬어요. 그녀는 특별한 케이크를 굽고 있다구요, 축…… 축……."

"축하 케이크."

아이의 머리를 토닥이며 그가 웃어 젖혔다.

"하지만 몰이 케이크를 굽는 이유를 로이드 씨에게는 말하면 안 된다. 네가 비밀을 말했다는 걸 알면 그녀는 진짜 화낼 거야."

"우리가 숨겨진 보물을 찾아내면 로이드 씨가 놀라겠지요. 그리고 그때는 신경 쓰지 않겠죠, 그렇죠?"

씨익 웃으며 루스가 잭의 손을 잡아 끌었다.

"침대 밑에 있을 것 같아요. 나도 침대 밑에 많이 숨겨 두었거든요. 엄마가 화를 내지요, 특히나 그게 사탕이었을 때는요. 지난번에는 그게 녹아서 엉망이 돼버렸어요."

"우리가 찾는 건 녹지 않을 거다. 하지만 그게 침대 밑에 있을 것 같지는 않구나."

잭이 루스를 침대단으로 이끌었다. 무릎을 꿇고 그녀에게 바닥에 놓인 무거운 나무틀을 보여 주었다.

"이건 침대를 떠받치도록 만든 거란다. 아주 튼튼하지. 그 밑에 무얼 밀어 넣을 수 있겠니? 봐라."

루스가 눈살을 찡그렸다.

"비밀문이 있을지도 몰라요. 로이드 씨의 옷장에서 하나 찾아냈잖아요."

"그랬지. 텅 빈 뒤쪽 옷장으로 연결돼 있었지. 하지만 찾아본다고 손해날 건 없을 거다."

단 옆을 따라 기면서, 잭이 손으로 나무를 더듬었다. 이음새가 나타나지 않자, 바닥을 살핀 다음 다른 쪽을 살펴보기 시작했다.

"아직까지는 없구나."

그의 숨결이 거칠어져 있었다. 그가 계단의 다른 편으로 이동하는 동안, 루스는 첫번째 계단에 앉아 지켜 보았다.

"미안하다, 아가야."

그가 상체를 들며 선언했다.

"비밀문은 없는걸."

"계단은 안 찾아봤잖아요."

소녀가 입을 삐죽 내밀었다.

잭은 소녀에게 항복하고 말았다. 어깨를 으쓱이며 가장 가까운 작은 계단을 더듬어 보았다. 침대단과 달리, 계단은 복잡하게 조각되어 있었다. 솟은 나무를 둘러싼 구석구석 갈라진 틈들을 눌러 보니, 단단하기만 했다.

"이제 이쪽이요."

그가 손을 멈추자 아이가 요구했다.

"나중에 멋진 아내가 되겠구나."

그가 투덜거렸다.

"거의 몰처럼 명령을 잘 하니 말이야."

계단의 이쪽으로 기어 오다가, 잭은 균형을 잃고 어깨를 부딪히고 말았다. 루스가 소리를 지르며 펄쩍 뛰어오르자, 잭이 미소를 보냈다.

그가 앉으며 안심을 시켰고, 소녀는 그의 무릎으로 올라왔다.

"나 때문에 놀랐냐?"

그녀가 고개를 흔들며 눈을 동그랗게 떴다.

"계단 때문에 놀랐어요."

"계단?"

"그게 움직였어요…… 엉덩이에 느껴졌다구요."

그녀가 계단을 쳐다보며 놀란 목소리로 말했다.

"봐요!"

잭은 맨 아래의 계단을 흘깃 보고 입에 침이 마르는 걸 느꼈다. 루스를 무릎에서 내려놓고, 눈을 가늘게 뜬 채 앞으로 나아갔다. 계단 끝에 손가락을 찔러 넣어 보았다. 그것이 계단 덮개 속으로 더 들어갔다. 잭이 검은 구덩이를 들여다보았다.

"음, 내가 바보가 아닌 한……."

그가 중얼거렸다.

그런 다음 씨익 웃고는 루스를 안고 방이 흔들릴 정도로 괴성을 질러댔다.

로이드는 잭을 따라 마구간으로 향하며 투덜거렸다. 잭이 들고 있는 낡은 랜턴은 발 바로 앞에 약한 불빛만을 던져 주고 있었다.

"지금은 한밤중이라구요. 아침까지 기다릴 수 없나요?"

"안 돼."

"난 피곤하다구요, 잭. 6시간 동안 옷가게의 작은 의자 위에 들러붙어 있는다는 게 어떤 건지 알기나 해요? 병아리한테 털이 생기는 것보다도 더 등이 아프다구요. 이제야 여자들이 한 번에 한 벌씩만 만들고 싶어하는 이유를 알겠어요."

"새 옷을 산다고 마을로 모리아를 데려간 건 내 잘못이 아니다. 몰에게 대신 데려가게 하라고 내가 말했잖니."

로이드는 계속 걸으며 욕설을 중얼거렸다.

"결코 그럴 수는 없죠. 그러면 모리아는 내가 주고 싶어하는 것들을 모두 받지 않았을·거예요. 그리고 몰은 끝까지 고집 피울 수도 없었을 거구요."

"집에 그렇게 오래 걸려 올 필요도 없었지."

잭이 랜턴을 들고 마구간 문을 가리켰다.

해 질 무렵 집으로 향하면서 늦은 저녁 식사를 같이 한 것은 모리아와 헤어져 있을 기간 동안 소중히 간직할 기억이 될 것이었다.

"당신에게 설명해야 할 나이는 벌써 지났다구요."

로이드는 문을 열며 말했다.

잭이 길을 인도했고, 로이드는 자신도 모르게 호기심이 커지는 걸 느꼈다. 벽 근처의 바닥에 랜턴을 내려놓고, 잭이 주위를 둘러보며 텅 빈 마구간을 살폈다. 그 다음 로이드를 쳐다보며 귀가 찢어질 만큼 커다랗게 웃어 보였다.

"준비됐냐?"

“뭐가요?”

로이드는 그저 툴툴거렸다.

“내 말이 맞았다는 걸 인정할 준비.”

“당신은 아주 많은 일들에 대해 옳았어요, 잭. 더 확실히 얘기해 보실래요?”

잭이 낄낄거리며 마구들이 걸린 벽에 기대여 놓여 있는 캔버스 가방을 가리켰다.

“묻지 않을까 봐 걱정했다. 그 안을 봐라, 애야.”

“마구를? 마구를 보라고 날 이리 끌고 온 거예요? 몰에게 얘기해야겠군요, 당신이 점점 노망이 든다구요. 어쩌면 루스와 너무 많은 시간을 같이 있었나 봐요. 이건 새로운 숨바꼭질 놀이인가요?”

“네가 놀라는 순간이 기대되는구나, 애야. 그 안을 자세히 오랫동안 살펴보라구, 어서.”

그가 재촉하자 로이드는 한쪽 다리에서 다른 쪽으로 무게 중심을 옮겼다.

“내가 보고 나면, 만족하고 집에 돌아갈 건가요?”

잭이 고개를 끄덕이자, 로이드는 가방으로 관심을 돌렸다. 잭이 왜 그렇게…… 승리감에 차 있는지 알 수가 없었다. 그는 한 손으로 랜턴을 들고, 다른 손으로는 가방의 입구를 벌렸다. 빛이 반사되어 오자 그의 눈이 휘둥그래졌다. 몇 번이나 눈을 깜박인 다음 랜턴을 내려놓았다. 두 손으로, 상상할 수도 없는 그 안의 물건들을 들어 냈다.

다 들어 내자, 6개의 딱딱한 금막대가 발치에 쌓여 있었다. 그리고 그의 손에는 무지개빛 귀한 보석들이 색색이 들어 있는 벨벳 가방이 들려 있었다.

“믿을 수가 없어.”

쉰 목소리가 새어 나왔다.

“막대한 액수지, 로이드. 이젠 네 거다.”

목에서 거의 숨이 쉬어지지 않았다.

"이게 무슨 의미인지 아세요?"

그가 잭을 쳐다보며 조용히 말했다.

"모리아는 혼자서 청문회에 갈 필요가 없어요! 빌어먹을 세상, 기생충 같은 인간들은 다 꺼지라는 거죠! 난 사업을 떨쳐 낼 수도 있어요. 이 영지와 같은 곳을 10개도 더 살 수 있는 충분한 재산이라구요!"

"잠깐만, 아들아. 먼저 진지하게 생각할 게 있다."

잭이 발로 금막대를 슬쩍 건드리며 말했다.

"내 생각에는 진짜 같아 보이지만, 전문가에게 감정받기 전에는 확신할 수 없다. 보석들도 마찬가지고. 이반 브로클리 변호사가 이곳을 사도록 설득하기 위해 숨겨 놓았을 수도 있어."

로이드의 심장 박동이 점점 느려졌다. 그는 잭이 그렇게 신중하게 대처한 점에 감사했다.

"우리에게 알려 줄 만한 사람이 있나요?"

"물론이지. 필라델피아에 있긴 하지만, 너와 내가 같이 가야 할 거다. 거기 갔다가 돌아오는 데만 일주일이 걸릴 거야. 모리아와 함께 할 시간이 많이 남지 않을 거다."

로이드는 고개를 끄덕이며, 미소를 지어 보였다.

"이게 진짜라면, 모리아와 난 돌아오는 그날로 결혼할 수 있어요. 만약 진짜가 아니면……."

말꼬리가 중얼거림으로 희미해졌다.

"찾아냈다는 거 몰에게 말했나요?"

잭이 인상을 찌푸렸다.

"찾고 있다는 건 알고 있지. 하지만 찾았다는 얘기는 하지 않았다."

"루스는 어때요?"

"비밀을 지키겠다고 맹세했어. 하지만 우리가 돌아올 때까지 오두막에 데리고 있으라고 레베카에게 부탁해 두었다. 만일을 생각해서."

로이드는 의심스러운 듯 잭을 쳐다보다가, 그의 말을 믿기로 결심했다.

"브랜디에게 안장을 올려야겠어요. 당신은 마차의 말 중 하나를 고르세요."

"지금?"

"빨리 떠날수록 필라델피아에 빨리 도착해서 이게 가짜 금과 색유리들인지 아닌지 알 수 있잖아요. 몰과 모리아에게는 내가 메모를 남길 게요. 나 혼자 가길 원하진 않겠죠?"

"당연하지."

잭이 벽에서 마구를 떼어 냈다.

"그걸 알아내는 동안 우린 일주일을 같이 보내게 될 거다, 로이드. 내가 얼마나 옳았는지 하루에 적어도 두 번은 나한테 말하겠다고 약속해."

"보물이 진짜라면, 1시간에 두 번이라도 말해 줄 게요!"

로이드가 웃어 젖혔다. 청문회가 열리기도 전에 모리아와 결혼할 수 있다는 기대감으로 그는 거의 현기증이 날 지경이었다.

그들은 손을 잡고 나란히 조사단을 마주 보며 윌리엄스 의원과 그의 동료들에게 나쁜 행동에 대한 대답을 받아 낼 것이다.

로이드와 모리아가 함께 있는 걸 어느 누구도 막을 수 없을 것이다.

그들 사이에 한 가지 비밀이 있다는 생각이 들자 낙관적인 기분에 죄의식의 검은 구름이 그림자를 드리웠다.

필라델피아에서 성공하게 된다면, 아주 특별한 보석을 골라 모리아를 위해 독특한 것을 만들어야겠다. 마침내 그녀에게 다른 여자와 약혼했음을 말할 용기가 생겼을 때 그게 도움이 될 수도 있다. 모리아가 청문회에서 증언하기 전에는 감히 공개적으로 깨뜨릴 수 없는 약혼, 그때쯤 모리아와 이미 결혼했을지라도 말이다.

그에게 필요한 것은 일주일이었다.

모리아는 로이드의 메모를 주머니에 넣으며 애써 미소를 지어 보였다.

"중요한 일이겠지요."

식사 접시를 밀어내며 그녀가 말했다. 로이드가 필라델피아에 가서 그녀가 출발하기 바로 며칠 전에 돌아온다는 사실에 식욕이 사라지고 말았다. 또한 그가 늦어질 경우를 대비하여 그녀의 여행 경비를 맡겨 놓았다는 점에 해리스버그로 떠나기 전에 작별 인사라도 할 수 있을지 의심스러웠다.

"아침까지 기다렸어야 했어. 잭이 말렸어야 했다구. 한밤중에 여행을 떠나다니 정신들이 나갔어."

몰이 꽥꽥거렸다.

차를 한 모금 들이켜는 모리아의 손이 떨렸다.

"로이드는 신중한 사람이에요. 금세 돌아올 걸요, 뭐."

몰이 눈자위를 톡톡 두들겼다.

"인사할 시간도 없었던 이유를 제대로 설명하지 못하면, 내가 둘다 가만 두지 않을 거야!"

모리아는 킥킥대며 찻잔을 내려놓고 몰의 어깨에 두 팔을 둘렀다.

"그들은 서로 잘 감시할 거예요. 지금은 우리 둘이서 친구할 수밖에 없겠죠."

몰이 모리아의 팔을 토닥여 주었다.

"네가 떠나면 그리울 거란다, 아가야."

몰의 슬픈 표정을 보며 모리아는 이 기회에 로이드와 결혼할 계획을 알려야 할지 망설였다. 하지만 떠나기 전까지 기다리자고 했던 로이드의 말이 기억나 아무 말도 하지 않기로 했다. 모리아는 그저 그녀를 힘껏 안아 주었다. 서로를 껴안은 채, 모리아의 마음은 추측이 맞기를 감히 희망하고 있었다. 어쩌면 잭이 진짜 귀중한 것을 발견했을 수도 있다. 로이드는 자신의 사업체를 팔아 넘기지 않고 이 영지를 살 만한 재산을 찾아가는 중인지도 몰랐다.

그럼 그들은 결혼해서 함께 청문회에 출석할 수 있다.

희망의 빛이 그녀를 가득 채웠고, 모리아는 그 기도를 올리는 데 모든 정신을 집중하기로 했다. 기도의 힘이 그녀에게 복수의 천사를 보내 주실 정도로 강했었다면, 이번 기도로 하나님께서 천사를 남편으로 바꾸어 주지 않으실까? 청문회에 같이 설 수 있도록.

과연?

28

마차에서 내리려는 주인을 향해 하녀가 마디진 손가락을 흔들었다.

"이러시면 안 돼요, 알렉산드리아 양. 이런 행동은 적당치가 않아요. 아버지께서……."

"그만해, 레티. 그러지 않으면 아빠한테 더 젊은 하녀를 구해 달라고 할 테야."

알렉산드리아가 거친 목소리를 냈다.

"난 내 약혼자가 어디 숨었는지 알 권리가 있다구. 결혼식이 6주밖에 남지 않았어. 그는 나와 같이 여기 있어야 마땅해. 그런데 로이드는 분명 미래의 아내보다 더 흥미로운 무엇이든, 아니면 누군가를 찾아낸 모양이야!"

"로이드 씨는 훌륭한 신사분이에요. 그분의 행동을 탐색하는 건 질투보다 훨씬 받아들이지 않으실 거예요."

알렉산드리아의 웃음은 자신의 귀에조차 씁쓸하게 들렸다.

"로이드의 회사를 찾아가는 게 큰 죄는 아니라구. 로이드가 어디 있는지 알 만한 사람은 스티븐스뿐이야. 로이드의 지시 없이 사업을 이끌어 나갈 수 없을 테니까. 난 그냥 그와 얘기를 해서 로이드가 왜 날 버려 두는지 알고 싶을 뿐이야.”

하녀가 찬성하지 않는 듯 눈살을 찌푸리자, 알렉산드리아도 눈을 가늘게 떴다.

“존경하는 남자들에게 옆길로 샐 수 있는 허가가 났다 해도, 난 그냥 넘어가지 않아!”

투자할 땅을 산다는 핑계는 다른 사람들에게는 합법적인 이유가 될 지언정 그녀에게는 먹혀들지 않았다. 알렉산드리아에게는 그것이 로이드의 관심을 그녀에게서 떨어뜨리는 것이라면 질투의 대상이 될 수도 있었다. 로이드가 그녀와 같이 있는 것보다 한 조각의 땅을 더 중요하게 생각한다는 믿을 수 없는 사실에 피가 부글부글 끓었다. 감히 다른 여자를 쫓아다닌다는 생각은 하지도 않았다. 그러면 폭발해 버릴 것이다!

마차에서 내리자, 알렉산드리아는 모자를 바로 하고 머리를 만졌다.
“여기 있어.”

하녀가 따라 나서려 하자 명령했다. 갈아 치우겠다는 위협에도 불구하고, 레티는 집에 돌아가서 아버지에게 자신이 스티븐스에게 한 말을 하나도 빠짐없이 되풀이할 것이다. 그런 일이 생기게 할 수는 없었다. 아버지가 로이드의 행방을 찾는 일을 막을 수 있어서가 아니라, 거짓말을 해야 한다는 의미이기 때문이었다.

견습생이 사무실로 안내한 순간, 알렉산드리아는 여자의 육감이 맞았음을 감지했다. 그녀가 운송이 준비된 상자들 옆으로 다가가자 스티븐스의 입이 떡 벌어졌다.

“알…… 알렉산드리아 양, 여기 오실 줄은 몰랐습니다.”

그가 더듬거렸다. 코끝에 미끄러진 안경테를 올리는 그의 손가락이 떨리고 있었다.

그녀는 그에게 더 가까이 다가가며 부드럽게 웃었다.

"다시 만나서 반가워요."

속눈썹을 새침하게 내리깔며 그녀가 속삭였다. 그것은 그녀의 교태일 뿐일까, 아니면 상자 맨 위에 써 있는 글을 은밀히 살핀 것일까? 스티븐스의 몸이 떨리기 시작했다.

그가 왠지 자신 없어 한다는 생각에, 그녀는 과감히 상자들 쪽으로 가까이 갔다.

"이것들을 로이드에게 보낼 건가요?"

스티븐스가 너무 힘들게 침을 삼키는 바람에 그의 목젖이 깡마른 목에서 불안하게 흔들거렸다.

"책에 대해서 아십니까? 캄든 씨가 유일하게 믿는 사람은 저라고 하셨는데요."

그녀는 젊은 남자의 콧수염이 뒤틀릴 정도로 환한 미소를 보냈다.

"난 그분의 약혼녀예요. 우린 서로에게 비밀이 없답니다."

그녀의 머리에 매력적인 아이디어가 떠올랐다.

"로이드가 편지를 보냈어요. 책을 가져다 달라고요. 난 그게 준비됐는지 확인하러 들른 거라구요."

어깨를 펴며 그의 눈이 가늘어졌다.

"캄든 씨는 마지막 편지에서 그런 일에 대해 전혀 언급하지 않으셨습니다."

그가 도전을 했다.

"그분은 책을 우체국에 보내라고 지시하셨습니다."

교묘하게 한숨을 내쉬며, 알렉산드리아는 남자의 시선이 자기 가슴에 고정되는 모습을 흥미롭게 지켜 보았다.

"로이드가 나한테 편지를 보낸 건 확실해요."

그녀의 눈에 눈물이 가득 찼다.

"난…… 난 편지를 가져 올 수도 있어요. 하지만 당신에게 자비를 베푸시라고 부탁해야겠군요. 로이드는 너무 외로운 상태예요. 그의 말은 너무나 감상적이라 다른 사람과 나누기가 힘듭니다."

"…… 캄든 씨가 계획을 변경하라고 편지하셨을지도 모르지요."

스티븐스가 그녀의 요구를 고려하는 듯하자, 알렉산드리아는 재빨리 그 기회를 포착했다.

"아버지에게는 한 마디도 하시면 안 돼요. 그분은 내가 결혼 전에 한 번 더 필라델피아의 언니를 찾아가는 걸로 생각하시거든요. 로이드와 난 당신이 도와줄 걸로 믿겠어요."

그녀가 애원했다.

일단 스티븐스가 알겠다는 듯 고개를 끄덕이자, 알렉산드리아는 위 속에 무슨 단단한 매듭이 꼬이는 듯한 느낌이었다. 로이드가 무슨 짓을 하든, 대단히 은밀한 것임이 분명하다. 그녀의 아버지가 포함된 일이라는 것도 확실하다. 그녀는 이것을 끝까지, 아주 깊숙이 파들어가리라 결심했다. 어쩌면 애플 놀 문제와 관련이 있을 거라는 생각에 입 안이 말라 왔다. 로이드 캄든이 그녀의 아버지를 배반한다면 평생 후회하며 살게 될 것이다. 하지만 이렇게 결혼식이 코앞인데 약혼이 깨져 버린다면 그녀는 절대 얼굴을 들고 다닐 수 없다.

그녀의 손가락은 무의식적으로 목에 건 긴 목걸이에 매달린 하트 로켓(조그만 사진, 기념물 등을 넣어 목걸이에 다는 금속제 곽)을 매만졌다. 진실을 알아야만 했다. 그리고 진실을 발견할 방법은 하나밖에 없다. 로이드 캄든은 아버지를 지지하는 편이 나을 것이다. 그렇지 않으면 그녀가 그렇게 하도록 설득할 방법을 찾을 것이다. 그는 그녀나 그녀의 아버지를 바보처럼 갖고 논 남자는 누구도 살아 남지 못한다는 걸 알게 될 것이다.

간단한 소매 없는 슈미즈 차림으로, 모리아는 침대에 누워 짧은 낮잠으로 기분이 나아지길 기대했다. 그녀의 가방들은 아래층 현관 입구에 늘어져 있었다. 그녀는 벌써 며칠 전에 해리스버그로 떠났어야 했다. 하지만 떠나고 싶지가 않았다. 로이드를 만나지 않은 채로는 안 되었다.

그가 그렇게 은밀하게 떠난 지가 벌써 12일전. 그 후로는 로이드에게 어떤 소식도 듣지 못했다. 청문회가 2주도 안 남았으므로, 조사단 사람들에게 발각되지 않도록 애트우드 씨 부부와 같이 안정을 찾고 싶은 마음이 간절했다. 그러나 다른 한편으로는 로이드에게 하고 싶은 말이 너무나 많았다. 하지만 그가 내일 아침까지 돌아오지 않는다면 떠나는 수밖에 도리가 없었다.

아래층 홀에서 들리는 여자들의 목소리에 그녀는 미소를 띠웠다. 몰이 하스켈 소녀들에게 또다른 일을 배당하는 모양이었다. 지금처럼 이렇게 목소리를 높이는 경우는 별로 없지만 말이다. 여기로 다시 돌아올 거라고 생각하지 않았다면, 모리아는 지난 2달간 사랑하게 된 이 모든 사람들에게 작별 인사를 하기가 너무나 슬펐을 것이다.

옆으로 몸을 굴려 모리아는 창밖을 내다보다 수평선에서 서서히 춤을 추는 구름들처럼 가벼운 잠속으로 빠져들었다. 깊이 잠들었다는 생각이 들 찰나, 그녀의 방문이 부서질 듯 열렸다. 깜짝 놀란 가슴으로 모리아가 멍하니 일어나 앉아 자신의 침실문 바로 안쪽에 서 있는 격분한 여자를 쳐다보았다.

그 여자의 뒤로 따라붙은 몰의 얼굴이 분노로 빨개졌다.

"당신은 모리아의 방에 들어올 권리가 없어요. 아래층에서 기다리라고 했잖아요."

몰의 쏘아대는 말을, 여자는 오만한 미소로 무시해 버렸다.

"난 하인들에게 명령받지 않아."

"내 말은 들어야 할 걸요."

그녀가 앞으로 나서려 하자 몰이 화가 나서 받아쳤다.

모리아가 소리쳤다.

“됐어요, 몰. 난 이제 깼는 걸요.”

몰이 모리아를 쳐다보았다. 그녀의 입술이 일그러졌다.

“이 여자와 얘기할 필요 없어요.”

호기심이 인 모리아는 낯선 여자의 코웃음을 무시했다.

“소녀들과 같이 오두막에 가서 루스를 데려와 주세요. 로이드가 떠난 후로 보질 못했어요.”

몰의 눈이 부드러워졌다.

“이 여자의 마차가 떠날 때까지 기다리겠어요. 그 다음에 돌아오지요.”

그녀는 낯선 여자를 돌아 문을 닫으며 코웃음을 쳤다.

낯선 여자가 침대로 가까이 오자 모리아의 눈이 휘둥그래졌다.

“마을 사람들이 말하더군, 로이드가 여기서 한 여자와 살고 있다고. 로이드가 아내나 애인에게 더 적당할 것 같은 침실에 당신을 들여놓다니 난 상당히 놀랐어. 여기에 내 물건들을 갖다 놓아도 괜찮겠지, 그렇지? 이 방은 다른 누구보다도 나한테 가장 어울려.”

침대에서 빠져 나오며, 모리아는 창문 옆 의자에 걸쳐 놓았던 가운을 입으려 했다. 하지만 그 여자가 그 전에 낚아채고 신기한 듯 그 옷을 살폈다.

“로이드는 항상 우아한 취향을 갖고 있었어.”

그녀가 차갑게 말했다. 수입품인 레이스 칼라를 무심코 만지작거리다가 모리아의 맨 팔뚝에 찍혀 있는 숫자를 보더니 입을 떡 벌리며 눈을 반짝였다.

모리아는 침입자의 손에서 가운을 잡아채고 가슴에 부여 쥐었다. 시선은 자기보다 훨씬 큰 그 여자에게 고정되었다. 그 여자는 머리 위에 왕관처럼 금발을 동글거리게 말아 올린 우아한 스타일과 그에 어울리는 세련된 말씨와 태도를 가지고 있었고 매우 젊어 보였다. 모리아보다 나이가 많지도 않을 것이다. 하지만 그녀는 모리아가 되길 바

라는 것보다 훨씬 더 아름답고 세련된 모습이었다. 그러나 그녀의 표
정은 모리아처럼 사회적으로 저층의 계급과 같은 방에 있는 것이 대
단히 힘들다는 듯이 딱딱하고 금방이라도 부서질 듯했다.

"당신은 누군가요?"

여자가 재고품 조사를 하듯 방안을 걸어 다니기 시작하자 모리아는
숨을 삼켰다.

모리아에게 시선을 돌리며, 여자의 짙은 갈색 눈동자가 번쩍였다.
그녀가 모리아의 침착한 시선을 경멸적으로 되받았다.

"난 알렉산드리아 윌리엄스, 로이드를 찾아왔어. 사랑하는 약혼자에
게서 떨어져 있는 건 지독히도 힘들지. 특히나 결혼식이 겨우 몇 주밖
에 남지 않았을 때는 더욱 그렇지."

모리아에게 다가와 팔을 가리키며 그녀의 입이 신경질적으로 뒤틀
렸다.

"그이가 자기 방에 죄수를 들여놓았을 줄은 상상도 못했어!"

방이 빙빙 돌기 시작했다. 모리아는 두 눈을 감고 숨을 들이쉬며
침착을 되찾으려고 노력했다. 온몸으로 전율이 관통하고, 심장은 너무
빨리 뛰어서 터질 것만 같았다.

로이드는 자신의 영혼과 깊고 어두운 비밀을 모두 드러낼 때, 약혼
했다는 말은 한 적이 없었다. 약혼 같은 중요한 일이라면 당연히 모리
아에게 말했을 것이다. 이 여자가 거짓말을 하는 게 틀림없다!

그 여자의 깔깔거리는 비웃음에 모리아는 눈을 뜨고 알렉산드리아
를 쳐다보았다.

"윌리엄스 의원과 관계가 있나요?"

질문을 하며 그녀는 어색하게 가운을 입고 허리에 벨트를 맸다.

모리아를 내려다보는 알렉산드리아의 미소는 차가웠다.

"그분은 내 아버지야."

구역질이 날 것만 같고 다시 머리가 빙글빙글 돌았다. 윌리엄스 의

원처럼 사악한 여자, 로이드를 조사해 보라고 의원이 자기 딸을 보냈을까? 이 여자가 로이드와 약혼했다고 거짓말을 한 거라면? 로이드가 애플 놀 문제를 은폐할 계획을 망치려는지 알아내려고 모리아를 흥분시키는 걸까?

"로이드와 약혼하셨다고 했나요?"

제발 목소리가 갈라지지 않기를.

알렉산드리아가 비웃음을 흘렸다.

"그이가 헌신의 증표로 이걸 주었지."

머리 위로 목걸이를 빼내어, 그녀가 하트 모양의 로켓을 내밀었다. 모리아는 그걸 잡아 뒤에 적힌 글자를 읽어 보았다.

'당신을 영원히 사랑하며, 로이드.'

모리아의 시야가 눈물로 가려졌다. 그 은로켓은 로이드의 배반의 타는 듯한 증거였다. 거기 데기 전에 그녀는 얼른 손을 뗐다. 더이상 비밀은 없어. 그렇게 약속하지 않았던가? 그런데 그는 모리아에게 거짓말한 게 분명했고 그렇게 완벽하게 그에게 주었던 그녀의 사랑을 조롱하는 비밀을 갖고 있었다.

줄곧 다른 사람과 서약한 상태였으면서 그녀에게 영원한 사랑을 고백하고 결혼 신청을 한 로이드는 도대체 어떤 사람인가? 그의 교활함에 씁쓸해지면서, 또한 알렉산드리아가 모리아가 순결을 잃었던 똑같은 방의 똑같은 침대에서 로이드와 사랑을 나눈다고 생각하니 가슴이 산산이 부서졌다.

'판단하지 말라.'

자신의 양심이 외치는 소리를 듣기가 힘겨웠다. 하지만 로이드에 대한 생각이 그녀의 분노를 갉아 먹기 시작했다. 전에 그를 잘못 판단했었다. 비록 그가 약혼한 사실을 말하지 않았다는 것에 상심되긴 했지만, 로이드는 어쩌면 알렉산드리아와 파혼할 생각이었는지도 모른다. 희망이 분노를 대치하였다. 그녀는 모든 기지를 모아 파혼으로 끔찍이 상처받을지도 모르는 이 여자를 내하려 애썼다.

"로이드와 마지막으로 얘기한 게 언제죠?"

알렉산드리아의 대답을 기다리면서 그녀의 가슴은 간신히 뛰고 있었다.

하지만 알렉산드리아는 놀라움에 사로잡혔다. 그녀의 눈이 커지더니 사악하게 번득였다.

"범죄자와 내 사적인 연애를 토론할 필요는 전혀 없어!"

그녀가 거칠게 말했다.

"넌 내가 올 줄 몰랐겠지? 거봐! 나에 대해서 한 마디도 듣지 못했겠지. 그이가 너를 사랑한다고 생각했니? 정신 차려, 아가씨. 그렇게 순진하진 않을 텐데. 로이드가 날 이리로 초대했어. 물론 네가 떠난 다음에."

"로이드가 초대했다고?"

모리아는 손으로 입을 틀어막았고, 알렉산드리아가 비꼬듯 대답했다.

"물론이지. 그렇지 않다면 내가 왜 여기 왔겠어? 난 며칠 일찍 도착했을 뿐이야. 현관에 가방들이 있던데, 아마 네 거겠지."

모리아는 멍하니 고개를 끄덕였다. 로이드가 파혼할 거라던 모든 희망이 잔인하게도 불타는 가슴의 고통으로 변했다. 알렉산드리아와 약속한 상태였으면서 그녀의 안전을 위해 해리스버그에 일찍 보낼 수 있단 말인가? 그가 햄튼으로 돌아가는 대신 여기서 파혼할 거라는 상상은 도저히 떠오르지 않았다. 그가 주장했던 사랑을 믿으려고, 그에 반하는 모든 당혹스런 증거들과 투쟁하려고 애쓰면서도, 그의 배신을 눈가림할 수가 없었다.

진실로 인해 그녀는 떨고 있었다.

애초의 분노는 자신도 어찌할 수 없는, 영혼조차 뒤틀리는 깊은 슬픔으로 변했다.

"난 오늘 오후 떠날 거에요."

옷 있는 곳으로 걸어가며 그녀는 둔하게 말했다.

"몰에게 내 짐을 싣게 해 달라고 말해 줄래요?"

그녀가 옷 갈아입는 방으로 걸어가자, 알렉산드리아가 그녀의 팔을 낚아챘다.

"어디로 가지?"

모리아는 그녀의 손에서 팔을 빼냈다.

"당신이나 어느 누구에게도 대답할 이유가 없어요."

알렉산드리아의 얼굴이 생각에 잠겨 일그러졌다.

"청문회에서 증언할 거지, 그렇지?"

그 여자가 길을 막아 서자 모리아의 등이 뻣뻣해졌다.

"내가 무슨 짓을 하든, 당신이나 로이드 누구에게도 설명할 이유가 없어요."

"이 조그만 암캐! 넌 증언할 작정이야! 로이드가 보고서를 주었지? 내 아버지가 거절한 걸?"

모리아는 턱을 치켜들고 대답하라는 협박에 꿈쩍도 하지 않았다. 그 여자가 때리려고 손을 들어 올리자, 모리아는 그 손목을 힘껏 잡아눌렀다.

"그만해."

폭력을 싫어하는 모든 자신의 금지 명령을 잊어버린 채, 그녀가 거칠게 내뱉었다.

"너나 네 아버지가 날 막진 못해. 내가 그 일을 끝내면, 네 아버지와 네 약혼자는 텅 빈 돼지 밥통 같은 자리나 찾을 수 있으면 다행일 거야!"

알렉산드리아는 모리아를 밀쳤다가, 그녀가 무릎을 꿇고 넘어지자 킥킥거리며 웃었다.

"넌 내 아버지 같은 분께 대적할 수 없어."

"할 수 있어. 그리고 그럴 거야."

모리아는 악문 잇사이로 말했다.

"학대받는 애플 놀 여자들을 도우려는 내 행동을 네 아버지가 막을 수는 없어. 그들은 내 친구들이야. 그들이 더이상 학대받도록 놔두지 않을 거야."

"오, 넌 잘못 생각하고 있어."

알렉산드리아가 험상궂게 대꾸했다.

"아빠는 너의 그 믿을 수 없는 과거를 이용해서 오히려 널 망가뜨릴걸. 의회가 유죄 판결받은…… 도둑놈을 믿을까? 아니면 매춘부를? 네 죄명은 뭐지, 아가씨?"

모리아는 씨익 웃었다.

"살인. 이제 내 앞에서 꺼져."

알렉산드리아의 얼굴이 창백해지며 얼른 모리아의 길목에서 비켜났다.

"마지막으로 경고하겠어. 청문회 근처에 얼씬대지 마. 그렇지 않으면……."

"그렇지 않으면 뭐?"

모리아가 웃어 젖혔다.

"네가 날 다시 감옥으로 보낼 건가? 널 실망시켜서 안됐군, 알렉산드리아. 난 형량을 마쳤어. 네가 내 평판을 망가뜨릴 수 있다고 생각할지도 모르지. 하지만 나한테는 평판이란 게 없다구. 이미 당한 것보다 더 심한 건 없어. 그러니 아가씨, 네가 날 위협할 방법은 아무것도 없다는 걸 알라구. 넌 로이드를 가졌어. 그걸로 만족하면 돼."

알렉산드리아의 눈동자가 교활하게 변했다.

"네가 증언한다면, 애플 놀 친구들에게 무슨 일이 생길 것 같니?"

그녀가 히스테릭하게 낄낄대기 시작했다.

"넌 정말 순진하구나, 그렇지?"

모리아의 분노가 두려움으로 바뀌며, 그녀는 낮게 중얼거렸다.

"넌 그들에게 어떤 짓도 할 수 없어."

"네 말이 맞아. 난 할 수 없지. 하지만 아빠는 할 수 있어. 아빠는 높은 자리에 친구들이 많거든. 네가 의회를 믿게 만들 수 있다면, 그 것조차 아주 의심스럽지만 말야, 아빠는 네가 증언한 그날 해가 지기도 전에 다른 시설로 여자들을 옮겨 놓을 거야."

모리아의 얼굴을 가리키며 그녀가 가까이 다가섰다.

"그리고 장담하는데, 넌 아빠를 막을 수 없어. 그 여자들에게 무슨 일이 생길지 상상해 보고 싶니?"

두려움이 모리아의 가슴을 옥죄었다. 하지만 갑자기 여자들의 신원을 숨긴 그 암호들이 아주 탁월한 예방 조치처럼 생각되었다.

"그럴 수 없을걸. 그들이 누군지 모를 테니까."

"넌 바보구나. 로이드가 왜 널 도왔다고 생각하니? 아빠의 책상에는 벌써 그 리스트가 올라와 있을 텐데."

모리아의 생각이 미친 듯이 날뛰었다. 그녀에게는 여자들의 이름이 적힌 유일한 서류가 하나 있다. 로이드에게는 없다. 그가 그녀 모르게 적어 놓지 않은 한, 그는 진짜 그 여자들이 누군지 알지 못한다. 이미 안전하게 트렁크 안에 들어간 인쇄된 보고서들은 오직 암호명들만 적혀 있다. 그녀는 한숨을 쉬었다. 그가 단 한 명의 이름도 알 가능성조차 없다는 걸 알고 있었다.

"나더러 어쩌라는 거지?"

그녀의 목소리는 로이드에 대한 사랑만큼이나 똑같이 메말라 버렸다.

"아빠를 패배시킬 수 있다고 생각할 만큼 어리석다면 모리아, 너 자신에 대해 실컷 증언하라구. 절대 아빠를 연루시키지 마. 물론 로이드도. 네가 두 사람 이름이나 아니면 다른 여자들에 대해 한 마디라도 하게 된다면, 아빠는 결단코 애플 놀의 모든 여자들이 심각한 처벌을 받도록 만들 거야."

모리아는 머리를 저었다. 알렉산드리아가 의원의 권력에 대해 과장했는지 확실히 알 수 있는 방법은 그에게 도전하는 것뿐—소피와 이오나와 다른 모든 이들을 위험에 넣을 수도 있는 행동뿐이다. 일기에 적힌 정보를 이용하고 싶은 마음이 강렬한 만큼, 그녀는 침묵을 지키는 수밖에 없을 것이다. 그녀의 증언은 언니와 그녀 자신이 받은 학대에 한정될 수밖에 없었다. 하지만 두 사람에게 생긴 일을 폭로하지 못하도록 막을 수 있는 건 아무것도 없다.

"난 1시간 안에 떠날 거야."

모리아는 중얼거렸다. 떠나기 전에 로이드의 방을 뒤질 만한 시간이 있길 바랐다. 로이드가 친구들의 이름을 옮겨 적어 두지 않았다는 걸 확인해야 했다.

"내 친구들에게 무슨 일이 생긴다면, 너에게도 그 책임을 물을 거야, 알렉산드리아."

모리아는 옷 갈아입는 방으로 들어가 문을 닫았다. 예수의 면류관이 머리에서 미끄러져 목에 걸린 느낌이었다. 그녀는 성인보다 죄인에 훨씬 더 가까운 행동을 하고 말았다.

하지만 이 순간 아무것도 상관없었다. 그녀는 정의를 찾기 위해 너무 오래 기다릴 수 없었다.

로이드가 저택에 도착했을 때, 윌리엄이 모리아의 짐들을 마차에 모두 싣고 안도의 한숨을 쉬는 걸 보았다. 오늘밤 그가 계획한 축하 파티를 위해 몇 가지 잔일을 처리하도록 잭을 데이비즈 크로싱에 남겨 두고 먼저 온 것이 다행이었다. 그는 안장에서 내렸다. 거의 18시간만에 두 번째로 견고한 땅에 발을 딛는 것이었다. 지극히 피곤했지만 모리아가 출발하기 전에 도착했다는 흥분감으로, 그는 윌리엄의 어깨를 잡고 미안한 미소를 지었다.

“모리아 양은 며칠 더 머물 걸세. 가방들을 다시 안으로 들여놓게.”

“그대로 정확히 놔둬요!”

그를 돌풍처럼 지나치며 날카롭게 명령하는 모리아의 목소리에 그는 움찔했다. 윌리엄은 어느 쪽 명령에 따라야 할지 확신이 안 서는 듯 한 발에서 다른 발로 무게 중심을 옮겼다. 모리아가 로이드를 완전히 무시하고 그의 팔에 손을 올리자, 그의 얼굴이 빨개졌다.

“지금 떠나고 싶어, 윌리엄.”

‘내가 눈에 보이지 않는 걸까, 아니면 굉장히 화가 난 걸까?’

모리아는 그가 작별 인사도 없이 필라델피아로 떠났기 때문에, 아니면 메모에 남긴 것보다 훨씬 오래 떠나 있었기 때문에 단순히 화가 난 것은 아닌 것 같았다.

“모리아?”

그 간단한 그의 목소리에 그녀의 등이 굳어졌다. 그녀가 마차로 계속 걸어가자, 로이드는 그녀의 손을 잡아 빙글 돌렸다. 그녀의 눈에 난폭하게 번들거리는 분노와 차갑고 단호하게 다문 턱을 보며, 로이드는 손을 놓고 뒤로 물러섰다.

“내가 잘못 생각하기 전에, 당신 행동을 설명하는 게 좋을 거요.”

그가 으르렁댔다.

“이 위선자, 거짓말만 하는 자식!”

치마에 두 손을 닦아 내며 그녀가 소리쳤다.

“당신한테는 이것밖에 줄 세 없어.”

로이드가 반응을 보이기도 전에, 모리아의 손이 그의 뺨을 내질렀다.

그의 손이 튕겨나와 그녀의 손목을 단단히 붙잡았다. 혈관 속으로 분노가 격렬하게 흘렀다. 그녀의 고통스런 비명도 신경 쓰지 않았다.

“난 이런 일을 당해야만 할 짓을 하지 않았소. 이제 진정하시오. 안에서 이 얘기를 계속합시다.”

바로 옆에 서 있는 윌리엄을 향해 그가 고개를 끄덕여 보였다.

"이거 놔요!"

앙칼지게 소리 지르는 그녀의 뺨은 활활 불타 올랐다.

"당신과 할 말이 아무것도 없어요."

"대체 어떻게 된 거요?"

그녀의 팔을 놓아 주며 그가 외쳤다.

손목을 부비며 그녀는 째질 듯이 웃어 젖혔다.

"성인과 바보 사이에 다를 게 없다는 사실을 안 것 말고 아무것도 없죠."

그녀의 차가운 시선에 놀라, 그는 머리를 신경질적으로 긁어 올렸다. 다시 만나는 장면을 상상해 보긴 했어도, 가장 거친 상상 속에서도 이런 장면은 전혀 없었다.

"나의 어떤 행동이 당신을 그렇게 분노하게 만들었는지 잘 모르겠소. 하지만 사과하리다. 이제 안으로 좀 들어갈까? 당신에게 해야 할 말이 너무나 많소."

그녀의 시선이 위쪽 그의 어깨 너머로 옮겨 갔다. 고통이 그녀의 눈동자를 짙은 어둠으로 흐리게 만들었다.

"그 점에 대해 사과할 수는 없을 거예요."

그녀가 중얼거렸다.

몸을 돌려 작은 탑 위에 서 있는 알렉산드리아를 본 순간, 로이드는 전 세상이 통제력을 잃고 빙글빙글 돌아가 발치로 깔아 뭉개지는 느낌이었다. 모리아에게 뻗는 그의 손이 떨렸다.

"당신에게 말했어야 한다는 거 알아……."

"당신은 많은 걸 얘기했어야 했어요. 하지만 그러지 않았죠. 물론, 결국 윌리엄스 의원의 딸과 약혼한 사실을 얘기했을지도 몰라요. 하지만 내 일기에 적힌 여자들의 이름을 알아 내려고 의원과 계략을 꾸민 사실을 나에게 말했을까요? 여죄수들이 내 증언을 반박할 수 있도록 계획한 건가요? 그들을 어떻게 설득시킬 생각이었나요, 로이드? 철재 같은 비록 치료하기에 몇 주나 걸리는 더러운 상처를 남기지만 가장 효과적이랍니다. 강간? 고개처박기? 당신은 개인적으로 어떤 방법을 선호하시나요?"

그녀의 격렬한 비난에 로이드는 어지러워졌다.

"내가 그럴 수 없다는 거 알잖소."

"마지막으로 나에게 거짓말한다는 건 알겠군요."

눈물이 고이기 시작하며 그녀의 목소리가 떨렸다.

"난 의원의 요구에 동의할 수밖에 선택의 여지가 없어요. 그렇지 않는다면 내가 도우려는 바로 그 여자들이 위험해지겠죠. 픽스 소장이 나와 루스에게 한 짓에 대한 증언을 못 하도록 나에게 무슨 짓을 하든 상관없어요. 그걸로 내 목숨이 다한다 해도 난 증언할 거예요."

잠시 숨을 돌리는 그녀의 턱이 바들거렸다.

"날 침묵시키려던 그 사악한 계획의 마지막 행동을 목격하기 위해 당신은 거기 오겠지요."

그녀의 얼굴로 눈물이 타고 흐르기 시작했다.

"경고하겠어요, 난 더이상 당신을 믿었던 그 순진한 어린 아가씨가 아니에요. 당신은 날 배신했어요. 당신의 도움이 필요한 애플 놀의 여자들을 배신했어요. 당신을 용서할 수 있으려면 난 아주 오랫동안 기도해야 할 거예요. 당신이 한 짓을 가슴에 안고 살 수 있길 바랄 뿐이에요."

빙그르르 몸을 돌려, 모리아는 마차에 올라 타고 문을 닫았다. 멍한 채로, 로이드는 말없이 물어 오는 윌리엄에게 또한 말없이 고개를 끄덕였다. 마차가 천천히 영지의 입구를 향해 굴러 갈 때, 그가 감히 사랑했던 한 여자를 싣고서 떠나갈 때, 로이드의 가슴은 틈 하나 없이 오그라들었다.

불과 1시간 전에, 데이비즈 크로싱의 목사에게 오늘밤 영지로 와서 모리아를 그와 평생 묶어 놓을 결혼식을 이끌어 달라고 부탁했었는데. 그의 주머니에는 이 영지의 소유권이, 필라델피아의 몇 군데 은행에 넣은 엄청난 재산의 증명서와 같이 들어 있었는데.

그는 마침내 과거와 미래를 조화시켰다. 그를 방해하는 어떤 것이나 어떤 사람에게도 견딜 수 있는 충분한 돈을 가졌으니까. 자신의 양심을 따를 수 있었고, 청문회에 모리아와 동반할 수 있었고, 그녀를 마음 놓고 지지할 수 있었다. 마틴델 판사를 방문한 것은 픽스와 윌리엄스를 파직시키고 모리아가 그들에게 대항할 상황을 만들기 위한 계획의 일부일 뿐이었다. 청문회 후에, 그와 모리아는 이곳에서 함께 가정을 꾸리고 삶을 설계할 수 있었다. 정치와 사업이란 더럽고 거짓된 세상에서 분리되어 경제적으로 안정된 삶 말이다.

하지만 모리아 없는 삶이란 달빛과 별빛이 모두 사라진 밤하늘처럼 텅 빈 것이었다.

조끼 주머니로 손을 넣어 공단 꾸러미를 꺼냈다. 레이스 끈을 풀어, 사파이어가 박힌 결혼 반지를 손바닥에 내려놓았다. 그림자진 보석들이 무기력하고 둔해 보였다. 하지만 그가 반지를 태양으로 올리자, 그 연한 푸른 보석들이 연인으로서 나누었던 단 하룻밤 모리아의 눈에서 빛나던 그 사랑처럼 화사하게 반짝이며 춤을 추었다.

그들의 사랑은 드러나지 않은 비밀의 그림자와 거짓과 불신의 구름 속에서 끝나게 되는 걸까? 아니면 그녀의 애정을 되찾고 그녀가 곁에 있음으로 인생을 꽉 채워 주었던 그 경이로움을 회복할 수 있을까?

그는 신중하게 결혼 반지를 공단 속에 넣어 주머니에 갈무리했다. 집으로 돌아오며 고개를 들어 올렸다. 알렉산드리아가 여전히 작은 탑에 서 있었다. 멀리서 보아도 승리에 찬 표정이 분명했다. 현관으로 들어서며, 그의 마음은 여러 가지 가능성들로 헤매 다녔다. 그 모든 가능성은 반짝이는 푸른 눈의 여자에게 집중되었다.

현관에 들어섰을 때, 그가 기다리고 있었던 책 상자들이 눈에 띄었다. 알렉산드리아가 어떻게 그를 찾아냈는지 충분한 대답이 되었다. 그가 아직까지 윌리엄스를 돕고 있다는 걸 모리아에게 어떻게 납득시켰는지는 아직 알 수 없었다. 하지만 알렉산드리아의 성격상, 모리아의 상상력을 휘저을 정보를 던짐으로써 교활하게 처신했음은 의심의 여지가 없었다.

그는 천천히 계단을 올랐고 알렉산드리아를 마주하기 전에 생각들을 정리할 시간을 갖기 위해 자신의 방으로 향했다.

"당신이 잘못 안 거요, 아련한 눈의 아가씨. 당신이 아직 모르는 마지막 비밀이 있소."

그는 중얼거렸다.

로이드는 알렉산드리아가 있는 방문을 노크했다. 그녀가 만들어 낸 엄청난 소음을 뚫고 그 소리가 들렸을지는 의심스러웠다. 그녀는 허리케인보다 더한 대파괴를 감행하는 모양이었다. 문고리를 돌려 보다가, 그녀가 문을 잠그지 않았다는 사실에 놀랐다. 문이 열림과 동시에, 크리스털 꽃병이 공중으로 날아, 목표물 바로 못 미치는 그의 발치에서 산산이 부서졌다.

머리를 내저으며, 그는 알렉산드리아에게 비웃음을 던졌다.

"화내는 건 당신에게 어울리지 않아, 달링."

눈물로 얼룩진 그녀의 뺨이 더 불타 올랐다.

"어떻게 그럴 수가 있어!"

모리아의 잠옷 하나를 주먹에 쥔 채 난폭하게 흔들어대며 그녀가 째질 듯이 소리 질렀다.

"싸구려 하찮은 창녀 때문에 날 배신하다니!"

모리아를 두둔하고 싶은 말들을 애써 삼키며, 로이드는 어깨를 축 늘어뜨리며 참회의 표정을 지었다.

"난 당신 아버지를 도우려고 노력한 것뿐이었소, 알렉산드리아. 일들이 내 의도보다 훨씬 복잡해졌지. 그러나 키스 몇 번 말고는 아무것도 하지 않았소."

"거짓말!"

입 밖으로 침이 튀자, 그녀는 태연한 척 턱을 닦아 냈다.

"배은망덕한 변절자! 당신은 그…… 그 전과자와 같이 내 아버지를 배반할 음모를 꾸몄어!"

"그녀가 그렇게 말하던가?"

"물론이지, 내가 과감히 몇 가지 추측을 한 다음에. 난 멍청이가 아니에요."

"그럼, 당연하지. 너무 신경을 쓴 것뿐이야. 불행히도 당신이 그렇게 성급한 결론을 내서 난 깊이 상처받았소."

그녀에게 다가가며 그가 느리게 말했다.

"몇몇의 죄인들 때문에 내 명예와 재산을 위험으로 몰아넣을 거라고 진심으로 생각하는 거요?"

그가 미소지으며 그녀의 손을 잡았다. 그 손을 입술로 올리며, 떨리는 손 등에 입을 맞췄다.

"당신을 잃을 위험을 자초할 것 같은가?"

달콤한 목소리로 그녀의 이름을 속삭였다.

"나에 대한 믿음이 그렇게도 없는 건가?"

알렉산드리아는 몸을 떨며 눈물을 글썽였다.

"당신이 도와줬다고 그 여자가 인정했어요."

그리고 코를 훌쩍였다.

"내가 무슨 생각을 했겠어요. 특히나 여기서 그 여자를 찾아낸 후에 말이에요. 당신과 같이 살고 있었잖아요."

"난 당신 아버지에게 충성을 증명하려고 괜찮은 정보를 얻어 가려던 거였소. 그래서 그 여자를 이리 데려왔지. 그분을 배반한 게 아니오."

알렉산드리아의 눈동자가 가늘어지며 손을 그에게서 빼냈다.

"내가 왜 당신을 믿어야 하죠?"

"왜냐하면 진실이니까. 모리아는 청문회에서 발표할 수 있는 어떤 일들을 기록한 일기를 갖고 있소. 불행히도, 그건 암호로 쓰여 있지. 그걸 풀 작정을 하고 애플 놀에 돌아갔더니, 픽스가 그녀의 증언을 막으려고 정신 병원에 보냈더라구."

로이드는 알렉산드리아를 유심히 지켜 보았다. 그녀의 어깨에서 약간 긴장이 풀리고 눈동자는 자신감이 없어지는 듯했다. 그는 목소리를 낮추고 유혹적으로 말을 이었다.

"청문회에서 그녀가 밝히려는 여자들의 이름을 알아내는 건 중요했소. 청문회가 시작되기 전에 형량이 만기되는 경우 말이오. 당신 아버지에게 알릴 시간이 없었소. 실패한다면 그분을 마주 대하고 싶지 않았을 거요."

"이름은 알아냈나요?"

떨리는 목소리로 그녀가 물었다.

"난 며칠 전에 여길 떠날 수밖에 없었지. 돌아오면 말해 주기로 모리아한테 약속을 받았는데 하필이면 당신이 그 전에 도착하다니."

눈이 커지고 콧구멍을 벌렁거리며, 알렉산드리아의 손이 입으로 올라갔다. 로이드는 그녀의 애처로운 모습에 웃고 싶은 심정이었지만 애써 감정을 누르고 엄한 표정을 지었다.

"청문회에서 증언하겠다는 그녀를 낭신이 협박한 것 같딘데?"

그녀가 고개를 끄덕였다. 성나서 날뛰던 중에 비스듬히 내려왔던 곱슬머리 하나가 이마로 떨어졌다.

"나…… 난 아빠가 다른 죄수들을 처벌할 거라고 말해 줬어요."

그가 부드럽게 웃었다.

"그녀가 그렇게 겁먹은 것도 이상할 게 없군."

"그 여자는 청문회에 가려고 짐까지 싸두고 준비했다구요. 진짜 아버지를 도울 생각이었다면 왜 그렇게 내버려 두었죠?”

“증언할 수 없다고 말하면 그녀가 협력할 것 같소? 내가 며칠 전 떠났던 이유는 몇몇 사내들에게 우연한 마차 사고를 일으키도록 맡기기 위해서였소. 그들은 내일 그녀를 기다릴 텐데.”

그가 우울하게 말했다.

“오늘이 아니라.”

알렉산드리아가 신음하며 가슴을 부여잡았다.

“내가 모든 걸 망쳤군요! 아버지가 무척이나 화내실 거예요. 난 어쩌면 좋아요?”

그녀가 울부짖었다.

로이드는 그녀를 품에 안으며 한숨을 쉬었다. 모리아를 살해할 계획이었다는 사실보다 자신의 운명을 더 걱정하는 이 여자가 역겨웠다. 그는 그녀는 안아 주며 온몸에 흐르는 전율을 진정시키려고 등을 쓰다듬어 주었다.

“날 믿어요.”

그가 다정하게 속삭였다.

“내가 모든 걸 알아서 하리다. 당신 아버지는 절대 알 필요 없소. 우리의 작은 비밀이 되는 거지.”

알렉산드리아가 고개를 들고 그를 쳐다보았다. 입술을 떨며 속삭였다.

“날 용서해 주실 건가요?”

“일단 결혼하고 나면.”

그런 일은 다른 일처럼 가능성만 있을 뿐이라고 그는 생각했다.

그녀를 햄튼으로 돌려 보낼 때까지 어떻게 같이 있는 걸 견딜지보다 훨씬 더 커다란 질문이 떠올랐다. 그 질문이 그의 영혼을 괴롭혔다. 모리아는 복수의 천사를 용서해 줄까…… 한번만 더?

29

　모리아는 펜실베이니아 교도소 개혁 협회의 의장인 마일즈 제롬 씨 앞의 의자에 앉았다. 그도 책상 뒤로 자리를 잡았다. 모리아가 청문회에 증언하기 위해 정성스레 준비한 보고서를 살펴보며 그는 간헐적으로 고개를 끄덕였다. 다른 여죄수들에 대한 사항을 신중하게 삭제한 채, 모리아는 루스와 자신에 관한 정보만 적었다. 지난 6일간 은퇴한 의사의 집에 마련된 협회의 비좁은 사무실, 구석 책상에 웅크린 채 시간을 보낸 후, 자신의 증언이 충분히 강한 호소력이 있기를 희망했다.

　제롬 박사는 다 읽은 다음, 미소지으며 보고서를 돌려 주었다.

　"아주 잘 해냈소, 레인 양. 의원들이 충분히 깊은 인상을 받을 거요. 오늘의 위선적인 증언이 있고 난 후라 더욱 그럴 거요."

　의자를 밀쳐 내며, 제롬 박사는 등을 기대고 긴 대화를 준비하는 듯이 다리를 꼬았다.

　"기대한 대로요. 내가 말리 영을 갈아치우고 협회를 떠나도록 권고한 것에 윌리엄스 의원이 허를 찔렸을 테지만, 그 의원은 내가 무얼 하려는지는 잘 모르고 있지.”

그가 낄낄거렸다.

모리아도 부드럽게 웃었다.

“저도 잘 모르겠어요. 처음 해리스버그에 도착했을 때, 어디로 가야 할지 누굴 믿어야 할지 알 수 없었지요.”

그녀는 조지 애트우드의 부모님과 같이 있으라는 초대에 대해서는 언급하지 않았다. 안으로 들어서기 전에 협회의 지도부를 며칠 동안 지켜 보았다는 것도 언급하지 않았다.

애트우드가 조사단에서 유일하게 정직하다는 건 로이드의 말일 뿐이었다. 로이드에 대한 믿음이 파괴돼 버린 그 사건 후로, 그녀는 누구도 믿기가 주저되었다. 협회에 접근해 도움을 청하기로 결심했을 때는, 지금 그녀의 앞에 앉아 있는 친절한 얼굴의 신사가 어떤 음모의 일원도 아니라고 꽤나 확신했기 때문이었다. 그가 말리 영을 해고한 사실을 알았을 때, 모리아는 그 행동으로 그를 신뢰하기로 결정했던 것이다.

“내 일에 관한 한 큰 의문점은 없을 거요.”

그가 반응했다.

“나에겐 시간과 에너지가 있지. 그 둘다 좋은 이유를 위해 써야 하지.”

“당신의 일에 의문을 제기할 뜻은 아니었어요. 이렇게 손님처럼 집에 초대될 줄은 전혀 몰랐거든요……”

“당신은 손님이요, 젊은 아가씨. 중요한 손님이지. 아내와 난 당신이 함께 있어서 즐겁다오. 협회에도 당신이 필요하오. 당신 증언이 없으면, 조사단의 공식 보고서가 가짜라는 걸 입증할 만한 게 있을지 의심스럽소. 오늘 오후에, 윌리엄스와 그 친구들이 애플 놀에서 소장이 해낸 위업을 칭송하는 걸 들으니 메스껍기 그지없더군.”

그의 입술이 아래로 일그러지며 주름진 얼굴에 깊은 골을 만들었다.

"몇 명이나 그를 지지하나요?"

"5명의 의원 중 해리스뿐이오. 내가 아는 한은, 다른 사람들은 사업 계약자들이 증언할 때까지 보고서에 충분한 흥미를 보이는 것 같았소. 하지만 사실은 우둔한 사람들이지. 몽고메리는 증언하는 시간 대부분을 잠으로 때웠고, 아담스는 손톱을 물어 뜯기까지 하더군."

모리아가 키득댔다.

"저도 거기 있었더라면 좋았을 걸요."

정부의 강력한 남자들에게 심문당한다는 두려움이 제롬 박사의 재미난 묘사로 약간 사라졌다.

"오늘 당신이 나타났다면 내일 당신의 등장으로 일어날 드라마를 경감시켰을 거요."

모리아는 몸서리가 쳐졌다. 조사단 앞에서 증언한다는 생각만 해도 기가 꺾였다. 픽스 소장과 같은 방안에 앉아 있게 된다는 것에도 살갗에 벌레가 기어 다니는 느낌이었다. 로이드에 관해서는 감정을 막아보려 애썼지만, 그를 다시 보게 된다는 기대감에 가슴이 심하게 고동치는 건 어쩔 수 없었다.

"증언할 시간은 내일 몇 시죠?"

로이드를 마주 대했을 때 처음 만났던 날과 똑같이 눈으로 말없는 비난을 퍼붓기 위해 모든 에너지를 비축하기로 했다.

솔직히 말하면, 그녀의 가슴에 여진히 깊이 불타고 있는 그에 대한 사랑을 숨기는 것이 가장 커다란 투쟁이 될 것이다. 그에게 보답받고 있다고 생각했던 사랑, 어떻게 그리도 잘못된 생각을 갖을 수 있었을까?

"조사단이 증인들을 세울 늦은 오후쯤이 될 거요. 달로우 씨와 애트우드 의원이 아마 아침 시간 대부분을 사용할 거요. 캄든 씨가 진술할지는 확실히 모르겠소."

"로이드가 증언할 가능성도 있단 말인가요?"

심장이 심하게 펄떡거렸다. 그의 거짓말을 견디며 들을 수 있을까? 그래야만 한다. 그것이 마음의 상처를 치료할 수 있도록 만드는 가장 효과적인 방법이 될 수도 있다.

의사의 얼굴에 연민이 스치고 지나갔다.

"그는 윌리엄스의 편에 설 거요. 당신이 그의 증언을 들을 필요가 없었으면 좋겠지만, 그가 당신의 증언을 들으러 올 것은 확실하지요."

자신의 증언으로 윌리엄스 의원과 픽스 소장을 불신임할 기회를 만들 수만 있다면 악마에게 팔아도 좋을 그녀의 영혼이 분노를 불태웠다. 자신의 옆에 앉겠다던 로이드의 제안이 기억났다. 자신의 순진함도. 그녀는 그의 명성을 위해 그녀에게서 멀리 떨어진 조사단 좌석에 앉아야 한다고 고집했었지. 그는 한탄을 했었다. 이제 그녀는 그 진짜 이유를 알았지만, 그를 비난하기는 힘들었다. 그의 명성은 무자비한 사회에서 그를 보호해 주는 유일한 방패인 것이다.

힘겹게 침을 삼키며, 모리아는 애써 미소를 지었다.

"당신도 거기 계실 거죠, 그렇죠?"

그가 고개를 끄덕였다.

"물론이오. 당신 옆에 앉을 수는 없겠지만, 내가 당신의 증언을 옹호한다는 걸 알아 주시오. 신념을 가져야 하오, 모리아. 교도소 개혁 운동은 많은 후원자들을 확보하고 있소. 어떤 사람은 기꺼이 대중 앞에 설 것이고, 다른 사람들은 익명으로 남는 걸 좋아할 거요. 어떻게 더 용기를 내라고 요구할 수 있겠소?"

모리아는 뺨이 달아 오르는 걸 느꼈다. 제롬을 만난 순간부터, 그녀는 그가 흠 없는 인격의 소유자라는 걸 감지했다. 그가 그녀의 진실성에 대해 예상되는 모든 공격을 완화시키기 위해 가능한 모든 일을 할 것임을 확실히 믿었다.

그녀는 모든 면에 있어 제롬 박사에게 완전히 정직했다. 로이드가 한 역할을 포함해서 로이드가 작성한 두 가지 보고서를 이 의사에게 보여 주었다.

혼자서, 도와줄 사람 하나 없이, 그녀는 누군가를 믿어야만 했다. 하지만 제롬 박사는 로이드에 대해 곧바로 비난하지 않는 것 같았다. 은폐 계획에 로이드가 참여한 사실과 애플 놀에 남은 여죄수들에 대한 알렉산드리아의 위협을 말했을 때조차도.

말이 별로 없는 제롬 박사는 자신의 생각을 잘 드러내지 않았다. 말할 때는 보통 간단하게 끝냈다. 처음 만났을 때는 그게 불편했는데, 오늘밤 긴 대화를 나누니 오히려 호기심이 일었다.

"저한테 말하지 않은 게 있나요?"

그의 눈 속에 보기 드문 슬픔이 담긴 걸 보았을 때 그녀가 물었다.

"뭐라구? 아!"

그가 중얼거렸다.

"전혀 없소. 난 내일 일을 생각하고 있었소. 용서하시오. 나 같은 늙은이는 현재에 집중해야 할 때 이 생각 저 생각으로 배회하는 경향이 있다오."

그의 목소리의 어떤 점인가가, 아니면 그렇게 재빠른 사과가 모리아의 의심을 불러일으켰다.

"확실해요?"

"그렇소, 젊은 아가씨. 확실하지. 당신은 이제 잠자리에 들어 내일을 위해 휴식을 취해야지요. 내일은 대단히 중요한 날이오. 그것만 기억하시오."

그녀를 문으로 안내하며 그가 말했다.

"우리에게 마주 대할 용기만 있다면 정직은 언제나 승리한다오. 진실을 말한다면 당신은 내일 성공할 거요. 매우 고통스럽거나 모든 걸 잃었을 때라도, 믿음을 갖으시오."

모리아는 대답하지 않았다. 로이드 캄든이 그녀의 믿음 그 이상을 파괴해 버렸던 것이다.

그녀의 시련이 반밖에 끝나지 않았다. 고개를 숙여 인사하는 동안 제롬 박사의 몇 가지 말들이 마음속에 울렸다. 그녀의 앞에 곧장 올라 있는 단 위에 거대한 다갈색 테이블이 있고 그 뒤로 앉은 여섯 의원들의 모습을 볼 수 있었다. 그들이 그녀의 대답을 기다리고 있었다. 공식 청문회장 안, 그녀의 뒤로 50명 남짓한 구경꾼들이 속삭이는 소리를 들을 수 있었다. 그녀의 오른쪽에, 픽스 소장과 조사단 소속 사람들이 함께 모여 몇 개의 책상 뒤로 자리를 잡았다. 로이드는 그 한쪽 끝에, 제롬 박사는 다른쪽 끝에 앉은 모습이, 마치 선과 악의 상반된 힘을 대표하는 버팀목과도 같아 보였다.

자신의 증언에 기력이 고갈되어 버린 모리아는 잠시 떡 벌린 의원들의 입과 쏘아보는 시선에서 휴식을 취했다. 의원들 중 누구도 잠들어 있지 않은 것이 다소 흥미로웠으며, 윌리엄스와 해리스 의원을 제외한 그 중 몇몇은 실제로 그녀의 말에 마음이 움직이는 것 같았다.

로이드는 무슨 생각을 할지 궁금했다. 공식 청문회실에 들어설 때 그를 보았음에도, 그와 눈을 마주치는 것이 견딜 수 없었다. 새파란 넥타이에 잿빛 조끼를 갖춘 눈부신 모습, 깨끗이 면도를 한 지금은 훨씬 더 잘생겨 보였다. 그들이 결혼할 때 구레나룻을 깎겠다던 그의 약속을 또 하나의 번덕스런 거짓말로 치부하면서도 그녀는 그의 뺨에 난 연한 상처들을 알아챘다. 그녀가 증언할 때 로이드의 시선은 그녀에게서 절대 떨어지지 않았다. 그것이 뜨거운 쇠로 낙인 찍히는 것처럼 그녀의 살갗을 불태웠다.

내려치는 사회봉 소리에 화들짝 놀라 모리아가 고개를 바짝 치켜들었다. 윌리엄스 의원이 그녀를 바보 아닌가 하는 표정으로 쳐다보고 있었다. 다른 의원들을 쳐다보고 그녀는 당황했다. 그들도 모두 이상한 듯 쳐다보고 있었던 것이다. 그녀의 대답을 기다리고 있었다.

“다시 질문해 주시겠습니까?”

그녀가 목기침을 한 후 요구했다.

윌리엄스 의원이 짜증스레 미소를 지었다.

“당신이 애플 놀에 가게 된 죄명을 물었소. 감옥에 왜 가게 됐는지 기억하시오?”

모리아는 침을 두 번 꼴깍 삼켰다. 반대 심문이 잔인할 것이라던 로이드의 경고가 생각났다.

“살인입니다.”

그녀의 목소리는 침착하고 명료했다.

“희생자는 당신의 삼촌이지요, 맞습니까?”

그녀는 고개를 끄덕였다. 하지만 의원은 그녀를 노려보다가, 다시 다그쳤다.

“모두 들을 수 있도록 큰 소리로 대답하시오.”

“그렇습니다.”

구경꾼들의 속삭임이 점점 더 동요되자 모리아는 움츠러들 수밖에 없었다. 조지 애트우드 의원이 말할 권리를 넘겨 받았다.

“레인 양, 삼촌의 사망 당시 상황이 어땠는지 의원님들께 말해 주겠소?”

모리아는 애트우드의 눈에 담긴 연민을 알아채고 놀랐다.

“삼촌은 죽어 가고 있었습니다. 아주 천천히, 그리고 고통스럽게요. 그분은…… 그분은 끔찍하게 힘든 병을 겪고 계셨습니다. 삼촌이 언니와 저에게 도와 달라고 부탁하셨습니다.”

그녀가 나지막이 대답했다.

“그 당시 당신은 몇 살이었죠?”

“13살이었습니다. 루스 언니는 한 살 많았구요.”

“그래서 당신들은 어떻게 했지요?”

애트우드의 목소리는 낮고 동정심으로 충만했다.

모리아가 잠시 말을 멈추자 회의실 안은 침묵이 감돌았다. 삼촌의 마지막 시간들이 생생하게 떠올랐다.

"우린…… 우린 삼촌 손이 닿는 곳에 아편제 한 병을 놓아 두었어요. 그런 다음 모두 같이 기도를 했고 그 다음에 루스와 난 방을 나왔어요. 다시 들어갔을 때, 삼촌은 의식 불명 상태였어요. 우린 그분과 같이 있었어요. 삼촌이 숨을 거둘 때까지."

"약을 강제로 먹였습니까?"

"아뇨."

구경꾼들이 크게 떠들어대자, 윌리엄스 의원이 질서를 명하며 사회봉을 두들겼다.

"당신의 후견인은 다른 식으로 진술했고, 당신들은 자발적인 과실 치사라는 죄로 판결받았지요?"

"그랬습니다."

그녀는 반항적으로 턱을 쳐들었다.

윌리엄스가 만족스레 미소지었다.

"당신은 또한 월로우 계곡 정신 병원에 감금되었다고 진술했습니다. 당신이 이름 모르는 그 은인에 의해 풀려 나기 전에 물론 그곳 의사에게 다 나았다는 진단을 받았겠지요?"

그녀가 여전히 정신 병원에 수감될 수도 있음을 시사하는 그 어조에 놀라, 모리아는 재빨리 대꾸했다.

"아닙니다. 하지만 말씀 드렸다시피 제가 정신 병원에 보내진 이유는……."

"간단하게 '아니다'라는 대답이면 충분합니다, 레인 양. 감사합니다."

또다시 구경꾼들의 소리가 불협 화음을 형성했다. 그녀의 지지자와 비난자가 논쟁하는 것이다. 분위기가 안정되자, 애트우드 의원이 그녀의 편에서 다시 입을 열었다.

"레인 양에게 자신의 증언을 생각해 보라고 부탁 드리고 싶습니다. 다른 의원들이 허락하신다면, 그녀가 이제부터 나오는 증언을 듣도록 남아 있기를 바랍니다."

6명의 의원들이 소란스레 인정을 했고, 그 후에 빨갛게 상기된 윌리엄스가 집행관에게 그녀를 위해 의자 하나를 갖다 주도록 명했다.

"레인 양은 제롬 박사 옆에 앉으시오."

모리아의 심장이 두근대기 시작했다. 다른 사람들도 증언한다는 사실에 놀라며, 자리를 바꿔 앉았다. 제롬 박사를 슬쩍 쳐다보자, 그는 미소라고 할 수도 없는 간단한 시선을 돌려 준 다음 자신의 앞에 펼쳐진 서류 뭉치로 관심을 돌렸다.

제롬 박사가 일어나 의원들에게 말을 시작했다.

"여러분, 아시다시피 교도소 개혁을 위한 펜실베이니아 협회는 주와 연방 교도 시설뿐만 아니라 지방에 수감된 죄수들을 위한 안전한 환경을 확보하기 위해 노력합니다. 협회의 장으로서, 전 조사단의 노고를 치하하며, 불행한 경험을 설명하기 위해 앞으로 나설 만큼 용기를 가진 레인 양 같은 증인을 세워 주신 점에 감사 드립니다."

다른 1시간 동안, 모리아는 펼쳐지는 사건들에 너무나 넋이 빠져 버렸다. 우선 비첨 목사가 증언을 했다. 처음에는 그녀의 착한 성격에 대한 그의 말없는 확신에 감사의 눈물이 터져 나왔다. 하지만 여죄수들에게 저질러졌다고 의심되는 학대에 대해 그가 증언을 마치자, 눈물이 하염없이 흘러 내렸다.

애트우드 의원이 마지막 질문을 던졌다.

"여죄수들이 그렇게 극심한 학대를 받는다는 의심을 하면서도 정부에 알리지 못한 어떤 이유가 있습니까?"

수척한 그 목사가 부끄러운 듯이 고개를 떨구었다.

"전 늙은이입니다."

그의 목소리가 갈라져 나왔다.

"요즘 집회에는 지도할 만한 젊고 강한 목사들을 필요로 합니다. 전 애플 놀의 목회자 자리가 필요했습니다. 여동생의 눈은 지난 몇 년 간 점점 침침해졌죠. 지금은 거의 장님과 마찬가지입니다. 그애는 저에게 의지하고 있습니다. 그애를 먹여 살릴 수 없다면 어떻게 하겠습니까? 그애는 하루도 되기 전에 거리로 나앉을 겁니다."

"당신을 갈아치우겠다고 협박한 사람이 있습니까?"

비첨 목사의 표정이 단호해졌다.

"교도소장입니다."

픽스 소장이 분연히 자리를 차고 일어서자 의자가 바닥으로 나동그라졌다.

"그자는 너무 늙어서 노망이 난 모양이요!"

조지 애트우드가 벌떡 일어섰다.

"이분은 하나님의 사람입니다!"

"앉으시오!"

제롬 박사에게 사회권을 인계받은 윌리엄스가 고함을 쳤다.

"애트우드 의원, 규칙 위반이오. 픽스 씨, 당신은 나중에 변호할 시간을 충분히 갖을 수 있소. 증인은 물러나시오!"

모리아는 비첨 목사에게 얼마나 보호를 받았었는지, 그리고 그를 얼마나 나쁘게 판단했었는지 생각해 보았다. 하지만 그 생각이 채 끝나기도 전에 두건으로 얼굴을 가린 한 여자가 증인석에 앉았다. 얼굴을 보지 않더라도, 오랫동안 친근했던 목소리를 듣지 않았어도, 그 키만으로 소피라는 걸 알았다.

알렉산드리아의 위협이 퍼뜩 떠오르자 모리아는 몸을 떨기 시작했다. 제롬 박사가 그녀의 손을 꼭 쥐었다.

"신념을 가져요."

그렇게 속삭이고 나서 그가 목소리를 높여 소피에게 질문을 던졌다.

모리아는 멍하니 소피가 애플 놀에서 견뎌야만 했던 강요된 섹스를 설명하는 걸 들었다. 자신의 공격자로서 픽스 소장과 존스 간수를 지명한 후, 소피는 고요한 관중들에게 특정 날짜와 그녀의 증언을 뒷받침하는 모리아의 일기에 대해 밝혔다.

가장 최악의 경우, 다른 죄수들에게 있을 심각한 결과를 상상하자 모리아는 머리가 어지러워졌다. 로이드를 흘깃 쳐다보니, 그는 무심한 표정으로 편안하게 의자에 앉아 있었다. 불안해 보이지도 않았다!

'당연히 두렵지 않겠지! 소피의 증언이 그를 공모자로 연결시킬 수 없다는 걸 아니까!'

제롬 박사가 소피에게 다가섰다.

"당신이 말한 게 전부 사실이라면, 왜 앞에 나서는 일을 두려워하지 않습니까? 애플 놀에 돌아가는 게 걱정스럽지 않은가요?"

"아뇨, 선생님. 전 돌아가지 않을 겁니다."

픽스 소장이 다시 일어났다. 이번에는 좀더 신중하게 일어서서 윌리엄스 의원을 살짝 불렀다.

"교소소장에 따르면, 당신의 형량은 3개월이 더 남았다는군요."

의원이 자신있게 입을 열었다.

"마틴델 판사가 사인한 증명서를 갖고 있습니다. 이틀 전에, 소장이 떠난 직후에 난 석방되었습니다."

"그 증명서를 갖다 준 사람이 누구지?"

적당한 예의도 갖추지 않은 채 픽스 소장이 다그쳤다.

"모르겠습니다. 비첨 목사님 말로는 천사라더군요. 하지만 그게 변장한 악마라 해도 상관없습니다. 이제 난 자유고, 당신이 그 사실을 바꾸기 위해 할 수 있는 일은 하나도 없지요."

그녀가 180센티미터의 큰 신장을 일으켜 세우자 회의실 안에 놀라움이 가득 찼다.

"내가 원하지 않는 한 다시는 어떤 남자도 날 건드리지 못합니다."

“돈을 내지 않는 한이겠지.”

픽스가 낄낄거리며 비웃었다.

“제롬 박사는 당신의 죄명을 묻지 않았소. 내가 그 정보를 의원들에게 알려도 되겠소? 죄명은 매춘이었소, 세 번째 잡힌 거였지!”

소피는 두 어깨를 쭉 폈다.

“그 말은 맞아. 하지만 적어도 다른 남자들은 자기 즐거움의 대가를 지불했지! 당신은 그걸 전부 합산했다가 내가 풀려 날 때 지불하려 했던 건가요?”

격분한 픽스의 대답은 웃음과 비웃음 소리들 속으로 파묻혔다. 윌리엄스는 창백해진 얼굴로 갈피를 잡지 못하는 듯했다. 하지만 로이드는 간단히 고개를 끄덕이며 앞에 놓인 서판에 몇 글자를 끄적거렸다. 두 번째 여자가 들어와서 증인석에 앉자, 다시 분위기가 정리되었다.

이오나의 증언은 소피의 마지막 말만 제외하면 그녀와 대단히 흡사했다.

“전 모리아의 언니보다 운이 좋았던 거예요. 의사의 수술로 죽지는 않았거든요.”

방안이 빙빙 돌기 시작하자 모리아는 눈을 감았다. 이오나를 마지막으로 보았던 때는 로이드가 그녀의 감방에서 기다리고 있던 밤이었다. 모리아는 임신 5개월째로 겁을 많이 먹은 이오나를 위로하려고 애쓰던 게 기억났다. 애트우드 의원의 음성이 모리아의 회상을 깨뜨렸다. 그녀가 눈을 떴을 때, 이오나는 머리를 숙이고 있었다.

“그날 밤 나와 얘기하던 사람이 모리아라는 걸 말할 생각은 없었어요. 그런데 그들이…… 그들이 너무 너무 아프게 했어요!”

모리아에게 시선을 돌리며, 그녀가 울기 시작했다.

“난 말하고 싶지 않았어.”

그녀의 흐느낌이 눈물 속으로 젖어들었다.

감방을 떠난 사실을 소장이 어떻게 알게 되었는지 분명히 알게 되었다. 모리아는 가슴을 부여잡으며, 크게 크게 숨을 들이켰다. 로이드에게 아무 책임도 없었다는 안도감은 재빨리 모든 것이 그녀의 잘못이었다는 깨달음으로 변했다. 경비원들은 그녀가 이오나와 얘기하는 소리를 들었던 것이다, 로이드와의 대화가 아니라.

그 사실을 인정하면서 그녀의 일부에는 로이드에 대한 충실함, 그에게 아무 잘못이 없었다는 걸 알게 된 기쁨도 자리잡았다. 하지만 또 한편에서는 다른 반응을 제시했다. 로이드는 줄곧 이오나의 잘못이라는 걸 알았음이 틀림없어. 그러면서 너무나 순교자 역할을 잘 해냈던 거야. 그래서 그녀가 은밀한 침입이 발각당한 모든 책임을 그에게 뒤집어씌우도록 한 거야. 미행당하는 걸 눈치 채지 못한 자신을 용서해 달라고 애원할 때, 그 눈에 가득 찼던 고통은 그녀의 동정을 얻기 위한 또다른 계략이었을 뿐이야! 그녀의 마음이 저항을 했다.

만약 경비원들에게 발각당한 건 그녀 자신이었음을 알고 스스로를 비난할까 봐 감싸 준 거라면? 여전히 그를 사랑하고 있는 자신의 일부가 점점 더 강해졌다.

이오나가 인도되어 나가자 제롬 박사는 모리아의 어깨에 팔을 둘렀다.

"진실, 모리아, 마음의 소리를 들으시오."

모리아는 어깨를 흔들어 빼냈다. 전혀 말도 안 되는 소리를 속삭이는 마음 대신 이성의 소리에 귀를 기울이려 애썼다. 제롬 박사가 모리아를 증인석에 불러 세웠을 때, 그녀는 얼굴을 부비며 불안하게 걸어 나갔다. 또다시 의원들 바로 앞 좌석에 앉았다. 제롬 박사가 그녀의 손에 인쇄된 보고서를 쥐어 주자, 맥박이 치닫기 시작했다.

"이 보고서를 알아 보겠소?"

질문하는 그의 눈이 그녀의 눈동자와 얽혔다.

자신의 심장 뛰는 소리 때문에 그녀는 그의 질문을 간신히 이해할 수 있었다. 그는 무얼 하고 있는 건가? 여죄수들을 위험에 넣지 않고

서는 사용될 수 없는 보고서라고 말하지 않았던가? 그에게서 시선을
떼어 내, 그녀는 로이드를 보았다. 그녀에게 고정된 그의 깊은 초록의
눈동자를 보았다. 그는 너무나 자신있어 보였고, 너무나 확고해 보였
다. 그녀의 마음이 도와 달라고 아우성을 쳐댔다.

"레인 양?"

그녀는 제롬 박사에게로 시선을 되돌렸다. 그가 눈살을 찌푸렸지만,
그녀는 침묵만을 지켰다.

"의원들은 진실을 들어야 하오. 방금 내가 건네 준 그 보고서를 알
고 있소?"

"네…… 네."

그녀는 어찌할 수 없어 더듬거리며 대답했다.

"당신이 아는 한, 이 보고서의 내용은 사실인가요?"

시선을 돌리려 했지만, 제롬 박사의 시선이 그녀를 사로잡았다. 그
녀는 이 남자를 믿었다. 그렇지? 아니면 로이드의 배반이 남긴 상처가
너무 커서 사람을 믿는 능력마저 잃어버린 것일까?

"사실입니다. 그 모든 내용이 사실입니다."

"윌리엄스와 해리스 의원을 제외하고, 의원석의 모든 분들이 휴회
하는 동안 이 보고서의 사본을 받았소. 우린 협회 사무실에서 이 보고
서에 대해 아주 세심하게 토론을 했소. 애트우드 의원? 당신이 진술하
고 싶어할 줄로 믿습니다."

모리아의 시선이 의원 한 사람에게서 다음 사람으로 빠르게 움직였
다. 너무 빠르게 돌렸는지 시야가 흐릿해졌다. 그리고 너무나 많은 방
향으로 치닫는 마음 때문에 머리까지 빙빙 돌았다. 제롬 박사의 사무
실에서 개별적인 모임을 가졌다고? 왜? 증언하기 전에 모리아의 불안
을 달래기 위해 그들이 한 마차를 타고 가는 거라던 제롬 부인의 주
장이 갑자기 의미 있게 다가왔다.

"이건 대단히 중대한 규칙 위반이오."

윌리엄스가 소리쳤다.

"이 조사단의 우두머리로서……."

"오늘 정오를 기해, 당신은 이 조사단에서 추방되었소, 의원. 당신의 동료 해리스 의원과 같이."

조지 애트우드가 중간에서 가로막았다.

"허튼 소리! 그런 짓은 할 수 없어!"

지금까지 지켜 오던 침묵을 깨며 해리스가 코웃음을 쳤다.

"이 조사단의 다른 위원들이 꽤나 고집스러웠다는 점을 알려 드리겠소. 난 윌리엄스 의원이 이걸 거부하고 캄든 씨에게 공식적인 보고서를 작성하라고 — 우리 모두가 어제 청문회 시작 당시 받은 공식 보고서지요 — 했을 때부터 이 보고서에 대해 알고 있었소. 제롬 박사님, 계속하시겠습니까?"

애트우드가 다시 말했다.

로이드는 감정이 뒤섞인 채 기대했던 공식 발표를 지켜 보았다. 하지만 그의 시선은 모리아에게 집중되었다. 머리색을 돋보이게 하며 아련한 푸른 눈동자를 더 광택나게 만드는 단순한 갈색 옷을 입은 모습, 그녀는 그가 기억하는 것보다 훨씬 더 아름답고 우아해 보였다. 그런 그녀가 애트우드의 선언으로 완전히 멍해 있었다. 그녀가 신중하게 계속 들어 주길 기도할 뿐이었다. 마음을 열고, 그에 대한 마지막 판단을 내리기 전에.

제롬 박사는 모리아의 옆에 서서 그녀의 어깨에 손을 올린 채 의원들에게 말했다.

"존경하는 여러분, 아까 토론한 바와 같이 2명의 여수감자들에게 들은 목격자 증언이 이 용감한 젊은 여인이 모은 정보와 정확히 관련됨을 주장하고 싶습니다. 필요하다면, 다른 사람들의 증언도 확보할 수 있으리라 확신합니다. 이 청문회의 목적은 진실로 진지한 주제를 제기하는 것입니다. 전 우리가 어느 누구도 묵과할 수 없는 인상적인 주제를 제기했다고 믿습니다."

애트우드 의원이 말을 이었다.

"조사단의 일원으로서, 우리의 첫번째 결정은 애플 놀 소장으로서의 픽스 소장를 제거하는 것이 될 겁니다. 우린 또한 월리엄스와 해리스의 사건으로 전체 의원 조사를 실시하려 합니다. 시 정부에 전체 범죄 조사를 실시하도록 권고도 이미 해놓았습니다."

월리엄스가 로이드를 노려보았다. 픽스는 의자에 털썩 주저앉았다. 하지만 로이드는 두 남자를 무시하고 모리아의 얼굴에만 시선을 고정시켰다. 애트우드는 애플 놀의 문제를 숨기려는 음모를 실패로 이끈 일련의 사건들에 대해 읽어 내려갔다. 그녀의 커진 눈에 놀라움이 깃들었다. 마침내 그녀와 애기할 기회가 마련되었을 때 과연 그 눈동자가 그렇게 빛나 줄까?

로이드가 기다렸던 순간이 드디어 다가왔다. 애트우드가 설명을 마무리하자, 로이드의 맥박은 뜀박질하기 시작했다. 평생에 이렇게 긴장해 본 적은 없었다. 하지만 이렇게 중요한 순간 또한 한 번도 없었다.

"이 기록에 관하여, 우리는 또한 이 사건을 우리의 관심사로 만들기 위해 부단히 노력한 한 남자의 노고를 칭찬하고 싶습니다. 그는 오늘 우리 앞에 나선 증인들을 개인적으로 섭외하고 레인 양이 매우 위험한 처지에 있을 때 원조해 주었습니다."

의원들이 엄숙하게 동의하듯 고개를 끄덕일 때 모리아의 멍한 표정이 로이드의 심장을 두근거리게 만들었다. 그녀는 자신이 그렇게 기도했던 기적이 실지로 일어났다는 걸 믿을 수 없는 모양이었다. 그녀는 용감한 투쟁에서 승리했다. 픽스 소장은 결코 더이상 다른 여죄수들을 괴롭히지 못할 것이다. 월리엄스 의원과 그의 친구들은 불신임될 것이다. 알렉산드리아의 무시무시한 예언들은 완전히 반대가 될 것이다.

로이드는 모리아가 그에게 시선을 돌리길 기대했다. 그런데 그녀는 미소를 지었다.— 제롬 박사에게! 로이드가 아닌 제롬 박사가 비첨 목사뿐 아니라 소피와 이오나를 위해 개입할 수 있다고 생각했단 말인가? 분명 그런 모양이었다. 그녀가 뺨을 의사의 손에 대는 걸 보며 그는 깨달았다. 그녀가 마침내 머리를 들고 로이드를 쳐다보았을 때, 그의 심장은 거의 멎을 지경이었다.

누구도 경험할 수 없을 지경의 깊고 강렬한 슬픔과 아픔이 그녀의 눈동자를 푸르고 비참한 연못으로 변하게 했다. 분노는 없었다. 비난도 없었다. 오직 슬픔만이…… 한 번 얻었다가 영원히 잃어버린 사랑에 대하여?

애트우드가 조용히 해 달라고 부탁한 다음 말을 이었다.

"캄든 씨, 조사단은 당신에게 어떻게 감사해야 할지 모르겠습니다. 조사단의 일원으로서 당신과 같이 일하게 된 것을 자랑스럽게 생각합니다."

모리아의 머리가 홱 들리는 동시에, 로이드는 일어서서 조사단을 마주 보았다. 하지만 그의 시선은 모리아에게만 향해 있었다. 자신의 말에 귀를 기울이고 그녀가 마음의 외침에 굴복하길 기도하였다.

"의원 여러분, 그런 신뢰는 온전히 레인 양에게 돌려야 합니다. 처음 애플 놀에 도착했을 때 전 소문이 거짓이라고 확신했습니다. 레인 양은 내 생각이 틀렸다는 걸 나타내려고 언어적인 위협과 육체적 학대에 도전했습니다. 대단한 희생이었습니다. 제가 눈 먼 야망과 이 사회에 받아들여지고 싶은 욕망 때문에 머뭇거릴 때, 내 의무를 일깨워 준 사람도 그녀였습니다. 진실과 정의를 위해 수많은 장애를 극복하고 명예롭게 행동할 때까지 제 양심을 건드린 사람도 또한 그녀였습니다."

의심과 놀라움이 뒤섞인 모리아의 얼굴을 쳐다보며 그가 잠시 말을 멈췄다.

"레인 양은 내 힘을 사용하여 약함을 극복하라고 가르쳐 주었습니다. 신념을 갖으라고요."

그가 천천히 한 걸음씩 걸어 그녀의 앞에 섰다.

"이 여자가 증언할 때 전 오늘 여기서 지지할 계획이 아니었습니다. 용기가 없었습니다. 전 만약 그녀가 실패하면 내 명예와 재산을 잃을 수도 있는 두려움에 그녀를 홀로 서게 했습니다. 내 마음이 바뀌는 것조차 받아들일 수 없었습니다. 난 이제 사회에 받아들여질 정도의 충분한 재산을 가졌고 비난이란 건 제 미래에 생소한 단어였습니다. 보시는 바와 같이, 전 사실 진짜 잃거나 희생할 것이 아무것도 없었습니다. 제 이름만 빼면 말입니다. 기록상으로……."

그의 목소리가 점점 더 확고해졌다.

"제 진짜 이름은……."

"안 돼요!"

그녀가 벌떡 일어서며 비명을 질렀다.

"제발, 그만하세요. 당신을 믿지 않은 걸 평생 후회할 만큼 말하지 않았나요? 더이상은…… 더이상은 말하지 마세요."

로이드는 애트우드가 공식적인 청문회의 종결을 선포하는 사회봉 소리를 어렴풋이 들었다. 조사단원들이 서류를 모아 흩어지는 단 위의 소란스런 행동도 무시해 버렸다.

"사랑해, 모리아."

그가 속삭였다. 그녀가 떠밀어 버릴까 봐 품 안에 안는 것이 겁났다.

"당신에게 알렉산드리아에 대해 말했어야 했소. 모두 내 잘못이오."

눈물이 그녀의 얼굴에 흘러 내리며, 그녀의 몸은 눈에 띌 정도로 떨렸다.

"그런 사랑을 받을 자격이 없어요. 난 당신을 믿을 만큼도 사랑하지 못했어요. 당신에게 주었을 그 고통에 대해 절대 나 자신을 용서할 수 없을 거예요."

"용서는 사랑의 일부요."

그녀의 눈에서 본 결의에 놀라 그가 맞받아쳤다.

"과거는 지나갔고 미래보다 더 중요한 것은 없다고 당신이 말한 적 있잖소. 당신을 사랑해, 모리아. 나와 결혼해 주시오. 나와 미래를 함께 해주시오."

그녀가 그의 눈을 깊이 응시하는 동안 그는 숨을 죽였다. 그녀의 눈 속에 담긴 고통이 너무나 커서 그의 가슴이 찢어지는 것 같았다. 두 사람 모두 실수했다는 걸 그녀는 이해하지 못하는가? 그 실수들로 그들이 나누었던 사랑을 망치게 할 셈일까? 짧은 순간, 그는 그녀가 이해했다고 생각했다.

하지만 그가 잘못 생각한 것이었다.

그녀는 머리를 흔들며 천천히 제롬 박사에게 돌아섰다.

"당신이 도착하시기 전에 제 짐들을 옮기겠어요."

로이드가 미처 막기도 전에, 모리아는 재빨리 구경꾼들 무리 속으로 걸어가 사라졌다. 제롬 박사를 지나치려는데, 어깨를 한 남자가 잡는 걸 느꼈다. 그가 멈춰 섰다. 눈물이 앞을 가리며 거의 흘러 내리려 위협해 왔다.

"그녀를 가게 놔둬요. 시간을 주구려."

제롬 박사가 부드럽게 말했다.

"난 그녀에게 모든 걸 주었습니다. 내 사죄, 내 사랑, 내 용서 그리고 내 이름까지. 도대체 더 무엇을 원하는 걸까요?"

제롬 박사는 가벼운 미소를 보여 주었다.

"그녀는 마음의 평화를 원하오, 로이드. 하지만 당신을 믿지 못한 자신을 용서할 수 없는 한 절대 찾을 수 없을 거요. 그녀를 사랑한다면, 스스로와 타협할 시간을 그녀에게 주어야 할 거요."

로이드는 손 등으로 눈물을 닦고 어깨를 똑바로 폈다.

둘 사이의 마지막 비밀은 사랑조차도 몰아 낼 수 없었던 의심과 불신이라는 쐐기였다. 그게 과연 뽑힐 수 있을까?

"난 기다릴 거요, 아련한 눈의 아가씨."

그녀가 자신을 용서할 정도로 그를 사랑하기 바라며, 로이드는 중얼거렸다.

"제발, 나와 같이 집에 돌아갑시다."

30

교회에서 크리스마스 이브의 행사가 열린다.

남자, 여자, 그리고 아이들.

좁은 좌석에 운집해서 서로 온기를 찾으려 애쓴다.

코트와 모자들.

눈송이가 흩어진 곳이 촛불의 불빛으로 반짝거리고 있었다.

얼굴들.

하나님께서 새벽을 깨뜨리고 구세주의 탄생을 수행하신다는 약속과 믿음으로 불타 오르고 있다.

목소리들.

하나님의 사랑과 용서를 새롭게 희망하며 달아 오른다.

나만 빼고.

모리아는 교회 앞쪽의 움푹한 곳에 서서 작은 교회를 둘러보았다. 혼자서.

그림자 속에 숨어 몸을 떨고 있다. 가차없는 추위 때문이 아니었다.

영혼 깊숙이 위치한 공허 때문이었다.

지난 2개월 동안, 그녀는 새벽부터 자정까지 무자비할 정도로 일을 해댔다. 교도소 개혁 운동에 온 힘을 다해 참여했다. 해리스버그, 피츠버그, 필라델피아를 두루 돌아다니며, 교도 시설을 조사하고 수많은 편지와 보고서를 손가락에 굳은살이 박힐 정도로 써댔다.

뼛속 깊이까지 지친 채 그녀는 매일밤 침대에 쓰러졌다. 하지만 잠은 그녀를 찾아 주지 않았다. 간섭받지 않는 유일한 시간 동안 죄의식이 그녀를 깨어 붙잡았다. 핑계거리도 없다. 숨을 곳은 어디에도 없다. 새벽녘의 고요한 시간, 그녀는 자신의 인간적인 연약함을 마주하고 그걸 거부하면서 너무나 울어 다음날 해가 뜨기 바로 직전에야 잠이 들었다.

예배가 계속되는 동안 모리아는 상큼한 상록수의 향기를 맡으며 제단을 장식한 가문비와 소나무 가지를 쳐다보았다. 언제나 푸른, 언제나 믿음이 충실한, 하나님의 전지전능하심과 언제나 지속되는 사랑의 상징들. 인간의 약함과 사악한 성질에도 불구하고, 때를 가리지 않고 절대 흔들리지 않는 사랑. 그녀는 더이상 받을 자격이 없는 사랑.

로이드의 눈동자가 거의 이와 똑같은 초록색이었다. 그의 사랑은 그녀가 알았던 어느 것보다도 더 깊고 인내하는 것이었다. 두 눈을 감고, 돌아와 달라고 애원하던 그의 눈 속의 헌신을 되새겨 보았다. 그는 자기 자신을 비난했다, 그녀가 아니라. 그 사람 대신 알렉산드리아를 믿는 끔찍한 실수를 했는데도 자신을 받아들이길 기다리며 숨을 죽이던 그의 얼굴에는 용서와 이해가 새겨져 있었다. 그는 이해했다.

그리고 여전히 그녀를 사랑했다.

떨리는 한숨과 함께, 모리아는 눈물 가득한 눈을 도로 떴다. 촛불이 흐릿하게 보였다. 로이드에 대한 사랑이 너무나 깊어 마음과 영혼 속 깊이까지 고통스러웠다. 그녀는 그의 사랑을 주장할 권리를 잃어버린 걸까? 영원히? 로이드는 그를 믿지 않은 그녀를 용서할 마음의 여유를 갖고 있었다. 하지만 그녀는 과연 자신을 용서할 수 있을 것인가?

자존심과 자기 혐오라는 두 악마 때문에, 모리아는 휴식을 찾을 수 없었다. 안락함도, 믿음도 없었다. 더이상 기도할 수도 없었다. 성경책은 닫혀진 채로, 표지에 먼지가 앉았다. 그 안의 내용들은 읽혀지지 않았다.

어떤 종류의 평화라도 얻고 싶은 간절한 마음으로 오늘밤 예배에 나오게 된 그녀는 목사님의 설교를 건성으로만 듣고 있었다. 기도할 수 있었던 아주 오래 전 크리스마스 이브가 기억났던 것이다. 그때는 노래도 할 수 있었고 믿을 수도 있었는데.

그녀는 로이드의 사랑을 배반했다. 하나님께 등을 돌렸다. 많은 하나님의 충실한 종들에게 둘러싸인 채, 그녀는 고독한 피난민이었다. 그녀에게는 구속이란 없을 것이다. 구원도 없다. 로이드를 믿지 못하고 그가 제공한 사랑을 믿지 못한 대가로서 그녀의 마음을 감아 버린 고통과 외로움은 마땅히 받아야 할 몫이었다. 나를 따르는 자는 원수를 용서하라고 요구하던 하나님을 믿는다고 하면서, 원한과 악의로 모든 걸 소모해 버렸다.

설교를 마치는 목사님의 목소리가 더욱 깊어졌다. 그 소리에 모리아는 자기 연민에서 빠져 나와 그분의 마지막 말을 들었다.

"고통 속에 있는 자들이여, 하나님께서 평안을 축복하실 것이요. 애통하는 자들이여, 사랑으로 위로받을 것이요. 다른 사람이나 자기 자신에게 마음을 닫은 사람들이여, 변치 않는 사랑과 솔직한 용시를 약속받을 것이리라. 마음을 열고 귀한 선물로 하나님의 아들을 받아들이라. 그리하면 치유받을 것이라. 희망이나 용서나 그 외의 것들, 그리고 여러분 자신들까지 모두 치유받으리라."

목사님의 말씀에 감동하여 넋을 잃은 모리아는 눈을 감고 자신의 심장 뛰는 소리를 들었다. 그녀가 마음을 열었던가? 그렇지 못했던가?

하나님의 귀한 생명체로 자신을 받아들이면서 ─ 흠 있는 단순한 인간으로서—위로의 온기가 그녀를 채워 주었다. 무릎을 꿇는 그녀의 얼굴에 눈물이 하염없이 흘러 내렸다. 믿음과 사랑의 기적이 자신의 죄를 씻어 버리길, 두려움조차도 씻어 버리길 기도하면서.

마리아에게 있어 베들레헴까지 여행하는 것은 길고도 험한 일이었을 것이다. 하지만 그녀는 너무나도 가치 없는 자신에게 세우신 하나님의 계획을 무조건 받아들였다.

모리아는 과연 하나님의 용서를 받은 후, 데이비즈 크로싱까지 여행하여 로이드가 제공한 그 사랑을 받아들일 수 있을까? 인간의 사랑은 그걸 나누는 남자와 여자처럼 언제나 불완전하다는 걸 말이다.

로이드는 모리아가 쓰던 침실과 접해 있는 작은 탑의 테라스에 서 있었다. 바람이 차다는 것도 잊어버렸다. 크리스마스 축제가 끝난 지는 이미 오래였고, 홀을 가득 채웠던 유쾌함은 다른 크리스마스 기억들과 함께 과거 속으로 묻혔다. 그는 저택을 둘러싼 대지를 내려다보았다. 떨리는 달빛을 사로잡아 그의 시야를 밝혀 주는 눈발이 여전히 사르르 떨어지며 온 땅을 뒤덮었다.

평생 처음으로 로이드는 크리스마스의 경이와 슬픔을 함께 맛보았다. 사랑하는 사람들과 함께 경건한 날을 보낸 것이 그의 마음에 비통함을 더욱 크게 더했다.

"모리아."

그녀가 없는 나날들, 언제나 무거운 외로움이 마음을 짓누르고 있었다. 잭과 몰, 하스켈 가족과 함께 하는 일상 속에서 혼자 있는 시간이 거의 없음에도 불구하고, 교도소 개혁 운동에 참여하느라 바쁜 일정들에도 불구하고, 언제나 밤이면 모리아에 대한 생각이 기어 들어와 그의 마음을 괴롭혔다.

그는 궁금했다. 이 저택이 어떻게 개조되었는지 모리아가 알고 있을까? 소피나 이오나처럼 갓 석방된 죄인들이 새로운 삶을 찾기 전,

임시적인 안전한 피난처로 사용할 수 있게 된 이곳의 영지. 비첨 목사와 그 여동생은 정력적으로 새로운 무리들을 정성껏 보살폈다. 하지만 그녀가 없이는 로이드의 꿈이 반밖에 성취되지 않은 것임을 모리아는 알까?

어렴풋이 말발굽 소리가 고요한 밤을 뚫고 울려 퍼졌다. 그는 가늘게 뜬 눈으로 아래를 훑어보았다. 한밤중에 누가 홀로 여행하고 있는 걸까? 크리스마스 밤에?

꽤 멀리 떨어진 길에서 그는 말 한 마리를 찾아냈다. 그 짐승은 지쳐 보였다. 머리를 낮게 드리우고 피곤한 걸음을 걸을 때마다 천천히 고개를 끄덕거렸다. 말에 탄 사람은 바람을 막기 위해 어깨를 웅크렸고, 모자와 코트와 바지가 죄다 새로 내린 눈발에 뒤덮였다.

어린 소년처럼 보이는 말 탄 이가 길을 잃었을 수도 있다는 걱정이 먼저 떠올랐다. 데이비즈 크로싱을 떠나 온 모양인데 반나절 이상 더 달리지 않는 한 다른 마을은 없었다. 로이드는 몸을 돌려 재빨리 계단을 내려갔다. 코트를 걸칠 시간도 없다. 그 사람이 지나치기 전에 길에 도착하려면 서둘러야 한다.

집에서 달려나가자, 쌀쌀한 바람으로 온몸이 금세 마비되었다. 무릎까지 빠지는 눈 때문에 진도가 더딜 수밖에 없었다. 마침내 대로와 연결된 길 끝에 도착했을 때, 너무 늦은 게 아닌가 걱정스러웠다. 하지만 쪼그리고 앉아 길 위의 눈을 살펴보고 나서, 그는 안도감으로 고개를 끄덕였다. 새로 난 발자국은 없었다. 그 사람이 아직 로이드 쪽으로 오고 있는 중인 것이다.

머리에서 눈을 털어 낸 후, 로이드는 온기를 확보하려고 두 팔로 가슴을 부둥켜안았다. 목의 맨살이 불어 닥치는 찬 바람에 그대로 노출되었고, 발은 마비된 채 얼얼했다.

잠시 후, 말이 굽은 길을 돌아 들면서 모습을 드러냈다. 로이드는 그 소년이 고개를 들고 자신을 알아채길 기다렸다. 비록 말이 너무 지친 상태라 튕겨 일어나진 않겠지만, 소리쳐 부르면 소년이 놀랄 것 같았다. 그를 알아채지도 못하고 몇 미터 지나쳐 가자, 로이드는 굴레를 잡아 말의 코와 눈에서 눈과 얼음 조각들을 쓸어 냈다. 로이드는 천천히 말 탄 사람에게 가까이 갔다. 가엾은 소년이 안장에서 얼어 죽은 것일까? 그가 소년의 다리를 흔들었다.

"애야, 어디 아프니?"

말 위의 사람이 움찔하더니 똑바로 앉으려 시도했다. 그가 안장에서 뛰어내리리라 반쯤 기대하고 있는데 소년은 장갑 낀 손으로 고삐를 꽉 쥐며 머리를 쳐드는 것이었다.

로이드는 소년의 얼굴을 들여다보았다. 그리고 그 기적과 같은 눈동자를 보는 순간 가슴이 방망이질치기 시작했다. 아련한 푸른 눈동자, 그 봄하늘의 색채가 눈보라 속에 기적처럼 나타났다!

사랑으로 빛나고 있는 그 눈동자.

입을 열기엔 너무 넋이 나가 버린 걸까, 로이드는 손을 뻗어 사랑하는 사람의 얼굴을 감싸 쥐었다. 만지기도 전에 사라져 버리는 신기루가 아닐까. 그 떨리는 손에 그녀의 입이 닿았고 손바닥에 그녀의 숨결이 묻어 났다. 그녀가 두 팔로 그를 감싸 안자 그의 눈에 눈물이 넘쳐나기 시작했다.

"모리아."

품 안으로 그녀를 끌어당기며 그가 속삭였다. 그녀의 얼굴에 키스 세례를 퍼부으며, 따뜻하고 짠 눈물로 씻겨지는 겨울의 차가운 눈송이의 흔적을 음미했다. 꽉 껴안은 가슴에 그녀의 심장 박동을 느끼며, 다시 찾은 그 완전한 사랑의 힘과 약속에 가슴이 벅차 올랐다.

"집에 온 걸 환영하오."

그가 그녀의 빛나는 눈동자를 들여다보았다.

"길을 잃었던 모양이에요. 전 당신을 보고 놀랐답니다. 천사인 줄 알았거든요."

그녀의 말에 웃으며 그가 그녀를 안아 들었다. 말고삐를 뒤로 끌리게 잡고서 집으로 향했다.

"그 문제는 일전에 해결한 것 같은데, 모리아. 난 천사가 아니오. 당신은 그렇다고 주장하지만 난 그저 한 남자일 뿐이라오. 당신을 아주 많이 사랑하는 남자."

모리아가 더 가까이 달라붙었다.

"지금은 훨씬 더 천사처럼 보이는 걸요. 턱수염이 없어졌잖아요."

그가 걸음을 멈추고 그녀를 쳐다보았다.

"우리가 결혼하는 날 깨끗이 깎겠다고 약속했었지. 당신이 집에 올 거라는 희망을 한 번도 버린 적이 없었소. 당신을 사랑해, 모리아. 오늘밤 나와 결혼합시다. 당신을 갖고 싶어!"

그녀가 키득댔다.

"당신 말이 맞네요. 당신은 천사가 될 수 없어요. 천국에서 온 생명체는 그렇게…… 그렇게 정력적이지 않을 거예요. 우리가 얘길 해야 한다고 생각지 않나요? 난 당신에게 설명해야 할 빚이 있어요. 나한테 이유도 듣지 않은 채 환영할 수는 없는 일……."

"당신은 지금 여기 있어. 그게 중요한 거요. 빚 애기 따위는 마담, 오랜 대화에 어울리지 않아."

그가 머리를 숙이고 그녀의 귀에 속삭였고, 그녀가 놀란 숨을 삼키자 킥킥거리며 웃었다. 잡아당길 수염마저 찾아내지 못하자 그녀의 뺨이 더욱 붉어졌다.

"로이드!"

그는 맘껏 웃으며 집으로 향하는 길을 재촉했다. 그의 걸음이 한결 경쾌해졌다.

"수염을 다시는 기르지 말라고 일깨워 주시오. 그게 당신에게 불공평한 이점을 주는 것 같으니."

"우리가 결혼하기 전 아니면 후?"

"가장 정확하게 전이지. 결혼한 후에는, 얘기할 시간이 없을 테니까. 나한테 다른 계획이 있거든. 그걸 듣고 싶소?"

"절대, 아니에요!"

그녀가 소리 질렀다. 그의 품 안에 안겨 있다는 것은 찬란한 기쁨이었다. 이 남자와 같이 인생길을 걸어간다면 믿음과 사랑의 여행이 되리라.

분명코.

< 끝 >

산드라 브라운의 텍사스 시리즈

≪사랑의 텍사스(행운의 럭키)≫

왜 날 떠나려고만 하는 거지? 당신도 날 사랑하잖아.

여자를 좋아하지만 결혼을 거부하는 남자, 모든 여자가 붙잡고 싶어하지만 누구한테도 붙잡히길 거부하는 남자, 그런 럭키가 드디어 임자를 만났다. 빨간 머리의 여인을 구출하던 날 밤, 이전에는 상상도 할 수 없었던 일들이 일어난다. 그녀는 그를 흥분시켰고, 그에게 도전했으며, 욕망으로 미치게 만들었다. 그리고는 흔적도 없이 사라져 버렸다. 설상가상으로 럭키는 화재 사건의 용의자가 되어 있었다. 자신의 알리바이를 입증하기 위해서라도 그는 그녀를 찾아야 했다. 심각하게 얽힌 사건을 푸는 동안 럭키와 그녀의 밀고 당기는 줄다리기가 시작되고, 그들의 사랑의 갈등은 커져만 가는데…….

≪정열의 텍사스(새로운 시작)≫

바다보다 깊고 대지보다 영원한 사랑

사랑하는 아내 타냐를 잃은 체이스는 고통에 짓눌린 채 로데오와 술집을 전전한다. 한편 마르시는 자신이 운전하다 사고로 타냐가 죽자 체이스가 자신을 탓할까 두렵기만 하다. 하지만 사랑하는 체이스가 만신창이로 지내는 걸 계속 보고만 있을 수는 없었던 마르시. 그녀는 타일러 드릴링 사를 파산에서 구하기 위한 제안을 하게 되는데, 체이스는 자신의 귀를 의심한다. 그리고 마르시의 깊고 푸른 눈 속에 담긴 끝없는 정열에 끌리는 자신이 경멸스럽기만 한데……. 그의 상처를 아물게 하고자 하는 수줍음 많은 공부벌레 마르시가, 과연 무뚝뚝한 체이스와 사랑의 결실을 맺을 수 있을까?

≪연인들의 텍사스(세이지의 사랑)≫

단 한 번의 키스!
어느덧 그들은 사랑으로 채색되고 있었습니다.

약혼자에게 버림 받은 최악의 순간을 하란 보이드에게 들킨 세이지가 그에게 이끌려 집으로 가야 하는데……. 세이지가 원하는 건 지독하게 섹시하면서도 재수 없는 그 남자를 다시는 보지 않는 것, 그리고 깨져 버린 약혼을 비밀에 부치는 것이었다. 하지만 거만하고 넋이 나갈 정도로 근사한 이방인 하란 보이드의 욕망은 전혀 다른 것이었다. 그녀는 하란이 만난 여자 중 가장 아름답고 도발적이며, 또 예측할 수 없는 여자였다. 그는 세이지에게 자신의 가치를 인정해 주는 남자가 필요하다는 걸 일깨워주려 애쓴다. 버릇없고 고집센 세이지가 과연 그 남자를 사랑할 수 있을까?

◆ **출간 예정작** - 「Hawk O'toole's Hostage」